UNE FEMME DE CARACTÈRE

DU MÊME AUTEUR
CHEZ POCKET

JAMAÏCA
L'ORCHIDÉE SAUVAGE

MICHELLE PAVER

UNE FEMME DE CARACTÈRE

Traduit de l'anglais
par Michèle et Jérôme Pernoud

BELFOND

Titre original :
THE SERPENT'S TOOTH
publié par Transworld Publishers,
a division of The Random House Group Ltd, Londres.

Tous les personnages de ce roman sont fictifs et toute ressemblance avec des personnes réelles, vivantes ou mortes, serait pure coïncidence.

ISBN 978-2-266-17571-5

PREMIÈRE PARTIE

1

Domaine d'Éden, Jamaïque, 1912

Belle n'avait jamais désiré quelque chose autant que l'encrier d'onyx noir. Lyndon Traherne disait qu'elle ne pouvait pas le gagner parce qu'elle n'était qu'une fille, mais il se trompait. Elle remporterait le premier prix sous son nez et elle offrirait l'encrier à papa. Ils le poseraient sur son bureau, où était sa place.

Papa méritait ce qu'il y avait de mieux. Il passait son temps à travailler sur le domaine, à la chaudière ou dans les champs de canne, mais même quand il rentrait tard à la maison, il passait toujours par sa chambre pour l'embrasser. Elle faisait semblant de dormir et attendait de sentir sa moustache la chatouiller, son odeur de cheval et de sucre brûlé. Quand elle avait un cauchemar, elle se glissait dans son bureau et il lui donnait une gorgée de rhum coupé d'eau, lui faisait tirer une bouffée de son cigare. Elle se pelotonnait sur le petit tapis turc, sous la peinture à l'huile de la grande maison en Écosse, et elle lui posait une foule de questions sur les rouges-gorges et sur la neige.

Il fallait qu'elle gagne le premier prix au bal costumé des enfants de la Société historique. Son costume devait être le plus beau de Trelawny, le plus beau du nord de l'île. Et même de toute la Jamaïque.

Elle voulait surprendre tout le monde, c'est pourquoi elle avait annoncé qu'elle serait déguisée en fée, alors qu'elle avait l'intention de venir en diable. Elle avait tout prévu, dans les moindres détails. Économisé sur son argent de poche et acheté, en cachette, une chute de soie à sari cramoisie au marché de Falmouth. Tout était parfaitement au point dans sa tête : les cornes, la queue, les flammes de l'enfer. Ce serait la *perfection.*

Pourtant la veille de la fête, elle était furieuse et en larmes, au milieu de morceaux de tissu épars et de cornes en fil de fer toutes tordues. Sa mère entra dans la chambre et la regarda d'un air désolé.

— Pourquoi tu ne m'as pas demandé de t'aider ? lui dit-elle doucement.

— Parce que je voulais le faire moi-même.

Sa mère soupira et contempla le gâchis. Elle semblait fatiguée ; des mèches sombres s'échappaient de son chignon. C'était la première fois qu'elle organisait le bal des enfants et elle voulait que ce soit réussi. Mais leur maison d'Éden n'était vraiment pas assez grande, aussi avaient-ils dû vider la véranda de ses meubles et installer un auvent dans le jardin. Elle y avait travaillé dur, pendant plusieurs jours.

Belle ressentit un pincement au cœur de culpabilité à l'idée de lui donner ce souci supplémentaire.

— Ça n'a pas d'importance, murmura-t-elle, en décochant un coup de pied à l'une des cornes qui traînaient. C'est ma faute, je n'aurais pas dû choisir de me déguiser en diable.

Sa mère se pencha pour ramasser un morceau de soie.

— Ne sois pas si dure avec toi-même.

— C'est parce que je le mérite.

— Ce n'est pas vrai. Et si on se servait de ma vieille robe de chambre ? Celle que papa avait achetée à Kingston. Et on peut faire les flammes avec ça, dit-elle en montrant la soie. De jolies boucles rouges, pour cacher cette poitrine toute neuve qui t'embarrasse tellement.

Belle rougit ; elle ne savait qu'en faire, elle s'était en effet demandé comment résoudre ce problème.

— Mais il faudra que tu m'aides. Tu feras les cornes, la queue et les sabots.

— Les *sabots ?*

— Bien sûr... Tous les diables en ont.

Dieu sait comment, elles finirent le costume à temps, et il était magnifique. Plusieurs épaisseurs de flammes écarlates et pailletées. De jolies cornes de feutre rouge fixées sur un bandeau. D'espiègles petits sabots de satin cramoisi, ajustés sur ses bottines à boutons comme les guêtres du diable. Et, le fin du fin, une queue à trois pointes qui serait parfaite pour dégonfler les ballons, ainsi que l'arrogance de Lyndon Traherne.

Mais une catastrophe survint le matin de la fête. Belle eut ses crampes menstruelles – ce que sa mère appelait son *petit ami* [1]. Drôle de nom pour ce qui n'était que saignements, maux de ventre, gêne et confusion totales.

Elle alla prendre discrètement de la poudre de Douvres dans l'armoire de la maison de bains. *Personne* ne devait savoir qu'elle n'était plus une enfant.

— Mais tu as presque quatorze ans, lui faisait valoir sa mère quand elle tentait de la persuader de mettre des combinaisons, ou qu'elle lui suggérait de poursuivre ses études dans un collège anglais.

1. En français dans le texte. *(N.d.T.)*

— Treize ans et cinq mois, lui rétorquait Belle. C'est très loin de quatorze.

Même treize ans lui semblaient déjà trop.

Elle était allongée sur son lit, recroquevillée sur elle-même, regardant les fougères arborescentes s'incliner et se balancer derrière les jalousies.

Elle se sentait toute retournée à l'intérieur. Et encore, ce n'était pas le pire. Depuis qu'elle avait commencé à avoir ces crampes, elle cédait régulièrement à l'impulsion irrésistible d'imaginer nu, entièrement nu, chaque homme qu'elle croisait. Aussi bien Braverly, le vieux cuisinier, que son fringant oncle Ben. *Et même papa.*

Elle savait parfaitement comment se les représenter, parce qu'elle avait vu, l'année précédente, un groupe d'ouvriers agricoles se rafraîchir dans le bassin près de la route d'Arethusa. À l'époque, ils lui avaient paru si heureux qu'elle avait simplement envié leur liberté. Mais quelques mois plus tard, quand les premières crampes étaient arrivées, ce souvenir était revenu la hanter. C'était horrible. Honteux. Quelque chose n'allait sûrement pas chez elle.

Elle dormit toute la matinée et se sentit un peu mieux. Puis elle s'habilla et alla à la fête.

Elle ne gagna pas le premier prix.

Tout le monde reconnaissait que son costume était de loin le plus réussi. Plus que la sympathique fée à grands pieds de Dodo Cornwallis ; plus que l'espiègle et joli petit pierrot de Sissy Irving ; plus même que le jockey de steeple-chase de Lyndon Traherne, en authentique casaque de course cousue spécialement pour lui, avec de vrais éperons et des bottes italiennes souples en chevreau.

Mais ce fut Lyndon qui gagna.

— Parce que, dit la vieille Mrs Pitcaithley, la

doyenne dcs juges, les garçons peuvent devenir jockeys, mais les filles ne seront jamais des diables.

Sa mère lui jeta un regard inquiet, mais Belle était trop fière pour laisser paraître ses sentiments. Elle sourit et adressa un signe de tête plein de dignité à Mrs Pitcaithley ; mais elle s'imaginait visant Lyndon avec le fusil de papa, et faisant un grand trou dans sa maigre poitrine revêtue de soie.

Il n'avait pas *besoin* de l'encrier. Son papa était l'homme le plus riche de Trelawny. Lyndon pouvait acheter dix encriers rien qu'avec son argent de poche. Il l'égarerait sûrement avant de retourner au collège en Angleterre.

Par égard pour sa mère, Belle prit le thé assise avec les autres enfants sous l'auvent. Elle mangea même une part de tarte aux patates douces avec du sirop de noix de coco. Cependant, quand le révérend Prewitt installa sa lanterne magique, elle s'éclipsa.

Elle emprunta le chemin qui longeait la rivière, sous la voûte verdoyante des bambous géants où l'atmosphère devenait oppressante jusqu'à son refuge secret, l'arbre duppy.

La colère faisait battre violemment son cœur dans sa poitrine. Elle retroussa son bas et gratta jusqu'au sang la morsure qu'une tique avait faite sur son genou. Puis elle arracha une poignée de racines de gingembre sauvage et les écrasa, respirant leur forte odeur épicée jusqu'à ce que ses yeux lui brûlent. *Pourquoi* avait-elle choisi le diable ? Si elle avait pris n'importe quel autre costume, elle aurait gagné, et papa aurait eu l'encrier. C'était entièrement sa faute.

Des moustiques lui bourdonnaient aux oreilles, mais elle les laissait la piquer. Le bruit de râpe des grillons était assourdissant, et c'était tant mieux. Au loin, elle entendait la rumeur de la fête, qui lui faisait grincer des dents. Elle n'était pas à sa place là-bas. Elle ne connaissait pas les règles.

Les filles ne seront jamais des diables. Pourquoi l'ignorais-tu ?

— Parce que tu es stupide, dit-elle à voix haute.

En relevant la tête, elle regarda les branches de l'arbre duppy qui s'étalaient au-dessus d'elle. Ce n'était qu'un jeune arbre, bien moins grand et moins impressionnant que le vieux fromager d'Overlook Hill, mais c'était le sien. Elle se sentait en sécurité dans les replis de son tronc large et noueux, avec les thunbergies aux fleurs pourpres et le jasmin étoilé blanc qui festonnaient ses branches, les grands scarabées verts coupeurs de coton qui patrouillaient sur son tronc. Un peu de la rage qui bouillonnait en elle s'échappa et se dissipa dans l'air.

Elle passa la main sur l'écorce rugueuse et sa peau accrocha quelque chose au passage, lui arrachant une grimace. C'était la tête d'un clou qu'on avait planté dans le tronc. Quelqu'un avait encore dû jeter des sorts. Peut-être la mère ou la fille McFarlane, payée par un fermier des environs pour attraper l'ombre de quelqu'un, ou pour poser un charme d'amour.

Le clou l'avait fait saigner, et Belle lui jeta un regard de travers. Puis elle écrasa sa paume sur l'acier rouillé, pour se blesser plus profondément. Ça t'apprendra. Tu as choisi le mauvais costume et papa n'a pas eu son encrier.

— Eh, dit une voix derrière elle, ne te fais pas mal comme ça…

Elle se retourna, cligna des yeux d'étonnement.

C'était le père de Lyndon, Mr Traherne. Il n'assistait pas souvent aux réunions de la Société historique, mais il était venu à Éden en hommage à sa mère, qu'il avait toujours admirée.

— Comment allez-vous, Mr Traherne ? s'enquit poliment Belle.

Elle se demanda s'il l'avait entendue parler à voix haute un instant plus tôt, et se sentit rougir.

Il lui fit un salut courtois de la tête et continua à fumer son cigare. Il était assis sur le banc que papa lui avait fabriqué pour son dernier anniversaire. Belle ne l'avait pas aperçu jusque-là, parce qu'il se trouvait de l'autre côté du tronc.

— C'est ton repaire personnel ? l'interrogea-t-il. Je m'excuse de m'y être introduit.

Elle secoua maladroitement la tête.

— Pas de chance pour le prix, ajouta-t-il – et, aussi surprenant que ça paraisse, il semblait le penser. Tu avais l'air… d'être abattue quand ils l'ont donné à Lyndon.

Elle était embarrassée, mais également flattée qu'il s'en soit rendu compte. Et elle appréciait qu'il lui parle comme si elle était une adulte.

Elle planta son talon dans le sol, enfonçant son sabot rouge et fendu dans le lit de feuilles mortes.

— C'est parce que…, commença-t-elle. Je ne savais pas que les filles ne pouvaient pas être des diables.

Mr Traherne pouffa.

— Oh, si, elles le peuvent !

Elle n'était pas très sûre de comprendre ce qu'il voulait dire.

Il lui demanda si la fumée de son cigare la dérangeait ; elle lui dit que, parfois, papa la laissait tirer quelques bouffées des siens.

— Eh bien, les miens sont beaucoup trop forts, ça te rendrait malade.

Elle se demanda s'il voulait dire que les cigares de papa étaient beaucoup plus doux que les siens, puis se traita d'idiote : il faisait seulement la conversation.

— Quand j'étais petite, lui lança-t-elle sans réfléchir, je voulais être un garçon, vous savez.

Il souleva un sourcil.

— Vraiment ?

Elle hocha la tête.

— Je demandais à tout le monde de m'appeler Bill, et je refusais de porter des robes ou de jouer avec des poupées. C'était après la mort de mon frère et je pensais… eh bien, que je devais être un garçon. Pour consoler papa.

Il lui fit un signe de tête compréhensif. Avec une moue hésitante, elle se jucha au bout du banc, disposant soigneusement sa queue de diable à côté d'elle.

Il lui offrit son mouchoir pour qu'elle bande sa main et elle le remercia. Puis ils restèrent assis côte à côte, sans rien se dire, mais sans gêne particulière non plus. Belle le regarda souffler des ronds de fumée qui allaient traverser la rivière. On était en avril, les pluies dataient déjà d'il y avait plusieurs semaines, aussi la Martha Brae n'était-elle qu'un lent cours d'eau boueux, vert olive, qui sentait un peu la vase. Mais Belle y était habituée, et Mr Traherne n'avait pas l'air d'en être indisposé.

Elle lui jeta un regard timide. Il était très vieux, au moins soixante ans, et connu de tout le monde comme étant l'homme le plus puissant du nord de l'île. Mais elle ne l'avait jamais vraiment regardé jusque-là. Ça la rassurait qu'il soit aussi vieux. Elle ne cherchait jamais à savoir à quoi ressemblaient les vieux messieurs quand ils étaient nus.

Elle aimait bien sa figure. Il avait des traits énergiques, presque romains, avec des cheveux argentés, une moustache blanche, et des yeux bleu clair qui saillaient un peu dans son visage.

Oui, songea-t-elle, un sénateur romain. Elle l'imagina arpentant dignement le Forum, promulguant des lois.

— Tu sais, remarqua-t-il avec un demi-sourire, quand mon fils est monté pour recevoir son prix, tu n'avais pas seulement l'air abattue. Pendant quelques instants, on aurait vraiment dit que tu voulais le tuer.

Elle ouvrit la bouche pour protester, puis la referma.

— Je ne l'aurais jamais fait, murmura-t-elle, et il rit.

— Tu n'essaies même pas de nier ! J'aime ça. Ça a l'air de te plaire d'enfreindre les règles.

Vraiment ? Elle n'y avait jamais pensé jusque-là.

— Ne t'inquiète pas, lui dit-il gentiment. Toutes les filles font ça. C'est dans leur nature.

Belle fronça les sourcils.

— Et les garçons ?

Il rit de nouveau.

— Oh, ce sont eux qui *font* les règles.

Ça ne semblait pas juste du tout, mais elle songea que ça serait peut-être grossier de le lui faire remarquer.

Soudain, il se leva.

— Oh, regarde, un serpent jaune !

— Où ça !

Il fit un geste avec son cigare, puis, la main posée sur son épaule, il l'orienta dans la bonne direction, un peu vers la droite.

— De l'autre côté de la rivière, sous l'héliconia… Tu le vois ?

— Oui ! J'ai vu sa queue !

Elle était ravie. Ça portait bonheur de voir un serpent jaune, et elle n'en avait pas vu depuis deux ans, quand son oncle l'avait emmenée chasser dans les Cockpits.

Ç'avait été une journée merveilleuse. Les jumeaux

venaient de naître et elle se sentait un peu exclue, quand un jour son oncle avait surgi à l'improviste de Fever Hill et l'avait emmenée faire une excursion à cheval. Ils avaient emporté un déjeuner, parcouru les collines, et elle s'était sentie fière de chevaucher à son côté, parce que Ben Kelly était le meilleur cavalier de Trelawny, meilleur même que papa. Ils avaient crié des insultes aux vautours jusqu'à avoir mal au ventre à force de rire, et il lui avait appris à sauter des obstacles.

Elle y repensait quand elle sentit la main de Mr Traherne glisser lentement le long de son épaule, passer sous le col de sa robe et descendre jusqu'à sa poitrine.

Il ne disait rien, et elle non plus. Elle se raidit, retenant sa respiration. Elle était incapable de tourner la tête pour le regarder. Reste parfaitement immobile, songeat-elle. Regarde droit devant toi, fais semblant de n'avoir rien remarqué. C'est sûrement une maladresse. Sa main a juste glissé, et il ne s'en est pas encore rendu compte. Si tu restes parfaitement immobile, il va s'en apercevoir et la retirer. Et ensuite, nous ferons comme si ça n'était jamais arrivé.

Elle contempla, droit devant elle, les grandes fleurs écarlates des héliconias de l'autre côté de la rivière. Ce ne sont pas des fleurs, pensa-t-elle avec horreur, ce sont des griffes. Des griffes rouge sang pour vous déchirer la chair.

Une odeur écœurante de pourriture montait de l'eau verte. Elle ne se sentait pas bien, elle vacillait. La lourde main la poussait en arrière, lui appuyant douloureusement sur la poitrine.

C'est une maladresse, ne cessait-elle de se répéter. Elle essayait de se rassurer avec cette idée, comme pour empêcher ce qui arrivait. Une maladresse, une maladresse, une maladresse.

L'air devenait suffocant sous le tunnel des bambous. Le chant des grillons lui meurtrissait les oreilles. L'odeur âcre du cigare la prenait à la gorge.

Un éclat de rire venant de la fête la fit sursauter. Lentement, il retira sa main.

— Je me demandais, prononça-t-il tranquillement, si on restait ici sans faire de bruit, est-ce que nous le verrions encore, le serpent jaune ? Qu'est-ce que tu en penses ?

Elle serra ses mains l'une contre l'autre pour faire cesser leur tremblement. Elle aurait voulu dire quelque chose, mais sa langue restait bloquée contre la voûte de son palais. Du coin de l'œil, elle le vit lancer son cigare dans la rivière. Puis il sortit un étui en argent de la poche de sa veste, l'ouvrit, et en prit un autre.

— Tu sais, continua-t-il du même ton dégagé, ce vieux Lyndon, que tu dois considérer comme une pauvre andouille, est en fait un de tes admirateurs.

Elle essaya d'avaler sa salive. De quoi est-ce qu'il parlait ? Qu'est-ce qu'il voulait dire ?

Il soupira.

— Je n'aurais jamais dû te révéler ça, sans doute. Pauvre Lyndon. Il serait mortifié s'il l'apprenait…

Elle le regarda allumer son cigare : comment il plissait les yeux pour se protéger de la fumée, jetait son allumette dans la rivière. Elle décrivit une courbe nette et régulière.

— Sois gentille, reprit-il, promets-moi que tu garderas le secret. Tu veux bien ?

Il y eut un silence, puis elle leva les yeux vers lui.

Il la regardait, attendant sa réponse en souriant. Son visage paraissait le même qu'avant, avec une lueur aimable dans ses yeux bleu clair qu'il plissait vers elle. Puis on remarquait ses pupilles, vides et noires comme celles d'une chèvre.

Ç'avait sûrement été une maladresse, songea-t-elle une fois de plus. Il ne s'était pas rendu compte…

— Alors, qu'est-ce que tu en dis ? Est-ce que tu vas être une gentille fille, et garder notre secret ?

Leurs regards se croisèrent et elle acquiesça lentement.

— Voilà une fille intelligente. Maintenant, allons voir s'ils nous ont laissé un peu de thé.

2

— Oh, dis que tu viendras…, supplia Dodo Cornwallis. Les Palairet organisent toujours des parties de baignade géniales, et tout le monde sera là.

— C'est justement pour ça que je n'y vais pas, dit Belle.

Dodo lui jeta un regard interrogateur.

— À cause de Lyndon Traherne ?

Belle hésita.

— Plus ou moins, oui.

Dodo fit un geste de sympathie.

— Pas de chance pour le prix.

— Pas de chance, non.

— J'espère bien que tu changeras d'avis, dit Dodo en se levant et en marchant jusqu'à la balustrade.

Elle avait l'air si déçue que Belle se laissa presque fléchir.

— C'est juste que je n'ai pas envie de nager, dit-elle.

— Je comprends, murmura Dodo. Et je vois aussi très bien pourquoi tu préfères rester ici. C'est si magnifique.

Belle posa de côté l'album de photographies et se leva pour aller rejoindre sa nouvelle amie. Elle tâcha de voir le jardin à travers les yeux d'une jeune Anglaise qui passait ses premières vacances sous les tropiques. Mais elle n'y parvint pas. Ça n'avait rien de magnifique à ses yeux.

De là où elles se trouvaient, les deux courbes de l'escalier blanc et poussiéreux plongeaient dans un fouillis de fougères arborescentes, de plumbagos et de gingembres sauvages, avec au milieu une pelouse brune et sèche qui descendait jusqu'à la Martha Brae. De l'autre côté de la rivière, la route traçait une entaille à travers les champs de canne, en direction de Falmouth et de la mer. Le soleil était brûlant et l'herbe dépérissait à vue d'œil.

Qu'est-ce qu'il y avait de magnifique là-dedans ?

Pourtant, Belle adorait Éden. Et elle se détestait de réagir comme cela. Mais c'était plus fort qu'elle. Deux semaines avaient passé depuis le bal des enfants, et tout semblait avoir changé. Qu'est-ce qui n'allait pas chez elle ?

C'était ici son foyer. Elle était née dans cette grande maison géorgienne délabrée, pleine de courants d'air. Elle avait fait ses premiers pas sur cette longue véranda, y avait chassé des colibris, essayé de manger un mille-pattes. Mais aujourd'hui, elle se sentait coupée de tout cela. Isolée. Solitaire.

Réfléchis un peu, se dit-elle pour la centième fois. Mr Traherne ne savait pas ce qu'il faisait. C'est impossible. Ça n'aurait aucun sens.

Elle suivit des yeux les jumeaux qui débouchaient à l'angle de la maison, mal assurés sur leurs petites jambes, et qui se lançaient résolument sur la pelouse à la poursuite de Scout, le grand mastiff. Ce fut Douglas qui le rattrapa le premier ; il donna une claque sur l'énorme tête noire et plissée. Scout la supporta patiemment, sans cesser de haleter et de remuer la queue. Lachlan trottina jusqu'à Douglas, l'attrapa par le dos de son costume marin et le tira en arrière. Ils tombèrent tous les deux à la renverse dans l'herbe et se mirent à crier. Leur nurse Poppy les contempla tranquillement, amusée. Scout essaya de remettre Lachlan sur pied en le poussant de la truffe.

Belle regardait ses petits frères et ne parvenait pas, malgré son application, à éprouver quelque chose. Elle ne sentait même plus de lien de famille avec eux.

Elle avait menti à Dodo. Elle adorait nager, et avait très envie d'aller à la baignade-partie des Palairet à Salt River. Mais elle ne pouvait pas s'y risquer. Chaque fois qu'elle s'imaginait Mr Traherne, son estomac se retournait dans sa poitrine.

Et pourtant, elle pensait sans cesse à lui. Il avait été si gentil… Lui parlant comme si elle était une adulte. Utilisant des mots savants et présumant qu'elle les comprendrait. L'écoutant. Comment avait-il pu faire un geste aussi choquant ?

— C'est ton père quand il était plus jeune ? demanda Dodo derrière elle.

Elle était retournée sur le canapé et avait posé l'album de famille sur ses genoux.

À contrecœur, Belle vint s'asseoir à côté d'elle. C'était elle qui avait eu l'idée de l'album. Comment, sinon, amuser une fille qui avait peur des mantes religieuses, et qui jouait avec des poupées ? On ne pouvait guère l'emmener dans les collines chasser les vautours.

— « Capitaine Cameron Anthony Lawe, lut Dodo, en suivant du doigt l'écriture soignée de la mère de Belle. Suakin, 1882 ». Je ne savais pas que ton papa avait été soldat. (Le propre père de Dodo était lieutenant-colonel au Bengale.) Pourquoi est-ce qu'il a quitté l'armée ?

— Je ne sais pas exactement. Il était au Soudan et quelque chose de terrible est arrivé. Mais ce n'était pas vraiment sa faute.

— Dis donc, s'exclama Dodo, qui dévorait des yeux la photo. Qu'est-ce qu'il est chic… Mon père à moi est plutôt gros et chauve. En tout cas, il l'était la dernière fois que je l'ai vu, et je ne pense pas qu'il se soit arrangé depuis. (Elle tourna la page.) Et lui, c'est ton oncle, n'est-ce pas ? Je le reconnais, je l'ai vu au match de polo. Oh, soupira-t-elle, quelle classe il a, le rêve…

Belle fronça les sourcils ; elle n'aimait pas penser à son père ou à son oncle de cette façon. Ils étaient simplement papa et oncle Ben.

— Sissy Irving a dit que ton oncle avait été *palefrenier*, reprit Dodo, d'un ton incrédule. Qu'il travaillait pour Mr Traherne, qu'ils s'étaient disputés et qu'il était parti. Mais ça ne peut pas être vrai, n'est-ce pas ?

Belle se mordit la lèvre.

— En fait, si, ça l'est.

Les yeux de Dodo s'écarquillèrent de surprise.

— Oh, dis donc… Mais il est riche maintenant, n'est-ce pas ? Je veux dire, cette nouvelle maison qu'ils sont en train de construire… Je l'ai vue quand nous sommes passés devant leur domaine. Comment est-ce qu'il a eu tout son argent ?

— Je ne sais vraiment pas…

Dodo tourna une autre page.

— Tu as tellement de chance. Ta famille est vraiment géniale. Une tante si intelligente qu'elle fait partie du comité de l'hôpital, une jolie maman qui fait de la photographie… Comparée à ça, ma famille est si fade…

— Non, elle ne l'est pas.

— Si. Ma tante à moi élève de dégoûtants chiens courants. Elle les préfère aux gens. Ma sœur est trop petite pour que ça soit amusant de jouer avec elle, et mes frères sont méchants. C'est eux qui m'ont donné mon surnom, Dodo, à cause de mon affreux grand nez. Ils disent que ça me fait loucher et que j'ai l'air de dormir.

— Moi, je trouve que tu es très jolie, dit Belle avec chaleur.

— Merci…

Belle le pensait. Elle enviait à Dodo ses cheveux châtain clair, ses pâles sourcils et son long visage étroit. Dodo était si anglaise, si bien élevée. À côté, Belle se sentait trop brune, trop ordinaire.

Elle jeta un coup d'œil à l'album qui reposait toujours sur les genoux de Dodo. Il était ouvert sur une photo que sa mère avait prise. Elle montrait la tante de Belle et son oncle assis côte à côte, un léger sourire aux lèvres, comme s'ils s'amusaient d'une plaisanterie qu'ils venaient d'entendre. Le teint de Ben était sombre, parce que sa famille venait d'Irlande, mais tante Sophie avait des cheveux brun clair, de malicieux yeux noisette et une bouche volontaire. Elle ne ressemblait pas à sa sœur aînée, la mère de Belle.

Belle ne l'avait jamais vraiment remarqué jusque-là, mais soudain ça la frappait beaucoup. Tante Sophie avait la peau claire, une peau d'Anglaise, comme papa et aussi les jumeaux. Seules maman et elle étaient brunes.

Des étrangères, pensa-t-elle avec un sentiment de malaise.

Elle regarda Dodo tourner les pages de l'album. Dodo et ses expressions tout droit venues du pensionnat, son curieux mélange de modestie et d'assurance. Dodo qui savait toujours instinctivement ce qui « se faisait » et ce qu'il valait mieux éviter de faire.

Mr Traherne n'aurait jamais touché Dodo.

Belle baissa les yeux vers l'album. En tressaillant,

elle vit que la main de son oncle était posée sur l'épaule de tante Sophie exactement comme celle de Mr Traherne l'avait été sur son épaule à elle.

Son cœur recommença à cogner dans sa poitrine. Elle tourna rapidement les pages jusqu'à la photo de ses parents qu'elle préférait, où ils étaient debout sur les marches avec Scout à leurs pieds. Papa avait un bras passé autour de maman, la main sur son épaule. Pourquoi ne l'avait-elle pas remarqué plus tôt ?

Soudain, elle se retrouva sous la voûte verte et oppressante des bambous géants, la main de Mr Traherne pesant lourdement sur son épaule. Puis elle glissait et s'appuyait contre sa poitrine…

Non, se dit-elle. Papa n'est pas comme ça, ni Ben.

— Qui est-ce ? demanda Dodo, la faisant sursauter.

Elle était revenue quelques pages en arrière et regardait un ancien tirage sur papier albuminé d'un groupe de jeunes gens lors d'une fête. Le tirage était moisi et tacheté, mais on distinguait un jeune homme dans un costume blanc, les yeux baissés vers une fille aux cheveux sombres. Elle regardait droit vers l'objectif et son visage était très beau, avec quelque chose de ferme et de sérieux.

— Qui est-ce ? répéta Dodo. La légende dit juste « Bal masqué du 26 décembre, Fever Hill, 1866 ».

— C'est ma grand-mère. La mère de maman. Elle s'appelait Rose Durrant.

— Elle est absolument ravissante. Tu sais, je pense que tu lui ressembles un peu.

— Non, je ne lui ressemble pas, repartit Belle.

— Mais si. Les mêmes sourcils, très marqués et un peu arqués. Et ce teint espagnol, ces yeux et ces cheveux sombres. Oh, je viens juste de le remarquer, ils sont déguisés ! C'est pour ça qu'elle porte une mantille. (Elle sourit.) Maintenant, nous savons d'où tu tiens ce don pour le travestissement.

Belle se mordit les lèvres. Elle ne voulait pas ressembler à sa grand-mère. Ça paraissait le pire des présages.

— Comment était-elle ?

Belle secoua la tête.

— Elle est morte il y a très longtemps. Bien longtemps avant ma naissance.

Dodo attendait qu'elle ajoute quelque chose, et parut déçue qu'elle ne le fasse pas.

— Il n'y avait pas de photographie d'elle, finit par dire Belle, sauf une petite que Mrs Herapath avait donnée à tante Sophie. Et l'année dernière, après la mort de grand-tante Clemmie, maman a retrouvé celle-ci.

Dodo acquiesça, comme pour l'encourager à continuer.

— Nous ne parlons pas beaucoup d'elle, murmura Belle. Je crois qu'elle était… disons, un peu méchante.

Les yeux de Dodo s'arrondirent.

— Méchante ? Comment ça ?

Belle se sentait mal à l'aise.

— Je ne sais pas exactement. Je crois qu'elle s'est enfuie avec quelqu'un. Alors qu'ils étaient tous les deux mariés à d'autres gens.

— *Oh, dis donc…* Un adultère ! Comme c'est excitant !

Belle lui prit l'album, le referma et posa ses mains dessus. Elle ne trouvait pas du tout cela excitant.

Le problème avec les Durrant, avait-elle entendu quelqu'un dire un jour, *c'est qu'ils vont toujours trop loin.*

À l'époque, ça avait captivé Belle. Après tout, c'était un Durrant qui avait construit Éden, en défrichant la forêt vierge à l'orée du pays cockpit. Maintenant, ça la perturbait plutôt.

Ça a l'air de te plaire d'enfreindre les règles, avait dit Mr Traherne.

Était-ce vrai ? Était-ce pour cela qu'il l'avait touchée ? Parce qu'il savait qu'elle était une étrangère, que quelque chose n'était pas normal chez elle ?

Dodo la contempla avec inquiétude.

— Je n'avais pas l'intention d'être indiscrète, tu sais. C'est juste que je t'admire tellement. Tu es si différente de tous les gens que j'ai rencontrés.

— Mais c'est complètement faux ! cria Belle. Je ne suis pas différente du tout !

Dodo cligna des yeux. Visiblement, elle cherchait quelque chose à dire qui arrangerait les choses. Elle finit par tendre la main et toucher le bras de Belle.

— Change d'avis et viens à Salt River.

— Non, je ne peux pas.

— Tu n'es pas du tout différente, tu sais. Et je suis sûre que tu n'as pas envie de rester toute seule ici, alors que tu pourrais passer un super moment avec nous au bord de la mer.

Belle hésitait manifestement et Dodo sauta sur l'occasion.

— Oh, viens ! Ce sera *si* amusant ! Et je te parie n'importe quoi que ces horribles Traherne n'y seront pas !

3

— J'ignorais tout à fait, dit Mr Traherne tandis qu'ils marchaient le long de la plage, que tu faisais de la photo.

— Oh, Belle est très bonne photographe, commenta Dodo.

— Non, ce n'est pas vrai.

— Et modeste avec ça, dit Mr Traherne.

Belle ne répondit pas.

Tout va bien, songeait-elle, en serrant contre elle son appareil Brownie comme un bouclier. Dodo est là, tu as un bon travail tranquille à faire, et nous sommes dehors en plein air, à nous promener au bord de la mer. Tout va bien.

Les Palairet avaient une pleine maisonnée de parents arrivés d'Écosse, et la plage que surplombait la grande et laide maison, sur la route de Montego Bay, résonnait de cris joyeux. Les enfants en costume de bain sautaient dans l'eau, depuis la plate-forme faisant office de plongeoir. Les adultes prenaient le thé par petites tables, sous les amandiers sauvages. Belle voyait la femme de Mr Traherne, assise dans son fauteuil roulant, et qui bavardait avec sa sœur, la veuve, Mrs Clyne. Sa présence n'était-elle pas une garantie rassurante ?

— Je retourne me baigner, lui dit Dodo.

Elle était rose d'excitation. Belle devina qu'elle n'avait couru vers eux que parce qu'elle se sentait coupable à cause de l'arrivée inattendue des Traherne.

— Ne pars pas, l'implora-t-elle.

Dodo lui adressa un grand sourire.

— Je reviens vite ! Je regrette juste que tu ne puisses pas venir toi aussi. C'est si bête que tu aies oublié ton costume de bain !

Belle lui fit un sourire crispé. Cet « oubli » avait finalement été une stupide erreur. Elle n'avait pas voulu qu'on la voie dedans, après ce qui était arrivé avec Mr Traherne ; aussi l'avait-elle laissé à la maison, et elle en avait été réduite à ôter ses chaussures et ses bas pour se tremper seulement les pieds dans l'eau.

Au début, elle s'était sentie dans la peau d'une adulte, alors qu'elle aidait à surveiller les tout-petits qui barbotaient près de la plage. Mais ensuite, elle avait vu avec consternation l'énorme et brillante voiture couleur moutarde des Traherne s'arrêter sous les saules.

Peu après, la vieille Mrs Palairet lui avait demandé si elle voudrait bien prendre quelques photos pour les albums des uns et des autres, et Belle en avait été flattée – jusqu'à ce que Mr Traherne lui offre de tenir son ombrelle.

— Acceptez, ma chère, lui avait dit Mrs Palairet. N'est-ce pas gentil ?

Belle avait dû se résoudre à murmurer un docile « merci ». Et maintenant, son cœur sombrant dans sa poitrine, elle suivait des yeux Dodo qui courait vers le plongeoir tel un chiot roux et dégingandé.

Mr Traherne se retourna et se mit en marche lentement sur la plage. Comme il tenait l'ombrelle et que l'ombre s'éloignait avec lui, Belle ne put faire autrement que le suivre.

Il parla du temps qu'il faisait, sur un ton naturel et dégagé, et elle convint qu'il était inhabituellement chaud pour cette période de l'année. Il n'ajouta rien. Il tenait une canne à pommeau d'ivoire dans son autre main, et semblait prendre plaisir à marcher en creusant de petits trous dans le sable.

Belle commença un peu à se détendre. Après tout, il gardait ses distances, et il y avait beaucoup de gens alentour. Lyndon était à moins de cent mètres derrière eux, apprenant à jouer au croquet à la petite sœur de Dodo. Un groupe de nurses, de cochers et de palefreniers bavardaient près des voitures. Tante Sophie s'était trempé les pieds dans la mer pour venir au secours du petit dernier de Mrs Clyne, qui avait peur de l'eau et qui hurlait.

— Je suis navré que ta maman n'ait pas pu venir, dit Mr Traherne, de sa voix calme de vieux gentleman.

— J'ai peur qu'elle ne soit un peu souffrante.

En réalité, elle n'en était pas du tout sûre.

« Je crois que je vais être souffrante, avait soudain annoncé maman à papa au déjeuner. Sophie va à Salt River, et je vais lui demander d'y emmener les enfants. »

Papa avait croisé son regard et retenu un sourire.

« Ma pauvre chérie, lui avait-il dit, d'une voix qui semblait amusée. Je pourrais rentrer tôt et lire pour toi ? »

Maman avait soigneusement replié sa serviette sur ses genoux.

« Oui, pourquoi pas ? »

Ils avaient échangé un regard, mélange d'humour, d'excitation et encore d'autre chose par en dessous, que Belle n'avait pas saisi. Elle s'était sentie exclue.

— Est-ce que tu as fait beaucoup de portraits ? lui demanda Mr Traherne, et elle sursauta.

— Non, lui répondit-elle abruptement.

Il fronça les sourcils et ils marchèrent quelque temps en silence. Belle se sentit rougir. Elle l'avait offensé. Comme c'était grossier de sa part d'avoir simplement répondu « non ».

Une dizaine de mètres devant eux, un jeune couple était debout sous un amandier sauvage. Ils formaient une jolie composition et Belle, se rappelant à quoi elle s'était engagée vis-à-vis de Mrs Palairet, s'arrêta et se prépara, non sans timidité, à les prendre en photo.

À son grand soulagement, Mr Traherne ne la regarda pas pendant qu'elle mettait son appareil en position. Il tenait juste l'ombrelle au-dessus de sa tête et contemplait la mer.

Belle tâcha de se concentrer sur ce qu'elle faisait.

La jeune femme était Celia Palairet – petite et brune, à la beauté délicate – qu'elle et Dodo avaient admirée à distance. Le jeune homme était son mari, Alasdair, ou peut-être Adam ? Dodo avait le béguin pour lui ; mais Dodo avait le béguin pour tout le monde.

À ce moment-là, le jeune homme leur tournait le dos, gâchant le tableau d'ensemble. À sa surprise, Belle se rendit compte qu'il était en colère. Elle le devinait à la tension de ses épaules et à son port de tête. Puis il se retourna et la composition s'en trouva aussitôt améliorée. Belle oublia la présence de Mr Traherne et s'absorba dans sa tâche. Il était encore suffisamment tôt dans l'après-midi pour que la lumière et l'ombre permettent de beaux contrastes, et leurs silhouettes se découpaient avec une grande netteté. « Essaie de faire ressortir l'émotion de tout ce que tu cadres », lui disait toujours sa mère. Pendant que Belle prenait la photo, elle songea que cette fois-ci, elle y réussirait peut-être. Elle saisirait la tension qu'il y avait entre eux. Puis il lui apparut qu'ils ne lui en sauraient pas forcément gré.

Elle jeta un coup d'œil en coin à Mr Traherne, qui regardait toujours vers la mer. Peut-être, pensa-t-elle, pourrions-nous maintenant faire demi-tour et repartir, repartir vers les autres ? Mais, à son grand désappointement, quand Mr Traherne vit qu'elle avait fini, il reprit sa marche lente le long de la plage : s'éloignant des autres et se dirigeant vers le jeune couple.

Belle le suivit à contrecœur. Après tout, il y avait aussi des gens dans cette direction.

— Attention, dit Mr Traherne, nous sommes sous un mancenillier. Ne marche pas sur ses fruits.

Belle le remercia, et se fraya un chemin entre les petits fruits verts à l'air inoffensifs. Il remarqua combien il était extraordinaire qu'autant des plus belles plantes de Jamaïque soient aussi vénéneuses. Belle acquiesça poliment.

— Les lauriers-roses, poursuivit-il. Les frangipaniers. Même le modeste ackee, du moins quand les fruits sont jeunes.

Elle sentait à sa voix qu'il était encore agacé par sa grossièreté de tout à l'heure. Pour se rattraper, elle lui parla des photos qu'elle avait prises de Dodo la veille.

— Ah, Dodo, répondit-il avec un petit rire indulgent. Tu as bien choisi. Elle a un genre bien particulier.

Elle acquiesça, bien qu'elle ne comprît pas tout à fait. La façon dont il lui disait « tu » était incroyablement personnelle. C'était inquiétant, mais aussi un peu excitant. Ça lui donnait de l'importance et la sensation d'être adulte.

Devant eux, Celia Palairet quitta l'ombre de l'amandier, ouvrit son ombrelle avec un claquement sec et s'avança dans leur direction. Son mari resta où il était, les mains dans les poches, regardant la mer d'un air froid.

Celia portait une élégante veste-tunique de soie blanche ainsi qu'une étroite jupe entravée, qui ne l'empêchait pas de se déplacer avec grâce, marchant à petits pas sur le sable argenté.

Le moral de Belle remonta. Maintenant, elle ne serait plus seule avec Mr Traherne. Mais Celia Palairet les croisa en leur adressant un bref signe de tête, et continua le long de la plage pour aller rejoindre les autres.

— Une dispute d'amoureux, commenta Mr Traherne quand elle fut hors de portée de voix. Mais pour en revenir à ce que tu disais, Dodo Cornwallis... Un amusant petit visage. Mais un rien conventionnel, tu ne trouves pas ?

— Heu, dit Belle, je ne sais pas...

— En tout cas, tu conviendras avec moi qu'elle ne porte pas très bien les vêtements. Est-ce qu'elle n'a pas quelque chose d'un épouvantail ?

Ils se tournèrent et regardèrent Dodo au loin, grande et un peu dégingandée, dans son costume de bain trop large de laine peignée grise, et qui leur faisait de grands signes avant de se jeter du plongeoir.

— Toi, en revanche, remarqua Mr Traherne, en se remettant en marche, tu portes très bien les vêtements. Pourtant on dirait que tu ne fais que les tolérer.

En revenant à sa hauteur, Belle lui lança un regard incertain.

— Par exemple, cette robe que tu as sur le dos est tout juste passable. Et je remarque que ta maman a mis des remplis au corsage et fait un ourlet pour permettre de l'allonger, ce qui gâche plutôt l'effet. Pourtant, sur toi, elle a quelque chose de spécial.

Belle rougit. Sa robe était une tenue de tennis en tissu éponge, qu'elle aimait pour son confort. Elle n'avait jamais pensé qu'elle pouvait faire un « effet », sans parler d'être « spéciale ».

— Et je vois que tu as retiré tes gants.

— C'était pour prendre les photos, dit rapidement Belle.

— Vraiment ? J'aurais cru que c'était parce que tu n'aimais pas en porter.

Il avait raison. Depuis l'âge de dix ans, elle avait de fréquents conflits avec sa mère sur le sujet, de même que sur celui des chapeaux de soleil et celui des chaussures.

« C'est à ses gants et ses chaussures qu'on reconnaît une dame, disait maman.

— Alors je ne veux pas être une dame ! » rétorquait Belle.

Mais comment Mr Traherne savait-il tout ça ?

— Si tu étais à moi, lui dit-il tranquillement, je serais très strict sur ce que tu pourrais porter ou non.

Elle tourna les yeux vers lui, perplexe.

— En fait, poursuivit-il, si tu étais à moi, je pense que je ne te laisserais pas porter de vêtements du tout.

Belle s'arrêta sur place.

— Peut-être juste un tablier de soubrette en organdi, avec une fine chaîne d'or autour de ton cou.

Elle en eut le souffle coupé. Debout dans le sable mouillé, les vaguelettes venaient clapoter sur ses pieds nus. L'ourlet de sa robe était taché de sel, son chapeau de soleil avait glissé à l'arrière de sa tête. Mr Traherne était un peu plus loin, sur le sable sec, tournant le dos au soleil. Il portait un costume de lin blanc immaculé, un panama sur la tête, et tenait toujours l'ombrelle dans une main et la canne dans l'autre. Belle se sentait dans la peau d'une sauvage juste débarquée de son canoë, et qui se retrouverait face à un conquérant venu d'Europe.

— Tu as le regard le plus sombre et le plus direct que j'aie jamais vu chez une fille, remarqua-t-il. Ce n'est vraiment pas très féminin.

Le cœur de Belle se mit à battre la chamade. Les bruits de la plage s'étaient évanouis : les cris des enfants, les ébrouements des chevaux, les murmures des adultes qui prenaient le thé. Par-dessus l'épaule de Mr Traherne, elle voyait le jeune homme qui se trouvait toujours sous l'amandier sauvage. Il n'était pas très loin d'eux ; si elle se mettait à courir, elle pourrait facilement le rejoindre. Ou peut-être allait-il venir vers elle.

Je vous en prie, venez ici, l'implora-t-elle en silence.

Comme s'il l'avait entendue, il tourna les yeux vers eux et, pendant un instant, elle crut que son regard avait croisé le sien. *Je vous en prie*, l'implora-t-elle de nouveau.

Mais il lui tourna le dos et s'éloigna le long de la plage.

— Tu as un visage fort, disait Mr Traherne derrière elle, et aussi une volonté très forte. Mais ce dont tu dois te souvenir, c'est que tu restes une femelle. Ce qui signifie que tu agis en fonction de tes émotions, jamais de ton intelligence.

Belle s'efforça d'être polie, mais elle était incapable de lui sourire.

— Ça veut dire aussi que tu es foncièrement immorale. Que, comme toutes les femmes, tu es une coquette, avant même d'avoir entièrement compris ce que ça signifie.

De sa canne, il commença à tracer une ligne dans le sable, une ligne qui dessinait des ondulations entre eux comme un serpent. Belle entendait le léger chuintement que faisait la canne en se frayant un chemin à travers l'épais sable blanc. Elle ne pouvait pas détacher les yeux de cette ligne sinueuse.

— N'aie pas peur, lui dit-il doucement. Je ne te toucherai plus. Je ne l'ai fait que pour prouver quelque chose.

— Je n'ai pas peur, murmura Belle.

— Non, bien sûr que non.

Il s'interrompit pour gratter le sable du bout de sa canne, puis redessina une ligne ondulante.

— Tu me rappelles ta grand-mère. Chère Rose. Elle était sauvage, elle aussi.

Belle essaya d'avaler sa salive.

— Je ne suis pas comme elle, fit-elle en remuant à peine les lèvres.

— Oh, si, tu l'es. Et je peux le prouver. Dis-moi, ce concours de déguisements… Est-ce toi qui as choisi ton costume ?

— Oui…

— Bien sûr que tu l'as choisi. Mais alors, pourquoi as-tu décidé de te déguiser en diable ?

— Je ne sais pas.

— Oh, je crois que si.

Belle ne répondit pas. Il continuait à tracer la ligne au sol. Avec un effort, elle parvint à en détacher son regard. Le jeune homme était loin maintenant ; il se penchait pour ramasser des morceaux de corail et les envoyait faire des ricochets dans les vagues. Il était bien trop loin pour qu'elle le rejoigne. Elle avait laissé passer sa chance. Ses yeux revinrent à la ligne ondulante.

— Pose-toi la question, dit Mr Traherne, de sa voix de vieux gentleman. Pourquoi as-tu *choisi* de t'habiller en diable ?

Elle ne répondit pas.

— Pourquoi as-tu *choisi* de me laisser te toucher l'autre jour ?

Elle ouvrit la bouche pour protester, mais il la précéda.

— Ne fais pas semblant. N'essaie pas de nier. Tu aurais pu t'enfuir, comme n'importe quelle fille normale. Tu pourrais t'enfuir maintenant. Mais tu ne l'as pas fait ce jour-là, et tu ne le feras pas aujourd'hui non plus.

Le soleil lui brûlait la tête et les épaules, le sable était d'une blancheur éclatante.

— L'autre jour, tu n'es pas partie, comme tu restes là en ce moment. Tu as permis que ça arrive. Tu veux que je te dise pourquoi ?

Tête baissée, elle attendait.

— Parce que tu es différente.

— Non, murmura-t-elle.

— Bien sûr que tu l'es. Je te connais. Tu es ce genre de fille-là.

— Quel… quel genre ?

— Tu le sais déjà.

Elle secoua lentement la tête.

— Tu es le genre de fille qui rend regard pour regard, comme un homme. Le genre de fille qui monte son poney à califourchon, comme un homme. Le genre de fille qui s'accroupit dans le grenier à foin pour regarder l'étalon aller aux juments.

Il avait raison sur ce point. Mais elle n'avait regardé qu'une fois, et ensuite ça l'avait ennuyée. De toute façon, elle savait pour les bébés et ces choses-là depuis qu'elle avait dix ans, quand sa maman l'avait prise à part et le lui avait expliqué, de façon très concrète et au plus grand embarras de Belle. Mais maman lui avait dit franchement qu'elle avait souffert de ne pas savoir quand elle était une jeune fille, et qu'elle ne voulait pas que Belle se trouvât elle aussi devant des questions sans réponse.

Regarder l'étalon avait été un peu effrayant, mais assez grisant en même temps. À écouter Mr Traherne, ça paraissait soudain vicieux.

— Tu es le genre de fille, continua-t-il, qui dans quatre jours chevauchera son drôle de petit poney en route vers Bamboo Walk, où elle aura rendez-vous avec un très vieil ami.

Dans quatre jours, c'était jeudi, jour où elle rendait visite à tante Sophie.

— Jeudi, je ne peux pas, répondit-elle machinalement, puis elle posa une main sur sa bouche.

Ça ressemblait à une acceptation, comme si elle avait l'intention d'aller là-bas.

— Si, tu le peux, dit-il avec son sourire aimable. Et tu le feras. À l'heure du thé, près du guango à Bamboo Walk. Je le prendrai *très* mal si tu n'y es pas.

4

Une chauve-souris voleta sous les bambous géants, et le cœur de Belle sauta dans sa poitrine.

Au clair de lune, tout semblait différent. La rivière était noire. Les gingembres sauvages avaient perdu leur éclat. L'obscurité était impénétrable, sous le feuillage du jeune arbre duppy.

Elle n'était plus revenue ici depuis le jour du bal costumé. Elle n'avait pas voulu. Mais aujourd'hui, elle n'avait pas le choix.

Elle ouvrit sa sacoche et en sortit les ingrédients pour le sortilège. Un œuf de canard siffleur. Un bec de perroquet. Un marteau et une poignée de clous. Une boule d'argile bleue qu'elle avait trouvée sur la véranda de Grace McFarlane, et emportée en cachette.

Elle prit une grande inspiration. L'air sentait la pourriture et la maladie, la chaleur lui collait à la peau. La Jamaïque est pleine de fantômes. On les appelle les duppies, ils vivent dans les arbres duppies et peuvent être espiègles, ou franchement mauvais. Ce soir-là, on aurait dit que tous les duppies de Trelawny la regardaient.

Elle serra les dents. Il fallait que le sortilège marche. Elle n'avait pas d'autres solutions.

Elle avait gardé le silence pendant tout le chemin de retour depuis Salt River, mais heureusement tante Sophie était elle aussi d'humeur pensive, et n'avait rien remarqué. Dodo dormait.

Pendant que le dog-cart bringuebalait sur la route rouge et poussiéreuse, Belle regardait défiler la végétation sur les bas-côtés. Mr Traherne avait raison. Les plantes avec lesquelles elle avait grandi étaient toutes vénéneuses. L'astragale. La tueuse de buckra, la tueuse d'homme blanc. La morelle de Jamaïque. C'étaient ces fleurs-là qu'elle avait collées dans des albums, ces feuilles qu'elle avait ramassées pour jouer à la bouilloire avec les pickneys. Quelle signification fallait-il y voir ?

Elle ferma les yeux et se demanda quoi faire. Aujourd'hui, c'était dimanche. Il lui avait ordonné d'être à Bamboo Walk le jeudi après-midi. Il ne lui avait pas laissé le choix. Il avait ordonné d'y être.

Devait-elle faire comme il l'avait dit ? Ou ne pas y aller, au risque de le mécontenter ?

Elle avait envie de poser la question à quelqu'un, un adulte qui saurait lui répondre. Mais qui ?

La seule chose qu'elle savait, c'était que papa ne devait jamais, jamais être au courant. S'il l'apprenait, il saurait qu'elle était différente : pas la fille normale qu'il croyait mais une *femelle*. Une femelle qui laissait un homme poser la main sur sa poitrine. Si papa l'apprenait… Rien que d'y penser, un frisson de terreur lui parcourut la peau.

Donc, ça excluait d'en parler à maman, qui bien sûr irait aussitôt le répéter à papa. Et aussi à tante Sophie, parce qu'elle irait tout de suite trouver maman.

Ce qui ne laissait comme choix que son oncle Ben et sa terrible vieille parente, grand-tante May.

Elle alla voir Ben.

Ben Kelly connaissait la vie, mieux que personne d'autre à son avis – peut-être mieux que papa lui-même. Il ne parlait jamais de son passé, mais Belle avait entendu raconter assez d'histoires pour savoir qu'il avait fait des choses qu'elle ne pouvait même pas concevoir. Il avait grandi dans les taudis de Londres. Il avait été mineur au Brésil. Il avait vécu à la dure dans les Cockpits, et s'était lié d'amitié avec les gens de la montagne. Les serviteurs l'aimaient et le respectaient, mais le craignaient aussi. Parfois ils racontaient des choses sur lui, quand ils pensaient qu'on ne pouvait pas les entendre.

Belle l'adorait.

Le lundi matin fut son jour de chance, elle l'eut rien que pour elle. Tante Sophie faisait des visites à Falmouth et Dodo, guère attirée par une chevauchée de douze kilomètres, était restée à Éden pour jouer avec les jumeaux.

— Alors, Belle, qu'est-ce qu'il y a ? demanda Ben tandis qu'ils se promenaient à travers les pelouses.

Comme toujours quand elle venait à Fever Hill, ils avaient commencé par jeter un coup d'œil sur les travaux de la nouvelle maison, puis partagé une carafe du jus de canne dont raffolait Belle, fraîchement pressé, avec une tranche de gingembre dedans pour en relever le goût. Ils se trouvaient maintenant sur la pelouse à l'arrière. Le poney de Belle, Biscotte, était attaché sous un arbre à pain, mais la jument de Ben, un pur-sang au poil brillant nommé Patsy, marchait derrière lui comme un gros chien docile. À Fever Hill, les chevaux se promenaient à leur guise dans le parc.

— Qu'est-ce qu'il y a ? répéta-t-il.

Belle se demandait par où commencer.

— Si un gentleman, dit-elle lentement, demande à

une dame de faire une promenade avec lui, tu penses qu'elle doit accepter ?

Ben mit les deux mains dans les poches de sa veste de chasse, et ses yeux verts se firent pensifs.

— Ça dépend du gentleman. Et d'abord, s'il en est vraiment un. (Il fit une pause.) Ils ne sont pas beaucoup dans ce cas-là, j'en ai peur. Tu as intérêt à faire attention, ma chérie.

Elle était soulagée qu'il ne lui ait pas posé de questions, mais aussi alarmée par sa réponse. N'y avait-il pas beaucoup de gentlemen ? Tous les hommes que connaissaient ses parents en étaient – sauf les domestiques, les ouvriers agricoles ou les boutiquiers.

— Comment on s'en rend compte ?

— En les regardant agir.

Elle médita un moment là-dessus.

— Belle, lui dit-il doucement. Quelle que soit la chose qui te tracasse, parles-en à ta mère.

— Je ne peux pas.

— Si, tu peux.

La jument le poussa dans le dos avec son nez, et il l'écarta gentiment.

— Tu ne t'en rends peut-être pas compte, mais ta mère est une femme extraordinaire. Tu peux tout lui dire. Crois-moi, je le sais.

— Non je ne *peux* pas. C'est pour ça que je suis venue te voir. Je… j'étais sûre que tu saurais quoi me conseiller. Tante Sophie dit que tu as presque tout vu et tout fait, à la fois en bien et en mal.

Ben parut étonné, puis il éclata de rire.

— Vraiment ? Eh bien, malheureusement pour toi, elle m'a fait promettre de ne rien te raconter de tout ça. Du moins, pas tant que tu n'auras pas suffisamment grandi.

— Pourquoi ?

Il soupira.

— Parce que tu as besoin de vieillir d'abord. Ma chérie, je sais que tu es à l'âge où on devient… curieuse de certaines choses…

Le visage de Belle s'empourpra.

— … et c'est normal, ajouta-t-il rapidement. Mais ce n'est pas à moi qu'il faut en parler. Crois-moi.

— Mais…

— Parle à ta mère, Belle. C'est la meilleure chose que tu aies à faire.

Bien sûr, elle ne le fit pas. Comment l'aurait-elle pu ? Mais, en ignorant son conseil, elle avait l'affreuse sensation qu'elle commettait une grave erreur.

Le lendemain, mardi, elle alla voir sa seule autre parente. Grand-tante May.

Grand-tante May, ou miss Monroe, comme l'appelait le tout-Trelawny, l'arrière-arrière-grand-tante de Belle, était d'une vieillesse inimaginable. Elle vivait dans une maison de ville sur Duke Street et n'allait jamais nulle part. Elle restait assise toute la journée dans la galerie supérieure, une pièce sombre, aux volets fermés, qui sentait le camphre et le grand âge, et ses domestiques eux-mêmes ne savaient pas à quoi elle passait son temps. Pourtant, Dieu sait comment, elle était au courant de tout ce qui se passait à Trelawny. Et en méprisait l'essentiel. Maman et elle se détestaient – Belle ne savait pas pourquoi –, même si maman emmenait Belle lui rendre visite une fois par an, parce qu'il ne fallait pas se couper de sa famille.

C'était justement parce que grand-tante May détestait maman que Belle pensait qu'elle pouvait lui demander conseil en toute sécurité. Grand-tante May aurait préféré prendre du poison que dire trois mots à maman.

Il fallut manœuvrer un peu pour la voir seule ; mais, le mardi matin, maman emmena Dodo rendre visite à Mrs Herapath, qui habitait au coin de Duke Street, et Belle réussit à leur fausser compagnie.

— Alors, mademoiselle, l'accueillit grand-tante May de sa voix glaciale.

Belle se jucha sur le rebord de sa chaise et se força à sourire. Son cœur battait, elle sentait la sueur couler entre ses omoplates. Grand-tante May lui avait toujours fait peur, et elle n'était pas la seule. La plupart des gens à Trelawny la craignaient.

Comme toujours, la vieille dame était assise, très raide, sur une chaise droite en acajou, ses doigts gantés serrant le pommeau de sa canne de jonc. Son visage sillonné de rides, et qui ne voyait jamais le soleil, était pâle, mais le bleu de ses yeux bordés de rouge brillait dans la pénombre. Malgré la chaleur, elle portait une robe à col montant de moire grise et rigide, de longs gants de chevreau couleur silex. Grand-tante May portait toujours des gants. D'après la légende, elle les avait mis à l'âge de dix-huit ans, par dégoût du monde après sa seule saison à Londres, et ne les avait jamais retirés depuis. Peu après, le père de Mr Traherne, Addison Traherne, lui avait demandé sa main. Elle en avait été scandalisée, car il descendait d'un maréchal-ferrant, et depuis elle haïssait les Traherne.

— Alors, mademoiselle, répéta-t-elle. Qu'est-ce qui t'amène ici ?

Belle avala sa salive.

— Comment allez-vous, grand-tante May ?

La vieille dame traita sa question par le mépris qu'elle

méritait. Visiblement, elle n'avait pas l'intention de faciliter les choses à Belle.

Celle-ci prit une grande inspiration, et se lança dans un récit incertain de la partie de baignade à Salt River, sans mentionner aucun nom en particulier. Grand-tante May l'écouta sans un mot d'encouragement.

— Donc, dit-elle quand elle eut fini, il en ressort que tu as un *galant*.

Belle tressaillit ; elle n'était pas sûre que « galant » eût bien la signification qu'elle croyait, mais elle n'osa pas poser la question.

— Un *galant*, répéta grand-tante May avec une sorte de satisfaction lugubre. À l'âge de treize ans. C'est extraordinairement vulgaire.

Les mains de Belle se crispèrent sur ses genoux.

— Et comment s'appelle-t-il ?

Belle s'humecta les lèvres, qu'elle avait sèches.

— Mr… Mr Traherne.

Le vieux visage se figea, les doigts gantés se raidirent sur la canne.

— Lequel ? Le vieux ou le jeune ?

Belle n'arriva pas à articuler un mot.

— Ah, le vieux…

Bizarrement, les yeux bleus brillèrent de plaisir.

Cela inquiéta Belle. Elle avait eu tort de venir. Que représentaient ses problèmes pour grand-tante May, sinon un objet de cruelle ironie ? May ne l'aimait pas. Elle avait eu l'âge de Belle à l'époque de la grande révolte des esclaves de 1832, et elle avait vu les pendaisons sur la place publique. Elle avait vu les cadavres entassés sur le bord de la route, au cours de l'épidémie de choléra de 1850, elle avait assisté à des ouragans, des tremblements de terre et des inondations. Elle se moquait de ses problèmes.

— Je ne sais pas quoi faire, lui dit Belle.

— Pourquoi es-tu venue me voir ?

— Je pensais…

— Tu pensais que je pourrais t'aider. Pourquoi ? (De sa canne, elle frappa le parquet.) Les Traherne sont une tache sur cette paroisse depuis des années, poursuivit-elle, et avant de mourir, je compte bien les voir disparaître, jusqu'à la racine. Mais *je* choisirai le moment où ça arrivera. Et ce moment n'est pas encore venu.

— Mais…

— Je ne confirmerai pas ton histoire, mademoiselle. Ma parole, je ne le ferai pas. Et sans moi, qui te croira ?

Belle ouvrit de grands yeux.

— *Pourquoi* te croiraient-ils ? demanda grand-tante May en se penchant en avant. Ils diront simplement que tu as une belle propension à fabuler, exactement comme ta maman.

C'était si inattendu que la mâchoire de Belle en tomba sur sa poitrine.

— Oh, oui. Ta mère est une menteuse, comme sa mère avant elle.

— Non, protesta Belle.

Grand-tante May frappa de nouveau le sol avec sa canne.

— Ne m'interromps pas ! Vous êtes des menteuses, je le dis ! Tous les Durrant le sont. Irresponsables. Immoraux. C'est *dans le sang*.

— Je ne mens pas, insista Belle, qui ne savait pas ce qu'« irresponsable » signifiait. Je dis la vérité.

Mais la disait-elle ? Ou bien se trompait-elle du tout au tout ? Est-ce que Mr Traherne voulait simplement l'*aider*, parce qu'elle était différente ? Après tout, il avait promis qu'il ne la toucherait plus. Et elle le croyait, parce qu'il était un gentleman, et que les gentlemen tenaient toujours leur parole.

— *Mensonges*, répéta grand-tante May avec un plaisir manifeste. C'est ce que les gens diront. Affreux mensonges...

Belle sauta sur ses pieds et s'enfuit.

L'après-midi, la chaleur devint suffocante. Tout le monde avait les nerfs à vif. On observait le ciel, y cherchant en vain des nuages. Belle et Dodo restèrent sur la véranda, feuilletant de vieux numéros du *Weekly Gleaner* et s'irritant mutuellement.

Pour aggraver encore les choses, Dodo s'était prise de béguin pour Ben, et voulait parcourir de nouveau les albums de photos. Le reste du temps, elle voulait parler de baisers.

Il s'avéra que, même si elle jouait encore à la poupée, Dodo Cornwallis en connaissait un rayon sur les baisers, mais rien sur ce qui venait après – même si elle était persuadée du contraire.

— Une fille au collège m'a tout raconté, dit-elle à Belle pendant qu'elles s'habillaient pour le dîner. C'est très simple. Il y a quelque chose dont les hommes ont besoin de se débarrasser de temps en temps, alors ils le donnent aux femmes de Piccadilly.

Belle se figea, le jupon qu'elle s'apprêtait à enfiler dans les mains.

— Qui sont les femmes de Piccadilly ?

Dodo prit un air entendu.

— Tu sais bien...

Comme Belle semblait ne rien comprendre, elle se pencha en avant et précisa dans un murmure :

— De mauvaises femmes, tu sais bien...

Belle ne savait pas, et le terme l'inquiétait. Elle n'y avait encore jamais pensé, mais elle se rendait soudain compte qu'on pouvait classer la gent féminine selon une hiérarchie bien définie. Il y avait les « dames », comme maman et tante Sophie ; les « femmes », comme les domestiques et celles qu'on voyait au marché ; et les « mauvaises femmes », quoi que cela pût signifier. Puis il y avait les « femelles ». À Salt River, Mr Traherne l'avait appelée « femelle ». Était-ce comme une femme de Piccadilly, ou encore pis ?

L'aube de ce mercredi annonçait la journée la plus chaude de la saison, et elle n'avait toujours pas décidé quoi faire. Puis, au petit déjeuner, elle eut une brillante idée.

Et si elle faisait ce qu'on lui avait dit, qu'elle aille à Bamboo Walk, *mais que Mr Traherne ne fût pas là ?* S'il était malade ? Pas sérieusement malade, juste assez pour l'empêcher de monter à cheval… Alors, elle aurait rempli son obligation, tout en évitant que quelque chose n'arrive, *et il ne pourrait pas être mécontent.*

C'était la simplicité même. Pourquoi n'y avait-elle pas pensé plus tôt ? Tout ce qu'il lui fallait, c'était un peu d'obeah. Et elle connaissait la personne qui pouvait l'aider.

Son professeur, Evie McFarlane, était une belle mulâtresse, amie de tante Sophie depuis l'enfance. Elle avait épousé un planteur de couleur, Mr Walker, et vivait maintenant dans son domaine d'Arethusa, de l'autre côté de Falmouth. Mais tout le monde l'appelait encore miss McFarlane, ou « la dame professeur », car elle avait été autrefois maîtresse d'école à Coral Springs.

Elle avait cessé d'enseigner à l'école après son mariage, mais elle donnait encore des cours particuliers à Belle par amitié pour maman, qui ne pouvait se résoudre à l'envoyer au collège de miss Woolmer à Kingston. L'avantage qu'offrait Evie, c'est qu'elle n'était pas seulement professeur, mais aussi sorcière.

Sa mère, Grace, était elle aussi sorcière – la femme obeah la plus puissante de Trelawny –, et elle vivait seule dans le vieux village d'esclaves en ruine, en bas de Fever Hill. Cependant, Grace elle-même ne pouvait accomplir ce qu'Evie était capable de faire. Evie avait quatre yeux. Evie pouvait voir les fantômes.

— Est-ce que vous pouvez voir l'avenir, aussi ? lui demanda Belle, l'air de rien, une fois qu'Evie fut arrivée dans son petit dog-cart et qu'elles eurent pris place pour sa leçon d'histoire.

Dodo était repartie chez sa tante à Running Gut, et elles étaient seules sur la véranda.

— Non, malheureusement, je ne peux pas. Pourquoi ? Tu en es capable ?

C'était raté. Belle avait espéré qu'Evie pourrait lui dire si elle irait ou non à Bamboo Walk jeudi. Elle n'aurait pas eu à lui demander de jeter un sort à Mr Traherne pour le rendre malade. Ça ne serait pas aussi simple qu'elle l'avait souhaité.

— Mais vous savez comment jeter une malédiction, n'est-ce pas ?

Le visage d'Evie se ferma.

— Je veux dire, bredouilla Belle, ce que font les gens quand ils font de l'obeah… Clouer l'ombre de quelqu'un sur un arbre duppy, ou lui jeter un sort, ou mettre un serpent sur…

— Belle, dit Evie de sa voix de créole, basse et douce. L'obeah n'est pas un jeu.

Belle rougit.

— Je le sais. Je ne voulais pas…

— C'est dangereux. Tu comprends ? Si tu te mêles

d'obeah, même un peu, tu t'y brûleras les doigts très vite… (Elle se tut, secoua la tête.) Si vite que c'est comme une corde qui claquerait et qui reviendrait te frapper au visage.

Belle avala sa salive. Elle n'avait jamais entendu Evie parler avec une telle fièvre, et ça l'effrayait.

— C'était juste pour le rendre malade, dit-elle pour se défendre.

— De qui parles-tu ?

Belle secoua la tête et Evie réfléchit un moment.

— Cet homme, reprit-elle, je suppose que tu as quelque chose qui lui appartient ? Tu connais assez l'obeah pour savoir que tu as besoin d'un effet personnel…

Belle acquiesça et Evie tendit la main. À contrecœur, Belle fouilla dans sa poche et en sortit le mouchoir de Mr Traherne, qu'il lui avait donné pour bander sa main. C'était du fin linon blanc, mais il ne portait pas d'initiales. Evie ne pourrait pas savoir à qui il appartenait.

— Considère qu'il est confisqué, dit celle-ci, d'un ton très professoral, tandis qu'elle mettait le mouchoir dans son sac à main. Et maintenant je veux que tu me promettes, que tu me *promettes*, que tu ne tenteras rien toute seule. Belle ? J'attends…

Belle poussa un soupir.

— Très bien, dit-elle enfin. Je vous le promets.

Mais, douze heures plus tard, debout au clair de lune près de la rivière, elle était sur le point de rompre cette promesse.

Une brise chaude faisait bruire les feuilles sèches des bambous géants. Elle regarda craintivement autour d'elle. La nuit était remplie d'esprits. Qui la protégerait à présent ? Elle avait manqué à sa parole envers Ben, et maintenant elle était sur le point de manquer à celle qu'elle avait donnée à Evie McFarlane. Elle était sur le point de se mettre sous la protection d'une des plus puissantes sorcières de Trelawny.

Mais que pouvait-elle faire d'autre ? Même sans le mouchoir de Mr Traherne, elle avait appris suffisamment d'obeah auprès des domestiques pour jeter un sort. Au moins, il fallait qu'elle essaie.

Elle se retourna vers la rivière. Un poisson creva la surface de l'eau avec un *plouf*. Un moustique bourdonna à son oreille. Le chant de nuit des grillons était grave et musical.

Soudain, à sa propre surprise, elle se sentit soulagée. Ces bruits lui étaient aussi familiers que le son de sa propre voix. Elle était chez elle. Éden la protégerait. Éden permettrait à son sort de fonctionner.

Les premières heures de jeudi furent chaudes et sans vent ; mais Belle s'en moquait, parce que les présages étaient bons. Elle croisa une mangouste pendant qu'elle allait dans la maison de bains. Dans la nuit, Mr Anancy, l'araignée, avait tissé sa toile dans un coin de sa chambre, et il ne faisait ça que dans les grandes occasions. Le sort avait marché.

Puis un garçon arriva avec un mot de tante Sophie. Est-ce que ça ennuierait Belle de reporter de quelques jours son habituelle visite du jeudi ? Encore un bon présage, car Belle s'était demandé comment décommander cette visite sans éveiller les soupçons. Maintenant, elle était libre d'aller à cheval à Bamboo Walk pour remplir son obligation envers Mr Traherne et celui-ci ne pourrait pas être en colère contre elle. Elle ferait ce qu'on lui avait dit de faire ; mais le sort l'empêcherait, lui, de venir. Le sort veillerait à ce qu'il se tienne à l'écart.

Elle n'eut pas de difficulté à s'éclipser de la maison, parce que les jumeaux étaient impossibles et que maman avait fort à faire avec eux. Mais elle dut chevaucher lentement car Biscotte se fatiguait facilement ces jours-ci, et il lui fallut une heure pour arriver à Bamboo Walk.

Les champs de canne s'allongeaient autour d'elle, écrasés de chaleur. Même les grillons semblaient épuisés. À chaque pas, Biscotte soufflait avec irritation. Le porte-bonheur de romarin et de madame-destin que Belle avait fixé à la bride se fanait déjà, de même que la touffe qu'elle avait accrochée au revers de son cache-poussière.

Elle atteignit Bamboo Walk et ralentit. Rien. Dans le coin opposé du champ de canne, elle apercevait le guango, à côté d'un massif de bambous géants. Elle poussa Biscotte en avant.

Aucun souffle de vent ne faisait bouger les cannes. De la mousse espagnole pendait aux branches de l'arbre. Les bambous étaient absolument immobiles.

Avec un soupir de soulagement, Belle descendit de cheval et l'attacha à l'arbre. Elle allait jeter un rapide coup d'œil aux alentours, histoire de pouvoir dire qu'elle l'avait fait, puis elle ferait boire Biscotte dans la rigole d'irrigation, enfin elle repartirait…

Il l'attendait derrière un bambou géant.

5

— Belle ? Belle ?

Maman frappait à la porte de la maison de bains.

— Est-ce que tu vas bien ?

Belle se raidit. Dans le miroir, son visage était en sueur et livide. Elle ressemblait à une étrangère. Maman devinerait-elle ce qui était arrivé ? Le *sentirait*-elle ?

Belle était revenue depuis des heures, et elle ne pouvait toujours pas faire partir l'odeur. Elle serait sale pour toujours. Elle ne serait plus jamais propre.

De l'autre côté de la porte, sa mère lui dit :

— Moses m'a dit que tu étais revenue de ta promenade à cheval dans un état horrible. La pauvre petite Biscotte est complètement exténuée. Est-ce que tu es malade ?

Belle jeta un coup d'œil à la combinaison mouillée qu'elle avait dans les mains. Ça ne servait à rien. Elle ne se débarrasserait jamais du sang.

— Juste un peu mal fichue, répondit-elle. Pas de quoi s'inquiéter. Un peu trop de soleil, c'est tout.

Dans le miroir, la fille aux yeux immenses débitait mécaniquement les mots. Elle pensait : Voilà ce que tu es maintenant. Une fille qui ment à sa mère. Qui ment à tout le monde.

« Tu ne raconteras ça à personne, avait-il dit après, alors qu'il rajustait sa cravate. Tu le sais, n'est-ce pas ? C'est notre secret. »

Puis il avait sorti son mouchoir pour s'essuyer le front, était remonté sur son cheval, lui avait fait un bon sourire de grand-père et avait soulevé son chapeau, avant de mettre l'alezan au petit trot pour repartir chez lui.

— Belle ? lui dit sa mère. Je crois vraiment que tu devrais sortir. Tout de suite.

Elle entendit Scout, le mastiff, gratter et renifler à la porte, perçut l'inquiétude dans la voix de Madeleine. Elle roula en boule la combinaison humide et la fourra dans la poche de sa robe de chambre, puis elle lissa ses cheveux en arrière et déverrouilla la porte.

Sa mère poussa une exclamation.

— Mon Dieu, Belle, tu as l'air d'un fantôme. Qu'est-ce qui ne va pas ?

L'adolescente croisa son regard, puis détourna rapidement les yeux. Maman n'avait pas deviné. Elle était inquiète, sans plus. Elle sentit un frisson de peur la parcourir. Si maman elle-même ne pouvait pas deviner ce qui était arrivé, alors ce qu'il avait dit devait être vrai : ils partageaient un secret. Rien que tous les deux. Elle ne s'en sortirait jamais.

— Belle ?

Elle avala sa salive.

— Je vais bien, murmura-t-elle. Je te l'ai dit, j'ai juste un peu trop pris le soleil. Je vais bien.

— Tu n'as pas du tout l'air d'aller bien.

Scout renifla la poche de sa robe de chambre et elle le repoussa.

— C'est juste une migraine.

Sa mère posa une main fraîche sur son front.

— Tu as un peu de fièvre, aussi. Va t'allonger, tout de suite. Ne discute pas.

Belle n'avait nulle intention de discuter.

Elle était maintenant étendue dans son lit, pelotonnée sous la moustiquaire, et tentait de se vider l'esprit. Mais les pensées se bousculaient dans sa tête, elle ne pouvait pas s'empêcher d'y penser. Il était à l'intérieur d'elle et n'en sortait plus.

Il avait été si *fort*. Cette langue humide et rouge, comme celle d'un lézard, qui lui remplissait la bouche et la bâillonnait. Ces mains écailleuses, marquées de tavelures, qui la maintenaient immobile. Ce corps dur qui s'enfonçait en elle.

Comment avait-elle jamais pu trouver qu'il avait l'air noble, comme un sénateur romain ?

Et il s'était montré si calme après, si maître de lui. Sortant son mouchoir de linon blanc immaculé.

« Rappelle-toi, lui avait-il dit en se recoiffant, c'est toi qui es venue vers moi, pas le contraire. Parce que tu es comme ça. J'ai simplement vu ce qu'il y avait en toi et je l'ai fait sortir. Mais ne t'inquiète pas, avait-il ajouté, d'une voix très douce. C'est notre secret, je ne le raconterai jamais à personne. Nous ne voudrions pas que tu sois percée à jour, n'est-ce pas ? »

Elle ferma les yeux, enfouit son visage dans l'oreiller. Non, ça n'était pas arrivé…

Pourtant elle en portait partout les stigmates. Les égratignures sur ses bras. Les marques rouges sur ses cuisses. La douleur lancinante qu'elle ressentait à l'intérieur. Et le pire de tout, l'odeur. De vieux tabac, de sueur aigre et piquante, une âcre odeur d'homme qui lui donnait des haut-le-cœur. Elle s'était lavée et relavée, mais ne pouvait pas s'en débarrasser. Il avait laissé sa marque sur elle, comme un chat de gouttière qui marque son territoire.

C'est notre secret.

Elle se demandait si elle pourrait jamais s'en libérer. Des images sauvages se bousculaient dans son esprit. Elle se voyait prenant un fusil dans le râtelier et l'abattant sur l'escalier de Parnassus. Ou payant Grace McFarlane pour qu'elle lui jette un sort, qu'il tombe malade et meure. Ou encore s'enfuyant d'Éden pour aller quelque part, très loin, où personne ne saurait qui elle était. Ou simplement s'enfonçant dans la mer, profonde, verte, salée, purificatrice.

Sa mère entra dans sa chambre, avec une poudre contre le mal de tête. Belle la but, puis se rallongea et ferma les yeux. Elle sentit la main de Madeleine caresser ses tempes, lisser ses cheveux en arrière. Puis elle entendit le bruissement de sa jupe tandis qu'elle ressortait en fermant doucement la porte derrière elle.

Belle se mit sur le côté, regarda une tache de soleil qui progressait lentement sur les carreaux de terre cuite. Au bout d'un moment, une petite main ouvrit la moustiquaire et Douglas surgit dans son champ de vision, lui tendant d'un air solennel son jouet préféré : un kaléidoscope.

Sans un mot, Belle le prit et fit tourner le tube pour lui. Puis elle regarda à son tour à l'intérieur, contemplant à travers le viseur les centaines de fragments colorés, qui se défaisaient et se recomposaient sans cesse. On casse quelque chose, songea-t-elle, et même si ensuite on le répare, ce n'est plus la même chose.

Douglas s'impatienta, reprit son jouet et repartit.

C'est notre secret.

Un peu plus tard – du temps avait dû passer, parce que

la tache de soleil s'était déplacée de plusieurs carreaux –, la porte grinça de nouveau, et Dodo Cornwallis scruta l'intérieur de la pièce.

— Ouf, tu ne dors pas.

Timidement, elle se jucha sur le bord du lit.

— Ma pauvre… Je suis venue avec ma tante, on espérait que tu reviendrais avec nous pour faire la quatrième au croquet et passer la nuit à la maison. Pas de chance, ma vieille.

Belle voyait remuer les lèvres de son amie comme si Dodo avait parlé une langue étrangère.

— Ta maman dit que c'est juste un peu trop de soleil, poursuivit-elle, regardant Belle d'un air plein d'espoir. Mais je suis sûre que tu seras assez bien d'ici samedi, n'est-ce pas ?

Belle lutta pour rassembler ses pensées. Que se passait-il samedi ?

— L'après-midi musical de Mrs Traherne… Je joue mon morceau et tu as promis de venir. J'en mourrai si tu n'es pas là.

Belle cligna des yeux. Un après-midi musical à Parnassus. Sa maison. Sa femme. Son fils, ses filles adultes et ses petits-enfants. Mr Cornelius Traherne. Le gentleman.

Pour se débarrasser de Dodo, elle dit qu'elle ferait de son mieux, tout en décidant secrètement qu'aucune puissance sur terre ne pourrait l'obliger à aller là-bas.

La tache de soleil glissa plus loin sur les carreaux, puis s'atténua jusqu'à disparaître. Scout renifla par la porte entrouverte, vint flairer la moustiquaire, ressortit à pas de loup. Le chant des grillons se fit plus grave. Des chauves-souris passèrent derrière les jalousies. Belle entendit son père rentrer à la maison et enfonça son visage dans l'oreiller. Elle ne serait plus jamais capable de le regarder en face.

Elle entendit les bruits de la table qu'on mettait, puis ses parents qui parlaient pendant le dîner.

— Mais il faut reconnaître ça au vieux Cornelius, disait son père, il réussit toujours à garder la tête hors de l'eau. Il y a deux ans, je n'aurais pas misé un shilling sur ses chances, mais maintenant, avec quelques banquiers d'affaires dans sa poche...

— ... sans parler du mariage Clyne, répondait maman. Pauvre petite Sibella, sacrifiée sur l'autel de...

— Oui, mais elle y est allée les yeux grands ouverts, disait papa.

Comme moi, songea Belle. Est-ce que ça signifie que c'est ma faute ?

Mais elle ne s'était pas doutée de ce qu'il allait faire. Non, elle ne s'en était pas doutée.

Est-ce que c'était comme ça pour tout le monde ? Être maintenue à terre et blessée, meurtrie, comme un vulgaire morceau de chair ? Est-ce que ça se passait ainsi entre tous les hommes et toutes les femmes ? Entre tante Sophie et Ben ? Maman et papa ? Était-ce la vérité empoisonnée qui se cachait sous la douceur trompeuse des thés et des après-midi musicaux ?

La nuit tomba, la lune se leva. Enfin, elle s'endormit.

Elle se réveilla vers minuit, et resta allongée à regarder en clignant des yeux le clair de lune sur les carreaux. Puis elle enfila sa robe de chambre et traversa le hall à pas feutrés, jusqu'au bureau de son père. La lampe sur la table projetait un éclat doré jusqu'à l'entrée de la pièce.

— Tu travailles tard, papa, lui dit-elle.

Il leva la tête et la contempla.

— Qui êtes-vous ?

Elle en vacilla sur ses jambes.

— C'est moi, Belle...

Il fronça les sourcils.

— Non, vous n'êtes pas Belle. Vous n'êtes pas ma fille, vous êtes une étrangère.

Il se leva et fit le tour de son bureau, la dominant de toute sa hauteur. Ses yeux gris clair brillaient de colère.

— Qui êtes-vous ? Que faites-vous dans ma maison ?

Elle ne pouvait plus respirer. C'était une erreur. D'une seconde à l'autre, il allait sourire et lui dire qu'il plaisantait.

— Qu'avez-vous fait à ma fille ? lui demanda-t-il. Où est Belle ?

Elle se réveilla en sursaut, au milieu d'un fouillis de draps humides de transpiration. Le vieux cauchemar. Mais cette fois, il avait paru si réel...

Dehors, une chouette hulula. Elle retint son souffle. Entendre la voix de Patoo signifiait que quelque chose de mauvais allait arriver. Mais c'était déjà fait. Y avait-il encore autre chose à venir ?

Se sentant malade, elle enfila sa robe de chambre et traversa le hall, à pas feutrés, jusqu'au bureau de son père. La lampe projetait un éclat doré jusqu'à l'entrée de la pièce.

Ce n'est *pas* un rêve, songea-t-elle. Il va me reconnaître. Je suis peut-être salie, mais je suis toujours sa fille.

Il leva les yeux, la vit et lui adressa son demi-sourire habituel.

— Salut, Belle. Tu te sens mieux ?

Le soulagement déferla en elle comme une vague. Elle acquiesça, alla s'asseoir dans son coin habituel sur le tapis turc et tendit sa chemise de nuit sur ses genoux.

Scout, affalé sous le bureau, se remit pesamment sur pied et vint lui renifler les chevilles, puis repartit tout aussi pesamment et s'effondra de nouveau.

— Je ne pense pas qu'un rhum à l'eau soit vraiment indiqué, n'est-ce pas ? lui dit papa. Est-ce que tu aimerais un verre d'eau de Seltz à la place ?

Elle fit un signe de dénégation. Il la contempla un moment, puis hocha la tête et revint à ses livres.

Elle parcourut des yeux la grande pièce décrépite, qui n'avait pas changé, du plus loin qu'elle se la rappelait. Le bureau d'acajou délabré sous lequel elle campait quand elle avait six ans et d'où elle refusait de sortir. Le malheureux tapis turc mangé aux mites, que maman menaçait de mettre au rebut chaque année. Les murs dorés en bois de satin, marqués de vieilles taches d'humidité remontant à l'époque où son père vivait seul dans cette maison, et où une grande partie du toit fuyait.

Elle venait ici depuis son premier cauchemar, quand elle avait cinq ans. Elle se couchait sur le tapis, regardait le tableau de la vieille maison à Strathnaw et harcelait son père de questions sur l'Écosse.

« Pourquoi les arbres sont tout nus ?

— Parce qu'en hiver il fait trop froid pour que les feuilles restent dessus.

— Mais alors, les oiseaux, où est-ce qu'ils font leurs nids ?

— Ils n'en font pas. Ils quittent le pays.

— Il n'y a plus du tout d'oiseaux ?

— Si, certains restent sur place.

— Lesquels ?

— Euh… les rouges-gorges.

— Mais s'ils n'ont pas de nids, où est-ce qu'ils dorment ?

— Aucune idée. »

Aujourd'hui, Belle regardait son père qui écrivait dans le grand livre du domaine, avec sa reliure de cuir. La lumière de la lampe projetait des ombres profondes sur son visage aux traits énergiques. *Pas exactement raffiné*, avait remarqué une fois Mrs Herapath, *mais si séduisant*.

Pourquoi les gens pensent-ils donc qu'il est si séduisant ? se demandait Belle. Parce qu'il est à la fois fort et gentil, et qu'on se sent en sécurité avec lui ? Mais est-ce qu'on a raison ? Est-ce qu'il est vraiment gentil ? Après tout, il avait été soldat au Soudan. Il avait fait des batailles, tué des gens.

C'était une idée affreuse. Il était son père, mais elle ne le connaissait pas vraiment.

Et lui ne la connaissait pas non plus.

— Belle, ma chère, lui dit Mr Traherne qui accueillait ses invités, debout sur les marches, comme vous avez l'air d'une grande fille…

Belle cligna des yeux. Elle attendait qu'il ajoute quelque chose, au moins qu'un frisson de gêne ou de culpabilité lui passe sur le visage. Mais il se contenta de poser la main sur son gilet, puis se tourna vers ses parents avec un sourire.

— Madeleine, Cameron, comme je suis content que vous ayez pu venir. Vous savez combien c'est important pour Rebecca.

Il avait le même air que d'habitude, celui, aimable et naturel, d'un bon grand-père. Il ne lança pas de clin d'œil discret en direction de Belle quand maman ne les regardait pas. Il s'était même déjà tourné ailleurs pour accueillir un autre invité.

Belle se mit à avoir des sueurs froides. *Sueur pour les*

ouvriers, énonçait volontiers Mrs Herapath, *éclat pour les dames*. Mais je ne suis pas une dame, pensa Belle. Je suis une femelle.

Elle murmura une excuse à l'adresse de sa mère et quitta la lumière du soleil pour la fraîcheur et l'obscurité du vaste hall de marbre. Elle trouva la salle de bains, y entra en bousculant presque une servante étonnée et claqua la porte derrière elle. Puis elle se pencha au-dessus des toilettes et vomit tout ce qu'elle put.

Mais à quoi est-ce que tu t'attendais ? se dit-elle avec colère. Des excuses ? Un sursaut de culpabilité ? Voyons, c'est *Cornelius Traherne*.

Elle pensa à ses pathétiques et puériles tentatives pour lui jeter un sort avec l'aide de l'arbre duppy. Quelle idiote elle avait été, d'imaginer qu'Éden la protégerait…

Tout aussi pathétique et puérile l'impulsion qui l'avait fait venir ici aujourd'hui. Ce besoin de lui faire face, de savoir au moins ce qu'il trouverait à lui dire.

Eh bien, voilà, elle avait la réponse. Rien. Il n'avait rien dit, et il ne ressentait pas le besoin de dire quoi que ce soit. Parce que de son point de vue, ça n'était jamais arrivé.

D'un pas chancelant, elle alla jusqu'au lavabo et se passa de l'eau froide sur le visage. La fille qui la regardait dans le miroir était une étrangère.

Désormais, pensa-t-elle, tu es quelqu'un d'autre. Peu importe qui. Tu dois juste faire semblant.

— On peut toujours faire confiance à Rebecca, disait Mrs Herapath, en prenant habilement un petit-four sur le plateau d'un valet de pied qui passait près d'elle, pour savoir bien faire ces choses.

Mrs Herapath était l'arbitre du bon goût à Trelawny, car, avant son mariage, elle avait été l'honorable Olivia Fortescue. Les dames de la bonne société du nord de l'île vivaient dans la terreur de ses commentaires – qui, Dieu merci, étaient en général aimables.

Elle avait raison, Rebecca Traherne faisait bien les choses. Le quartette à cordes de Montego Bay jouait du Schubert dans la galerie supérieure, tandis qu'en bas, sur la pelouse, un souffle de brise faisait frissonner les auvents des tentes. Dans les jardins alentour, de fraîches tonnelles vertes abritaient de jolies petites tables dorées, et il y avait des fleurs partout : de grands massifs de lauriers-roses, de plumbagos et de frangipaniers.

Tous vénéneux, songea Belle.

La colère lui brûlait l'estomac comme de la bile. La Jamaïque, Trelawny, Éden… Ce n'était pas le paradis qu'elle avait toujours imaginé. Pas avec tout ce poison qui bouillonnait au-dessous, telle une rivière souterraine.

Comme un dormeur dans son rêve, elle passait entre les invités sans que personne semble la remarquer. Partout où elle regardait, elle ne voyait que mensonges et faux-semblants. Maman, papa et tante Sophie écoutant les interminables récriminations de Mrs Pitcaithley, et faisant semblant de ne pas s'ennuyer. Mrs Clyne rendant à sa nurse son petit garçon apeuré par la foule et faisant semblant de sourire alors qu'en vérité il l'exaspérait. Mr Traherne caressant la joue de Dodo, et faisant semblant d'être un gentil vieux monsieur. Dodo faisant semblant d'aimer ça. Mrs Traherne, dans sa chaise roulante, faisant semblant de n'avoir rien remarqué. Lyndon invitant Belle à danser sur un ton agressif, et faisant semblant de s'en moquer quand elle lui eut répondu non. Tout le monde faisait semblant, jouait un rôle.

Lequel allait-elle jouer ? La docile petite demoiselle admirant les jolies dames et les beaux messieurs ? Ou la « femelle » qui savait ce qui se trouvait par en dessous ?

Là-bas, près de la balustrade, la ravissante Celia Palairet flirtait avec Georgie Irving, tout en jetant des regards en coin à son mari pour voir s'il l'avait remarqué. Adam Palairet, grand, distant, gardait un visage de marbre.

Belle se fraya un chemin jusqu'à lui.

— Pourquoi vous faites semblant ? lui demanda-t-elle. Si vous n'aimez pas la façon dont elle se conduit, pourquoi est-ce que vous ne la faites pas cesser ?

Il abaissa vers elle des yeux bruns étonnamment chaleureux, qui semblaient plus curieux que mécontents.

— Pourquoi est-ce que je le ferais ?

— Mais elle flirte ! dit Belle avec colère. Votre femme flirte avec un autre homme…

Il scruta un moment son visage, comme s'il essayait de découvrir pourquoi elle agissait ainsi, puis dit doucement :

— Vous êtes très jeune. Savez-vous vraiment quelque chose là-dessus ?

Ce n'était pas la réponse qu'elle attendait. Elle aurait voulu de la colère ou de l'indignation. Que quelqu'un d'autre ressente ce qu'elle ressentait.

Sans un mot, elle tourna les talons et le laissa. Elle descendit lentement l'escalier, s'aventura dans le jardin. Du coin de l'œil, elle aperçut Lyndon Traherne émerger de derrière un oranger en pot et la suivre à distance.

Elle pénétra sous la tonnelle de rosiers. On y manquait d'air et elle était déserte. Les précieuses églantines de Mrs Traherne perdaient leurs pétales à cause de la chaleur.

Lyndon y pénétra à son tour, mains dans les poches. Pauvre Lyndon, avec sa silhouette dégingandée et son visage sans charme. Il paraissait incroyable qu'ils aient pu, quelques semaines plus tôt, se disputer le premier prix d'un concours de déguisements.

Elle se tourna vers lui et attendit qu'il arrive à sa hauteur. Il pointait le menton en avant pour se donner un air décidé, mais elle remarqua qu'il tremblait.

— Ça ne vous intéresse pas d'écouter la musique ? lui demanda-t-il.

— Non.

Elle cueillit une rose et commença à en arracher les pétales.

— Ne faites pas ça..., intervint-il. Maman n'aimera pas.

— Le mieux, c'est que vous ne lui disiez pas, non ?

— Arrêtez...

Il tendit la main et saisit celle de Belle. Elle la lui abandonna, pour voir l'effet que cela produirait sur lui.

Il rougit et elle sentit ses doigts trembler. Elle pensa : Voilà ce que cela fait quand on n'est pas impliqué. C'est facile. On se retire simplement du jeu et on regarde.

— Tu as envie de m'embrasser ? lui demanda-t-elle.

Son visage s'empourpra, sa maigre poitrine se souleva et s'affaissa rapidement.

— Tu ne devrais pas dire ce genre de chose...

— Pourquoi pas ? Tu as envie de m'embrasser, je le vois bien. Tu penses tout le temps à ça, vrai ou faux ? J'ai entendu dire que dimanche dernier, tu as demandé à Becky Frobisher si elle voulait un baiser. Notre cuisinier a dit que tu...

— C'était différent.

— Pourquoi ? Parce que Becky est la fille d'une domestique ?

Il eut l'air confus.

— Parce que je suis un garçon, et que les garçons… Nous pouvons faire des choses que les filles ne peuvent pas faire.

— Oh, oui, dit-elle d'un ton froid. Je le sais bien.

Il la regarda d'un air étonné, puis bredouilla :

— J'ai déjà embrassé une fille, tu sais.

— Quand ?

— Au collège. Je veux dire… en ville. Et une fois, elle m'a laissé poser ma main sur son chemisier…

— Elle t'a laissé faire, ou tu l'aurais fait de toute façon ?

Il parut choqué.

— Je ne suis pas un mufle, quand même…

— Pas encore, non.

Il avala sa salive, et elle vit sa pomme d'Adam faire un rapide aller-retour. Dans l'ombre vert pâle, il avait l'air tellement jeune… Elle voyait la sueur luire à son front, le duvet ornant sa lèvre supérieure, qu'il essayait de faire passer pour une moustache. S'il n'avait pas été un Traherne, elle aurait presque eu pitié de lui.

Maladroitement, il se pencha en avant et pressa ses lèvres contre celles de Belle. Comme elle ne le repoussait pas, il glissa timidement le bout de sa langue dans sa bouche. Ce n'était pas déplaisant, et il n'était pas du tout brutal ; juste moite, et trop empressé. Elle pensa : Il fait ça parce qu'il sait qu'il le peut. Parce que je suis une femelle.

C'est dans le sang.

Encouragé par son absence de réaction, il lui entoura la taille de ses bras et se serra contre elle. Ce faisant, il la poussait en arrière, le dos contre les roses (qui heureusement n'avaient pas d'épines), et il émettait de bizarres petits gémissement de gorge. Elle dut réprimer une envie de rire.

— Splendide, splendide, bredouillait-il en enfouissant son visage couvert de sueur dans le cou de Belle.

Une de ses mains vint saisir un bouton de sa robe. Elle le laissa faire. Pourquoi pas ? Quelle importance ? Mais il était si maladroit qu'elle dut l'aider.

— Splendide, gémit-il, tout en pressant son visage contre sa poitrine. Splendide, splendide.

Non, je ne le suis pas, songea-t-elle avec irritation. Puis elle regarda un puceron se poser sur sa tête, commencer à grimper sur ses cheveux noirs et bouclés.

Le puceron avait presque atteint son oreille, et l'autre main de Lyndon remontait vers sa cuisse par-dessous sa robe, quand elle jeta un regard au-dessus de son épaule et vit un homme pénétrer dans la tonnelle. Son cœur fit un bond dans sa poitrine.

C'était son père.

6

— Il faut que je sache pourquoi, exigea papa.

Il avait l'air épuisé, comme s'il n'avait pas dormi.

Mais à vrai dire, elle non plus.

C'était le lendemain matin. Ils étaient debout côte à côte sur la berge de la rivière : proches, mais sans se toucher. Belle regardait la vapeur s'élever des grandes feuilles déchiquetées du philodendron. Elle aurait voulu être loin, là où personne ne pourrait la trouver.

À Parnassus, sous la tonnelle, il n'avait pas dit un mot. Il s'était juste figé et l'avait regardée – un regard d'adulte, pénétrant, comme il n'en avait encore jamais porté sur elle –, puis il avait tourné les talons et était reparti par où il était venu.

Elle ne lui avait pas couru derrière. Qu'aurait-elle pu lui dire ? Elle était restée avec le pauvre Lyndon, bouleversé, qui était tombé sur les genoux et avait fondu en larmes.

Maintenant, son père jetait son cigare dans la rivière et se tournait pour lui faire face.

— Pourquoi ? répéta-t-il.

De nouveau, elle ne répondit rien.

— Mon Dieu, Belle, tu n'as que treize ans… Qu'est-ce qui te pousse à te conduire comme cela ?

Elle croisa les bras sur sa poitrine et pensa : Je vous en prie, faites que ce soit bientôt fini. Je vous en prie, je vous en prie.

— Crois-tu… penses-tu que tu es amoureuse de lui ?

Elle tressaillit.

— De Lyndon ? Bien sûr que non.

— Alors, tu es juste… attirée par lui ?

— Non !

— Alors, quoi ?

— … Je ne sais pas.

Il fit quelques pas sur le sentier, puis se retourna.

— Qu'est-ce qui ne va pas ? Qu'est-ce qui t'est arrivé ?

On aurait cru que le vieux rêve recommençait. *Où est Belle ? Qu'avez-vous fait de ma fille ?* Elle le repoussa loin d'elle.

Que pouvait-elle lui dire ? La vérité ? Qu'elle était allée avec un grand-père de soixante-six ans, un homme de treize ans plus vieux que lui ? S'il était bouleversé par la vue de Lyndon en train de l'embrasser, alors que penserait-il de ce que le père de Lyndon avait fait à Bamboo Walk ?

Non, la vérité était impossible à révéler. Elle se dressait comme un mur entre eux deux. Et, bizarrement, elle était en colère contre lui. Parce que maintenant, elle devrait lui mentir pendant le restant de sa vie.

Du talon de sa botte, elle donna des coups dans la terre boueuse.

— Est-ce que tu l'as dit à maman ? murmura-t-elle.

— Non, et je n'en ai pas l'intention. Ça la tuerait.

Non, ça ne la tuerait pas, pensa-t-elle avec irritation. C'est le genre de formules que disent les gens sans les penser vraiment. Pourquoi tu ne peux pas dire ce que tu penses ? Hein, papa ?

Il se passa une main sur le visage. Une tristesse et un chagrin profonds s'y reflétaient. Et c'était elle qui lui avait fait ça : à lui, la personne qu'elle aimait le plus au monde. Elle ne pourrait plus jamais le regarder en face.

De l'autre côté de la rivière, les héliconias flamboyaient dans la lumière crue du soleil. Voilà le véritable Éden, pensa-t-elle. La cruauté et le poison qui se déguisent en fleurs.

— Je ne peux plus rester ici, dit-elle.

— Quoi ?

Elle se tourna vers lui.

— Je ne peux pas. Je ne *peux* pas. Je veux partir.

— Belle, de quoi est-ce que tu parles ?

— Je veux partir pour l'Angleterre. Oui, l'Angleterre. Vous seriez contents, non ? Maman et toi, vous me dites toujours qu'il sera bientôt temps pour moi d'aller en pension. (Elle promena le regard autour d'elle, comme pour trouver le courage de poursuivre.) Comment s'appelle cet endroit, où tante Sophie est allée ?

— Cheltenham.

— Oui, Cheltenham. Je veux aller en pension à Cheltenham.

Elle venait seulement d'y penser, mais d'un seul coup ça lui semblait parfait. Un endroit au loin, où personne ne saurait qui elle était. Loin de tout, de l'autre côté de la mer profonde, verte, salée, purificatrice.

Pourtant, une partie d'elle-même espérait qu'il allait aussitôt rejeter l'idée, lui répondre : « Ne sois pas absurde, Belle chérie, Éden est ton foyer. Pas de discussion. Tu restes ici avec nous, un point c'est tout. »

Mais il ne le fit pas.

Il dit oui.

La voiture bringuebalait rapidement dans les rues de Kingston, faisant s'envoler les vautours perchés dans les gouttières et s'égailler les chèvres, dans un bruit de galopade de petits sabots. Les badauds qui faisaient leurs courses et les touristes battaient l'air de leurs bras pour chasser les nuages de poussière qu'elle soulevait, et lui jetaient des regards de reproche.

Mrs Sibella Clyne était en retard. Elle devait monter sur le bateau à vapeur de Southampton et, de son point de vue, ça l'autorisait à aller aussi vite qu'elle le voulait.

Belle, assise en face d'elle, la regardait d'un air prostré.

Mrs Clyne, une rondelette et jolie blonde avec les yeux bleus légèrement saillants de son père, retournait en Angleterre et avait accepté de la chaperonner. Elle vivait dans une maison chic de Berkeley Square, où Belle passerait ses vacances. Mrs Clyne était la plus jeune fille de Cornelius Traherne.

Et Belle qui avait espéré lui échapper.

Elle regarda par la fenêtre et tâcha de ne pas penser à la maison. À papa.

Il l'avait accompagnée à Kingston, mais avait eu une affaire à traiter sur le quai et quitté tôt l'hôtel, en disant qu'il les retrouverait près de la passerelle dix minutes avant le départ de l'*Atalanta*.

Elle avait déjà fait ses adieux à la maison – à Poppy, au vieux Braverly, à Moses et aux autres, puis aux jumeaux, à tante Sophie, à Ben et à maman. Maman avait pleuré, elle qui ne pleurait jamais.

« Pourquoi tu dois partir ? Tu n'as pas besoin de partir, tu peux changer d'avis, rester ici et oublier ce maudit collège ! »

C'était à ce moment que Lachlan avait mis son cadeau de départ dans la main de Belle. Une sorte de saucisse en argile de la longueur d'un doigt, séchée au soleil et peinte en jaune. Il lui avait fait une queue pointue et une tête plate, avec deux yeux brillants en graines d'arbre duppy.

« Sépent zaune, lui avait-il dit gravement. Un serpent jaune. Qui porte bonheur. »

Elle l'avait maintenant dans sa poche, enveloppé dans son mouchoir. Elle le touchait du doigt et ravalait ses larmes.

À côté d'elle, la nurse lui jetait des regards curieux. Le petit garçon de Mrs Clyne, Max, promenait des yeux craintifs à la ronde.

— Quelle chaleur, gémit Mrs Clyne, en s'éventant énergiquement. On oublie toujours combien la Jamaïque peut être étouffante avant les pluies.

Max leva un œil inquiet vers le ciel, comme si le déluge pouvait leur tomber dessus d'un moment à l'autre. Mrs Clyne lui jeta un regard agacé, puis se tourna vers Belle.

— J'ai peur que tu ne trouves le climat de Cheltenham trop froid. C'est ce que j'ai pensé moi-même.

Belle la regarda, surprise.

— Vous y avez aussi fait vos études ?

— Mon Dieu, oui. J'y étais avec Sophie. Elle ne te l'a pas dit ?

Belle secoua la tête.

— La nourriture était épouvantable, poursuivit Mrs Clyne. Tellement insipide qu'on devait deviner quelle viande c'était à la sauce qui l'accompagnait. Et il y avait aussi toutes sortes de règles ridicules : ne pas parler dans les escaliers, ne pas marcher à plus de trois par rang. J'oubliais toujours. Et bien sûr, j'étais désespérément nulle en classe. Pas du tout intelligente comme Sophie.

— Est-ce que vous aviez… le mal du pays ?

— Oh, oui, horriblement. Au début.

Elle fit une pause, comme si elle regrettait d'avoir dit cela.

— Mais j'avais Sophie. Tu auras Dodo. On se remet de tout ça, tu sais. On se remet de tout.

Belle médita là-dessus. Mrs Clyne lui jeta un regard pensif, comme pour la jauger.

— Ta maman n'avait pas envie que tu partes, remarqua-t-elle.

— Je sais.

— Elle est vraiment bouleversée.

Belle ne répondit rien.

— Est-ce que ça t'est égal ?

— Oui.

Mrs Clyne soupira, puis elle murmura :

— « Combien l'ingratitude d'un enfant est plus cruelle que la dent d'un serpent… »

— Je ne suis pas ingrate, dit Belle.

— Peut-être pas, non.

Le visage de Mrs Clyne s'adoucit un peu.

— Oh, ne fais pas attention à mes paroles. C'est juste quelque chose que mon père me répétait chaque fois que je ne faisais pas exactement ce qu'il voulait.

Belle ne répondit pas. Il ne lui avait pas échappé que, si Mrs Clyne avait dit que maman était bouleversée, elle n'avait rien dit sur papa. Trouvait-il, lui, qu'elle était ingrate ? Voulait-il qu'elle s'en aille ?

Pour éviter les embarras de circulation, le cocher avait pris par South Camp Road, et maintenant ils tournaient à droite dans Harbour Street. Ils approchaient du carrefour de Fleet Street ; Belle le savait par les bavardages des domestiques, c'était là qu'échouaient les filles de la campagne quand leurs rêves d'une position respectable en ville tournaient court. Là que vivaient « les femmes de Piccadilly ».

La voiture s'arrêta pour laisser passer un tramway ; elle se trouvait juste en face de ladite rue. Mrs Clyne détourna ostensiblement la tête. Pas Belle.

Au coin de la rue, elle vit une fille. Jolie, avec une peau soyeuse, couleur café, des yeux sombres et limpides ; elle attendait visiblement le client. Belle ne l'avait jamais croisée auparavant, pourtant elle ressentit un élan de sympathie à son égard.

Je pourrais être à sa place, songea-t-elle.

Elle se demanda si Mr Traherne avait ses habitudes à Fleet Street quand il venait pour affaires à Kingston. Peut-être avec cette fille-ci.

Soudain, le collège pour dames de Cheltenham et les repas insipides qu'on y servait lui parurent tout à fait irréels. Comment allait-elle s'intégrer ? Comment allait-elle éviter qu'on ne la perce à jour ?

La voiture repartit, laissant derrière elle la fille du coin de la rue.

Belle vit son reflet dans la vitrine d'une boutique : un fantôme, transparent, caché derrière les visages affairés des clients et des passants. *Où est Belle ? Qu'avez-vous fait de ma fille ?*

Puis d'un seul coup, ils arrivèrent sur le quai, et tout se précipita. Elle descendit de la voiture, sous une lumière aveuglante, parmi une foule de visages blancs et bruns et au milieu du tumulte. Des pêcheurs en salopette de coton bleu et chapeau jippa-jappa jetaient de l'eau sur leurs poissons et criaient leurs prix à pleins poumons. De grosses marchandes en robe imprimée aux couleurs vives agitaient bruyamment des colliers de graines d'arbre duppy au visage des touristes. « Poires à point », criaient les colporteurs qui tenaient des plateaux empilés sur leurs têtes. « Cerises-mangues ! Jangla noir tout frais, pris du jour ! »

Et soudain papa la souleva dans une puissante étreinte et lui plaqua un baiser sur la joue, sa moustache lui picotant la peau.

— Il n'est pas trop tard, lui dit-il à l'oreille. Tu peux encore changer d'avis. Nous rentrerons ensemble à Éden et nous oublierons tout ça.

Elle l'étreignit fort et secoua la tête. Lentement, il la reposa au sol, lui mit les mains sur les épaules.

— Belle, il est encore temps.

Elle plongea le regard dans ses yeux gris clair, puis se détourna rapidement.

— Non. Je veux partir.

Il soupira et retira les mains de ses épaules.

Un porteur avançait lentement vers eux, poussant un chariot rempli de malles. Belle fit un pas en arrière pour lui laisser le passage et papa disparut derrière le chariot. Elle sentit la panique la saisir.

— Belle, ma chère, l'appela Mrs Clyne depuis la passerelle. Viens maintenant, nous devons vraiment monter à bord !

Le porteur s'éloigna avec son chariot. Papa était toujours là. Belle en éprouva un tel soulagement que ses genoux se dérobèrent sous elle.

— Écris-nous, dit papa, et ses yeux brillaient. De longues lettres, au moins deux fois par semaine.

Elle acquiesça.

— Toi aussi, et maman. Et tante Sophie et Ben. Et les jumeaux, dès qu'ils auront appris.

Il hocha la tête, puis il fronça les sourcils, s'éclaircit la gorge.

— Bien, alors tu ferais bien d'y aller. Tu ne voudrais pas qu'ils partent sans toi, n'est-ce pas ?

— Papa…

— Mieux vaut monter à bord maintenant, Belle. Ça ne sert à rien de prolonger les choses. Regarde, Mrs Clyne te fait signe de la rejoindre. Vas-y.

— Belle ! appelait Mrs Clyne. Nous devons vraiment…

La jeune fille jeta un regard par-dessus son épaule pour lui faire signe qu'elle arrivait. Quand elle se retourna, son père s'éloignait dans la foule.

— Papa ! cria-t-elle.

Mais à ce moment-là, la sirène de l'*Atalanta* retentit, et il ne l'entendit pas.

En tout cas, il ne se retourna pas.

DEUXIÈME PARTIE

7

Loos, France, septembre 1915 – trois ans plus tard

— La question qui se pose, marmonna le collègue officier d'Adam Palairet, alors qu'ils attendaient de sortir de la tranchée, c'est : est-ce qu'on va se battre ou est-ce qu'on se dégonflera ?

Adam ne répondit rien. Pour ne pas affronter cette question-là, il s'était concentré sur le chuintement des rats dans l'obscurité, le bruit de succion que produisaient les pas des hommes dans la boue.

Si je ne réponds pas, pensa-t-il, Cornwallis se taira sans doute…

Cornwallis ne se tut pas.

— Je veux dire, on n'en est jamais sûr jusqu'à ce qu'on ait essayé, non ? J'ai entendu parler de types qui brûlaient d'y aller, et qui la seconde d'après avaient une peur bleue, et…

— La ferme, siffla Adam entre ses dents.

De la tête, il lui fit signe que les hommes écoutaient. Le plus proche d'eux, un employé de banque de dix-huit ans appelé Nathan, serrait son fusil dans ses mains, blanc comme un linge.

Cornwallis se le tint pour dit et garda le silence. Avec

son grand nez, ses yeux bruns inquiets, il rappelait à Adam un setter roux qu'il avait eu en Écosse quand il était enfant.

Il se sentit mal à l'aise. Pourquoi Cornwallis ne parlerait-il pas s'il en avait envie ? Après tout, ils se valaient bien. Tous les deux avaient récemment été promus lieutenants en second, au sortir de leurs classes ; tous les deux étaient des représentants typiques de cette nouvelle classe de soldats, mélange hétéroclite d'avocats, d'employés de bureau et de mineurs venus grossir les rangs des militaires de carrière après un rapide entraînement à Aldershot. Tous les deux n'étaient au front que depuis quelques semaines et n'avaient, hasard des circonstances, pas encore reçu le baptême du feu. Et tous les deux avaient des frères dont la réputation les précédait, des frères qui étaient d'authentiques, de « vrais soldats ».

Sauf que, dans mon cas, songea Adam, en sentant la douleur familière le poindre, mes frères sont tous morts.

Depuis qu'il avait reçu le télégramme concernant Erskine, il n'avait plus pensé qu'à rejoindre le front. Il avait besoin de se trouver là où c'était arrivé. D'honorer la mémoire d'Erskine, de Gordon et d'Angus, en souffrant lui aussi comme ils avaient souffert.

Peut-être souhaitait-il aussi perpétuer la tradition. Depuis plus de deux cents ans, il y avait un Palairet dans la Garde noire. Longtemps après que sa famille fut descendue s'installer dans les basses terres du Galloway, ils avaient toujours fait allégeance aux montagnards Highlanders. Il y avait eu des Palairet à Charleston et Corunna ; à Cawnpore, Tamai et Magersfontein. Maintenant, c'était au tour d'Adam. Sa première « grande affaire », comme aurait dit Cornwallis : un raid de nuit sur les lignes allemandes, à lancer à trois heures vingt-cinq du matin précises, avec en soutien un pilonnage d'artillerie pour faire sauter les barbelés ennemis en face d'eux. En tout cas, c'est ce qui était planifié.

Adam regarda sa montre. Trois heures vingt.

Seigneur, pensa-t-il, j'espère que le vent ne se lèvera pas en face des hommes.

Cornwallis avait raison. La question était simple. Est-ce qu'on allait se battre ou se dégonfler ?

Attendre ainsi était pis que tout. Il n'arrêtait pas de récapituler les détails dans sa tête. Avait-on oublié quelque chose ? Est-ce que les signaleurs étaient en place ? Et les brancardiers, et l'aumônier ? Est-ce que les fusils avaient la bonne portée ?

Le téléphone sonna et tout le monde tressaillit. Plus loin dans la tranchée, il entendit le capitaine Goodwin dire quelques mots à voix basse, puis le silence retomba.

— Ça doit être la division qui veut savoir si tout est en place, murmura le sergent Watts, à quelques mètres d'Adam.

Trois heures vingt-cinq.

D'un seul coup, la nuit explosa. Les obus éclataient dans un bruit assourdissant ; les feux s'allumaient là-bas devant, jaune-vert ou pourpres ; le rouge et blanc des fusées éclairantes. Le capitaine Goodwin donna l'ordre d'avancer, et le cœur d'Adam chavira dans sa poitrine. Il voulut souhaiter bonne chance à Cornwallis, mais il n'était déjà plus temps, parce qu'ils commençaient à monter. Tandis qu'il luttait pour atteindre le sommet de la tranchée, il entendit son propre souffle rauque, le sang qui bourdonnait à ses oreilles ; les grognements du soldat à côté de lui, dont le kilt couvert de boue claquait sur les genoux.

Puis ils furent en haut et se mirent à courir à travers le

no man's land de terre boueuse et défoncée. Tout était bizarrement calme autour d'eux. Une nuit chaude et veloutée, avec un radieux clair de lune et des myriades d'étoiles. Les obus sifflaient puis éclataient, mais à distance. Puis, de la tranchée allemande qui constituait leur objectif, parvint le vacarme de la fusillade.

Tout en courant, Adam fit claquer son revolver en direction de l'endroit où l'ennemi devait se trouver, mais il savait que d'ici, il ne toucherait personne. Des insectes lui bourdonnaient aux oreilles.

Il en passa encore un autre, dans un sifflement, et la vérité éclata dans son esprit : ce n'étaient pas des insectes, mais des balles. Il fut surpris par sa lenteur à comprendre, et aussi parce qu'il n'avait pas peur.

Autour de lui, les hommes couraient, tête baissée, leur kilt leur battant les jambes. Il vit quelqu'un tirer une grenade à fusil et pensa : C'est trop tôt pour ça, idiot, tu ne les atteindras pas.

Cornwallis glissa près de lui et vint le heurter, le faisant presque tomber dans un trou d'obus. Le soldat Nathan tendit la main pour l'aider à se rétablir ; pendant qu'Adam regardait le visage blême et résolu du garçon, une nouvelle balle claqua près de sa joue et un trou, net et rouge, apparut sur le front de Nathan. Il s'effondra sur le sol comme une poupée de chiffon.

Adam le vit, mais n'en fut pas affecté. Il continua à courir.

Soudain, l'air parut se déchirer. Un rugissement assourdissant, un crépitement de balles semblable à une nuée d'abeilles en colère. Les mitrailleuses des Boches avaient ouvert le feu sur Madagascar Point.

Adam ne ressentait toujours pas de peur. Ces balles ne lui étaient pas destinées.

Il vit le capitaine Goodwin faire un geste du bras et

hurler un ordre, qu'il ne put entendre ; ça devait être : « Mettez-vous à l'abri ! », parce que plusieurs hommes se jetèrent dans un trou d'obus.

Adam les suivit. Il se jeta dans le fond du trou et atterrit près de Cornwallis, qui serrait son revolver dans sa main et tremblait. L'arme était un Webley Mark VI flambant neuf, avec une baïonnette fixée au canon. Adam s'écarta légèrement sur la droite, pour éviter d'être blessé par mégarde.

Une sorte de sifflement s'éleva, qui approchait.

— Baissez la tête, les gars ! hurla le sergent Watts.

Tandis qu'Adam se plaquait dans la boue, le sifflement se rapprocha, de plus en plus strident ; puis un bruit assourdissant parut éclater à l'intérieur même de son crâne, une âcre fumée lui envahit les narines et une colonne de terre monta vers le ciel, l'éclaboussant au passage de boue, de sang et de lambeaux de chair.

Quand l'explosion fut retombée, il se tourna vers l'endroit où s'était tenu Cornwallis, mais il n'y avait plus personne. À la place, il ne vit que de la terre retournée et une botte d'officier, recouverte d'éclats d'os et de chair noircis.

C'est donc comme ça que ça arrive, se dit Adam, figé de stupeur.

De nouveaux obus hurlèrent au-dessus de sa tête, des colonnes de terre jaillirent tout autour ; des balles sifflaient et claquaient comme des fouets. Étouffant dans les fumées de lyddite, ne sachant plus vers où il se dirigeait, Adam grimpa vers le bord du trou, passant devant le sergent Watts ; mais il glissa et, pour se retenir, posa la main sur quelque chose de mou. Il la retira aussitôt et se rendit compte que c'était un visage : celui d'un Français, d'après l'uniforme, mort depuis un moment déjà.

Une balle lui effleura le dos de la main, y laissant une longue éraflure rouge. Il cligna des yeux, stupéfait. Mon Dieu, pensa-t-il, c'est moi qu'ils visent. Je fais partie de la cible.

Mais il n'avait pas le temps de réfléchir. Goodwin leur donnait l'ordre d'avancer.

Adam atteignit le bord du trou d'obus et reprit sa course en avant.

Six heures plus tard, il était assis dans sa tranchée sur une vieille caisse de pâtés Fray Bentos, fumant une cigarette et essayant de se défaire de l'impression qu'à tout moment, son frère Erskine allait apparaître et qu'il pourrait tout lui raconter. Sur la façon dont ils avaient mené à bien leur mission – dans le plus grand désordre, en perdant quinze hommes dans l'opération, dont le pauvre Cornwallis. Sur le sergent Watts prenant possession de la tranchée allemande, puis posant un pansement de fortune sur la main d'Adam et lui offrant de l'emmener au poste de secours du régiment. Sur son refus et son retour dans la boue jusqu'à leur propre tranchée, où son ordonnance, Brewster, lui avait apporté une tasse de thé – il y avait à peine goûté – et deux lettres de chez lui qu'il n'avait pas encore lues, plongé qu'il était dans un soudain accès de nostalgie.

Par-dessus tout, Adam aurait voulu dire à son frère quelle étrange absence de sensations il éprouvait. Il ne pouvait même pas goûter cette fichue cigarette…

Il baissa les yeux vers les lettres posées sur ses genoux. Aucune des deux n'était de Celia, ce qui ne le surprenait pas. Elle ne lui avait plus écrit depuis une quinzaine de jours, et sa dernière lettre n'avait été qu'une longue récrimination. *Je n'ai pas épousé un soldat, mais un avocat... je déteste Cairngowrie Hall... je n'avais jamais pensé moisir dans un sinistre coin perdu d'Écosse... je retourne à Londres...*

Sur le moment, il avait désespérément voulu retourner auprès d'elle ; la crainte qu'elle le quitte lui avait coupé le sommeil et l'appétit. Mais ça s'était dissipé étonnamment vite. Si elle détestait l'Écosse, il était normal qu'elle retourne à Londres. Il en avait les moyens – juste, mais il les avait. De plus, si elle était à Londres, ce serait plus facile pour lui de la voir quand il aurait une permission.

Aussi ne fut-il pas bouleversé quand il vit que la lettre n'était pas de sa femme, mais du frère de celle-ci. *Désolé de ne pas être Celia*, écrivait Drum dans son style direct et juvénile, *mais tu connais ma sœur, pas géniale pour écrire des lettres. Tu ne dois pas être au courant, mais j'ai eu mon ticket de retour au pays la semaine dernière : une bonne balle bien proprette dans l'aile. Un coup de chance, non ? Ces braves vieux Boches ! J'en suis resté complètement sourd pendant trois jours, ce qui fait un drôle d'effet. Les toubibs disaient que c'était de l'épuisement nerveux (moi !), mais je leur ai dit quelle blague. Et maintenant je marche de nouveau droit, même si je me sens encore bien faiblard, d'où cette courte lettre. Courage, mon vieux, garde le moral, et écris si tu en as envie. Mes amitiés et tout le reste, Drum.*

— Brave vieux Drum, murmura Adam.

C'était ce que tout le monde disait à propos de Drummond Talbot. Grand, blond, direct, chaleureux Drum. Un frère inattendu pour la petite, brune et secrète Celia.

La seconde lettre émanait de Sibella Clyne. Adam en fut surpris. Il ne la connaissait que vaguement : son premier mari avait été un Palairet, un de ses cousins jamaïcains. Après son veuvage, elle s'était rapidement remariée : un banquier d'affaires qui était mort peu de temps après, la laissant à la tête d'une belle fortune. Elle était restée en bons termes avec la famille, particulièrement avec le chef de celle-ci, grand-tante Louisa, et était l'une des préférées des jeunes cousins d'Adam, car elle donnait les meilleurs dîners de la ville. Adam l'appréciait, mais ils n'avaient jamais été proches. Il la trouvait épuisante, et il savait qu'elle le trouvait « discret et réservé à faire peur ».

Cher Adam, lui écrivait-elle de sa main élégante et rapide, *comme votre grand-tante est souffrante (rien de sérieux), elle m'a demandé de vous envoyer des nouvelles de chez vous...*

Adam éprouva de l'irritation. La conspiration n'aurait pu être plus transparente. La femme de ce pauvre garçon ne lui écrit pas, alors à nous de le faire. Préserver le moral du front, et ce genre de choses. C'est notre devoir de femmes anglaises.

Il paraît, lui écrivait Sibella, *qu'ils ont eu un temps plutôt éprouvant là-bas en Jamaïque. Le mois dernier, un ouragan a frappé le nord de l'île ; au début, on a cru qu'il allait les épargner, mais au dernier moment il a obliqué et ravagé une large bande de terre le long de la côte ; typique des ouragans ! Le café et le cacao ont été complètement détruits, et tous ceux qui ont abandonné le sucre le regrettent amèrement maintenant, surtout avec la guerre qui fait grimper les prix. Bien sûr, votre grand-tante n'en est pas spécialement affectée à Salt River, mais on dirait bien que ma famille a commis une erreur, non ?*

Adam nota l'ironie sous-jacente dans ces lignes. « Ma famille » signifiait le père de Sibella, Cornelius Traherne, qui avait récemment converti nombre de ses champs de canne en plantations de café, et devait maintenant affronter une année difficile. Il était notoire que Sibella et lui ne s'entendaient pas.

En tout cas, poursuivait-elle, *je suis ravie de pouvoir dire qu'Éden va enfin bien. Quel soulagement pour les chers Madeleine et Cameron ! Et bien sûr, ça signifie que notre chère Belle a enfin pu aller s'acheter des vêtements convenables, ce qui a été si amusant. Vous vous rappelez Isabelle Lawe ?*

Adam fouilla dans sa mémoire, y trouva une écolière en colère qui l'avait autrefois réprimandé parce qu'il manquait d'honnêteté sur un point ou un autre. C'était une amie de Dodo Cornwallis, la petite sœur de St John.

St John Cornwallis. Le trou d'obus fumant. La botte…

Adam alluma une autre cigarette et en inspira une grande bouffée. Que diable le capitaine Goodwin allait-il écrire à la famille de St John ? Il ne pouvait guère leur dire que leur plus jeune fils avait été réduit en miettes par un obus, ne laissant qu'une botte…

Repoussant cette pensée, il se réfugia dans la lettre de Sibella.

Bien sûr, comme on est en plein trimestre, continuait-elle, *notre chère Belle ne devrait pas être avec moi, mais elle s'est enfuie de l'école (encore une fois !), et je n'ai pas eu le cœur de la renvoyer là-bas. En plus, Londres est si excitant en ce moment ! Les rues sont remplies d'uniformes, les scouts sont mignons comme tout à bicyclette, sonnant la fin de l'alerte sur leurs clairons, et les zeppelins sont plutôt jolis à voir, beaucoup trop lents et maladroits pour être effrayants. D'ailleurs, ils n'ont jamais bombardé que Douvres et l'East End.*

Bien sûr, il y a des problèmes. Cet affreux nouveau papier des billets de banque, et le fait que tout soit si horriblement cher, et la mode qui est tellement sinistre – certains ont l'air de penser que si on ne porte pas de kaki, on n'est pas patriote –, même si les chers petits avions sur les voilettes sont plutôt charmants.

Bien entendu, tout le monde est complètement obsédé par les espions allemands. On a même parlé d'interdire Beethoven (ce qui ne ressemble à rien, bien sûr), et les malheureux qui portent un nom allemand n'ont pas la vie facile. Je suis contente que mon pauvre petit garçon soit en sécurité dans le Sussex, car il n'aurait pas fini d'en entendre avec un prénom comme Maximilien – et vous savez combien il est timide. Ou peut-être pas ? Je n'arrive pas à me rappeler si vous l'avez déjà rencontré…

Comment peut-elle s'imaginer que j'aie envie de lire tout ça ? se demandait Adam, non sans amusement. Il sauta à la dernière page… *et le pauvre petit Bobby Mordenner a été tué la semaine dernière, une telle épreuve pour sa mère. Mais assez de tout cela. Votre cousin Osbourne séjourne avec nous, charmant garçon, et il semble que Belle lui plaise beaucoup. C'est si agréable d'avoir de nouveau un homme à la maison ; quelque chose qui m'a grandement manqué depuis que le cher Freddie a eu une crise de patriotisme et s'est trouvé une mission. Même si j'ai du mal à imaginer ce que Freddie pourrait bien faire aux Boches…*

Elle avait raison. Freddie Austen, connu comme étant « le soupirant fidèle de Sibella », qui l'avait aimée d'un amour sans espoir pendant ses deux mariages et au-delà, était un délicat et charmant rejeton de la petite noblesse irlandaise, que ses talents prédestinaient plus à l'observation des oiseaux qu'au combat. Mais enfin, songea Adam, on pourrait dire la même chose de beaucoup d'entre nous.

— Tout est prêt, monsieur, dit le sergent Watts, le faisant sursauter.

— Prêt pour quoi ? demanda Adam.

— Pour l'enterrement, monsieur.

Comme tout soldat chevronné, le sergent n'hésitait pas à rappeler ses jeunes officiers à leur devoir.

— Le détachement vient d'arriver, monsieur. L'aumônier est prêt, et le cap'taine Goodwin aime voir tous ses officiers assister au service.

Tout en enfournant ses lettres dans sa poche et en rajustant sa tunique, Adam suivit le sergent le long de la tranchée de communication sinueuse et sur le caillebotis, jusqu'à la petite parcelle de terre retournée où le service devait avoir lieu.

La journée était belle ; quelques marguerites tardives égayaient l'endroit où les hommes s'étaient rassemblés. Au-dessus des têtes, une alouette des champs virevoltait au soleil.

L'aumônier attendait dans son surplis, une bible à la main ; derrière lui se tenaient les autres officiers ainsi qu'une poignée d'hommes. Celui qui était le plus proche de l'aumônier portait un sac de sable à moitié rempli.

Une fois qu'Adam eut pris place à côté du capitaine Goodwin, le religieux commença le service. Le soldat qui tenait le sac de sable le fit descendre avec soin dans un trou fraîchement creusé. Une bouteille de whisky était posée au sol à côté du trou, vide et bouchée, contenant une étiquette à bagage écrite à la main. Le sergent vit qu'Adam la regardait et lui murmura à l'oreille :

— Le petit système du cap'taine Goodwin, monsieur. Elle marque la tombe jusqu'à ce que les croix arrivent.

— Combien de noms sur l'étiquette ? chuchota Adam.

— Cinq, monsieur.

Cinq noms. Ce sac de sable contenait les restes de cinq hommes.

Et le soldat Nathan ? Il n'avait pas été soufflé par l'explosion, juste atteint à la tête. Et la botte de St John Cornwallis ? Il ne semblait pas y avoir assez de place pour elle dans le sac. Pourquoi n'avaient-ils pas les corps de Nathan et Cornwallis ?

Adam nota mentalement de poser la question après le service. Ou peut-être devrait-il écrire un rapport à la Commission pour l'enregistrement des tombes ? Le QG envoyait toujours des rappels à ce propos. *Il est de la plus grande importance pour le moral des civils que l'emplacement de toutes les tombes provisoires soit immédiatement signalé…*

Une fois de plus, Adam vit le trou rouge creusé dans le front de Nathan. À un certain moment, il était encore un garçon de dix-huit ans s'efforçant de ne pas perdre courage – et l'instant suivant, il était mort. Plus rien d'humain ne restait de lui, juste un morceau de chair sur le sol. Et maintenant l'aumônier remerciait Dieu, dans Sa miséricorde…

Adam fit un effort pour essayer de comprendre.

Il ne croyait plus en Dieu depuis l'âge de huit ans, quand sa mère était morte de la grippe russe. Il avait catégoriquement refusé d'aller à l'école du dimanche, et ç'avait donné lieu à une dispute familiale, ses frères aînés prenant le parti de Pa contre lui, tandis que le petit Erskine de trois ans regardait la scène de ses yeux bleus écarquillés. De façon surprenante, la maîtresse de l'école du dimanche était venue au secours d'Adam : on devait lui laisser le temps de trouver son propre chemin. C'était bien le genre de tante Maud. Rigide et conventionnelle la plupart du temps, et parfois…

Avec un sentiment de culpabilité, Adam se rendit compte que son esprit avait glissé loin du service. Comment pouvait-il être aussi insensible ? Comment pouvait-il s'intéresser aussi peu à ce frère d'armes qu'il côtoyait depuis Winchester, et à quatre de ses propres hommes ?

Et pourtant, malgré toute la tristesse dont il aurait voulu faire montre, il ne pouvait rien éprouver d'autre qu'un immense sentiment d'incrédulité.

Il contempla autour de lui les visages gris des vivants, le trou noir et béant avec le sac de sable au fond ; les barbelés qui s'étendaient à perte de vue et le ciel d'un bleu tendre. Qu'est-ce que tu fais ici ? se demanda-t-il. Comment imaginer que tout ceci concerne tes compagnons ? Comment croire qu'en remuant quelques pelletées de terre, en saluant d'un inutile coup de revolver, on honore leur mémoire ? Ils sont morts, partis. Tout ce qui reste d'eux est là, enfermé dans ce sac.

Il baissa les yeux vers sa main bandée, se rappela sa sensation de surprise quand il avait été touché. Quand il s'était rendu compte qu'il faisait partie de la cible.

Il aurait dû trouver cela effrayant, mais non.

Eh bien, songea-t-il, pensif. Peut-être aurai-je de la chance, peut-être ne connaîtrai-je pas la peur.

8

Berthonval, août 1916 – un an plus tard

Ayant appris que le médecin du bataillon était installé dans le Galloway avant la guerre, Adam l'invita à dîner dans sa tranchée ; une impulsion qu'il regretta quand il sut que le médecin faisait une étude sur les traumatismes consécutifs aux explosions.

Après avoir subi de lourdes pertes à Longueval et Delville, le bataillon avait passé deux semaines derrière les lignes, puis s'était emparé du secteur numéro un à Berthonval. Les tranchées était profondes et sèches mais non couvertes, aussi devaient-ils les étayer pour éviter des effondrements en cas de pluie. Comme le front était calme et qu'il faisait beau, Adam mit ses hommes au travail.

D'habitude, il aimait ce genre de tâche, mais là il se surprit à parler sèchement à ses subordonnés et à maudire leur lenteur. Qu'est-ce qui n'allait pas chez lui ? Apparemment, ce fichu médecin avait l'intention de le découvrir.

Le dîner était bon car Sibella Clyne, qui semblait avoir adopté Adam comme filleul de guerre, lui avait envoyé un colis. Après des huîtres en boîte et du perdreau froid, ils avaient eu du gâteau au chocolat de chez Rumpelmayer, arrosé de deux bouteilles de graves et de beaucoup de whisky. Le médecin était d'excellente compagnie, mais Adam savait qu'il l'observait, et cela le rendait encore plus nerveux que ces derniers temps. Quand son ordonnance arriva avec un supplément de café, il lui dit de sortir d'un ton cassant.

Un silence suivit. Le médecin alluma un cigare, Adam changea de place une boîte d'allumettes sur le bureau pliant qui servait aussi de table pour les repas. Lorsque le silence fut devenu gênant, il s'enquit :

— Alors, quel est le verdict ?

— Que voulez-vous dire ?

— Vous étiez visiblement en train de me jauger. Donc quel est votre verdict ?

Le médecin sourit. Il avait un visage carré, marqué de taches de rousseur, de petits yeux gris qui ne laissaient rien transparaître.

— Votre commandant s'inquiète à votre sujet. C'est tout.

— Et il vous a demandé de m'examiner.

— Quelque chose comme ça, oui. Il pense que vous montrez des signes d'usure nerveuse.

— Assez pour gagner un ticket de retour ? s'informa Adam en riant.

— Probablement pas.

— Ah. Je n'y croyais pas vraiment.

— Souvent, un homme a simplement besoin de passer quelque temps loin du front. Et de dormir.

— Je ne veux pas dormir. Quand je dors, je rêve.

— Des cauchemars ?

— Bien sûr.

Il y eut une pause, que le médecin ne semblait pas pressé d'interrompre. Adam finit son cigare, en alluma un autre, puis remplit de nouveau leurs verres de whisky. Il capta le regard de son hôte et haussa les épaules.

— Je sais, je bois trop. Et je suis à bout de nerfs, et j'ai l'air d'avoir cinquante ans au lieu de trente. Comme nous tous. Ça doit avoir un rapport avec le fait d'être assis dans des trous comme des lapins et d'attendre de partir en flammes.

— Possible, admit le médecin.

— Alors, pourquoi le commandant s'intéresse-t-il spécialement à moi ? Tout le monde a la frousse.

— Vous êtes un de ses meilleurs officiers.

Adam grogna.

— Pas de chance pour lui. Si un obus éclate à un kilomètre, je dois me retenir de détaler. Je passe mon temps à jurer contre tout et tout le monde. Je parle trop vite et toujours de la guerre. Chaque nouvelle attaque de gaz, chaque nouvelle calamité, il faut que j'en parle. C'est comme si… comme si j'essayais de contaminer les autres avec ma propre peur. Parce que c'est de ça qu'il s'agit, docteur, de peur. Nous appelons ça de la « nervosité » ou de l'« usure », parce que nous n'osons pas employer le vrai mot. C'est méprisable.

— Je ne trouve pas.

— Eh bien moi, si.

Du bout des doigts, il tambourinait sur la table.

— Savez-vous ce que je déteste le plus ? Celui qui n'a pas la frousse. On en a eu un comme ça le mois dernier, il venait de la compagnie C. Grand type, bon officier, sans imagination. Sans peur. « La vie sur la ligne, m'a-t-il dit le premier matin, ne me fait pas grand-chose. J'ai découvert que si on peut se calmer la première fois qu'on est bombardé, on n'a plus jamais de problèmes. » Mon Dieu, comme je l'ai haï ! Beaucoup plus que je n'ai jamais haï les Boches. Que d'ailleurs, je ne hais pas du tout… Le pauvre type s'est fait prendre par un tireur isolé deux jours plus tard. Après toutes ses histoires à propos des bombardements, il… Vous voyez ? Je parle trop. Avant la guerre, on me reprochait mon mutisme, de trop garder mes sentiments pour moi… Alors dites-moi, docteur. Vous qui êtes un expert, est-ce que je souffre du traumatisme des explosions ?

— Nous n'utilisons plus cette expression…

— Je me fous de comment vous l'appelez ! Est-ce que c'est ça ?

Le médecin l'observa.

— Non. Le fait est, Palairet, que la guerre use les hommes.

Adam grommela.

— C'est vrai, reprit son hôte. Le courage peut s'épuiser. Mais le vôtre ne l'est pas encore, loin de là. Tout ce dont vous avez besoin, c'est de repos. (Il tendit la main pour prendre un autre cigare.) Et je ferais attention à ma consommation d'alcool, si j'étais vous. Si vous vous laissez happer là-dedans, ça n'aura plus beaucoup d'importance de savoir si vos nerfs lâchent parce que vous buvez, ou si vous buvez parce que vos nerfs lâchent.

Cela fit rire sincèrement Adam. Le médecin garda son sérieux et poursuivit :

— Ce que je comprends, c'est que vous n'êtes pas rentré chez vous en permission depuis un bon moment.

— J'ai eu des permissions. Récemment, j'ai passé quelques jours à Paris.

— Mais vous n'êtes pas rentré chez vous. Vous n'avez pas vu votre femme.

Adam lui adressa le sourire vide d'expression qui avait le don, autrefois, d'exaspérer ses frères aînés.

— Et les lettres ? Vous en recevez beaucoup ?

— Oh, oui, beaucoup.

— De votre femme ?

Adam posa son verre et se frotta les tempes. Comme s'il n'avait pas entendu la dernière question, il dit pensivement :

— Ce qui est bizarre, c'est que les gens me demandent de veiller sur eux. Comme si je pouvais le faire. Comme si j'avais une sorte de contrôle sur les événements.

Le médecin ne fit pas de commentaire, attendant la suite.

— La semaine dernière, j'ai reçu une lettre de ma grand-tante en Jamaïque, me demandant de « garder un œil » sur mon cousin Osbourne. Il vient d'être appelé, à cause de ce qu'elle appelle « cette odieuse nouvelle loi », et elle a entendu dire qu'il était quelque part dans mon coin. Il paraît que sa mère est devenue hystérique quand il a été appelé, qu'elle est « tout à fait inconsolable ».

— Ça se comprend.

— Pourquoi ? gronda Adam. Il est toujours en vie, non ? Et de toute façon, qu'est-ce qui leur a mis dans la tête que je pouvais veiller sur lui ? Pourquoi tout le monde fait-il appel à moi ?

Le médecin pencha la tête sur le côté.

— Peut-être… parce que vous savez ce qu'est la peur, et qu'on voit que vous tenez le coup.

Adam lui jeta un regard incrédule.

— Certains hommes, continua le médecin, comme le malheureux dont vous me parliez, n'ont jamais fait l'expérience de la peur. D'autres l'ont fait, et ils tiennent bon. D'après ce que j'en sais, c'est auprès de ces hommes-là que les gens cherchent à se rassurer. C'est pareil au sein d'un régiment. Les soldats sentent quand un officier comprend ce qu'ils traversent et qu'ils peuvent compter sur lui…

— Mais c'est justement le problème, l'interrompit Adam. On ne peut pas compter sur moi.

Le médecin garda quelques instants le silence, puis demanda :

— Qu'est-ce qui vous fait le plus peur ?

Adam ne répondit pas.

— Les tirs d'artillerie ? C'est de cela que vous avez peur ?

— Est-ce que ce n'est pas le cas de tout le monde ? (Il avala d'un trait la fin de son verre.) La pire mort de toutes. Dispersé en mille morceaux. Vulgaire, cruelle. Sans dignité. Plus que des lambeaux de chair.

Le médecin l'observa un moment, puis il écrasa son cigare et se leva.

— Vous partez déjà ?

— Tout ira bien pour vous. Je vais vous recommander pour un repos divisionnaire. En attendant, restez occupé.

Adam se mit à rire.

— Je le dis sérieusement, Palairet. Rien de tel qu'un peu d'activité pour se calmer les nerfs.

— Ça tombe bien, j'ai une patrouille à cinq heures du matin. Juste ce qu'il me faut, j'en suis sûr.

Sa mission consistait à reconnaître les lignes ennemies à la tête de sept hommes.

« Ça ne devrait pas vous prendre plus d'une heure environ, lui avait dit son commandant. Belle journée pour une promenade dans les bois. »

Adam envoya deux hommes en éclaireurs cinquante mètres devant, deux autres sur chaque flanc à une centaine de mètres, et garda le sergent-chef Watts avec lui. Ils devaient s'équiper aussi légèrement que possible : seulement des fusils, et une cartouchière chacun.

Ils atteignirent rapidement les bois, où la progression fut moins aisée car ils devaient franchir les troncs de nombre d'arbres tombés au sol. Quand ils eurent perdu de vue leurs lignes derrière eux, ce fut comme si la guerre elle-même s'évanouissait.

La forêt était épaisse et fraîche, les clairières égayées de cardères violettes et d'épilobes rouges. Adam pensa aux bois qui entouraient Cairngowrie Hall. La veille, il avait reçu une lettre de Maud McAllister ; dans la marge, elle avait dessiné un écureuil en train de grignoter une pomme de pin. Celia n'écrivait plus du tout, et il n'attendait plus rien de sa part ; mais il attendait avec impatience les petits mots alertes de sa tante racontant les menus faits du Galloway. Et il s'était mis à apprécier les flots de potins dont l'abreuvait Sibella Clyne. Ils semblaient tellement plus réels que la réalité qui l'entourait, et n'exigeaient aucune réponse particulière de sa part, n'étant destinés qu'à l'amuser.

Les lettres de sa grand-tante l'intéressaient pour une autre raison. Elle était la seule femme de sa connaissance capable de remplir plusieurs pages sans rien d'autre que des récriminations. *Le sucre a rendu de nouveau millionnaire cet horrible Kelly*, lui écrivait-elle dans la dernière, *même si aujourd'hui tout cet argent ne lui sert à rien, car il est quelque part dans la Somme, ayant réussi à s'enrôler dans un régiment de cavalerie, Dieu sait comment. De mon temps, les officiers étaient des gentlemen, pas des gamins des rues laborieux.*

Éden lui aussi prospère merveilleusement, mais je ne leur en veux pas, car Cameron Lawe, lui au moins, est à sa manière un gentleman. Il paraît que sa femme joue un rôle actif dans le Fonds pour le contingent de guerre, ce qui est en soi plutôt louable, même si on l'a entendue parler en mal de la guerre elle-même, ce que je réprouve. Malheureusement, leur fille Isabelle ne leur fait pas honneur. On dit qu'elle fréquente une bande de fêtards à Londres, et qu'elle donne du fil à retordre à Sibella ; en voilà une qui ne fait rien pour l'effort de guerre, pas plus que pour préserver sa réputation, si elle continue dans cette voie…

Mon Dieu, songea Adam en escaladant un tronc d'arbre, une jeune fille qui préfère les fêtes à l'effort de guerre… Où va le monde ?

Des branches craquèrent devant lui : un des éclaireurs revenait en courant. Il avait aperçu un réseau de tranchées protégées par du fil de fer barbelé.

En se rendant sur les lieux avec Watts, Adam découvrit qu'on avait abattu des arbres pour dégager un champ de tir devant les barbelés. Il renvoya un des éclaireurs prévenir les hommes placés sur les flancs puis, avec Watts et le second éclaireur, ils rampèrent sous les fils de fer.

À son soulagement, la tranchée allemande était vide. Elle était aussi parfaitement en ordre : quatre fusils alignés avec soin contre une paroi, un petit tas de bombes, une pile de couvertures et quelques boîtes.

Pendant que Watts portait les provisions dans des buissons, et que l'éclaireur partait enterrer les bombes, Adam fit un rapide croquis du réseau de tranchées. *N-B*, inscrivit-il en dessous, *la cavalerie ne pourra pas l'encercler.* L'idée le fit presque sourire. Cet « horrible Kelly » serait déçu. Adam ne l'avait rencontré que deux ou trois fois en Jamaïque, mais il n'avait pas oublié la façon dont il se tenait en selle.

L'éclaireur revint et parla à voix basse à Watts, qui allumait sa pipe, tandis qu'Adam complétait son plan en indiquant la configuration du terrain. À l'ouest, le sol s'inclinait en pente raide mais, à cause des arbres, il ne pouvait pas voir jusqu'où.

Un ballon d'observation allemand glissa silencieusement dans le ciel et s'arrêta juste au-dessus de lui.

Il n'était pas à plus de cinquante mètres de hauteur, et Adam voyait clairement les deux hommes qui se trouvaient dedans. L'un d'eux l'observait dans ses jumelles, tandis que l'autre parlait fiévreusement dans un téléphone de campagne : donnant leur position, sans aucun doute.

Avec une impression d'irréalité, Adam mit son plan dans sa poche et ordonna calmement aux hommes de reculer dans les bois. Watts éteignit sa pipe. Ensemble, ils plongèrent sous les arbres.

Les Allemands ne perdirent pas de temps. Adam était à peine dans le sous-bois quand trois canons firent feu depuis les lignes ennemies et trois obus arrivèrent en hurlant vers eux, explosant à quelques centaines de mètres sur la droite. Adam cria à ses hommes de courir. De nouveaux obus lourds surgirent, un peu plus près cette fois. Un éclat siffla à travers les arbres, de la fumée noire tourbillonna. Les Allemands ajustaient leurs tirs…

Pendant qu'ils couraient, une rangée d'hommes surgit devant eux à travers le nuage de fumée. Adam sortit son revolver, puis il reconnut le capitaine Anstruther de la compagnie B, avec le lieutenant Cardinal et quatre de leurs hommes.

— Qu'est-ce que vous fichez ici ? cria Anstruther.

Adam lui parla succintement du ballon d'observation, puis lui posa la même question.

— Petite séance de coupage de fil de fer, répondit Anstruther, se baissant instinctivement alors qu'un autre obus passait au-dessus de sa tête. Si je m'étais douté qu'il y avait quelqu'un d'autre ici... Encore un fichu sac de nœuds !

Un nouvel obus arriva dans leur direction et ils se jetèrent au sol. Une fois qu'il fut passé, ils se relevèrent et détalèrent comme des lièvres.

Watts avait été touché à la jambe. Adam revint le chercher et ils progressèrent péniblement, l'un soutenant l'autre. La batterie allemande envoyait maintenant de gros obus droit sur eux. Il entendit le sinistre sifflement caractéristique de l'un d'eux se rapprocher, et se jeta avec Watts sous un arbre tombé au sol.

Le vacarme devint assourdissant. Adam imagina l'obus errant haineusement dans l'espace à leur recherche. Cette fois, c'est le bon, songea-t-il, comme il le faisait toujours ces temps-ci. La peur lui tordait l'estomac. Il la sentait gagner le haut de sa poitrine, étreindre son cœur. Il grinça des dents...

L'obus explosa enfin, des éclats tombèrent avec un bruit sourd tout autour de lui. Watts grogna quelque chose, Adam étreignit la terre à pleines mains.

Tremblant si fort qu'il pouvait à peine se mouvoir, il parvint à se mettre debout. Watts était mort. Il promena le regard autour de lui : Anstruther et Cardinal étaient morts eux aussi. Les autres hommes étaient accroupis dans les épilobes, les yeux fixés sur lui. L'idée lui traversa l'esprit qu'il était désormais l'officier le plus haut gradé sur les lieux.

Devaient-ils courir jusqu'à leurs lignes, ou bien se

mettre à couvert et attendre que ce soit fini ? Il ne savait pas. Il lisait la terreur dans les yeux des hommes. *Un officier qui a la frousse...*

Un jour, Watts lui avait récité ce qu'il appelait « la devise du soldat » : « Si vous doutez, monsieur, faites *quelque chose*. N'importe quoi. Peu importe. »

— On retourne à nos lignes, ordonna Adam. Allez, debout ! Retour aux lignes, dépêchez-vous !

Les hommes se levèrent d'un bond et le suivirent.

Pendant qu'il courait, Adam sentit ses nerfs se détendre. La peur était toujours là, mais ce n'était plus elle qui décidait. Bon Dieu, ce toubib avait raison. Un peu d'action, c'est juste ce qu'il faut.

Il reçut une citation pour « grands sang-froid et courage » qui le fit rire. Il lui semblait qu'il était question de quelqu'un d'autre. On lui accorda aussi quatre jours de repos divisionnaire, et le commandant l'invita à dîner.

Le QG était un autre monde. Les baraquements étaient joliment camouflés, on ne voyait aucun des détritus habituels traînant alentour, et le chemin de caillebotis était recouvert avec soin de grillage pour éviter aux gens de glisser. Même les sacs de sable avaient un aspect plus avenant : en gabardine de couleurs gaies, soigneusement cousus à la main, ils avaient visiblement été confectionnés par un comité de dames. Dans cette ambiance, Adam se sentit attifé comme un clochard.

Vers la fin du dîner, pendant qu'ils attendaient le cognac et les cigares, il n'y tint plus et pria les convives de l'excuser.

Il sortit dans un champ à l'arrière des baraquements. Il faisait encore clair, des marguerites s'offraient aux derniers rayons du soleil. Si Erskine était ici, pensa-t-il, comme il rirait de cette citation. Et de ces sacs de sable !

Il suivit des yeux une coccinelle qui escaladait un brin d'herbe, en essayant de retrouver dans sa mémoire le visage de son frère cadet. Il n'y parvint pas. Erskine avait été le plus intelligent des trois, le plus spirituel, le plus drôle. Le préféré d'Adam, son meilleur ami. Et maintenant, il ne pouvait même plus se rappeler son visage.

Quelque chose se brisa en lui. Il tomba sur les genoux et fut soudain secoué de sanglots. Profonds, bruyants, douloureux.

Il pleura pendant ce qui lui parut des heures. Enfin ses sanglots cessèrent, il put se relever et rajuster ses vêtements. En regardant sa montre, il vit à sa grande surprise que l'épisode n'avait duré que trois minutes.

Dans un fossé, une grenouille se mit à coasser. Un souffle de brise agitait les marguerites.

Adam chassa de la main les brins d'herbe sur ses genoux, prit une grande inspiration. Il se sentait épuisé mais curieusement calme. Son visage était figé comme un masque.

Oui, pensa-t-il, un masque. Après tout, tout cela n'est-il pas qu'un jeu de rôle ?

Il retourna à l'intérieur, prit le café avec le commandant de division, fit quelques plaisanteries. Écouta les anecdotes du commandant en manifestant les signes du plus grand intérêt.

Voilà ce que tu dois faire, pensa-t-il en allumant un autre cigare. Juste devenir un foutu bon acteur.

9

Gouzeaucourt, mars 1918 – dix-huit mois plus tard

Il a été touché au cœur, écrivit Adam, *et il est mort instantanément. Je suis sûr qu'il n'a pas souffert.*

Le garçon en question avait rampé cinquante mètres les boyaux à l'air avant de tomber dans un trou d'obus et de s'y noyer. Adam conclut sa lettre par les habituelles expressions de regret.

Il en écrivit trois autres de la même teneur, ajoutant de petits détails sur les conditions météo pour plus de vraisemblance, puis se laissa aller contre le dossier de sa chaise et se frotta les tempes. Sur sa table de travail, il avait une pile de lettres de ses hommes attendant le passage par la censure militaire, ainsi qu'un rapport à moitié terminé sur les dispositifs ennemis. Il décida de les ignorer et finit sa lettre à Maud McAllister – même si, là encore, elle était remplie de mensonges.

Puisque tu m'interroges sur mes petits arrangements domestiques, écrivait-il avec une fausse jovialité, *je peux dire que je ne suis pas trop mal loti. Il fait très froid dehors, mais c'est tout à fait douillet ici, car nous avons un brasero à charbon de bois et sommes quatre officiers logés ensemble à nous tenir chaud.*

Le brasero existait bien, mais pas le charbon de bois ; le givre collait les cils d'Adam. Il y avait bien quatre officiers avec lui, mais l'un d'eux était un Allemand mort depuis l'été, ses côtes enfoncées dans le mur de soutènement comme une cage d'oiseau brisée.

Tu seras aussi contente, continuait Adam, *d'apprendre que j'ai un chien : un bâtard noir et blanc qui m'a suivi jusqu'ici la semaine dernière. Je lui ai creusé une petite niche près de ma couchette, j'y ai installé un lit en sacs de sable, et il a l'air de s'y trouver tout à fait bien. Il m'accompagne dans mes tournées et il s'est pris de passion pour le corned-beef, particulièrement de la marque WH Davies.*

La nuit dernière nous avons eu une attaque de gaz, un moment plutôt pénible. Pendant une heure, nous avons déambulé avec nos museaux en caoutchouc, puis nous sommes retournés au lit. D'après Birtwhistle, les Boches ont expédié quelque mille cinq cents obus à gaz (c'est à la mode en ce moment de comptabiliser ce genre de choses), aussi avons-nous eu de la chance de ne pas perdre plus de deux soldats. Dix autres avaient été envoyés cracher leurs poumons à l'hôpital de campagne, mais à quoi bon le mentionner ?

Comme il fait un peu humide, quelques-uns des hommes ont attrapé ce qu'ils appellent une « fièvre de trois jours », qui ressemble à la grippe. J'ai eu quelque chose du même genre à Arras, l'avant-dernier Noël ; espérons que j'y couperai cette fois-ci !

Il fronça les sourcils. Il ne devait pas trop forcer le ton, sans quoi Maud, qui n'était pas folle, flairerait quelque chose de louche. *Si tout ceci te semble tiré par les cheveux*, ajouta-t-il, *je t'en prie, pardonne-moi. Nous attendons la « grande offensive allemande » dont tout le monde parle, et ça nous use les nerfs – notamment parce que nous ne sommes toujours qu'à un jet de bombes de Delville ; oui, le même Delville pour lequel nous nous sommes tellement battus il y a deux ans. Ça te donne une idée du peu de chemin que nous avons parcouru.*

Il fronça de nouveau les sourcils. Il n'aurait pas dû écrire cela. Ça ne servait à rien d'être trop près de la vérité, même pas avec une ex-institutrice de l'école du dimanche de soixante et un ans. De plus, si jamais les censeurs en avaient vent…

Il conclut rapidement et scella l'enveloppe, qui, comme tout papier à lettres d'officier, portait la mention imprimée : *Je certifie sur l'honneur que le contenu de cette enveloppe ne porte que sur des sujets privés et familiaux*. Malgré ce qu'il avait écrit sur leurs positions, Adam y apposa sa signature, avec un paraphe.

Il était temps de rejoindre la ligne de front. Chien sur ses talons, il parcourut la tranchée sinueuse, marchant comme d'habitude le dos douloureusement courbé en avant, pour garder la tête plus bas que le parapet. Il était une heure du matin et tout était calme. Après les violentes escarmouches des trois derniers jours, les hommes étaient épuisés, et ceux qui n'étaient pas de garde dormaient profondément ; mais, comme Adam approchait de la fin de son secteur, il sentit qu'il se passait quelque chose. Puis il l'entendit : les éclats d'un chant tonitruant, bientôt retombés.

Le sergent Duckworth apparut à un tournant de la tranchée, l'air préoccupé.

— Les porteurs de rations, monsieur. Ivres morts, tous.

Adam soupira.

— Pourquoi ?

— Les pauvres diables se sont perdus, monsieur. Ils ont erré la moitié de la nuit, puis ils ont décidé qu'ils ne nous trouvaient pas parce que nous avions tous été réduits en morceaux, et ils se sont assis pour noyer leur chagrin avec les rations de rhum.

C'était comme le sergent l'avait dit. Deux des hommes du groupe s'étaient effondrés sur les caillebotis ; deux étaient assis à côté d'eux, en larmes, et quatre autres souriaient à Adam d'un air béat, incapables d'autre chose. Ils étaient frustes, sales, et terriblement jeunes. Leurs kilts étaient raides de boue, et la plupart avaient des souvenirs attachés à la taille : un étui de baïonnette, un casque-seau à charbon, une boucle de ceinture avec l'inscription *Gott mit uns*.

Le sergent Duckworth s'éclaircit la gorge, l'air inquiet.

— Est-ce qu'il faut les arrêter, monsieur ?

— Et puis quoi ? dit Adam. Si nous les expédions sur la ligne, ça ne fera que déclencher des tirs d'obus sur eux et leur escorte. Laissez ces deux-là cuver leur vin, et faites ce que vous pouvez pour les autres. Nous reprendrons nos postes normalement, à cinq heures.

Le sergent poussa un long soupir.

— Merci, monsieur.

Adam repartait juste vers sa tranchée-abri quand il faillit se faire renverser par un jeune officier d'état-major qui arrivait en courant.

— Capitaine Palairet, haleta-t-il, enfin, je vous trouve…

— Gardez la tête baissée, lui dit Adam. Il y a des tireurs isolés dans le secteur, vous ne le savez pas ?

Alarmé, l'officier se plia en deux.

— Le général McClaren visitera les lignes à trois heures du matin, monsieur. Il veut que vos hommes soient en tenue pour qu'il puisse inspecter leurs fusils.

— Quoi ? fit Adam avec lassitude. Pourquoi il veut faire ça ?

L'officier d'état-major contemplait le soldat Morrish, vautré à ses pieds et qui ronflait doucement.

— Le général aime voir les hommes en tenue impeccable, monsieur, dit-il sans conviction.

Et les miens ne le sont pas, pensa Adam. Mais si ses hommes étaient sales, leurs fusils ne l'étaient pas ; lui-même les inspectait régulièrement. Quel était l'intérêt de les réveiller pour rien ?

Le sergent Duckworth s'approcha, pour voir pourquoi Adam était toujours là. Derrière lui, il y eut un nouvel éclat de voix, vite étouffé. L'officier d'état-major avait l'air perplexe.

Adam ne cilla pas. Redressant les épaules et tendant le menton en avant, il prit son air le plus martial.

— Très bien, lieutenant, déclara-t-il d'un ton sec, je ferai mettre les hommes en tenue pour trois heures. Mais soyez assez aimable pour demander au général de m'envoyer cet ordre par écrit. S'il vous plaît.

L'officier d'état-major avala sa salive, et le sergent Duckworth retint un sourire. Tous deux savaient qu'Adam avait parfaitement le droit de réclamer un ordre écrit ; mais aussi que, le temps que le message soit transmis, le général aurait sans doute oublié sa requête, laissant aux hommes quelques heures de plus d'un sommeil bien nécessaire.

Plus loin sur la ligne, un obus explosa. L'officier se baissa vivement, pas Adam. Quand l'autre se redressa, il était visiblement impressionné. Il n'avait pas assez d'expérience pour se rendre compte qu'Adam n'avait pas fait preuve d'un courage particulier ; il savait simplement, au bruit, que l'obus n'était pas assez près pour les atteindre.

— Il faut avoir le sens de l'obus, c'est tout, expliquait le sergent Duckworth à l'officier, pendant qu'Adam et Chien repartaient vers la tranchée-abri. Le capitaine Palairet contrôle la situation.

Non, il ne la contrôle pas, pensa Adam. Personne ne la contrôle. C'est bien là le problème.

De retour à sa tranchée, il se servit un verre, puis tâcha de dormir une demi-heure.

Il se réveilla en sursaut. Tout était calme, à part le bruit étouffé des rats et de lointaines explosions d'obus. Il savait qu'il ne redormirait pas, aussi il se leva, nourrit Chien et sortit son carnet de croquis. À l'entrée de la tranchée, trois crânes étaient enfoncés dans la boue comme des champignons ; sur l'un d'eux était assis un rat aussi gros qu'un chat, grignotant quelque chose qu'il tenait serré dans ses pattes. Adam s'installa pour le dessiner.

Il en était à la queue quand Birtwhistle descendit les marches, tira son revolver, et envoya le rat gicler à travers le caillebotis.

— J'étais en train de le dessiner, lui dit doucement Adam.

— Désolé, mon vieux.

Puis Birtwhistle se jeta sur sa couchette et commença aussitôt à ronfler.

Adam se baissa pour ramasser le panneau DANGER DE MORT [1], qu'un morceau du rat avait fait tomber de la table. Il n'avait plus envie de dessiner. Il était temps d'ouvrir le colis qu'il avait mis de côté.

Sibella avait été plus généreuse que d'habitude : quatre bouteilles de cognac, une douzaine de classiques de poche, cinq chemises de cachemire, un petit tube en

1. En français dans le texte. *(N.d.T.)*

verre de morphine, et une boîte à l'air coûteuse d'une pharmacie de Mayfair, contenant une douzaine de feuilles de gélatine imprégnée de cocaïne. *Un cadeau utile*, disait l'étiquette, *pour des amis au front.*

Adam mit de côté la cocaïne pour la donner à Birtwhistle, et disposa les autres articles sur son bureau. Ensuite, il ouvrit la lettre de Sibella.

C'est de la corruption, bien sûr, écrivait-elle avec un naturel désarmant, *mais mon jeune frère Lyndon va bientôt rejoindre votre bataillon, alors soyez un amour et gardez un œil sur lui, vous voulez bien ? Et sans doute l'avez-vous déjà appris, mais votre cousin Osbourne a enfin pu rentrer au pays ! Une blessure correcte au mollet, rien de trop horrible…* Pas étonnant, songea Adam avec ironie, puisque Osbourne se l'est infligée lui-même…

Il est très ami avec la chère Belle, continuait Sibella, *et j'imagine qu'il aimerait développer ça en quelque chose de plus…* Adam fronça les sourcils. Ça ne lui disait rien qui vaille. À quoi donc jouait Osbourne ? *Ce qui serait tout à fait charmant, vous ne trouvez pas ? Belle, bien sûr, ne m'a jamais dit si elle éprouvait quelque chose pour lui ou non, et j'ai renoncé à lui poser la question. Avec elle, on ne sait jamais vraiment.*

Mais nous nous amusons tellement maintenant qu'elle a quitté la pension ! Et elle s'habille divinement bien. Ça en fait tiquer certains, ils disent que, ces temps-ci, ça ne se fait pas de s'habiller, même pour aller au théâtre. Personnellement, je considère comme un devoir d'avoir l'air convenable pour les troupes. En plus, ce n'est pas comme si la chère enfant était devenue une de ces affreuses jeunes filles « dans le vent », qui fument en public et déjeunent seules dehors. Et avoir beaucoup de soupirants n'a en soi rien d'immoral, n'est-ce pas ?

Et maintenant quelques récriminations, aussi, si vous vous sentez déprimé, vous feriez mieux d'arrêter de lire tout de suite. Ce rationnement devient complètement fou. J'ai maintenant une « carte de viande », une « carte d'alimentation » (est-ce que la viande ne fait pas partie de l'alimentation ?) et une « carte de sucre ». Ç'a été le plus terrible embrouillamini l'autre jour, quand la cuisinière était au lit avec la grippe. Ça paraît si bizarre, l'idée que le sucre puisse être rationné ! Même dans des restaurants très convenables, les serveurs refusent de laisser le bol sur la table, au cas où on le volerait ! Quand je pense aux hectares de canne qu'on possède à Parnassus ! Mais bien sûr, si on en a les moyens, on peut encore trouver pratiquement tout ce qu'on veut au bon vieux marché noir, alors peut-être que je ne devrais pas trop me plaindre.

À la réflexion, je crois quand même que si. Ces attaques aériennes ne sont plus du tout amusantes. Il y a quelques mois – est-ce que j'ai oublié de le mentionner ? – une bombe est tombée à quelques mètres de Piccadilly Circus ! Elle a soufflé toutes les fenêtres de Swan & Edgars, mais laissé Éros indemne. Peut-être devrait-on y voir un signe de quelque chose, mais je ne sais pas de quoi.

En tout cas, tout cela est affreusement dégoûtant, aussi dépêchons-nous de négocier avec les Boches.

P-S – J'allais oublier ! Vous vous rappelez Dodo Cornwallis ? Bien sûr que oui, vous étiez avec son jeune frère quand le pauvre chou s'est fait tuer. Eh bien, la terne petite Dodo a pris au piège un duc ! Dodo ! Est-ce que ce n'est pas tordant ?

— Tordant, murmura Adam avec un sourire.

Chère Sibella. Que deviendrait-il sans sa dose hebdomadaire de commérages ? Pendant toutes ces années, il était devenu bien plus accro à ses lettres que le pauvre Birtwhistle à sa cocaïne.

Il savait que ce n'était pas du flirt au sens traditionnel du terme. Sibella Clyne savourait bien trop son indépendance de jeune veuve fortunée pour la mettre en danger ; et elle devait bien se rendre compte, comme lui-même, qu'ils n'avaient rien en commun. Mais il la soupçonnait d'aimer l'idée d'une correspondance avec un officier au front. Il l'imaginait en train de raconter la chose à ses amis. « Le pauvre garçon attend tellement mes lettres, elles comptent tellement pour lui. C'est vraiment touchant. »

— Mmm, grogna Birtwhistle en se retournant dans son sommeil. Qu'est-ce que tu fais ?

— La ferme, lui dit Adam. Dors.

Il ouvrit la seconde lettre.

Elle était beaucoup plus courte que celle de Sibella. *J'ai entendu dire que le divorce était conclu*, écrivait Drum Talbot, *et que tu es maintenant un homme libre. Je voulais te faire savoir que si jamais on me sommait de choisir entre toi et ma sœur, c'est toi que je choisirais, à tous les coups.*

Adam eut un mouvement d'irritation. Drum ne jouait pas le jeu : il était trop honnête. *Si tu as besoin d'un point de chute pour ta prochaine permission*, continuait-il, *passe me voir. D'ailleurs, fais-le de toute façon, s'il te plaît. Le fait est, mon vieux, que j'ai commis quelques bêtises et que je me suis mis dans le pétrin. J'aurais bien besoin de ton aide, ou au moins d'un conseil. Tu es tellement plus intelligent que moi. On dirait que je ne peux jamais...*

Adam reposa la lettre. La perspective de sa prochaine

permission commençait déjà à lui peser. La dernière fois, Drum était venu l'accueillir à Waterloo Station et l'avait embarqué dans un tourbillon de fêtes et de clubs de jazz. Dodo, Clive, Binty, Sibella… ils étaient tous là, même si une fois de plus il avait manqué de peu la fameuse Isabelle Lawe, qui était invitée dans le Somerset. Il n'avait cessé de distribuer rires et sourires, tout en se sentant dans la peau d'un Martien. L'idée de recommencer lui donnait mal à la tête d'avance.

Glissant les lettres dans sa poche, il se leva. Il avait un rapport à faire sur l'état des barbelés qui se trouvaient devant les tranchées. Il siffla Chien et ils se mirent en route le long de la ligne, pour trouver le sergent Duckworth.

À cause des tireurs isolés, Adam devait se servir d'un périscope pour examiner lesdits barbelés. Au moment où il l'appuyait contre le haut du parapet de la première section à inspecter, avec à côté de lui le sergent Duckworth prêt à prendre des notes, une balle traversa le sac de sable et passa à deux centimètres de sa mâchoire.

Si le sergent n'avait pas été là, le choc l'aurait fait plonger au sol. Au lieu de cela, il se contenta de remarquer :

— Elle n'est pas passée loin, celle-là.

— Comme vous dites, monsieur, répondit le sergent. On dirait que par ici la protection du parapet n'est que d'un sac de sable d'épaisseur. Il vaut mieux faire attention.

— Absolument.

Avec Chien sur leurs talons, ils progressèrent lentement le long de la ligne. La nuit était claire, avec de la gelée blanche au sol, les étoiles brillaient. Loin vers l'ouest, on bombardait les lignes allemandes. Adam suivit des yeux une fusée éclairante jaune qui filait comme une comète à travers les ténèbres ; les petits nuages rouges que faisaient les shrapnels en explosant ; des obus qui projetaient de longues traînées vertes en arc de cercle, presque irréelles.

C'était un spectacle fascinant. L'espace d'un instant, Adam oublia qu'il pataugeait dans une tranchée de boue fétide, il oublia le grouillement des rats autour de lui. À travers le périscope, il vit un nuage de gaz vert et brillant se mettre à grossir et à rouler lentement vers la ligne. Il était trop loin pour menacer ses hommes et, tandis qu'il regardait sa progression silencieuse, il avait du mal à croire qu'il pourrait apporter souffrance et mort à d'autres.

— Magnifique, ne put-il s'empêcher de murmurer.

— Quoi, monsieur ? demanda le sergent en sursautant.

Les officiers n'étaient pas censés faire ce genre de commentaires. Mais soudain, Adam se sentit trop fatigué pour continuer à jouer un rôle.

— Les gaz, dit-il. Ils ont quelque chose de magnifique. Leurs couleurs. Elles sont presque…

Quelque chose le frappa violemment à la poitrine.

Il ne ressentit pas de douleur. Il tournoya sur lui-même, tomba lourdement assis dans la boue, et la guerre s'effaça d'un seul coup.

10

Château de Kyme, Lincolnshire, septembre 1918

Dodo envoya un mot à Belle par un valet de pied, lui demandant de venir la retrouver dans ses appartements après le thé, et Belle obtempéra, impatiente de partager les dernières nouvelles.

« Pas un mot à qui que ce soit, lui avait dit Osbourne. Pas un mot, petite fille. J'aurai besoin de temps pour arranger ça avec ma famille. »

Bien sûr, elle avait été d'accord. Pour conserver le secret, elle avait pendu la bague qu'il lui avait donnée à une chaîne autour de son cou, et l'avait glissée sous son corsage. Mais, tandis qu'elle suivait le valet de pied le long des interminables couloirs, elle n'arrêtait pas de passer la main dessus pour s'assurer qu'elle était bien réelle.

Des fiançailles secrètes. Comme ça ressemblait à Osbourne, d'inventer quelque chose de si romantique. Même si « secrètes » voulait seulement dire, sans doute, à ne pas révéler au monde extérieur. À Dodo, il fallait le dire tout de suite. Et Belle ne pouvait pas non plus attendre pour l'écrire à Éden. Elle avait déjà fait le brouillon de la lettre une centaine de fois dans sa tête.

Ils allaient adorer Osbourne. Tout ce qui le concernait était si parfait. Pour commencer, c'était un Palairet. Et il avait de l'argent, preuve qu'il n'était pas intéressé par le sien. Et il avait fait l'armée, donc papa approuverait.

Maintenant, elle pourrait enfin rentrer à la maison. Après six années passées à trouver les raisons pour lesquelles il lui était impossible de retourner en Jamaïque, même en visite, elle pourrait enfin s'y aventurer. Une fois qu'elle aurait épousé Osbourne, elle serait en sécurité. Elle le persuaderait de l'emmener là-bas pour leur lune de miel. Ils habiteraient Éden, elle verrait les jumeaux, et maman. Et papa lui sourirait, comme autrefois, quand elle était petite. Il serait de nouveau fier d'elle…

Le valet de pied lui ouvrit une double porte et elle se retrouva dans un appartement aux dimensions gigantesques plongé dans la pénombre, aux murs tapissés de tentures de soie d'un bleu glacier.

— Belle ! s'écria Dodo, en courant vers elle pour se jeter à son cou. C'est tellement extraordinaire de t'avoir enfin pour moi seule !

— Du calme, Dodo ! répliqua Belle en riant. Ça fait plus de trois semaines que je suis avec toi…

— Oh, mais tu sais bien ce que je veux dire…

Dodo lui saisit la main et l'emmena dans une confortable petite antichambre tapissée de damas rose. Belle se jeta sur un canapé et s'y affala, feignant l'épuisement.

— Je ne me rendais pas compte que Kyme était si grand…

Dodo lui fit un sourire légèrement contraint.

— Je sais, c'est incroyable. Lors de notre première soirée, au retour de notre lune de miel, j'ai dû sonner le maître d'hôtel juste pour qu'il me conduise à mes invités.

— Tes invités ? Mais tu revenais juste de ta lune de miel…

Le sourire de Dodo se crispa quelque peu.

— Nous en avons eu quarante-huit, qui sont restés du samedi au lundi. C'était prévu à l'avance, mais personne ne me l'avait dit. Bien sûr, Esmond ne m'a aidée à rien du tout. « À toi de faire, ma vieille. » C'est ce qu'il m'a dit.

Elle gagna la banquette sous la fenêtre, s'y assit en regardant le parc au-dehors.

Ça ne ressemblait guère à Dodo de parler autant d'elle-même, et Belle se demanda ce qui n'allait pas. Elle décida que la nouvelle de ses fiançailles pouvait attendre.

— Nous n'avons pas pu beaucoup parler jusqu'ici, fit-elle. Rattrapons-nous maintenant.

Dodo se retourna vers elle et sourit. À côté d'elle, à demi caché sous un coussin, il y avait quelque chose de petit, de la forme d'un livre, enveloppé dans une écharpe de soie rose. Elle posa la main dessus, puis la retira comme si elle s'était brûlée.

— C'est bizarre, remarqua-t-elle, mais quand nous avons seulement six ou sept personnes à la maison, il est toujours beaucoup plus difficile de s'échapper. Maintenant que nous en avons plus de soixante, c'est facile, parce que personne ne sait où je suis.

— Tu veux dire, quand tu montes ici ?

Dodo acquiesça.

— C'est mon refuge.

Belle contempla autour d'elle les canapés tendus de rose, couverts de magazines et de tapisseries au petit point à moitié terminées. Elle n'enviait pas à Dodo sa position sociale élevée, ni cette vaste et froide demeure sur la côte du Lincolnshire, mais elle lui enviait sa stabilité. Être mariée devait apporter une telle paix.

Voilà comment vivent les gens mariés, pensa-t-elle. Plus d'interminables bagages à faire et à défaire, ni de courses à travers le pays pour honorer une invitation après l'autre. Plus besoin de se glisser discrètement dans les chambres des messieurs, ni d'en ressortir tout aussi discrètement ; ni d'avoir à se débarrasser d'eux, après. Voilà ce que j'aurai quand je serai mariée. Je serai en sécurité.

— Tu es vraiment une chic fille d'avoir accepté de rester une semaine de plus, lui dit Dodo. Cette fête costumée ce soir, je crois que je n'aurais pas pu la supporter sans toi.

— Oh, Dodo…

— Tu as réussi à arranger les choses avec Sibella ?

Belle fronça les sourcils.

— Je n'en suis pas tout à fait sûre. Je lui ai envoyé un télégramme il y a deux jours et je n'ai pas eu de réponse. Mais ne t'inquiète pas, ce n'est pas son genre de bouder longtemps.

Il y eut un moment de silence, puis Dodo fit claquer ses mains sur ses genoux

— Parlons un peu de toi, reprit-elle avec entrain. Tu as l'air de quelqu'un à qui il est arrivé quelque chose d'incroyable. Ou devrais-je dire quelqu'un ?

Belle examina les plis qui étaient apparus au front de son amie.

— Commençons plutôt par toi. Après tout, c'est toi la duchesse.

Dodo ne lui retourna pas son sourire. Elle avait un peu forci depuis son mariage et quelqu'un – peut-être la duchesse douairière – l'avait convaincue de mettre des mousselines pastel fades et distinguées, qui ne valaient rien à son teint. On aurait cru qu'elle allait se fondre dans le papier peint. Si, bien sûr, on avait pu trouver à Kyme quelque chose d'aussi vulgaire que du papier peint.

— Belle, dit Dodo en fronçant les sourcils, j'ai un énorme service à te demander.

Belle se leva et vint s'asseoir à côté d'elle.

— Tout ce que tu veux. Qu'est-ce qu'il y a ? Tu n'as pas d'ennuis, j'espère ?

Mais quelle sorte d'ennuis pourrait bien avoir Dodo ? Des dettes de jeu ? Un amant ? La cocaïne ? Rien de tout ça ne semblait coller avec le personnage raisonnable qu'elle avait connu au collège.

Dodo secoua la tête, puis elle prit une profonde inspiration, tira le paquet enveloppé de soie de sous le coussin et le posa sur les genoux de Belle.

— Voilà. J'ai besoin que tu caches ça pour moi.

Belle baissa les yeux vers le paquet.

— Bien sûr… Mais… est-ce que j'ai le droit de voir ce que c'est ?

À sa surprise, Dodo devint écarlate, avant de lui adresser un hochement de tête un peu contraint.

Belle défit le crêpe de Chine – et le soulagement l'envahit. C'était un exemplaire tout neuf de *L'Amour conjugal*. Elle essaya de ne pas rire.

— Marie Stopes ? Mais Dodo, pourquoi est-ce que…

— J'ai eu toutes les peines du monde à me le procurer, répondit Dodo en hâte. Pour finir, j'ai dû demander à Celia, et elle…

— Mais pourquoi est-ce que tu ne pouvais pas en acheter simplement un exemplaire ? Tout le monde le lit, il est dans toutes les boutiques…

Dodo lui fit un faible sourire.

— Chérie, les duchesses ne vont pas dans les boutiques. Elles se font envoyer les choses, ou bien elles attendent, assises dans la Bentley, pendant que le commerçant sort en queue-de-pie prendre leur commande.

— Oh. Je vois ce que tu veux dire.

Dodo tordait ses longues mains.

— En plus, je n'ai pas d'argent. Enfin, on m'en donne si j'en ai besoin. Tout ce que j'ai à faire, c'est un chèque, alors quelqu'un va à la banque et me rapporte l'argent. Mais ensuite je dois tout écrire dans le livre de comptes, et tous les seconds lundis du mois, je vais dans le bureau d'Esmond et je les fais vérifier. Mais je suis si empotée avec les calculs, ils sont toujours faux. Alors j'ai... abandonné.

— Je suis désolée, dit Belle, je ne comprends pas. Bien sûr que je le cacherai pour toi, si tu veux, mais est-ce que ce serait un problème de le dissimuler quelque part ici ?

— Je ne peux pas, les domestiques le trouveraient. En plus, un livre ferait mauvais effet. Esmond déteste les femmes qui aiment lire.

Belle commença à se sentir coupable. Comparée à celle de Dodo, sa vie était si libre. Elle avait tout le second étage de Berkeley Square pour elle seule, et Sibella n'avait de chaperon que le titre. Elle allait où elle voulait, faisait ce qui lui plaisait, avec qui lui plaisait. Elle n'était pas absolument heureuse, mais au moins elle était occupée. Et maintenant, cette perspective soudaine qui s'offrait avec Osbourne...

— Je me suis dit que ça pourrait m'aider, murmura Dodo, l'interrompant dans ses pensées.

Belle la contempla sans comprendre.

— Le livre, expliqua-t-elle. C'est pour ça que je me le suis procuré.

— Oh, dit Belle, puis la lumière se fit dans son esprit. Oh, répéta-t-elle.

Soudain, elle aurait voulu se trouver loin d'ici. Dodo et elle n'avaient jamais parlé de « ce genre de choses ». Belle n'en avait même jamais parlé avec personne. Cette seule idée lui faisait courir un frisson chaud et piquant sur tout le corps, un début de nausée à la pensée qu'on pourrait la percer à jour…

— Tu comprends, expliqua Dodo, de nouveau écarlate, Esmond n'est pas très passionné pour… ce côté-là des choses.

— Dodo, ne…

— Je t'en prie. Il faut que j'en parle à quelqu'un.

Ce fut au tour de Belle de se tordre les mains sur ses genoux.

— On pourrait dire, continua Dodo, en fixant ses pieds, qu'il n'est… eh bien, pas très bon au lit. En tout cas, pas avec moi. Au train où nous allons, je ne vois pas très bien comment j'aurai un enfant un jour. Et alors, qu'est-ce qui arrivera ? C'est pour ça que je suis ici. Je veux dire, c'est pour ça qu'il m'a épousée.

— Chérie, non ! protesta Belle. Esmond t'aime…

Puis elle rougit. Elles savaient toutes les deux que c'était un mensonge. Esmond n'avait jamais aimé personne. Il n'avait jamais montré la moindre inclination envers le mariage jusqu'à sa cinquantième année, moment où la duchesse douairière – la DD, comme tout le monde l'appelait derrière son dos – avait fini par faire acte d'autorité, afin d'assurer la continuité de la lignée, et les fiançailles arrangées avec Dodo en étaient résultées.

Dodo releva la tête et la regarda avec des yeux noyés de larmes.

— Oh, Belle, tu es si jolie, et brillante, et tout le monde t'aime. Je n'ai jamais compris pourquoi tu étais une si bonne amie pour moi.

— Parce que tu es la meilleure personne que je connaisse, répondit Belle avec chaleur. Je ne t'ai jamais entendue dire un mot désobligeant envers personne. Moi, je ne peux même pas imaginer d'être comme ça. Je sais que je n'y arriverai jamais, même pas une seule journée. (Elle posa la main sur le livre.) Je le cacherai dans ma malle. Chaque fois que tu le voudras, envoie quelqu'un m'emprunter mon « écharpe Poiret ».

Mais Dodo semblait avoir déjà oublié le livre.

— J'imagine qu'il faut juste s'accrocher, persévérer, dit-elle. Mais je ne pensais pas que ce serait aussi dur. Tant de règles… La semaine dernière, j'étais dans une des serres, et j'ai cueilli une pêche. Il y en avait une énorme rangée. Wainright – le chef jardinier – s'en est plaint au maître d'hôtel, qui s'en est plaint à Esmond, qui était… bref. On n'est pas censé toucher aux serres, paraît-il. Ni aux jardins, ni aux cuisines. Je n'ai même jamais vu la cuisinière. Elle m'envoie simplement les menus chaque semaine, pour que je les annote. Bien sûr, je n'ose pas. Je passe mes journées à courir la campagne, laissant des cartes aux gens, espérant contre toute attente qu'ils ne seront pas là, parce que les visites sont ce qu'il y a de pire. Si on n'est pas né ici, on est pour toujours une étrangère.

— Viens à Berkeley Square, lui suggéra Belle. Tu sais que Sibella est toujours contente de te voir. Nous nous amuserons.

Dodo secoua la tête.

— Esmond ne le permettrait jamais. Je ne suis pas

allée en ville depuis que nous sommes rentrés de notre lune de miel. Au début, il prétendait que c'était à cause de la grippe ; et quand l'épidémie s'est terminée, il a dit qu'il y avait trop de femmes légères dans les rues. Il voulait dire des femmes avec des métiers, comme des contrôleuses d'omnibus et des factrices. Il trouve que c'est une abomination. Il a même démissionné de l'Athenaeum parce qu'ils ont engagé une serveuse. Et maintenant, bien sûr, la grippe sévit de nouveau, et voilà.

— Mais j'ai entendu dire que seules les personnes âgées seraient touchées. Et il paraît qu'on ne risque rien si on reste à l'intérieur et qu'on absorbe beaucoup de boissons gazeuses. En plus, elle ne va durer que quelques semaines, n'est-ce pas ? Ce sera fini en octobre, comme la guerre. Alors tu pourras venir. Nous ferons des projets.

Dodo acquiesça, mais Belle vit bien qu'elle faisait seulement semblant, pour se remonter le moral.

Elle lui prit la main et la serra.

— En attendant, nous allons nous amuser avec cette fête…

— Oh non, dit Dodo en frissonnant. J'ai mis la pagaille là-dedans aussi. Esmond est absolument furieux.

— Pourquoi, qu'est-ce que tu as fait ?

Dodo croisa le regard de Belle.

— J'ai invité Adam Palairet.

Elle la regarda sans comprendre.

— Je ne crois pas le… Oh, tu veux dire le cousin d'Osbourne ? Mais qu'est-ce qu'il y a de mal à ça ?

— Belle ! *C'est l'ex-mari de Celia !*

Belle cligna des yeux.

— Ô mon Dieu !

— Exactement. Tu sais combien Esmond est protecteur envers Celia. Elle est si belle, et il la connaît depuis toujours. Même la DD l'adore. C'est pour ça que je l'ai invitée, tu vois, pour leur faire plaisir. Mais après, j'ai été tellement paniquée avec toutes les dispositions à prendre que je suis devenue… distraite, et j'ai invité le capitaine Palairet, pour faire plaisir à Drum. Ils étaient au collège ensemble, et je ne voyais vraiment pas ce qu'il y avait de mal à ça. En plus, il vient de traverser une période horrible – le capitaine Palairet, je veux dire –, ne cessant de sortir de l'hôpital puis d'y retourner depuis des mois. Et il a écrit une si charmante lettre quand le pauvre St John a été tué. Je n'ai tout simplement pas fait le rapprochement…

— Tu ne peux pas lui écrire et le convaincre de ne pas venir ? Je suis sûre qu'il comprendrait, si tu lui disais que Celia est ici.

— Non, il ne comprendra pas, il viendra et provoquera une scène. En tout cas, c'est ce que dit Celia. Elle est complètement affolée à cette idée, et Esmond aussi. En plus, c'est trop tard. Il arrive demain.

Belle se mordit la lèvre.

— Peut-être qu'il ne viendra pas ?

— Si, il viendra. Il a écrit pour demander si Osbourne serait là. Apparemment, il a besoin de le voir d'urgence. Oh, Belle, c'est un tel embrouillamini ! Et moi qui essayais juste de faire plaisir à tout le monde !

De nouveau, Belle se sentit coupable. Grâce à Dieu, elle n'avait à faire plaisir qu'à elle-même. Et à Osbourne, bien sûr.

Elle se leva et glissa le livre de Marie Stopes dans la poche de sa robe d'après-midi.

— Je suis sûre qu'Osbourne pourra s'arranger avec son cousin, dit-elle. Je vais lui demander de lui écrire. Et si ça ne marche pas, alors Osbourne et Drum formeront une garde d'honneur autour de Celia, et empêcheront le redoutable capitaine de s'approcher d'elle. Pour plus de sûreté, je serai à l'affût dès l'aube demain matin, comme ça je pourrai l'écarter au moindre signe inquiétant. Qu'est-ce que tu en penses ?

Dodo se leva d'un bond et la serra dans ses bras.

— Qu'est-ce que je ferais sans toi ?

— Tu me promets de ne plus t'inquiéter ?

Dodo acquiesça, puis elle se mordit les lèvres.

— Et Esmond ?

— Zut pour Esmond ! Le terrible capitaine n'arrive pas avant demain, et d'ici là Esmond aura oublié tout ce qui l'irritait, il sera trop béat d'admiration devant ta merveilleuse fête. Parce qu'elle va être merveilleuse, Dodo, je le sais. Maintenant, allons nous habiller, et commençons à nous amuser !

11

La tenue de Belle pour la fête costumée était une robe d'après-midi de femme de chambre : un alpaga vert bouteille avec un tablier d'organdi blanc, une petite coiffe d'organdi avec des rubans de velours vert. La robe était authentique, mais elle avait refusé les mules de rigueur, optant à la place pour des chaussures à hauts talons de chevreau glacé, avec des lanières à boutons de perles.

Le plus difficile fut de convaincre sa femme de chambre de mettre une de ses robes du soir.

— Ça ne serait pas convenable, mademoiselle, répétait obstinément Jenny.

— Mais tout est là, justement ! C'est une fête « maîtres et domestiques ». Nous nous habillons en domestiques et vous portez des robes du soir.

Esmond avait pensé que c'était « à mourir de rire » quand Celia avait, la première, lancé l'idée, et, à l'époque, Belle aussi. Maintenant pourtant, devant le malaise de Jenny, ça lui paraissait snob et cruel.

Repoussant cette idée, elle ouvrit en grand la penderie et passa ses robes en revue.

— Celle-ci, dit-elle, en sortant une robe du soir de

Poiret, gaze argentée sur brocart mauve, qui s'accorderait bien avec le teint délicat de Jenny.

Celle-ci parut encore plus réticente.

— Je ne pourrai jamais, mademoiselle. C'est une de mes préférées.

— Raison de plus. Maintenant, prenez-la et allez vous habiller dans votre chambre. Et n'oubliez pas les chaussures qui vont avec, la coiffure et les gants.

Cela fit rire Jenny.

— C'est mon travail, mademoiselle.

Quand elle fut partie, Belle passa sa veste d'intérieur sur son costume et s'assit pour se maquiller.

À Kyme, l'électricité était réservée aux salons ; l'éclairage des chambres se réduisait à des lampes à huile qui fumaient et un chandelier à gaz au plafond. La lampe sur la table de nuit était à l'ancienne mode, rappelant Éden à Belle – même si Éden, il est vrai, avait maintenant l'électricité. *Mais nous ne l'utilisons guère*, avait écrit maman dans sa dernière lettre. *Le générateur fait trop de bruit, et les lampes attirent trop de moustiques.*

Maman lui écrivait une fois par mois : des lettres vives, amusantes, qui ne pouvaient masquer une note de nostalgie de temps en temps. Pendant l'été, elle s'était inquiétée des raids aériens, et avait pressé Belle de se réfugier dans la maison de Sibella dans le Sussex jusqu'à ce que la guerre soit finie. Plus récemment, elle avait lu dans le *Gleaner* un reportage sur le relâchement des mœurs, et avait timidement suggéré que Belle se méfie du jazz et évite le maquillage, qu'elle appelait drôlement de la « peinture ».

Papa lui écrivait à Noël, à Pâques et pour son anniversaire, en novembre. Son style était direct, factuel, et il couvrait toujours exactement quatre pages de papier à lettres. Quand elle les terminait, Belle en savait beaucoup sur la marche du domaine, et rien sur son père lui-même.

Ne pense pas à ça, se dit-elle avec fermeté. Pense à la fête, pense à t'amuser.

Elle fut agacée de voir ses mains trembler, tandis qu'elle saisissait ses petits pots en cristal de poudre de riz et de rouge à lèvres. Qu'est-ce qui n'allait pas chez elle ? Depuis qu'elle avait quitté les appartements de Dodo, une appréhension confuse mais croissante l'avait envahie.

C'est sans doute *à cause* de Dodo, songea-t-elle. Pauvre Dodo. Qu'est-ce qui lui avait pris d'épouser Esmond ?

« Parce qu'il me l'a proposé, lui avait répondu Dodo quand Belle, prenant son courage à deux mains, lui avait posé la question. Parce que la famille le voulait. Parce que je voulais leur faire plaisir. Je ne sais pas… Parce que, voilà. »

Belle porta la main à sa poitrine et, sous l'alpaga, trouva la bague d'Osbourne. Nous, ce sera différent, pensa-t-elle. Tout ira bien. Une fois que tu seras mariée, tu seras en sécurité.

Comme s'il avait été appelé par télépathie, Osbourne ouvrit la porte. Il avait fière allure dans sa livrée de valet de pied en grande tenue.

— Bonjour, petite fille, s'exclama-t-il en refermant derrière lui. Quel adorable costume.

Elle se leva d'un bond, courut dans ses bras, et il se baissa pour l'embrasser légèrement sur les lèvres.

Le moment de peur était passé. Elle était en sécurité. Osbourne la traitait avec une délicatesse qu'elle adorait chez lui : comme si elle était en porcelaine. Oui, une poupée de porcelaine.

— Ma petite fille chérie, murmura-t-il contre ses lèvres, puis il l'embrassa plus profondément.

Lorsqu'ils se séparèrent pour reprendre leur respiration, il se pencha pour vérifier son apparence dans le miroir. Belle s'assit pour se remettre du rouge à lèvres.

Quand Osbourne se fut redressé, il promena le regard autour de lui et frissonna, sans que cela enlève rien à son élégance naturelle. Puis il se laissa tomber sur le lit et jeta un coin du couvre-lit sur ses jambes.

— Ta chambre est encore plus froide que la mienne.

— Je sais, oui, fit Belle avec un sourire.

Dans le miroir, ils échangèrent des regards amusés. Dodo avait eu la prévenance de leur donner des chambres dans la même aile du bâtiment.

« Suis le tapis vert jusqu'à ce que tu atteignes l'urne grecque, avait-elle dit à Belle avec un murmure de conspiratrice, puis tourne à gauche sur le tapis persan bleu. Mais essaie d'être revenue dans ta chambre pour six heures, ou tu embarrasseras les domestiques. »

Sur le lit, Osbourne s'appuya sur ses coudes et bâilla.

— Kyme est une telle épreuve. Pourquoi Dodo ne peut-elle pas attribuer correctement les chambres ? Dans la mienne, il y a de l'eau de rose au lieu d'un miroir pour se raser, alors que dans la tienne il y a un cendrier et pas de pelote d'épingles. Pourquoi est-ce que nous devons supporter ça ?

Belle sourit de nouveau à son reflet dans le miroir. À vingt-huit ans, il était son aîné de près de dix ans, mais paraissait plus jeune, avec ses cheveux blond doré de garçonnet, ses yeux gris et lumineux. Pour son costume, il avait choisi les couleurs de la maison Kyme, vert d'eau et bleu : un pantalon bleu foncé et des escarpins vernis, un gilet de satin vert, une jaquette impeccable de fin drap vert avec des boutons d'argent armoriés. Il était si beau ainsi que le cœur de Belle en fut gonflé de fierté. Pour masquer ses sentiments, elle dit :

— Nous le supportons parce que nous sommes des amis de Dodo.

— Ah, c'est pour ça, murmura-t-il, puis son regard erra sur la table de nuit. Qu'est-ce que c'est ?

Il saisit *L'Amour conjugal* et éclata de rire.

— Ce n'est pas à moi, dit Belle rapidement.

— Je vois ça, oui. Dodo a écrit son nom sur la page de garde. Dodo et Marie Stopes ! s'exclama-t-il en riant de nouveau. Est-ce que ce n'est pas exquis ?

— Ne te moque pas, commenta Belle.

Elle était furieuse contre elle-même de ne pas avoir caché le livre avant qu'il entre.

— Oh, écoute ça, continua Osbourne en feuilletant les pages. « Les fréquents problèmes qui surviennent dans les relations physiques ne peuvent être imputés à nos filles bien éduquées, constituées qu'elles sont de candeur et de pureté virginales, mais résultent plutôt de l'insensibilité du mâle… »

— Ça suffit, l'interrompit Belle d'un ton sec.

Osbourne cligna des yeux.

— Chaton, je suis désolé. J'oublie toujours que tu es novice dans tout ça.

Par « tout ça », il voulait dire se glisser dans la chambre de l'autre, et la perte de la « pureté virginale ». Il n'aurait pu se tromper davantage. Belle n'était plus novice depuis qu'elle avait treize ans. Mais ç'avait été facile de le persuader qu'il était le premier. Ça l'était toujours.

— Qu'est-ce qui se passe ? demanda Osbourne.

Elle secoua la tête.

— Voyons, laisse-moi deviner. Il y a quelque chose

avec Dodo. C'est pour ça que tu t'es enfermée avec elle tout l'après-midi.

— Rien en tout cas que tu aies besoin de savoir.

— Qu'est-ce que ça veut dire ?

— Des secrets de femmes, affirma-t-elle, en l'accompagnant d'un sourire. En fait, si, il y a une chose que tu dois savoir. Ton cousin Adam arrive demain. Dodo l'a invité par erreur. Puis elle s'est souvenue de Celia, et elle s'est affolée. Je lui ai dit que Drum et toi veilleriez sur Celia au péril de vos vies.

Elle avait parlé d'un ton léger mais elle fut surprise de voir le visage d'Osbourne se figer.

— Adam vient ici ? reprit-il d'une voix altérée.

Belle s'interrompit dans son geste, sa bouteille de parfum à la main.

— Oui. Pourquoi ?

Osbourne se passa pensivement le pouce sur la lèvre inférieure.

— Comme c'est ennuyeux, dit-il.

— Pourquoi ? répéta Belle.

Il poussa un soupir et se rejeta en arrière contre les oreillers.

— Parce qu'il essaie toujours de me convaincre de retourner en Écosse. Parce qu'il veut que je dirige le domaine, et moi je ne veux pas. C'est financièrement une catastrophe, une fois payé les droits de succession. Parce que…

— Pourquoi veut-il que tu le diriges ?

— Chaton, c'est beaucoup trop compliqué à t'expliquer. Le fait est que nous devons partir avant qu'il n'arrive.

Belle se retourna et ouvrit de grands yeux.

— *Quoi ?*

— Je ne peux pas voir Adam maintenant. Je ne peux

tout simplement pas. Je suis terriblement désolé, petite fille, mais c'est comme ça. Nous devons partir demain le plus tôt possible. Je commanderai la voiture pour six heures. Peux-tu faire l'effort d'être prête pour cette heure-là ?

— Mais je ne peux pas laisser Dodo…

— Bien sûr que tu le peux. Dodo est mariée, Dodo peut veiller sur elle-même. Mais moi, je…

— Pourquoi devons-nous partir ?

— Chaton, essaie d'être un peu attentive ! Cousin Adam veut faire de moi un fermier. Comment est-ce que nous nous marierions, si je gardais des moutons sur une affreuse colline ?

— Mais il ne peut pas t'y obliger !

— Je suppose que si. Il est le chef de famille. Il voudra sans doute m'envoyer là-bas sur-le-champ et me marier à une horrible fille de laird [1] avec des chevilles grosses comme des poteaux.

Belle savait fort bien que tous ces propos sur l'élevage des moutons et les filles de laird n'étaient qu'un prétexte. Osbourne inventait souvent des histoires quand il ne voulait pas dire la vérité. Mais elle savait aussi qu'il valait mieux ne pas le contredire ni l'affronter en face.

Tout en se brossant les cheveux, elle demanda :

— Mais pourquoi redoutes-tu tant de rencontrer le capitaine Palairet ?

Il garda un moment le silence, puis soupira.

— Parce que… parce que, chaton chéri, il n'approuverait pas complètement nos fiançailles, j'en ai peur.

Belle reposa la brosse à cheveux.

— Il *n'approuverait pas* ? Mais pourquoi ?

1. Propriétaire d'une terre et d'un manoir, en Écosse. *(N.d.T.)*

Il soupira de nouveau.

— Parce qu'il est comme ça, chérie. Sévère, austère et épouvantablement moral. Tous les Palairet écossais le sont. Sauf moi, bien sûr. Je suis l'illustre exception.

Il essayait visiblement de noyer le poisson.

— Pourquoi ne m'approuverait-il pas, moi ? dit-elle doucement.

— Ô Seigneur. C'est juste que... Si tu veux tout savoir, il s'est mis quelque chose en tête sur la famille de ta mère. Les Durrant. Mais ce n'est vraiment rien...

Belle sentit son visage lui brûler. La vieille tache était de nouveau visible. *C'est dans le sang...*

— C'est ridicule, je le sais, précisa Osbourne. Et ne t'inquiète pas, je finirai par régler ça avec lui. Mais maintenant, est-ce que tu comprends pourquoi, pour l'instant, j'ai besoin de rester hors de son chemin ?

Belle réfléchit. Elle se sentait déchirée entre sa loyauté envers Osbourne et sa promesse faite à Dodo.

— Osbourne, commença-t-elle. En ce qui concerne Dodo...

— Ô mon Dieu...

— Je ne vois pas comment je peux l'abandonner. Elle a tellement de mal à s'installer dans son nouveau rôle. Elle a besoin de moi.

Il se leva, vint vers elle et la remit doucement debout.

— Nous en reparlerons plus tard, dit-il en la prenant dans ses bras. Après la fête, tu n'auras qu'à venir dans ma chambre et nous jouerons au maître et à la servante. (Sa main descendit vers la poitrine de Belle.) J'ai toujours eu envie de me faire une femme de chambre.

Belle se dégagea vivement de son étreinte.

— Ça n'est pas drôle.

Il lui déposa un baiser sur le nez.

— Je n'avais pas l'intention d'être drôle, chérie. C'est la vérité.

Quand il fut parti, Belle s'assit à sa coiffeuse et prit sa tête dans ses mains. Elle se sentait tremblante et malade. *J'ai toujours eu envie de me faire une femme de chambre...*

Il suffisait d'une phrase pour tout faire remonter à la surface. Juste une phrase.

Tu portes bien les vêtements, parce que tu les tolères juste sur toi. Si tu étais à moi, je pense que je ne te laisserais pas en porter du tout. Peut-être juste un tablier de soubrette en organdi, avec une fine chaîne d'or autour de ton cou.

Elle ferma les yeux, et força le souvenir à s'éloigner. Pourquoi n'avait-elle pas compris plus tôt ? Le costume de femme de chambre. La peur qui montait en elle...

Elle ouvrit les yeux, regarda son reflet dans le miroir, mais c'était un masque qui lui rendait son regard. Des lèvres peintes. Du rouge sur les joues. Des cheveux sombres et brillants, coupés au carré, sous la petite coiffe d'organdi. Elle regardait Isabelle Lawe, et Belle, et la meilleure amie de Dodo, et la « petite fille », et le « chaton », et la « femme de chambre ». Elle regardait tout le monde – ou personne.

Un filet de transpiration était apparu sur son front. Machinalement, elle l'effaça avec de la poudre ; mais la peur qu'elle lisait dans ses yeux ne pouvait pas s'effacer. Le masque commençait à se craqueler.

Ouvrant vivement un tiroir, elle en sortit la petite boîte de laque plate qu'elle emportait partout. Dedans, sous un paquet de lettres de ses parents, se trouvaient la figurine d'enfant en argile du serpent jaune ainsi qu'un étui à photographie de voyage en maroquin uni. Elle le sortit, l'ouvrit et baissa les yeux sur l'image qui se trouvait à l'intérieur.

C'était le seul moyen qu'elle connaissait de repousser le souvenir, mais ça ne marchait jamais tout à fait. Parce qu'en évoquant Éden, elle évoquait aussi le souvenir. C'était à Éden que ça avait commencé. Comme elle-même, Éden était souillé à jamais.

Un coup à la porte. Elle sursauta. L'étui tomba sur le sol.

— Je peux entrer ? demanda Celia Talbot en glissant la tête dans l'entrebâillement.

Belle acquiesça. Elle ne l'aimait pas, mais sa présence valait encore mieux que de rester seule.

— Vous êtes affreusement pâle, lui dit Celia. Vous allez bien ?

— Je vais bien, oui. Juste un peu fatiguée.

Celia était magnifique. Elle était vêtue en femme de chambre de grande dame, dans une robe de taffetas gris perle, avec col et poignets blancs impeccables, ainsi qu'un petit tablier de mousseline brodé attaché avec un ruban de velours noir. Avec ses cheveux noirs brillants et crantés, ses yeux bleu clair, elle réussissait à avoir une allure à la fois troublante et pleine de réserve.

— Vous avez laissé tomber quelque chose, remarqua-t-elle en se baissant vers l'étui, puis ses yeux s'attardèrent sur la photographie.

— Mon Dieu, quel homme séduisant ! Qui est-ce ?

— Mon père.

Pendant qu'elle examinait la photo, un lent sourire se dessina sur le visage de Celia.

— Est-ce que ce n'est pas bizarre ? Un visage si fort, et pourtant... ses yeux ressemblent assez à ceux d'Osbourne.

— Non, dit Belle rapidement.

— Moi, je trouve que si. Ce gris très clair, léger… Même si les yeux de votre papa sont plus… plus durs.

— Papa n'est pas dur.

Le sourire de Celia s'agrandit.

— Bien sûr que non. Pardonnez-moi. Vous savez, fit-elle en se pelotonnant sur le couvre-lit, je suis tombée amoureuse d'Adam exactement pour la même raison. Parce qu'il me rappelait mon père.

— Mais ce n'est pas pour ça que…

— Non, chérie, dit Celia d'un ton apaisant, bien sûr que non.

Elle passa un doigt le long du ruban de satin qui bordait le dessus-de-lit, puis fronça les sourcils.

— Ne faites pas attention à moi, je ne suis pas dans mon assiette. Je suppose que vous avez entendu la nouvelle ? Adam arrive demain.

Belle fut soulagée de revenir sur un terrain plus sûr.

— Ne vous inquiétez pas, lui assura-t-elle, nous serons tous là pour vous soutenir. Osbourne montera la garde avec Drum, et je ferai une diversion au moindre signe inquiétant de sa part.

— Belle chérie, dit Celia sans conviction, je ne crois pas qu'Osbourne soit de taille à affronter Adam. Il peut être… impitoyable. Et je suis bien placée pour savoir que…

Elle fut parcourue d'un frisson, et Belle se rendit compte que la situation l'amusait beaucoup.

— Bien sûr, il est encore fou de moi, continua Celia. Terrifié à l'idée qu'il m'a perdue pour toujours.

Belle ne trouva rien à répondre à ça. Elle jeta un coup d'œil à son reflet dans le miroir : à son grand soulagement, elle vit que le masque avait retrouvé son aspect habituel. Personne ne pouvait deviner qu'il s'était craquelé.

Toujours dans le miroir, elle vit Celia ouvrir son sac de soirée et en sortir un mince poudrier doré.

— Est-ce que vous prisez ? lui demanda-t-elle en ouvrant le poudrier et en y prenant une petite cuillère, elle aussi dorée.

Belle secoua la tête.

— Eh bien, je pense que vous devriez essayer, juste une fois.

— Merci, mais je ne…

— Pas de discussion, ma chérie. Vous avez l'air *distraite* [1]. Un peu de neige vous fera un bien fou.

Belle croisa le regard de Celia dans le miroir. Pourquoi est-ce que j'hésite ? pensa-t-elle. De toute façon, je ne suis pas un modèle d'innocence et de pureté, alors…

— Peut-être que vous avez raison, dit-elle. Peut-être que, pour une fois…

1. En français dans le texte. *(N.d.T.)*

12

Le dîner se passa dans une sorte de brouillard doré.

Belle flirta ouvertement avec Drum Talbot et rit, trop fort, aux plaisanteries d'Esmond. Elle but trop de champagne et toucha à peine à la nourriture – bien que le turbot, le homard et le caneton fussent les meilleurs que « ce bon vieux marché noir » pouvait procurer. Mais elle n'y prêta pas attention. La neige de Celia pétillait dans son sang comme du vin.

Tandis qu'on apportait les glaces, elle se pencha en avant et contempla la longue table d'une quinzaine de mètres : la magnifique nappe de damas, l'argenterie qui brillait de mille feux, les imposants compotiers d'orchidées, d'ananas et de raisins. Un rire strident lui résonna aux oreilles. Le scintillement du cristal lui faisait mal aux yeux.

Tout était sens dessus dessous. Elle voyait des femmes de chambre en robe du soir pailletée offrant des cigares à des maîtres d'hôtel et des jardiniers ; des valets de pied en habit et queue-de-pie versant des liqueurs à des gouvernantes et des palefreniers.

Son euphorie artificielle retomba d'un seul coup. Nous sommes des acteurs dans une pièce, pensa-t-elle avec un sentiment de malaise. Les fleurs et les fruits ne sont que des accessoires, les domestiques des machinistes. Mais où est le public ?

À l'autre bout de la table, Dodo se leva ; tels des éclats brillamment colorés qu'on met en mouvement dans un kaléidoscope, Belle vit ses invités se lever eux aussi et se diriger vers la salle de bal, où l'orchestre de ragtime avait déjà commencé à jouer. Au-delà de la salle de bal se trouvait la longue galerie, où des tables de bridge et de bésigue attendaient les plus âgés ; puis c'était l'antichambre bleue, le salon bleu paon, la salle des billards et ainsi de suite. On jouerait au meurtre et au rami jusqu'à l'aube, sans parler d'autres jeux plus canailles…

Soudain, Belle n'avait plus envie d'y participer. Elle laissa les autres s'écouler autour d'elle comme une rivière bruissante et chatoyante, les regardant comme si elle était séparée d'eux par une vitre. Les regardant jouer leurs rôles.

Elle vit Esmond emmener Celia pour la première danse – même si ce dont il avait vraiment envie, en réalité, c'était de l'avoir seule pour lui dans un coin retiré de la bibliothèque. Elle vit Celia faire semblant d'être ravie. Elle vit Dodo bavardant courageusement avec la DD, alors qu'elles se dirigeaient vers les tables de bridge.

Tous jouent un rôle, pensa Belle, étonnée d'elle-même. Elle ne s'était plus sentie comme cela depuis des années. Cela faisait six ans. Lors de la réception musicale de Rebecca Traherne à Parnassus…

Tout à coup, elle eut besoin d'être seule. Mais, tandis qu'elle se frayait un chemin au milieu de la foule qui bavardait, un homme lui saisit le bras.

— Belle !

Drum dut élever la voix pour se faire entendre dans le

brouhaha. Son beau visage, qui gardait quelque chose d'enfantin, était enflammé, et il avait roulé les manches de son bleu de travail de jardinier.

— Soyez sympa, aidez-moi à rassembler un groupe pour faire des charades !

— Plus tard, dit Belle en retirant la main de son bras.

— Oh, allez, soyez sympa !

— J'ai dit plus tard, répéta-t-elle d'un ton sec.

Drum en cligna des yeux de surprise : un brave et gros golden retriever, qui ne comprenait pas pourquoi on le rabrouait.

— Plus tard, Drum chéri, murmura-t-elle, en lui tapotant l'épaule en manière d'excuse.

Puis elle se glissa à travers la foule et sortit sur la terrasse par une porte de côté, dans la douce et fraîche nuit de septembre.

Le tumulte de la fête se dissipa autour d'elle. Elle alla jusqu'à la balustrade, posa ses deux mains sur la pierre froide.

La soirée était calme et l'air sentait les roses. Derrière elle, une lune gibbeuse couronnait les tourelles et les dômes de Kyme. En dessous, la double volée du grand escalier descendait jusqu'à l'allée, lui rappelant Éden de façon troublante. Au-delà s'étendait le vaste parc rempli d'ombres ; un clair de lune bleu le nimbait, des arbres épars y montaient la garde comme des sentinelles.

À sa gauche, la terrasse était baignée de l'or tombant des grandes fenêtres géorgiennes. À travers la plus proche, elle aperçut Osbourne. Il dansait avec Binty Sheridan, tout en réprimant un bâillement et en cherchant furtivement quelqu'un des yeux dans la salle – elle, sans doute.

Elle se sentit un peu mieux. Osbourne chéri. Mais

peut-être allait-elle le laisser attendre encore un moment…

En bas, dans l'allée, une voiture démarra, ses roues crissant sur le gravier. En se tournant, Belle vit s'éloigner le faisceau de ses phares. Elle avait laissé son passager debout au pied de l'escalier. Discrètement, Belle se glissa derrière une urne de marbre.

L'homme qui venait d'arriver se tenait six mètres en dessous d'elle et il levait les yeux vers la maison. Il était en uniforme, un pardessus jeté sur son bras et une valise posée à ses pieds. Belle ne distinguait pas clairement ses traits mais il était grand et très mince, avec quelque chose d'attentif et de réservé dans l'allure qui, même au bout de six ans, lui fut aussitôt familier.

Elle sentit un frisson la parcourir. Adam Palairet. Mais il n'était pas censé arriver demain ?

Par-dessus son épaule, elle vit Osbourne se séparer de Binty et se frayer un chemin à travers les danseurs en direction des fenêtres. Il la cherchait. S'il l'apercevait et sortait pour venir vers elle, il se retrouverait nez à nez avec la personne qu'il voulait à tout prix éviter.

Belle baissa les yeux vers l'homme au pied de l'escalier, et les mots d'Osbourne repassèrent dans sa tête. *Il n'approuverait pas complètement nos fiançailles… Il s'est mis quelque chose en tête sur la famille de ta mère…*

La colère l'étreignit. Si Osbourne voulait l'éviter, alors, qu'il l'évite.

Adam Palairet avait soulevé sa valise et commençait à monter l'escalier. Belle s'avança à sa rencontre.

Il avait atteint le haut des marches quand le bruit des talons de Belle sur les dalles le fit s'arrêter.

Une explosion de jazz sortit de la salle de bal ; il tressaillit, comme pour éviter un coup. Puis il se reprit, redressa les épaules et attendit en silence qu'elle se rapproche de lui.

— On dirait que j'arrive au milieu d'une fête, lança-t-il.

Il la surprit beaucoup en enlevant sa casquette et en la lui tendant, en même temps que son pardessus.

— Voudriez-vous s'il vous plaît trouver un valet de pied pour me montrer ma chambre ?

Elle s'était machinalement emparée de ses affaires mais maintenant elle les lui rendait. Il les prit, avec un air légèrement perplexe.

— Je crains de ne pas être une vraie femme de chambre, expliqua-t-elle. C'est une fête de maîtres et domestiques. Je suis Isabelle Lawe.

Adam Palairet l'examina en silence ; dans la lueur dorée qui sortait des grandes portes d'entrée, son visage ne laissait rien paraître. Il ne ressemblait pas du tout à Osbourne : cheveux bruns, yeux bruns sous d'épais sourcils, une bouche ferme et sévère. C'était un visage intelligent, mince, pensif, réservé ; mais on aurait dit qu'il n'avait pas ri depuis bien longtemps. En fait, il avait surtout l'air épuisé. Belle avait déjà vu ce même regard, chez des hommes qui revenaient du front. Toute lumière semblait en avoir disparu.

— Désolé, je ne m'étais pas rendu compte de qui vous étiez. Enchanté, dit-il en lui tendant la main. Je suis Adam Palairet.

— Je sais, répondit Belle en lui touchant juste la main du bout des doigts, je vous reconnais. Nous nous sommes déjà rencontrés, il y a des années. Vous ne devez pas vous en souvenir.

— Je m'en souviens.

Mais il ne fit aucun effort pour laisser penser que ce souvenir était du genre agréable.

En jetant un coup d'œil par-dessus son épaule, elle vit avec consternation qu'Osbourne l'avait aperçue – elle, mais pas son cousin, semblait-il, car il se frayait un chemin vers l'entrée d'un air décidé.

— Nous pensions que vous arriveriez demain, capitaine Palairet, reprit Belle d'une voix forte, quand il fut assez près.

Du coin de l'œil, elle vit Osbourne se figer.

— Je suis venu plus tôt, dit Adam, parce que je dois voir mon cousin Osbourne de toute urgence. Savez-vous où il est ?

Belle eut la sensation désagréable qu'il avait deviné ce qu'elle était en train de faire.

— J'ai peur de n'en avoir aucune idée, répliqua-t-elle d'un ton un peu brusque. Mais je ne suis pas sûre que lui ait envie de vous voir.

— Je suis tout à fait sûr qu'il n'en a aucune envie, confirma Adam.

Derrière lui, Belle vit Osbourne tourner les talons et disparaître dans la bibliothèque.

— Alors, dit-elle, quelle que soit la raison pour laquelle vous voulez le voir, peut-être cela peut-il attendre jusqu'à demain.

— Ça vous concerne aussi, rétorqua Adam, à sa grande surprise. J'ai cru comprendre que vous… que vous étiez très proche de lui ?

— Je n'aime pas beaucoup ces sous-entendus, dit-elle d'un ton sec. Qui vous a rapporté cela ?

— Est-ce que ça a de l'importance ? Quand vous le verrez, voulez-vous l'informer que je suis arrivé ? Et lui demander de passer me voir ?

— Non, je ne crois pas. J'ai des choses à faire. Pour commencer, je suis censée vous empêcher d'aborder votre ex-femme et de provoquer une scène.

— Celia ? Elle est ici ?

— Ne me faites pas croire que vous l'ignoriez.

— Eh bien si, je l'ignorais, dit-il doucement. Mais pourquoi voudrais-je provoquer une scène ?

— Il paraît que vous la battiez. Ou quelque chose de tout aussi sordide.

Elle sentit qu'elle rougissait. Exprimé tout haut, ça paraissait ridicule. Adam Palairet eut l'air amusé.

— C'est ce qu'on raconte ?

— Oui. Pourquoi est-ce que vous souriez ? Ça ne vous gêne même pas ?

— Je devrais être gêné ?

— Pourquoi est-ce que vous répondez toujours par des questions ? C'est très grossier.

— Je suis désolé, dit-il, et il ne le semblait pas le moins du monde. C'est sans doute parce que pendant quatre ans j'ai donné des ordres – c'est le genre d'obligations qu'on a dans l'armée – et je suis infiniment soulagé de ne plus avoir à le faire. (Il lui adressa un rapide sourire, qui ne fit qu'accentuer la fatigue de ses traits.) Maintenant, si vous voulez bien m'excuser, je vais essayer de trouver Dodo et la rassurer : je n'ai nulle intention de provoquer une scène.

Debout dans l'embrasure de la porte, elle le regarda s'en aller le long du hall de marbre où ses pas résonnaient. Quelque chose dans sa démarche lui remémora ce jour-là, sur la plage de Salt River. Elle se rappela comment elle était au côté de Cornelius Traherne, espérant ardemment que le jeune homme qui venait de se quereller avec sa femme s'approche d'eux. Je vous en prie, l'avait-elle supplié en silence ; et pendant un moment, après que leurs regards se furent croisés, elle avait cru qu'il allait venir. Mais alors il s'était retourné et s'en était allé, la laissant seule avec Traherne.

Si seulement il les avait rejoints, tout aurait été différent. Traherne n'aurait pas pu continuer à lui parler, ni à lui donner l'ordre de le retrouver à Bamboo Walk ; alors elle serait restée une enfant, une enfant comme les autres, et papa ne l'aurait pas regardée comme si elle était une étrangère, dans ce vieux cauchemar… tout ça parce que cet homme sévère et distant s'en était allé.

Et maintenant, à cause des préjugés qu'il avait contre sa famille, il avait l'intention de leur causer des ennuis, à elle et à Osbourne.

Mue par une impulsion, elle lui courut après.

— Pourquoi fallait-il que vous veniez ici ? s'écria-t-elle. Pourquoi faut-il que vous gâchiez les choses ?

Au son de sa voix, un valet de pied tourna la tête et observa la scène depuis l'embrasure de la porte, puis s'éclipsa discrètement. Belle s'en moquait.

Adam Palairet s'était retourné et la contemplait de ses yeux bruns et fatigués, qui ne laissaient transparaître aucune émotion.

— À quoi cela sert-il ? continua Belle. Nous sommes si heureux. Pourquoi est-ce que vous devez tout ruiner ?

Adam Palairet ouvrit la bouche pour répondre quelque chose ; puis il se ravisa, tourna les talons et s'en alla.

Osbourne n'était plus dans la bibliothèque, mais une domestique dit à Belle qu'on l'avait vu quitter la galerie ouest et se diriger vers les serres, aussi partit-elle à sa recherche.

Il avait choisi une excellente cachette. Kyme possédait quatre gigantesques serres, grâce auxquelles une armée de jardiniers fournissaient la maison en oranges, raisins, ananas et pêches. Il avait aussi une serre à gardénias, un jardin d'hiver et une salle pour les orchidées. Elles se trouvaient toutes loin de la fête, de l'autre côté des pelouses, et n'étaient que faiblement éclairées au gaz.

Pendant que Belle traversait la première serre, elle commença à se sentir mieux. Et regretta son accès de colère envers Adam Palairet. Elle s'était ridiculisée. Et de toute façon, que pouvait-il faire concrètement ? Osbourne était majeur et un legs lui avait assuré une indépendance financière. Le redoutable capitaine aurait beau tenter les pires manœuvres, il n'y changerait rien.

Elle parcourut le jardin d'hiver et la serre à gardénias, puis les autres serres. En vain. Osbourne, pensa-t-elle non sans un sourire, sait se cacher.

Des raisins pendaient en appétissantes grappes couvertes de gros grains brillants. Elle passa devant un arbre croulant sous le poids des fameuses pêches qui avaient valu ses ennuis à Dodo. Elle ne put s'empêcher d'en cueillir une et de mordre dedans. Elle était merveilleusement juteuse et sucrée.

La pêche dans la main, elle parvint dans la salle aux orchidées. Ici, le son du ragtime s'estompait jusqu'à n'être plus qu'un lointain bourdonnement. Une fontaine s'écoulant dans un bassin de marbre blanc bruissait de sa douce musique. Les orchidées enroulaient leurs tiges vertes et nues autour des troncs chevelus de palmiers baignés de fines gouttelettes. Belle aspira l'air humide et chaud. Il était imprégné de jasmin et de la lourde fragrance des dames-de-noce… Le parfum de la Jamaïque.

Pour la première fois depuis des années, elle pensa à son refuge secret près de la Martha Brae. Aux bambous géants qui craquaient et murmuraient au-dessus des têtes ; au jeune arbre duppy dont les racines noueuses descendaient en serpentant vers l'eau verte…

La sensation aiguë d'un danger s'empara soudain d'elle. Éden était perdu pour elle, perdu pour toujours ; elle ne pourrait jamais y retourner. En irait-il de même avec Osbourne ? Adam Palairet trouverait-il un moyen de briser cela aussi ?

Elle jeta la pêche, cassa un brin de jasmin pour respirer son lourd et funèbre parfum. Puis elle perçut une autre odeur. Une fumée de cigare.

Dans le coin le plus éloigné d'elle, à travers les feuilles d'un énorme palmier parapluie, elle distingua un léger nuage de fumée bleue ; le bras d'un fauteuil en rotin, une main d'homme qui reposait dessus. Même à cette distance, elle pouvait voir que ce n'était pas Osbourne.

Cette odeur de cigare…

En fermant les yeux, elle pouvait presque voir son père. « Bonjour Belle », lui disait-il quand elle se glissait dans son bureau en chemise de nuit. Si son cauchemar avait été particulièrement pénible, il lui versait un petit verre de rhum allongé d'eau ; elle s'allongeait sur le tapis turc, en regardant la grande peinture à l'huile de Strathnaw, et lui posait d'impossibles questions sur la neige et les rouges-gorges…

Chassant ce souvenir au loin, elle parcourut toute la serre à orchidées et s'éloigna des palmiers.

Le gentleman assis dans le fauteuil tourna la tête, la reconnut et lui adressa un sourire réjoui.

— Vous ? Mais comme c'est extraordinaire, dit Cornelius Traherne.

13

Elle était de retour en Jamaïque, et rien n'avait changé.

Dodo, Sibella, Osbourne – tout cela n'avait été qu'un rêve. Une fois de plus, elle se tenait devant Cornelius Traherne, dans la demi-pénombre humide, au milieu des palmiers ruisselants et des jasmins. Leur lourd parfum la saisit à la gorge. Le filet d'eau de la fontaine était comme un lointain écho de la Martha Brae.

Il n'avait pas changé. Il devait être entré maintenant dans sa septième décennie, mais ses lèvres étaient encore rouges et charnues, ses yeux bleu pâle et légèrement saillants plus que jamais ceux d'un bon vieil oncle – jusqu'à ce qu'on remarque les pupilles, aussi vides et noires que celles d'une chèvre.

— C'est bien vous, n'est-ce pas ? dit-il avec le même bienveillant sourire de vieux gentleman dont elle avait gardé le souvenir. La petite Isabelle Lawe, d'Éden…

Son sang lui martelait les oreilles ; pendant un instant, l'envie de partir en courant fut presque irrésistible. Mais si elle s'enfuyait, il aurait gagné. Il saurait qu'il avait encore du pouvoir sur elle.

Une lampe était posée sur la table en rotin près de son coude : une lampe-tempête, avec un grand globe de verre, comme celles qui se trouvaient sur le buffet bas à la maison. À contrecœur, elle s'avança dans sa lumière.

— Qu'est-ce qui vous amène à Kyme ? demanda-t-elle.

— La chère vieille DD, répondit-il, penchant la tête en arrière pour tirer sur son cigare, et la regardant sous ses paupières baissées. Nous sommes amis depuis toujours. Même si, comme vous pouvez le voir, je me suis abstenu de m'habiller en domestique pour me contenter d'une bonne vieille veste de soirée. Plus convenable pour un vieux bonhomme comme moi, ne trouvez-vous pas ?

Belle ne répondit pas.

— Dites-moi, continua-t-il, comment va votre papa ? Et votre jolie maman ?

Un nouveau silence, qu'il feignit de ne pas remarquer.

— Et ma fille ? Comment va Sibella ? Je suppose qu'elle était en forme, la dernière fois que vous l'avez vue ?

Elle se mordit les lèvres en guise de réponse.

— On dirait que nous nous manquons toujours quand je suis en ville, c'est dommage…

— Je pensais que c'était plutôt parce qu'elle ne voulait pas vous voir.

Il pouffa.

— Ça revient au même, non ? Et comment va mon petit-fils ? Que devient Max ?

— Je ne peux pas vous répondre. Il vit dans le Sussex avec une gouvernante.

Traherne hocha la tête d'un air approbateur.

— C'est l'endroit le plus sûr pour lui. Un enfant si maladif. Et toujours assez craintif, si mes souvenirs sont bons.

Belle avala sa salive. Pourquoi ne s'en allait-elle pas,

tout simplement ? Qu'est-ce qui la forçait à rester ici, debout devant lui, comme une suppliante ?

Pendant des années, elle avait imaginé ce moment. Elle avait prévu avec précision ce qu'elle dirait à cet homme qui avait détruit sa vie ; cet homme qui hantait ses cauchemars et corrompait son esprit.

Parfois, dans ses fantasmes, elle ruinait sa réputation devant une assemblée stupéfaite, en quelques phrases cinglantes. Parfois, elle se contentait pour cela d'un regard glacial et méprisant. Dans ses rêves les plus récents, elle passait devant lui sans lui accorder un regard, digne et respectable au bras de son mari, le bel Osbourne Palairet.

Mais aucun de ces fantasmes ne pouvait effacer en elle cette sensation d'être à jamais salie. Cette conviction profonde que lui seul savait qui elle était vraiment.

Comme une suppliante, donc, elle était debout devant lui, dans son uniforme de femme de chambre – mon Dieu, son uniforme de femme de chambre, juste comme il en avait parlé autrefois... Elle était prisonnière de son fantasme, son fantasme à lui. Les années qui s'étaient écoulées dans l'intervalle n'avaient été qu'un rêve...

— Je dois reconnaître, reprit-il, que vous semblez dans une forme magnifique. Et ce costume est très réussi. Vous faites une très séduisante femme de chambre.

— Vous ne pouvez pas faire ça, dit Belle.

Il cligna des yeux.

— Je vous demande pardon ?

— Je ne suis plus une enfant.

— Quel étrange propos... Mais enfin, vous avez toujours été une petite fille extraordinaire.

— Non. Non, je ne l'étais pas.

Mais elle savait que sa voix manquait de conviction.

— Oh si, tout à fait extraordinaire. Vous sembliez savoir des choses, à treize ans, que la plupart des femmes adultes…

— Vous avez détruit ma vie.

Il tendit le bras vers le cendrier près de son coude et y écrasa son cigare. Puis il en tira un autre de son smoking, le fit rouler entre ses doigts, l'alluma, et se pencha en arrière avec un soupir.

— Je crois plutôt que vous me confondez avec quelqu'un d'autre.

Belle le regarda ; elle ouvrit la bouche, puis la referma.

— Oh, il n'est pas nécessaire de vous excuser, lui dit-il doucement. Ce n'est pas un problème. Les souvenirs d'enfance sont si peu fiables, n'est-ce pas ? Les événements se mélangent, les visages se brouillent.

— Vous ne pouvez pas faire ça, murmura-t-elle.

— Comme vous êtes la fille d'un vieil ami, poursuivit-il, je préfère tirer un trait sur un malentendu aussi regrettable. (Fronçant légèrement les sourcils, il retira un brin de tabac du bout de sa langue.) Mais si je vous ai bien comprise, et si vraiment – j'espère que ça n'est pas le cas – quelque chose de malheureux vous est arrivé quand vous étiez enfant, alors, étant donné l'estime que j'ai pour vos parents, le souci de leur bonne réputation, et aussi le respect que j'ai pour vous, vous avez ma parole de gentleman que ça ne sortira pas d'ici.

Quelque chose s'était mis à gronder dans les oreilles de Belle ; elle tendit une main pour trouver un point d'appui. Sous sa paume, la vitre de la fenêtre était humide et froide.

— Pendant toutes ces années, dit-elle, jamais je n'ai pensé que vous oseriez mentir à ce sujet.

Les yeux de chèvre se fixèrent dans les siens, patients,

inflexibles. Elle voyait bien qu'il se souvenait de tout, mais que jamais il n'y laisserait échapper la moindre allusion.

Tu ne pourras jamais le raconter à personne. Tu le sais, n'est-ce pas ? C'est notre secret.

Bien sûr qu'elle le savait. Si quelqu'un le découvrait, si Osbourne venait à l'apprendre, c'en serait fini de leurs fiançailles, et sa dernière chance de vivre en sécurité serait envolée.

Et pourtant, ça la scandalisait qu'il puisse feindre ainsi.

— Vous me disiez que j'étais née pour jouer un rôle de domestique, fit-elle à voix basse.

— De quoi est-ce que vous parlez ?

— Vous me disiez que si j'étais à vous, vous veilleriez à ce que je ne porte rien d'autre qu'un tablier…

Sa voix se brisa.

Il avait l'air sincèrement perplexe.

— Comme c'est extraordinaire. Je n'en ai pas le moindre souvenir.

Avec étonnement, elle se rendit compte qu'au moins sur ce point, il ne mentait pas. Il avait tout oublié de son propre fantasme. Il avait simplement *oublié*. D'une certaine manière, c'était encore plus humiliant que s'il s'en était souvenu. Et plus effrayant, aussi. C'était comme si elle avait été… effacée.

— J'avais treize ans, reprit-elle d'une voix tremblante. Et vous avez fait… ça.

Il se remit sur ses pieds, baissa le regard vers elle avec sollicitude.

— Vous êtes visiblement une jeune femme très malheureuse. (Sa voix suintait de sympathie.) On dirait que votre esprit a élaboré un terrible fantasme dans lequel, pour une raison qui m'échappe, j'ai été introduit.

(Il lui adressa un sourire rapide et compatissant.) Je vous souhaite bonne chance, ma chère. Sincèrement. Et j'espère que vous finirez par retrouver votre sens de la mesure.

Il passa devant elle, et elle se plaqua contre les vitres de la serre pour éviter qu'il ne la touche. Au même moment, elle entendit des voix masculines sur la pelouse au-dehors, et se retourna.

Traherne s'immobilisa, son cigare à mi-chemin de ses lèvres.

Belle aperçut Drum Talbot venant rapidement vers eux, sur l'allée qui contournait la serre. Il avait l'air agité, parlant avec animation à un autre homme derrière lui, dont elle ne pouvait voir le visage. Il n'avait visiblement pas conscience qu'ils étaient là, en train de le regarder.

— Une dispute, murmura Traherne. Comme c'est de mauvais goût !

Belle se retourna vers lui.

— Il faut que vous sachiez une chose, lui dit-elle. Si jamais vous tentez de m'adresser de nouveau la parole, je vous ignorerai. Je me moque de qui pourra s'en rendre compte. Je me moque que le monde entier sache, et si ça déclenche le plus terrible des scandales.

Traherne leva un sourcil.

— Vous avez plus de chances de vous ridiculiser que de déclencher un scandale, remarqua-t-il. Même si, bien sûr, vous devez agir comme vous le jugez bon.

Il avait raison. Elle ne ferait que se couvrir de ridicule. Elle était désarmée. Il n'y avait rien qu'elle pût faire.

De nouveau, elle lui tourna le dos, et cette fois elle vit Drum en train d'implorer son compagnon. Dans la lumière de la lune, elle reconnut Adam Palairet.

Pendant qu'elle les regardait, Palairet jeta un coup

d'œil par-dessus l'épaule de Drum et l'aperçut. Durant quelques secondes, leurs yeux se croisèrent ; puis le regard d'Adam se porta sur Traherne à côté d'elle. Elle comprit à son immobilité qu'il était étonné de les voir ensemble. Puis il se tourna pour dire quelque chose à Drum, lui posa la main sur le bras et l'emmena plus loin. Il y avait dans ce geste une douceur qui la surprit. C'était comme s'il apaisait un enfant agité.

À côté d'elle, Traherne contemplait avec amusement la petite scène qui se déroulait sur la pelouse.

— Je me demande de quoi il peut s'agir, fit-il.

Elle prit une inspiration et serra ses mains l'une contre l'autre.

— Ne m'adressez plus jamais la parole, répéta-t-elle.

Il haussa un sourcil.

— Ma chère enfant…

— Je ne suis pas votre chère enfant. Je suis fiancée et je vais me marier.

— Mes félicitations.

— Si vous essayez de gâcher les choses, je ferai…

— Oui ? l'interrompit-il doucement. Vous ferez quoi ? Vous essaierez de faire croire à un incident bizarre qui n'a jamais eu lieu ?

— Où étais-tu ? lui demanda Osbourne quand elle eut regagné la sécurité de la chambre du jeune homme.

Elle referma la porte derrière elle et s'appuya dessus, en respirant fort.

— Mon Dieu, lui dit-il, tu trembles. Qu'est-ce qui est arrivé ? (Il la prit dans ses bras et elle se laissa aller contre lui.) Est-ce que c'est Adam ? Est-ce que cette brute…

— Non, non, c'est…

— Il t'a interrogée sur moi ?

— Emmène-moi à Londres, l'implora-t-elle farouchement.

— Quoi ?

— Tu disais que tu voulais t'en aller. Eh bien, maintenant, je le veux moi aussi.

— Mais, et Dodo ? Je croyais que tu ne pouvais pas l'abandonner ?

— J'arrangerai ça avec elle.

Il sourit.

— Ah, l'inconstance des femmes… (Il se pencha et l'embrassa sur les lèvres.) Nous partirons à l'aube, murmura-t-il. C'est déjà arrangé. (Il l'embrassa encore, plus profondément, mais elle se dégagea de son étreinte.) Ma petite fille chérie, murmura-t-il, tout en la serrant dans ses bras.

— Osbourne, pas maintenant…

— Ma chérie, ma petite fille chérie.

— Non…

Mais pour finir, elle le laissa faire. Elle n'en avait pas envie, mais elle ne voulait pas non plus rester seule.

Tandis qu'elle était couchée en dessous de lui sur le couvre-lit, elle aperçut son costume de femme de chambre roulé en boule sur le tapis. On aurait dit la mue qu'un serpent aurait abandonnée derrière lui.

— Chaton chéri, haleta Osbourne, tout en la serrant contre lui.

Elle se rappela le mouvement de la queue du serpent jaune, tandis qu'il disparaissait derrière le tronc d'arbre ; juste avant que Traherne ne pose la main sur sa poitrine…

Plus tard, quand Osbourne eut roulé à ses côtés, elle resta allongée, les yeux scrutant l'obscurité. Elle revoyait le sourire de bon oncle, de vieux gentleman, de Cornelius Traherne.

C'était juste une rencontre de hasard, songea-t-elle. Ça ne signifie rien.

Osbourne s'était endormi. Elle se souleva sur son coude pour le regarder, et soudain elle eut l'impression d'être à côté d'un inconnu : un bel étranger aux cheveux dorés qui s'était introduit dans sa vie et avait promis de tout arranger, de tout rendre meilleur.

Et ce *sera* meilleur, pensa-t-elle. Tout ira mieux une fois que nous serons mariés.

14

Sibella était dans un état de « distraction totale » quand ils arrivèrent à Berkeley Square. Cela signifiait qu'elle lisait un roman sur son canapé couleur pêche, et qu'elle était du *dernier cri* [1] dans une robe d'après-midi mauve transparente qui s'accordait à la perfection avec ses cheveux blonds et sa silhouette rondelette. Un déjeuner froid les attendait dans la salle à manger.

— Mon nouveau tailleur de promenade est un *désastre*, leur déclara-t-elle, tandis qu'elle tendait sa joue à Belle puis à Osbourne. Addison l'a envoyé hier, et ils ont utilisé pour les panneaux la plus affreuse des dentelles faites à la machine. Je crois que je vais le leur renvoyer directement. En plus, la maudite gouvernante de Max est malade ; qu'est-ce que je vais faire si c'est sérieux et qu'il doive revenir en ville ? J'ai déjà un personnel réduit au minimum ici : la cuisinière est en salle d'isolement au Nuffield, Mary et Jim menacent de s'enfuir pour aller soigner leurs familles. Osbourne chéri, va dans le Sussex et occupe-toi de tout ça.

— M'occuper de quoi ?

— Des affaires de Max ! Je ne peux pas le prendre

1. En français dans le texte. *(N.d.T.)*

avec moi, pas avec la moitié des gens qui tombent malades de cette horrible grippe… Même les médecins l'attrapent. Ils sont tellement réduits en effectifs qu'ils parlent d'appeler des vétérinaires à la rescousse.

— J'ai peur de ne pas pouvoir, répondit Osbourne. J'ai des affaires personnelles à régler.

Il croisa le regard de Belle et lui fit un clin d'œil. Pendant le trajet depuis Kyme, il lui avait parlé de l'appartement où il voulait qu'ils s'installent après leur mariage. Quelque chose de calme et de charmant, dans une de ces jolies petites rues près de Cheyne Walk.

Belle lui rendit un sourire un peu contraint. Elle n'avait pas bien dormi, Traherne l'avait rendue nerveuse.

— Mais tu vas rester avec nous, n'est-ce pas, chéri ? lui dit-elle. C'est mieux, non, Sibella ?

— J'y compte. On a besoin d'un homme dans la maison dans des moments comme celui-là.

Osbourne soupira.

— Je ne peux vraiment pas.

— Pourquoi ? demanda Belle avec inquiétude.

La perspective de son départ l'angoissait. Cela ne la rassurait pas de savoir que Traherne ne viendrait jamais ici, et que, s'il le faisait, il ne serait pas admis à y entrer ; que Sibella détestait son père, et que les domestiques avaient pour instructions permanentes de lui dire qu'elle n'était pas à la maison.

— Je ne peux pas, répéta Osbourne. C'est le premier endroit où Adam me cherchera.

Sibella ouvrit de grands yeux.

— Tu l'évites toujours ?

— Disons plutôt que c'est lui qui me poursuit toujours.

— Je ne sais rien de toutes vos histoires, affirma

Sibella, mais j'aimerais bien qu'il puisse régler le problème de Max. Adam est ce genre d'homme qui *fait* les choses.

— Le genre solide et fiable, persifla Osbourne.

Sibella lui fit un sourire ironique.

— Ce n'est pas tout à fait ce que je voulais dire.

— Eh bien, comme je ne suis pas le genre solide et fiable, annonça-t-il en se levant, et que j'ai une quantité monstrueuse de choses à faire, je vais à mon club.

Les mains de Belle se crispèrent sur ses genoux. Elle avait l'impression, irrationnelle, que la situation lui filait entre les doigts. Traherne avait en quelque sorte été l'élément déclencheur de la déroute à venir…

— Est-ce que nous te verrons demain ? s'enquit-elle, tout en se détestant de paraître aussi insistante.

— Quelles sangsues, les femmes…, susurra Osbourne. Chaton, je viendrai si je peux. Mais vraiment, je…

— Pour déjeuner, dit Sibella d'un ton sec. À une heure. Ne sois pas en retard.

Quand il fut parti, elle se jeta sur le canapé avec un soupir de soulagement.

— En fait, je suis plutôt contente qu'il soit parti. Maintenant, nous aurons une soirée tranquille pour nous toutes seules. (Elle jeta un regard interrogateur à Belle.) Qu'est-ce qui ne va pas ? Vous vous êtes disputés ?

Belle secoua la tête.

— Tout va bien. Et vous, comment allez-vous ?

Sibella lui jeta un regard pour lui signifier qu'elle n'était pas dupe de sa réponse évasive, puis elle répondit à sa question :

— J'ai encore reçu une proposition du cher vieux sir Monty. Belle, pourquoi est-ce qu'ils s'imaginent tous que j'ai envie de me remarier ? C'est tellement plus amusant d'être veuve. En parlant de mariage, comment va Dodo ?

Belle lui raconta, et Sibella l'écouta avidement. Elle avait un appétit insatiable pour les bavardages, et une vision résolument terre à terre, que ses ennemis qualifiaient même de cynique, des relations entre hommes et femmes. Quand Belle eut fini, elle tendit la main vers la bonbonnière.

— Ça ne me paraît pas différent de la plupart des mariages que je connais, commenta-t-elle.

— N'êtes-vous pas un peu dure ? Après tout, il s'agit de Dodo…

Sibella haussa les épaules.

— Elle est plus solide que tu ne crois. Elle s'en remettra. On peut se remettre de tout, ma chérie. Même du mariage.

Belle la contempla un moment, puis elle se mit à sourire.

— Oh, Sibella… Qu'est-ce que je ferais sans vous ?

Elle le pensait. La bizarrerie de la situation la frappait toujours : l'homme qui avait démoli sa vie et la femme qui l'avait reconstruite appartenaient à la même famille. Sibella Clyne était fine, pragmatique et ne faisait pas de sentiment, mais elle avait toujours été gentille avec Belle, à sa manière franche et directe, ne la questionnant jamais sur sa haine de l'école, mentant sans se faire prier à la directrice les nombreuses fois où Belle s'était enfuie. Elle ne lui avait jamais reproché son manque de participation à l'effort de guerre, et au cours des mois écoulés, elle avait fermé les yeux avec discrétion sur sa liaison avec Osbourne.

Pour les gens de l'extérieur, elle n'était qu'une mondaine rondelette et bavarde, qui donnait d'excellents dîners et racontait d'amusantes bêtises. Mais parfois, Belle apercevait une autre femme sous ce masque : une femme qui s'était « remise » de deux mariages malheureux ; qui traitait sa fortune avec dédain et ses amis avec une discrète générosité ; qui repoussait ses nombreux soupirants avec douceur et fermeté.

— Belle, qu'est-ce qui ne va pas ? répéta Sibella.

Belle hésita. Elle était tenaillée par l'envie de parler de ses fiançailles à Sibella, mais quelque chose la retenait. Avec un choc intérieur, elle comprit ce que c'était : elle ne savait pas si Sibella en serait ravie ou scandalisée.

— Il n'y a rien qui aille mal, lui dit-elle.

Sibella fit entendre un grognement qui n'avait rien de féminin.

— Si vous voulez tout savoir, reprit Belle d'un ton léger, pendant que j'étais à Kyme, j'ai eu un accès de mal du pays… Et il se trouve que je suis tombée sur votre père.

— Ô Seigneur !… Pas étonnant que tu ne sois pas dans ton assiette.

Sibella se pencha en arrière et fixa le plafond. Elle n'avait jamais expliqué à Belle ce qui se cachait derrière son hostilité envers lui, et Belle ne le lui avait jamais demandé. C'était un fait acquis entre elles, point.

— Oui, j'ai entendu dire qu'il était en Angleterre, finit-elle par reconnaître. Il est sans doute venu s'occuper des affaires de ce pauvre Lyndon.

Il y eut un silence pendant qu'elles méditaient là-dessus. Puis Sibella se leva et marcha jusqu'au miroir, au-dessus de la tablette de la cheminée. Tout à coup, son visage trahissait chacune de ses trente-quatre années.

— C'est si bizarre, reprit-elle d'une voix changée.

Jamais je n'ai pensé que je pouvais aimer Lyndon quand il était encore en vie. C'était seulement mon odieux petit frère. Mais maintenant qu'il est parti…

Elle se rassit en secouant la tête. Belle vint s'asseoir à côté d'elle.

— Cette maudite guerre, reprit Sibella d'une voix tremblante.

Belle posa sur sa main la sienne et Sibella lui adressa un sourire noyé de larmes.

— Ne t'inquiète pas pour moi. Je suis juste un peu déprimée. Tant de gens sont partis. C'est si… si difficile à accepter. (Elle laissa échapper un petit rire.) Sais-tu que, ce matin, je lisais un article tout à fait amusant dans le *Times*, et j'ai noté mentalement de le découper et de l'envoyer à Freddie ? Le pauvre garçon est mort depuis plus d'un an et je ne peux toujours pas…

— Je sais, dit Belle.

— Ce n'est pas comme si je l'avais aimé. Les gens comme moi ne sont pas capables d'amour. Mais j'étais habituée à lui. Avec lui, je n'ai jamais eu à faire semblant. (Elle eut une respiration un peu hoquetante, puis posa ses deux mains sur ses cheveux.) Mon Dieu, je dois vraiment faire peur à voir.

— Allons déjeuner, conclut Belle en se levant. Puis nous nous occuperons de ce désastreux tailleur de promenade. Et s'il y a le moindre doute, je le rapporterai moi-même chez Addison.

Le tailleur avait besoin d'être modifié. Le lendemain matin, Belle sauta sur le prétexte et sortit pour aller à Bond Street, laissant Sibella alitée avec la migraine.

Belle avait mal dormi, car Osbourne n'avait ni téléphoné ni envoyé de mot. Elle ne pouvait se débarrasser de l'impression que son château de cartes était sur le point de s'écrouler.

Ayant décliné l'offre de Sibella de prendre la voiture, elle fit le chemin à pied, dans l'espoir que la promenade lui remonterait le moral. Quand elle s'engagea dans Bond Street, elle fut engloutie par la foule habituelle de gens en kaki et en tenue de deuil : tommies et officiers, contrôleuses d'omnibus et employés des fabriques de munitions, troupes des dominions, dont la peau brune lui rappelait toujours la Jamaïque. Elle vit des volontaires de la Croix-Rouge poussant des blessés dans des fauteuils roulants : des jeunes hommes pâles et recroquevillés sur eux-mêmes, en costume de flanelle bleue et cravate rouge. Elle passa devant un kiosque à journaux où les gros titres célébraient le triomphe des Alliés, qui avaient repoussé les Allemands derrière la ligne de chemin de fer Anvers-Metz.

Elle sentit le pincement familier de culpabilité la poindre. Sa mère et sa tante travaillaient dur pour le Fonds d'aide aux combattants de Jamaïque ; Dodo envoyait des livres aux officiers dans les tranchées ; Sibella s'occupait de rassembler des colis pour le front. Elle-même s'était résolument tenue à l'écart de tout cela. Comme si toute participation à l'effort de guerre risquait de la ramener trop près de cette réalité quotidienne, qu'elle fuyait depuis son départ de la Jamaïque. À Londres, elle portait un masque : celui de Belle Lawe, mondaine impénitente. Si elle s'en défaisait, même temporairement, alors la vraie vie reviendrait l'assaillir, et elle pourrait être percée à jour…

Elle s'occupa des retouches à faire chez le tailleur, puis, comme son anxiété ne s'était pas encore dissipée, elle décida de se remonter le moral par une visite au parc et héla un fiacre : un de ces anciens fiacres qui avaient été remis en service pour pallier la pénurie de taxis et d'omnibus.

Pendant qu'il roulait, elle se rendit compte combien le visage de Londres avait changé durant son séjour à Kyme. Partout dans la foule, elle voyait des gens portant des masques chirurgicaux blancs pour se protéger de la grippe, qui gagnait du terrain tous les jours et dont on commençait à parler comme d'une épidémie.

Personne ne semblait s'inquiéter de ces masques, ni même y prêter attention. Le fiacre passa devant une mère et son enfant sur le trottoir, qui en portaient un tous les deux ; leurs yeux croisèrent ceux de Belle, sans qu'elle y lût aucune émotion particulière. Ils y étaient habitués. À elle, cela semblait toujours vaguement irréel. Elle commençait à se sentir dans la peau d'un fantôme, étrangère au monde qui l'entourait.

— Les gens tombent comme des mouches, lui affirma le cocher avec une sorte de sombre satisfaction. C'est dix fois pis que pendant l'été, et maintenant ce sont surtout les jeunes qui l'attrapent. On dit que c'est l'arme secrète du Kaiser, mais moi je ne sais pas trop. Je me rappelle la grippe russe de quatre-vingt-neuf, et vous ne me direz pas que celle-là était la faute du Kaiser. Mais, bon, ajouta-t-il, se rappelant opportunément le pourboire espéré, vous ne risquez rien si vous fumez suffisamment, et si vous portez sur vous une pochette de sel.

Belle le paya et descendit du fiacre. Il faisait une belle et douce journée de septembre ; même s'il n'y avait pas de fleurs dans les parterres, c'était un réconfort de voir de l'herbe et des arbres. Elle parvint presque à ignorer les deux grands canons antiaériens postés à Hyde Park Corner. Toutefois, comme elle passait devant un autre kiosque à journaux, elle vit que les panonceaux ne donnaient de nouvelles que de la guerre, et ne disaient rien de l'épidémie. Alors, comment les gens pouvaient-ils « tomber comme des mouches » ?

Mais la cabine téléphonique au coin de Grosvenor Street était cadenassée « pour éviter l'infection ». Et, tandis qu'elle marchait le long de South Audley Street, elle vit des drapeaux rouge et jaune attachés aux grilles, des panneaux faits maison cloués aux portes : GRIPPE. COMMERÇANTS, DÉPOSEZ LES PROVISIONS SUR LE SEUIL. DOCTEUR, ENTREZ SANS FRAPPER, TOUT LE MONDE EST AU LIT.

Il était une heure passée quand elle rentra à la maison, mais, malgré l'invitation de Sibella à déjeuner, Osbourne n'était pas là.

— Il est parti, mademoiselle, lui glissa Jenny, qui, en l'absence du reste du personnel faisait office de femme de chambre, de cuisinière et de valet de pied.

— Parti ? Vous voulez dire qu'il était ici et qu'il est…

— Reparti, mademoiselle. Sorti discrètement par le sous-sol, lui chuchota-t-elle à l'oreille. Madame a un visiteur qu'il ne voulait pas voir.

Belle pensa à Cornelius Traherne et son estomac chavira dans sa poitrine.

— Ils sont dans le salon, murmura Jenny.

Avant que Belle ait pu l'arrêter, elle ouvrit les portes et s'écarta pour la laisser passer.

— Ah, Belle…, fit Sibella.

— Bonjour, dit Adam Palairet.

Ignorant la main qu'il lui tendait, Isabelle se dirigea vers la banquette sous la fenêtre et s'y assit.

— Vous ne perdez pas de temps, remarqua-t-elle, sans s'embarrasser de formules de politesse.

— Non, répliqua Adam, en feignant d'ignorer son ton, je n'en perds jamais.

Il la regarda retirer son chapeau, secouer ses cheveux sombres coupés au carré, puis croiser les jambes et balancer lentement le pied. Son comportement l'irritait et il choisit de l'ignorer.

Sibella les regardait d'un œil amusé.

— Je crois comprendre que vous avez déjà été présentés. D'ailleurs, entre nous, c'est très étonnant que vos chemins ne se soient pas déjà croisés il y a des années. Est-ce que je vous sers du thé ?

— Pas pour moi, répondit Isabelle.

— Oui, merci, dit Adam en même temps.

En retenant un sourire, Sibella quitta la pièce et ferma les portes derrière elle.

Le silence s'installa. Isabelle continuait à balancer la jambe. Elle portait une robe-manteau taillée sur mesure, vert forêt, avec des bottes de cuir russe bleu foncé boutonnées au mollet. Les couleurs soutenues lui allaient bien, et sa silhouette supportait sans peine la coupe sévère du vêtement, mais Adam lui trouva l'air maussade et peu attirant ; en outre, elle avait passé sur sa large bouche un rouge trop foncé.

Il se souvint qu'elle n'avait pas encore vingt ans, et que l'animosité qu'elle lui témoignait était avant tout une forme de défense. En fait, il aurait même dû se sentir désolé pour elle. Rien de ce qui arrivait n'était sa faute.

Mais se dire cela n'y changeait rien.

— Je voulais vous demander..., reprit-elle. Pourquoi êtes-vous toujours en uniforme ? Sibella raconte que vous êtes une sorte d'invalide.

Refusant de se laisser prendre à ce genre de provocation, il lui adressa son sourire le plus neutre.

— Je suis en uniforme parce que je suis un soldat. Même s'il est possible que je devienne bientôt un ex-soldat, si c'est bien ce que vous voulez dire. Ce sera aux médecins d'en décider.

— Vous n'avez pas l'air malade.

— J'ai été touché aux poumons. C'est guéri maintenant, mais c'est encore un peu gênant.

— Donc, vous êtes poussif. Comme un cheval.

Il ignora cette pique.

— J'attends de savoir s'ils me laisseront retourner là-bas ou pas.

— Ce serait dommage s'ils ne le font pas, dit-elle, balançant toujours sa jambe. Vous manqueriez la fin de la guerre. Tout le monde affirme que les Allemands vont jeter l'éponge d'un moment à l'autre. Qu'ils tiennent bon juste pour améliorer les conditions de la capitulation.

— C'est ce que tout le monde affirme, vraiment ?

Soudain décontenancée, elle rougit. Il comprenait la manœuvre : elle le faisait parler, jusqu'au retour de Sibella. Mais à quoi bon ? Qu'espérait-elle obtenir ainsi ?

Il se sentit las, tout d'un coup. Pourquoi est-ce que je me tracasse comme ça ? se demanda-t-il. Elle ne veut pas être aidée, et son bien-être personnel ne m'intéresse aucunement. Je n'y prête attention que par une certaine notion, démodée, d'honneur de la famille, à laquelle j'ai cessé de croire depuis longtemps.

— Je suppose, reprit-elle, qu'être en uniforme a cet avantage que personne ne peut vous accuser d'être un poltron. Et sans doute, ça vous plaît d'essayer de culpabiliser des gens comme moi, parce que nous ne tricotons pas de cache-nez ou que nous ne distribuons pas de sandwichs aux troupes dans les gares.

— Est-ce que vous vous sentez coupable ?

Elle hésita un peu trop longtemps.

— Non, finit-elle par répondre.

— Alors, à quoi cela rimerait-il que j'essaie de vous culpabiliser ?

Elle le contempla avec une antipathie non déguisée. Bella avait une peau olive clair, des yeux directs et très sombres, de ceux que certains hommes auraient pu trouver stimulants, comme un défi à relever. Pas Adam.

— Miss Lawe, commença-t-il, j'apprécie que vous ne soyez pas…

— Quand vous étiez à Kyme, l'interrompit-elle, est-ce que vous avez rencontré Celia, finalement ?

— Non. Finalement pas. Maintenant, écoutez-moi, je…

— Quel dommage. Les gens disent que nous nous ressemblons assez, elle et moi. Vous trouvez que c'est vrai ?

— Il y a quelque chose, oui, admit-il en se frottant la tempe.

— Sauf que je suis loin d'être une beauté comme elle.

— C'est vrai, vous en êtes loin.

Un sourire sans joie passa sur les lèvres d'Isabelle.

— Maintenant, reprit-il, est-ce que nous pouvons parler sérieusement ? J'ai besoin de voir Osbourne.

Elle leva le menton.

— Je le sais.

— Et savez-vous où il est ?

— Oui.

— Voulez-vous me le dire ?

— Non.

Mais Belle avait posé les mains sur ses genoux, perdu son air mordant et sûre d'elle-même.

Adam se pencha en avant, les coudes sur les genoux.

— Miss Lawe, ce qu'il faut que vous compreniez…

Les portes se rouvrirent et Sibella entra. Son regard passa de l'un à l'autre, et elle semblait prendre plaisir à goûter l'atmosphère de la pièce.

— Ô mon Dieu ! dit-elle hypocritement, est-ce que je suis revenue trop tôt ? Est-ce que je dois…

— Non, dit Isabelle. Nous venons de terminer. (Elle se leva et alla à la porte.) Au revoir, capitaine Palairet. Et bonne chance à la guerre.

Adam se laissa aller contre le dossier de son siège en soupirant. Sibella s'assit à côté de lui, ses yeux bleus brillant de malice.

— Alors, qu'est-ce que tout cela cachait ?

— Comment est-ce que vous la supportez ?

— Belle ? Je l'aime énormément. Elle a tellement d'esprit… Pourquoi, est-ce qu'elle a été impolie ?

— Oui, très.

Elle pouffa de rire.

— Mon pauvre chéri. Vous savez, vous avez l'air terriblement fatigué, reprit-elle après une pause. Pourquoi est-ce que vous ne restez pas déjeuner ?

— Non merci, Sib. Je ne crois pas que je pourrais absorber une autre dose de miss Lawe.

Elle le contempla d'un air soucieux.

— Ils ne vont pas vous renvoyer au front, n'est-ce pas ?

— Je ne sais pas. J'ai eu un mot de Clive ce matin.

— Votre ami médecin ?

Il acquiesça.

— Apparemment, la commission médicale est

tellement à court de personnel qu'ils l'ont appelé à la rescousse. Je le vois demain. Ensuite, ils décideront.

— S'ils vous renvoient là-bas, est-ce que cela vous ennuiera énormément ?

Il réfléchit un moment avant de répondre.

— Je ne sais pas. Dans un sens, ce sera un soulagement. Les choses y sont plus simples.

— Qu'est-ce que vous voulez dire ?

Il lui jeta un coup d'œil en coin, puis secoua la tête. Comment lui expliquer qu'il était las de tous ces gens qui avaient besoin de son aide ? D'abord il y avait eu Drum et son télégramme plaintif le suppliant de le retrouver pour dîner, puis un appel inquiet de Maud McAllister, à propos de la ferme du domaine, dont il fallait s'occuper au plus vite ; et, par-dessus tout, il y avait ce maudit, ce fichu Osbourne qu'il fallait retrouver et persuader, d'une façon ou d'une autre, de…

— Je voudrais juste aller dans un endroit calme, très calme, confia-t-il à Sibella, et y rester seul à tout jamais.

Sibella éclata de rire.

— Oh, Adam, je ne crois pas que ça risque d'arriver ! Vous êtes bien trop séduisant pour rester seul !

Malgré lui, il rit.

— Voilà que vous essayez de m'embarrasser, maintenant.

— Grands dieux, non, rétorqua-t-elle en lui tendant sa tasse de thé. Ça fait une éternité que j'y ai renoncé.

Il y eut un agréable moment de silence pendant qu'ils buvaient leur thé, puis Adam dit :

— J'ai vraiment besoin de voir Osbourne.

— À quel sujet ?

— J'ai peur de ne pas pouvoir vous le révéler. Pas encore. Mais vous m'éclairerez peut-être… Cette amitié entre lui et miss Lawe, c'est sérieux ?

Sibella haussa les épaules.

— Par les temps qui courent, qui peut savoir ? J'en doute. Même s'ils ont l'air de bien s'aimer. Pourquoi ?

Il soupira.

— Je voudrais ne jamais avoir à… Mais pourquoi les gens n'arrêtent-ils pas de venir me demander de l'aide ?

— Sans doute parce que vous savez leur en donner, mon cher.

— Eh bien, c'est fini. À partir de maintenant, j'y renonce. Plus d'aide, à personne. Pourquoi souriez-vous ?

— Parce que ce n'est pas dans votre nature de refuser, c'est tout.

— Ce n'est pas dans la vôtre de faire de la psychologie, remarqua-t-il, et ça ne vous empêche pas de vous livrer à cet exercice en ce moment.

Ça la fit pouffer.

— Peut-être que je deviendrai philosophe dans mes vieux jours.

— Il vous reste encore beaucoup d'années pour vous décider, dit-il en se levant.

— Flatteur, répondit-elle tandis qu'elle l'accompagnait à la porte.

Mais au moment où ils sortaient dans l'entrée, elle vacilla sur ses jambes. Il eut le réflexe de glisser une main sous son coude pour la retenir.

— Est-ce que vous allez bien ?

Elle se ressaisit et lui sourit.

— Mon cher Adam… ma cuisinière est à l'hôpital, la gouvernante de mon fils va bientôt la rejoindre, et je n'ai presque plus rien de convenable à me mettre. Pourquoi n'irais-je pas bien ?

15

Sibella était en retard pour le petit déjeuner. Au moment où Belle finissait le sien, Jenny descendit bruyamment l'escalier, en retenant ses larmes.

— Elle va mal, mademoiselle. Vous devriez venir.

Sibella reposait au milieu d'une tourmente de draps et de couvertures, ses jolis cheveux tout emmêlés, son visage rouge et luisant de transpiration. Sibella, toujours impeccablement mise, toujours impassible en société.

Quand elle aperçut Belle, elle se composa un sourire qui était douloureux à voir.

— Je sais, dit-elle d'une voix haletante. Quelle déplorable situation. Est-ce que tu pourrais… appeler le Dr Steele ? Et surtout, ne pas t'approcher de moi…

Belle descendit en quatrième vitesse et téléphona au médecin, mais n'eut pas de réponse. Elle poussa un juron, puis appela Jenny. La jeune fille apparut en haut des marches, se tordant les mains d'anxiété.

— Allez chercher le Dr Steele, ordonna Belle. Allez-y tout de suite, en courant ! Et ne revenez pas sans lui !

Pendant que Jenny prenait son chapeau et son manteau, Belle courut en haut, dans la salle de bains, et fouilla dans l'armoire à pharmacie. Elle ne savait pas très bien ce qu'elle cherchait. Que donnait-on à quelqu'un qui avait la grippe ? Et d'ailleurs, qu'est-ce que c'était au juste, la grippe ?

Elle se rappelait vaguement sa mère la bourrant de quinine quand elle était petite. Pour Madeleine, la quinine était la réponse à tout. Peut-être que ça marchait aussi pour la grippe ? Elle prit le flacon ainsi qu'une brassée d'autres, et se retourna pour voir Jenny, dans l'embrasure de la porte.

— Ma mère ne jurait que par les infusions d'ail, lui dit la jeune fille tout en enfonçant son chapeau sur sa tête. Et aussi les enveloppements dans des draps humides, pour faire baisser la température, et les grogs chauds pour les maux de tête.

Belle se força à sourire.

— Sibella aimera le grog.

Les yeux de Jenny se remplirent de larmes.

— Vous feriez mieux d'y aller, lui rappela Belle.

— Le Dr Steele…, j'y vais tout de suite…

Quand elle fut partie, la maison retomba dans un silence sinistre. Serrant dans ses bras phénacétine, poudre de Douvres et teinture de quinine, Belle ouvrit avec son coude la porte de la chambre.

D'un geste faible, Sibella lui fit signe de ressortir.

— Le Dr Steele sera bientôt là, annonça Belle du ton le plus enjoué qu'elle put. En attendant, j'ai peur que vous ne soyez coincée ici avec moi. Alors, plus de sottises du genre « ne t'approche pas trop de moi ».

Jenny ne revint pas. Peut-être ne trouva-t-elle pas le Dr Steele. Peut-être avait-elle renoncé à le chercher et n'osait-elle pas rentrer à la maison sans lui. Quelle qu'en soit la raison, Belle cessa au bout d'un moment de guetter le bruit de la clé dans la serrure et roula bravement ses manches sur ses bras.

Sibella avait quarante degrés cinq de fièvre. Son visage était brun-rouge, sa peau marbrée ; elle ne cessait d'aspirer avidement de grandes goulées d'air, et n'en avait jamais assez. Son souffle râpeux faisait le bruit d'un billet de banque qu'on froisse dans la main.

Belle lui demanda où elle avait mal.

— Partout, gémit-elle. Quand je bouge, quand je ne bouge pas… Oh, Belle, donne-moi quelque chose contre la douleur…

Tout ce que pouvait faire la jeune femme était de l'envelopper dans des draps humides pour faire baisser la température, lui donner de la quinine et de la phénacétine. Rien de tout cela ne paraissait faire le moindre effet.

Vers midi, Sibella fut prise d'une quinte de toux. Belle lui soutint les épaules et pria pour que ça ne se termine pas par des convulsions. Puis commença à avoir des haut-le-cœur, et Belle courut chercher une cuvette. Elle vit avec horreur que ce n'était pas du vomi que Sibella rendait : la cuvette était maculée de pus couleur jaune-vert.

— Ma pauvre… chérie, haletait Sibella entre deux accès de toux, pendant que Belle lui tenait la tête. C'est vraiment… infect.

— Chut, murmura son amie. Ne gaspillez pas vos forces à parler.

Enfin, la toux se calma. Belle reposa Sibella sur les oreillers, et elle sombra dans un sommeil épuisé.

La jeune femme passa discrètement dans la salle de bains et rinça la cuvette en réprimant ses propres haut-le-cœur. Puis elle descendit l'escalier sur la pointe des pieds et appela le club d'Osbourne. Il n'était pas là, et ils ne savaient pas où l'on pouvait le joindre. En tout cas, c'est ce qu'ils lui dirent.

Elle était debout au milieu de l'entrée, se demandant qui elle pourrait appeler. Un hôpital ? La police ? Un léger gémissement provenant de la chambre trancha la question. Pas le temps de téléphoner. Elle remonta en courant.

Il était huit heures du soir quand le Dr Steele arriva enfin, accompagné par une Jenny penaude.

— Je ne pouvais pas le trouver..., murmura-t-elle.

Belle la fit taire d'un regard.

Le médecin avait les yeux rougis d'épuisement. Au grand étonnement de Belle, il passa à peine cinq minutes avec Sibella, avant de revenir avec elle sur le palier.

— J'ai vu pire, commenta-t-il, laconique. Elle peut s'en tirer.

— Mais... vous ne repartez pas déjà ?

— Ma chère miss Lawe... J'ai vu plusieurs douzaines de cas ces dernières heures, et d'ici demain matin j'en verrai plusieurs autres douzaines. Je ne peux pas me permettre de m'attarder.

— Mais...

— Continuez à lui donner de la phénacétine toutes les quatre heures pour la douleur, lui dit-il tout en commençant à descendre l'escalier. Voilà de la morphine pour assécher les poumons et ralentir la respiration. Vous avez bien fait, pour les draps humides et pour la quinine.

Belle lui serra le bras.

— Mais je n'y connais rien ! Comment est-ce que je verrai si elle va plus mal ?

— Vous le saurez, soupira le docteur d'un ton las.

Il se tourna vers elle et l'enveloppa du regard, comme s'il évaluait sa capacité à entendre la vérité.

— Pour tout vous avouer, miss Lawe, votre diagnostic est sans doute aussi bon que le mien. En trente ans, je n'ai jamais rien vu de pareil. Il n'y a plus de règles. Chaque cas est différent. Parfois les poumons se remplissent de pus et les patients meurent noyés en quelques heures. Parfois leur cœur lâche. Parfois ils délirent, ou bien ils deviennent sourds ou aveugles. Parfois ils ont de terribles saignements de nez – du sang noir, par litres entiers. C'est soit un tournant vers le début de la guérison, soit au contraire l'anévrisme et la fin… Je suis désolé. C'est impardonnable de tout déballer comme ça. Mais je n'ai jamais été aussi impuissant, et ça me met en colère.

— Et pour Sibella ? demanda Belle d'une petite voix. Est-ce qu'elle va…

— Je ne sais pas. Je ne sais vraiment pas.

Une fois à la porte, il se retourna et lui tendit une petite brochure.

— Prenez ça. Ça vous expliquera tout ce que je n'ai pas le temps de vous expliquer.

— Est-ce que vous reviendrez ?

— Demain dans la journée. Si je peux.

— Merci, docteur Steele.

— Vous êtes une bonne infirmière, miss Lawe. Vous avez du bon sens, des nerfs solides, de l'estomac. Vous vous en sortirez bien.

— Pauvre Freddie, murmura Sibella dans un de ses moments de lucidité. Il m'aimait vraiment, tu sais.

— Je sais qu'il vous aimait, ma chérie, dit Belle tout en épongeant le visage et la gorge de Sibella, couverts de centaines de petites cloques de sang violet qui brûlaient au toucher.

Il était plus de minuit. Le visage de Belle était figé par l'épuisement, elle avait serré si fort les dents que sa mâchoire lui faisait mal. La brochure du Dr Steele était posée sur le tapis à côté du lit. Elle n'avait pas eu un instant pour la lire.

Sibella et elle étaient seules dans la maison. Jenny avait disparu quelques heures plus tôt, laissant une note griffonnée à la hâte pour dire que sa mère était tombée malade, que ses frères et ses sœurs avaient besoin d'elle. Belle avait à peine remarqué son absence. Elle avait assez à faire pour lutter contre ses propres angoisses pour calmer celles de Jenny.

— Tu sais, murmura Sibella, il... m'avait demandée en mariage. Juste avant que j'épouse Clyne. Mais ça... ça n'aurait jamais marché. Je n'aurais pas pu le rendre heureux.

— Chut, Sib, je vous en prie...

— Tu comprends... je n'ai jamais su comment aimer quelqu'un. Je n'avais pas le truc pour ça. (Elle fit une pause pour reprendre sa respiration.) Je suis contente qu'il soit mort avant moi. Je n'aurais pas voulu qu'il... qu'il me voie comme ça. (Soudain, elle fronça les sourcils.) Mon Dieu, qu'est-ce que Lyndon fait dans ma chambre ?

Quelques heures plus tard, elle commença à respirer plus librement. Osant à peine reprendre espoir, Belle lui fit une autre toilette avec l'éponge, et son inquiétude augmenta d'intensité quand elle vit que les cloques s'étaient étalées sur son dos et ses bras. Qu'est-ce que ça voulait dire ? Un survol rapide de la brochure ne lui fut d'aucune aide. Elle ne mentionnait même pas les cloques.

— Qu'est-ce qui est arrivé à ton oncle ? lui demanda brusquement Sibella.

— Ben ? répondit Belle, surprise. Il est dans la Somme, ma chérie. Vous vous rappelez ? Nous avons eu une lettre de Sophie cet été.

— Oh, oui…

Ses lèvres toutes cloquées s'écartèrent en un semblant de sourire.

— Sophie était furieuse quand il s'est engagé. Pourquoi est-ce qu'il a fait ça ? C'était bien le dernier homme que j'aurais cru…

— Je ne sais pas très bien. Il a dit qu'il le devait à son pays, mais peut-être qu'il plaisantait. Avec Ben, on ne sait jamais vraiment.

Elle était perplexe : Sibella ne parlait jamais de Ben.

— Je l'ai détesté pendant des années, reprit celle-ci. (Elle ferma les yeux.) Mais je le voulais, aussi.

Belle la contempla.

— *Ben ?*

Sibella la regarda fixement, ses yeux bleus brillant de fièvre.

— Ne t'inquiète pas, ma chérie, Sophie sait tout ça. Mais c'est vrai. Je n'ai jamais voulu un homme comme je l'ai voulu, lui. Ce n'était pas de l'amour. Seulement… l'autre chose. (Son visage se crispa.) Belle, ce n'est pas juste… Je vais mourir, et je n'ai jamais aimé personne.

— Vous n'allez pas mourir, répliqua Belle farouchement. Vous allez…

— Non, non. Je… je ne m'en sortirai pas. (Elle étreignit la main de Belle.) Assure-toi que je sois convenable, d'accord ? La liseuse bleue avec la garniture en valenciennes. Et ne… ne laisse pas Max me voir comme ça. Ça ne ferait que l'effrayer.

— Ne parlez pas ainsi !

À trois heures du matin, son corps tout entier était recouvert de cloques. Tout ce que pouvait faire Belle, c'était la bourrer de whisky et de quinine, et la maintenir en place pour l'empêcher de repousser des soupirants imaginaires.

— Pour la dernière fois, non, je ne vous épouserai pas ! Je n'épouserai personne !

À trois heures et demie, elle se calma brusquement et son visage retrouva une couleur plus normale. Les cloques de sang commencèrent à s'atténuer, et sa température chuta à trente-neuf cinq. Belle réprima des larmes de soulagement. Elle allait mieux.

— Mon père, énonça tout à coup Sibella, est un homme terrible.

Belle plia une serviette et la posa sur la table de nuit.

— Je sais, répondit-elle.

Sibella la regarda. Ses yeux étaient clairs.

— Tu es forte, lui dit-elle. Tu es comme ta maman.

— Chut, ma chérie, ne parlez plus. Vous devez vous reposer.

— Sophie m'a raconté une fois ce que Madeleine avait fait quand elle était jeune, pour qu'elles restent ensemble. Extraordinaire…

— Vous devez vous reposer, répéta Belle, puis elle lui sourit. Vous allez mieux, Sib. La fièvre baisse.

Sibella ferma les yeux.

— Trouve un homme *bon*, Belle chérie. Il y en a, tu sais.

16

La patience d'Adam était presque à bout alors qu'il montait l'escalier du numéro dix-sept, Berkeley Square. Après deux jours irritants de télégrammes restés sans réponse et de coups de téléphone inutiles, Osbourne trouvait toujours le moyen de l'éviter. Alors, au diable Osbourne. Il n'avait maintenant plus d'autre choix que de s'expliquer avec miss Lawe ; et si elle pensait pouvoir encore jouer au chat et à la souris avec lui, elle verrait que…

À sa surprise, elle vint elle-même lui ouvrir la porte.

Il sut immédiatement que quelque chose n'allait pas. Son visage ne portait pas de trace de maquillage – on ne lui aurait pas donné, ainsi, plus de quinze ans –, et elle avait des cernes sous les yeux. Ses cheveux, autrefois brillants, étaient ternes et mal coiffés, elle semblait avoir gardé plusieurs jours sa robe bleue boutonnée à la diable sur elle.

— Capitaine Palairet, lui dit-elle avec un regard lointain, comme si elle voyait trouble. Que faites-vous ici ?

Ce n'était pas de l'impolitesse ; elle ne comprenait tout simplement pas la raison de sa présence. Adam commença à s'inquiéter pour Sibella.

— Puis-je entrer ? lui demanda-t-il.

— Non, je ne crois pas…

— Je vous en prie. Il faut que je vous parle. Ça ne prendra pas longtemps.

Elle cligna des yeux. Ceux-ci étaient bordés de rouge, même s'il ne pouvait dire si c'était de fatigue ou d'avoir pleuré. Ce qu'il lui restait d'irritation se dissipa.

— Je vous en prie, répéta-t-il, s'en voulant de son insistance.

Avec un soupir, elle pivota sur ses talons, le laissant refermer la porte derrière lui. Il la suivit dans le salon, la regarda s'asseoir sur le canapé de soie pêche de Sibella, près de la fenêtre. Elle ne l'invita pas à s'asseoir, aussi resta-t-il d'abord debout ; mais, se rendant compte qu'il la dominait de toute sa hauteur, il prit le fauteuil qui lui faisait face.

— Où sont les domestiques ? lui demanda-t-il.

Elle arrangea les coussins à côté d'elle, en saisit un et le posa sur ses genoux, comme pour se protéger.

— Ils sont partis. Ils avaient de la famille à soigner.

— Où est Sibella ?

Les mains de Belle se crispèrent sur le coussin.

— Est-ce qu'elle est… malade ?

Elle prit une grande inspiration.

— Sibella est morte ce matin.

Un souffle de brise fit bouger les rideaux. De la place, dehors, provenait un rire d'enfant. Adam contempla la pièce autour de lui, qui portait partout l'empreinte de sa propriétaire. Le *Tatler*, une des pages repliée là où elle s'était arrêtée. Un livre d'Elinor Glyn, plutôt osé, reposant ouvert sur un guéridon. La petite bonbonnière Fabergé – « Mon péché mignon », aurait-elle dit de sa voix traînante, tout en prenant un autre bonbon fourré à la violette.

Ça n'était pas possible qu'elle ne soit plus là.

Il regarda Isabelle Lawe ramasser l'Elinor Glyn, le refermer et le reposer avec soin sur la table. Il alla s'asseoir à côté d'elle, voulut lui prendre la main ; mais elle se détourna et il n'insista pas, gêné.

— Je suis… vraiment désolé, murmura-t-il.

La formule pouvait s'appliquer aussi bien à son geste maladroit qu'à la perte de Sibella ; d'une certaine manière, cela semblait minimiser cette dernière – même s'il savait que Sibella elle-même s'en serait beaucoup amusée, à ses dépens. « Adam chéri, aurait-elle pouffé, quel nigaud vous pouvez faire, malgré tout votre esprit ! Et c'est tout simplement révoltant de montrer ainsi ses sentiments. »

Il fut surpris de se rendre compte combien sa mort l'affectait. Il avait vu des centaines d'hommes mourir au front, mais ça n'aurait pas dû lui arriver à elle. Pas à la jolie, l'élégante, l'amusante Sibella : elle était sur terre pour distraire les autres des sévères réalités du moment, pas pour succomber à ces réalités.

— Ça s'est passé juste avant l'aube, dit Isabelle Lawe, glissant une mèche de cheveux derrière son oreille en un geste qu'il trouva étrangement émouvant. Elle avait passé une nuit calme. Fredonnant quelques chansons de son enfance ou des comptines jamaïcaines. Mais ensuite, elle a eu du mal à respirer de nouveau. (Elle secoua la tête.) Ce bruit, comme du papier qu'on froisse… J'ai tout essayé. En vain.

— Et les médecins ? Vous n'aviez pas d'aide ?

Elle secoua de nouveau la tête.

— Le Dr Steele est venu deux fois, mais lui aussi a été impuissant. Il l'a reconnu. Il n'y avait rien à faire. (Elle cligna rapidement des yeux.) Vers quatre heures du matin, elle a ouvert les yeux et pris une profonde inspiration. Puis elle… elle est morte.

Elle se mordit les lèvres et regarda farouchement le coussin, visiblement décidée à ne pas pleurer.

Adam, désarmé, attendit qu'elle se soit ressaisie. Puis il lui demanda si Sibella était toujours là-haut.

— Oui, mais vous ne pouvez pas la voir. Elle n'aurait pas voulu...

— Je ne serai pas long, mais j'en ai besoin. Pour lui dire au revoir.

Les rideaux étaient tirés et la chambre à moitié dans la pénombre, mais une lampe projetait une agréable lueur dorée. La pauvre Sibella aurait été contente.

Pourtant aucune lumière, aussi avantageuse qu'elle fût, n'aurait pu masquer les ravages de la maladic. Son joli visage était émacié ; elle semblait plus âgée et plus sévère qu'elle ne l'avait été. Adam – ce n'était pas la première fois qu'il se faisait la réflexion – songea que la soi-disant sérénité que prenaient les visages dans la mort n'était qu'un pieux mensonge. C'était trop leur demander. Les morts sont tout simplement morts. Ils montrent leur douleur, comme n'importe quel vivant.

Isabelle s'était remarquablement acquittée de la toilette de la défunte. Sibella portait une liseuse de dentelle bleu pâle ; ses cheveux dorés étaient coiffés et disposés autour de ses épaules en boucles harmonieuses. Ses mains serraient une rose, qu'elle était sans doute allée chercher dans le jardin sur la place. Isabelle avait fait preuve d'une sensibilité qu'Adam n'aurait pas attendue d'elle. Peut-être était-elle capable de sentiments plus profonds qu'il ne l'aurait imaginé.

— Au revoir, Sibella, murmura-t-il. Allez en paix.

Puis il se pencha, embrassa le front froid et la laissa à son repos.

Dans le salon, Isabelle se tenait debout à la fenêtre, les bras croisés, regardant la place au-dehors. Quand Adam redescendit, elle se retourna vers lui.

— Elle n'aurait pas voulu que vous la voyiez comme ça, fit-elle d'un ton de reproche.

— Je suis désolé. Mais elle n'aurait pas voulu non plus que je ne lui dise pas au revoir.

Elle ne répondit rien.

— Peut-être, commença-t-il en s'éclaircissant la gorge, que je peux aider pour… eh bien, les dispositions à prendre ? Son père est membre de mon club. Je pourrais aller le trouver, lui annoncer la nouvelle et…

— Non, dit-elle avec une chaleur inattendue, ne faites pas ça.

— Mais il faut bien que…

— J'ai dit non ! (Elle fit une pause, les bras toujours croisés autour de la taille.) Sibella ne s'entendait pas avec son père.

— Je comprends, mais…

— Elle a laissé des instructions à son notaire, précisa Isabelle, sa voix montant d'un ton. Je lui ai téléphoné cet après-midi. Il s'occupe de tous les arrangements pour les… (elle prit une inspiration)… pour les funérailles. Mais elle a été très claire sur un point : Mr Traherne ne doit être admis ni au service funèbre, ni dans la maison du Sussex, ni dans cette maison-ci.

Deux taches de couleur étaient apparues sur ses joues et les jointures de ses mains étaient blanches. Pour une raison ou une autre, elle n'aimait pas davantage Cornelius Traherne que la pauvre Sibella. Adam se rappela son visage pâle en train de le regarder depuis le jardin d'hiver plongé dans la pénombre, à Kyme, alors qu'elle se trouvait à côté de Traherne.

— Et pour sa mère ? Je ne pense pas que son aversion s'étendait à…

— Je lui ai envoyé un télégramme, répondit-elle, avant de le fixer de son regard sombre et direct. Pourquoi vouliez-vous me voir ?

Le changement de sujet le prit au dépourvu.

— Pour rien.

— Ça ne peut pas être pour rien ! Vous nous poursuivez depuis plusieurs jours.

— En fait, c'était Osbourne que je poursuivais. Je pensais qu'il valait mieux que ça vienne de lui. Et je le pense toujours, aussi…

— Dites-moi de quoi il s'agit.

— Non.

— Si !

Il resta quelques instants indécis, se demandant visiblement quel parti prendre. Puis il s'assit et mit les mains sur ses genoux.

— Osbourne est marié, énonça-t-il.

Il avait déjà lu dans des romans des histoires de visages qui se vidaient de leur sang, mais jusque-là il avait toujours cru que ce n'était qu'une image littéraire. Maintenant, il voyait avec stupeur toute vie se retirer du visage de Belle. Ses lèvres elles-mêmes devenaient blêmes. En l'absence de rouge à lèvres, sa bouche paraissait nue et vulnérable.

Il la vit marcher jusqu'au canapé de soie pêche, s'y asseoir et joindre ses mains sur ses genoux.

— Racontez-moi tout, lui commanda-t-elle.

Il se demanda par où commencer.

— C'était l'an dernier, dit-il lentement, quand j'étais stationné à Arras. Elle – son épouse – est la fille de la femme chez qui il était logé.

Elle cligna des yeux.

— Comment est-elle ? Je veux dire… si vous le savez.

Il hésita.

— C'est une famille respectable. Des négociants en vins. Le père est mort, c'est le frère qui dirige l'affaire. En tout cas, il le faisait, avant la guerre.

Pourquoi est-ce que je lui raconte tout ça, songea-t-il. À quoi cela peut-il bien servir ? Il poursuivit néanmoins, sans très bien savoir où il allait.

— Elle s'appelle Françoise. Dix-huit ans, mais elle paraît plus jeune. Une enfance très protégée. Timide. Assez jolie, dans un style conventionnel.

— Vous l'avez vue ?

Il fit une pause avant de poursuivre.

— Osbourne est parti sans lui laisser d'argent. Il ne lui a pas précisé où il allait. Elle… avait besoin d'aide. Son frère était loin, au front – il y est encore –, et sa mère venait de mourir. Elle a eu connaissance de mon nom, je ne sais pas très bien comment, et elle m'a écrit. Je suis allé la voir dès que j'ai eu une permission.

Elle le regarda, déroutée.

— Vous voulez dire que… Osbourne l'a tout bonnement abandonnée ?

Il hésita de nouveau.

— J'imagine qu'il pensait pouvoir obtenir le divorce. Mais bien sûr, elle est catholique. Alors, peut-être a-t-il imaginé que s'il lui envoyait de l'argent…

— Mais vous m'avez expliqué qu'elle n'en avait pas ? Donc il ne peut pas l'avoir fait…

— Peut-être qu'il en avait l'intention, répondit-il sans conviction. (Seigneur, pensa-t-il avec colère, pourquoi est-ce que je suis en train d'essayer de le défendre ? Quand je l'aurai rattrapé, je lui arracherai la tête.) Je ne sais pas, miss Lawe, poursuivit-il d'un ton brusque, parce que, jusqu'à maintenant, je n'ai pas pu le trouver ni m'expliquer avec lui.

Il y eut un silence pendant qu'elle y réfléchissait, puis elle dit :

— Maintenant, je comprends pourquoi il voulait que nous gardions le secret. (Elle lui lança un regard en coin.) Nous sommes fiancés.

Ce fut son tour d'ouvrir de grands yeux.

— Ô mon Dieu… Je ne savais pas.

— Bien sûr que vous ne le saviez pas. Personne ne le sait, je vous l'ai dit. Il voulait que ça reste secret. Il disait qu'il avait besoin de temps pour arranger ça avec sa famille. Il voulait dire avec vous.

— Ah…

La voix de Belle se durcit.

— Vous ne m'auriez pas approuvée, paraît-il.

Adam parut dérouté.

— Je ne comprends pas…

— Vraiment ? Alors… Peut-être que ça aussi, c'était un mensonge.

Un autre silence, puis elle demanda :

— Il y a encore autre chose, n'est-ce pas ?

Il secoua la tête.

— Je crois que vous en avez déjà eu plus qu'assez pour aujourd'hui…

— Laissez-moi en juger par moi-même. Et dites-moi tout. J'ai besoin de tout savoir.

Il fronça les sourcils, fixa ses mains.

— Il y a… un enfant. Une petite fille. De dix mois.

Isabelle Lawe posa les mains sur ses hanches et contempla le tapis.

— Eh bien, voilà, murmura-t-elle comme pour elle-même.

Adam ne savait pas quoi répondre.

Tout était calme dans le salon. La brise était tombée et les rideaux ne bougeaient plus. Sur le manteau de la cheminée, l'horloge qu'on n'avait pas remontée s'était arrêtée.

Le téléphone sonna. Adam sursauta, Isabelle ne bougea pas.

Il sonna longtemps, fort, insistant et banal à la fois.

— Est-ce que je… ? demanda Adam.

Elle ne répondit pas et il sortit dans l'entrée.

À l'autre bout de la ligne, la femme semblait à la fois nerveuse et troublée ; mais c'était une intendante et, quand elle apprit qu'elle parlait à un officier, elle s'efforça de rester maîtresse d'elle-même. Elle semblait très anxieuse de bien préciser qu'elle n'était *pas* une gouvernante ; ladite gouvernante avait poussé la négligence professionnelle jusqu'à échouer à l'hôpital avec la grippe, ce qui la laissait désormais seule pour diriger la maison *et* veiller sur maître Max, dont elle aurait manifestement voulu qu'on la débarrasse d'urgence, afin qu'elle puisse partir soigner sa sœur à Brighton.

— Je suis une *intendante*, se plaignit-elle pour la dixième fois, pas une gouvernante…

Adam lui raconta calmement ce qui était arrivé. Elle émit un petit bruit de gorge, mais ne parut pas spécialement bouleversée par la nouvelle ; Adam l'entendait évaluer mentalement de combien diminuaient ses chances de se débarrasser de Max. Il ressentit un élan de pitié pour le garçon, qu'il se rappelait vaguement avoir rencontré avant la guerre.

Par la porte ouverte, il voyait Isabelle Lawe assise, silencieuse, près de la fenêtre.

— Eh bien, il ne peut pas venir ici, dit-il à la femme, glissant un peu d'acier militaire dans sa voix pour parer à ses probables protestations.

— Mais je suis une *intendante*, pas une…

— Qui d'autre peut le prendre ?

— Eh bien… il y a Mrs Pryce-Dennistoun, l'amie de Mrs Clyne. Elles jouent au bridge ensemble. Je lui ai téléphoné quand je n'arrivais pas à vous contacter – de la façon dont elle le disait, c'était à lui que la faute incombait – mais elle ne peut le recevoir que pour quelques jours, elle a beaucoup insisté là-dessus…

— C'est déjà ça, l'interrompit Adam. Occupez-vous-en.

— Qui, moi ? Mais, monsieur, je ne peux pas…

— Le notaire de Mrs Clyne vous remboursera vos dépenses. Je veillerai à ce qu'il sache où se trouve le garçon.

— Mais, monsieur, est-ce que vous ne pouvez pas…

— Non, coupa-t-il, et il raccrocha.

De retour dans le salon, il rendit compte de sa conversation à Isabelle Lawe, et elle l'écouta sans paraître y comprendre un seul mot.

— Y a-t-il quelqu'un que je puisse appeler ? lui demanda Adam.

— Qu'est-ce que vous voulez dire ?

— Quelqu'un qui vous tiendrait compagnie… Vous ne devriez pas rester ici toute seule.

— Je n'ai besoin de personne.

— Il faut qu'il y ait quelqu'un.

Elle secoua la tête.

— Pas pour moi, c'est inutile.

Il lui lança un regard en coin ; qu'est-ce qu'elle voulait dire ?

— Je ne peux pas vous abandonner comme ça.

— Très bien, soupira-t-elle. J'ai une tante, tante… Mildred. Je lui téléphonerai après votre départ. Est-ce que vous êtes satisfait ?

Il pensa qu'elle venait d'inventer la tante Mildred pour les besoins de la cause, mais décida de ne pas insister. Après tout, Isabelle Lawe n'était pas de sa famille. Il n'était pas responsable d'elle, et elle ne voulait pas de son aide. De plus, il avait fait ce qu'il avait eu l'intention de faire, il l'avait prévenue pour Osbourne. Rempli son devoir.

Il gagna la porte.

— J'appellerai demain matin pour voir…

— Je vous en prie, non, murmura-t-elle. Je suis désolée si ça paraît grossier, mais tout ira bien. Je n'ai besoin de rien.

Il inclina la tête.

— Très bien.

— Tout ira bien, répéta-t-elle, comme pour s'en convaincre elle-même. Il y a des choses plus graves dans la vie que de perdre un amoureux.

— Je suis désolé, dit Adam.

Ce commentaire était si banal et si ridicule qu'il en rougit.

— Bien, je… je m'en vais.

Elle ne répondit pas, ne tourna même pas la tête.

Une fois sur le perron, il jeta un coup d'œil par la fenêtre et vit qu'elle était toujours assise sur le canapé, dans la position où il l'avait laissée. Elle n'avait pas bougé d'un pouce.

17

— Pour aller où, mademoiselle ? s'enquit le cocher.

Belle le fixa, sans donner l'air d'avoir compris la question.

— Où est-ce que vous voulez aller ?

— Je m'en fiche. Emmenez-moi loin d'ici. Emmenez-moi quelque part… dans un quartier plus populaire.

Ce fut son tour d'ouvrir de grands yeux.

— Dans l'East End, dit-elle impulsivement. Emmenez-moi dans l'East End.

Il hésita.

— C'est grand, mademoiselle. Où exactement ?

— Roulez, on verra.

Haussant les épaules, il referma le panneau du toit et ordonna à son cheval d'avancer en clappant de la langue.

Belle baissa le rideau et se laissa aller contre la peluche verte et crasseuse de la banquette. Elle était si fatiguée. Rien que fourrer quelques affaires dans une valise, couper le gaz et fermer la porte d'entrée derrière elle lui avait demandé un effort énorme. Maintenant, tandis que le fiacre bringuebalait sur les pavés, elle avait fermé les yeux. Elle ne voulait pas voir le numéro dix-sept s'effacer derrière elle, ni le reste de Berkeley Square. Elle en avait fini avec cette vie-là.

Ou plutôt, cette vie-là était finie pour elle. Les duppies l'avaient finalement rattrapée, comme elle l'avait toujours craint. Plus de Sibella. Plus d'Osbourne. Envolée, la joyeuse et mondaine miss Isabelle Lawe. Les duppies l'avaient renvoyée à sa solitude et à son obscurité.

Et il n'y avait pas une minute à perdre, car Cornelius Traherne viendrait à la maison dès qu'il aurait appris la nouvelle. Sibella était riche. À maintes reprises, elle avait dit à Belle que Max hériterait de tout, qu'elle avait laissé des instructions à son notaire pour que, « si quelque chose arrivait », son père n'ait aucune emprise sur le garçon. Mais Belle savait que cela n'arrêterait pas Traherne. Il n'était pas homme à se laisser mettre des bâtons dans les roues par une femme.

Tu as pris la bonne décision, se répétait-elle tandis que le fiacre la ballottait sur les pavés inégaux. Mais elle ne pouvait se débarrasser de l'idée que, une fois de plus, elle fuyait Traherne. Elle essaya de se la sortir de l'esprit, finit par glisser dans une rêverie inquiète et troublée.

— Et maintenant, on va où ? lui demanda le cocher, la faisant sursauter.

Il avait rouvert le panneau du toit et la lumière crue du jour l'aveuglait.

— Je vous l'ai dit, bredouilla-t-elle, dans l'East End.

— Nous y sommes, mademoiselle. Où est-ce que je vais ?

Qu'est-ce que ça pouvait faire ? Pourquoi ne la laissait-il pas tranquille ?

— Je n'ai pas le droit de tourner en rond, mademoiselle, reprit-il avec irritation. Vous le savez aussi bien que moi, c'est contraire à ma licence. En plus, il y a les règlements de guerre.

— Laissez-moi un moment pour réfléchir.

Avec un soupir, il s'arrêta au bord du trottoir.

Belle souleva le store et regarda au-dehors. Ils se trouvaient dans une rue étroite et sombre, bordée de taudis crasseux, aux fenêtres desquelles pendaient du linge taché de suie. L'air sentait le vieux chou et les égouts. Tant mieux, pensa-t-elle. Plus ce sera sale et mieux ce sera.

Mais où aller ?

Un souvenir remonta à la surface de sa mémoire, un souvenir d'il y avait longtemps. Elle avait douze ans et elle se trouvait avec son oncle et sa tante à Fever Hill, en train de visiter la nouvelle maison qui serait bientôt terminée.

Elle avait toujours aimé ces visites. Tante Sophie écoutait patiemment les idées qui lui venaient, parfois même en mettait une ou deux en pratique ; Ben lui faisait tenir un mouchoir pour déterminer la direction du vent, afin de s'assurer que la nouvelle maison serait aussi fraîche que possible.

Cet après-midi-là, une forte brise de terre soufflait des collines. Ils étaient tous les trois dans l'allée, en train d'admirer les magnifiques nouvelles vérandas en forme de portiques. Soudain, Ben avait éclaté de rire.

« C'est foutrement énorme, avait-il dit, s'attirant un regard étonné de la part de Belle et un froncement de sourcils de sa femme. Je veux dire, ça fait un sacré chemin depuis East Street, hein, mon cœur ? avait-il ajouté à l'adresse de tante Sophie.

— Qu'est-ce que c'est, East Street ? avait demandé Belle.

— C'est là où j'ai grandi. Enfin, en partie. East

Street, dans l'East End. (Il lui avait grimacé un sourire.) Pas un endroit pour toi, ma jolie, pas du tout.

— L'East End à Londres ? Est-ce que ta maman et ton papa sont encore là-bas ?

— Oh, non, ils sont partis depuis longtemps, avait-il répondu doucement. Personne dans East Street ne se souvient plus des Kelly. »

Il s'était mis à parler cockney, ce qu'il faisait parfois pour la faire rire.

« Deux chamb' pour nous, qu'on avait, et des chiottes dehors, pour vingt-quat' familles. Et r'garde donc ça aujourd'hui ! »

Belle en était restée perplexe.

« Seulement deux chambres ? Mais tous tes chevaux, tu les mettais où ? »

Cette fois, tante Sophie avait ri elle aussi.

« Pas de chevaux, avait répondu Ben, pas à l'époque. Et pourtant, on pensait qu'on s'en sortait plutôt bien. Deux chambres entières, avec un bout de rideau entre les deux pour l'intimité, et un lit séparé pour nous, les enfants…

— Ça suffit, Ben », avait dit tante Sophie.

Il avait décoché à sa femme un grand sourire, l'avait serrée dans ses bras jusqu'à la faire tomber ou presque, après quoi il avait défié Belle à la course jusqu'aux écuries…

— Où on va, mademoiselle ? redemanda le cocher d'un ton brusque.

— À East Street.

— Vous en êtes sûre ?

— J'en suis sûre.

Pourquoi n'y avait-elle pas pensé plus tôt ? Un taudis. C'était là sa place.

— Je ne suis pas à ma place, c'est tout, déclara Drum Talbot en avalant un autre brandy.

Adam écarta le serveur d'un geste. Drum en avait déjà eu bien assez.

— Je passe mon temps à jouer la comédie, poursuivit Drum. C'est si dur, Adam. Je ne peux pas t'expliquer combien je déteste ça.

— Je sais, dit Adam. C'est pourquoi je pense qu'une pause te ferait du bien. Une occasion pour prendre un peu de recul.

Drum cligna des yeux.

— Tu es un brave type, Adam. Un des meilleurs que je connaisse.

Adam but son café en silence. Il n'avait pas cette impression. Il se trouvait sans cœur, insensible, et coupable de souhaiter que Drum s'en aille.

Pendant qu'il écoutait les confidences pleines d'émotion de son vieux camarade d'école, il réfléchissait à ce que les apparences pouvaient avoir de trompeur. Drummond Montague Talbot était un des plus beaux spécimens que l'espèce masculine anglaise pouvait produire : blond, musclé, courageux. Mais Drum avait aussi un tragique défaut : il était trop doux de caractère.

Pauvre vieux Drum. Il avait connu des moments pénibles à Winchester. Il avait beau être plus grand et plus fort que la plupart des autres garçons, il n'avait jamais pu se résoudre à rendre coup pour coup, à se défendre quand on l'attaquait. Il ne pouvait pas supporter la violence. Il était le genre de garçon qui empêche qu'on écrase les fourmis.

Les années passant, ses partenaires de chasse s'amusaient de le voir bavarder avec les rabatteurs ou jouer avec les chiens pour s'éviter le désagrement d'avoir à tuer le moindre gibier. Même comme soldat – il en avait été un bon – il ne pouvait se résoudre à tirer sur l'ennemi, et s'était donné beaucoup de mal pour que ça ne se voie pas.

Dans le cas de Drum, les apparences étaient trompeuses. Et aussi, songea Adam, dans celui de cette fille de Berkeley Square. Ce petit papillon mondain, d'apparence fragile, qui avait soigné seule Sibella tout au long de sa grippe, qui était restée assise, immobile et silencieuse, pendant qu'il ruinait ses plus chers espoirs…

Osbourne est marié. Quelle manière brutale et grossière de lui annoncer la nouvelle. Si seulement il avait su, ou même pressenti, qu'Osbourne représentait davantage pour elle qu'un simple flirt… Au lieu de quoi, il s'était un peu vite persuadé qu'elle ne l'aimait pas vraiment, que des filles comme elle étaient incapables de sentiments sincères, qu'il n'avait qu'à lui dire la vérité, et ensuite se laver les mains de toute cette triste affaire…

Il avait agi comme une brute, et maintenant il était tenaillé par le remords. De l'avoir laissée comme cela, dans cette maison silencieuse, avec la dépouille de Sibella à l'étage… Ce n'était pas de l'indélicatesse, mais de la cruauté à l'état pur.

Et comme c'était bizarre : alors que tout le monde, autour de lui, semblait réclamer son aide, elle, cette fille, qui en avait sans doute besoin plus que quiconque – en tout cas de l'aide de quelqu'un – avait été la seule à la refuser.

— Tu as peut-être raison, fit Drum.

— Quoi ?

— Pour l'Écosse. Tu es un fichtrement brave type, lui dit-il en clignant rapidement des yeux, et Adam vit avec horreur qu'il était proche des larmes. Fichtrement brave. L'armée va paraître plus triste sans toi.

— Parlons d'autre chose, répliqua Adam.

— Désolé. Le sujet sensible, hein ? Bien sûr. Je comprends. Quel dommage que tu manques l'assaut final…

Adam se frotta la tempe et prit une autre gorgée de son brandy. À la vérité, il ne savait pas si ça lui importait ou non d'en avoir fini avec l'armée. Il avait vu Clive cet après-midi, qui lui avait annoncé la nouvelle.

« Terminé pour vous, lui avait-il annoncé sans préambule. Les poumons sont touchés. Plus de combat, même pas de service au pays. Oh, vous êtes parfaitement d'attaque pour la vie normale, et je ne miserais pas un penny sur mes chances contre vous sur un terrain de polo. Mais vous n'irez plus courir dans le no man's land. Alors, gardez le moral. Vous en êtes sorti. Si j'étais vous, je rentrerais chez moi et je déboucherais une bouteille de champagne. »

Mais Adam n'avait pas eu envie de fêter ça. Clive avait raison, bien sûr, et la partie pragmatique de son cerveau le savait. Mais l'autre partie, irrationnelle mais têtue – celle qui abritait ce qu'il aurait aimé appeler un certain sens de l'honneur –, lui disait qu'il aurait dû être au front avec ses hommes. Pour combattre non pas pour le roi et le pays, mais pour eux. Et qu'il les avait laissés tomber.

Juste comme il avait laissé tomber cette fille à Berkeley Square. Bon Dieu, pourquoi est-ce qu'il ne pouvait pas se la sortir de l'esprit ?

— À toi, dit Drum en levant son verre, qu'il avait trouvé le moyen de remplir pendant qu'Adam était perdu dans ses pensées.

— Tu veux bien m'excuser un moment, Drum ? Je viens de me souvenir que j'ai un coup de téléphone à donner.

Le préposé lui fit un sourire complice tandis qu'il s'installait dans la cabine, car Adam y avait passé une partie de l'après-midi. Peut-être pensait-il qu'Adam avait une liaison. Il aurait été surpris d'apprendre que ces appels concernaient une femme décédée et un petit garçon de sept ans.

D'abord, et non sans difficulté, il avait retrouvé le numéro de Mrs Pryce-Dennistoun, qu'il connaissait vaguement, et s'était assuré que Max était bien arrivé chez elle sain et sauf. Puis il avait parlé au notaire de Sibella, vérifié qu'il avait pris toutes les dispositions pour les obsèques, et il lui avait expliqué où se trouvait Max. À sa surprise, il le savait déjà. Isabelle Lawe lui avait envoyé un mot.

Visiblement, se disait-il maintenant, tout en composant le numéro de Sibella, elle est plus capable que tu ne le pensais. Cesse donc de t'inquiéter. Elle s'en sortira bien.

Il n'obtint pas de réponse au dix-sept, Berkeley Square, et poussa un juron.

Il n'était pas encore neuf heures, donc elle ne devait pas encore être couchée. Peut-être était-elle sortie, ou peut-être n'avait-elle pas envie de répondre. Qui aurait pu l'en blâmer, après ce qu'elle avait traversé ces trois derniers jours ?

Avec le sentiment désagréable d'une tâche qu'il n'avait pas menée à bien, il retourna à la table. Drum avait atteint le stade sentimental et larmoyant.

— Tu es le seul à qui je puisse parler, mon vieux. Le seul qui *comprenne*…

Il s'écoula encore une demi-heure avant qu'Adam ait pu coucher son ami, sans incident, dans une des chambres d'hôte du club, s'installer dans un fiacre et partir pour Berkeley Square. S'il s'assurait qu'elle allait bien, il pourrait enfin se sortir toute l'affaire de l'esprit.

Il n'y avait pas de lune ; les rues baignaient dans la pâle lueur bleue des rares réverbères qu'on avait allumés. Il n'y avait guère de circulation non plus, juste un omnibus de temps en temps, avec ses fenêtres à lourds rideaux ; mais, sur les trottoirs, des passants faisaient leur promenade du soir, admirant les faisceaux lumineux des projecteurs antiaériens et cette particularité du Londres du temps de guerre : les étoiles.

Le numéro dix-sept était plongé dans l'obscurité ; quand il eut tiré la sonnette, personne ne répondit.

— On dirait qu'ils sont sortis, hasarda le cocher.

— On dirait, oui, murmura Adam.

De retour au club, il dormit mal. Rien de nouveau là-dedans ; depuis le début de la guerre, il dormait toujours mal. Mais cette fois, il se retrouva happé par un cercle obsédant. Sans cesse revenait la même image, le visage de Belle qui se vidait de son sang. *Eh bien, voilà.* La manière dont elle l'avait dit.

L'aube se levait et les charrettes des laitiers commençaient leur tournée quand il se mit en route pour Berkeley Square. Il avait l'impression bizarre d'être déguisé dans ses vêtements civils, que tout le monde allait le remarquer. Mieux vaut s'y habituer, s'était-il dit. Tu n'as plus aucun droit de porter l'uniforme. Mais ça le gênait. Même la sensation de la plaque d'identité autour de son cou lui manquait ; pour la première fois depuis quatre ans, il l'avait laissée sur le dessus de son bureau.

De nouveau, la porte du dix-sept Berkeley Square resta close.

— Elle est partie, dit une voix féminine en dessous de lui, le faisant sursauter.

En baissant les yeux, il vit une femme de chambre qui le regardait, depuis le sous-sol du numéro seize. Des yeux bleus, intelligents et vifs, le fixaient avec curiosité.

— Savez-vous où elle est allée ? lui demanda-t-il.

Elle secoua la tête.

— Elle avait un sac, alors ça devait être au moins pour la nuit. Et elle n'a pas pris la voiture de Mrs Clyne, mais un fiacre.

Le cœur d'Adam se serra. Comment pourrait-il la retrouver ? Son désarroi dut se lire sur son visage, parce que la fille eut pitié de lui.

— Il y a une rangée de fiacres au coin de la rue. L'un d'eux pourra sans doute vous renseigner.

Pour un shilling, « l'un d'eux » lui dit qu'il savait où était descendue la jeune dame ; et pour un autre shilling, il accepta de l'emmener.

— C'est impossible, voyons, protesta Adam quand le fiacre s'arrêta devant un taudis miteux à Walworth.

Mais le cocher confirma.

— Je m'en souviens parce que c'était si bizarre, une dame comme elle se faisant conduire devant un taudis pareil.

À quoi diable joue-t-elle ? pensa Adam. Elle a de l'argent. Pourquoi ne pas aller dans un hôtel ?

La porte d'entrée n'était pas fermée à clé ; au-dessus était accroché un panneau crasseux qui disait : CHAMBRES MEUBLÉES, À LA SEMAINE OU AU MOIS, MRS ARTHUR JUGG. En dessous, on devinait les restes d'une autre inscription, *dîner sur demande*, mais elle avait été effacée ; vraisemblablement, pensa Adam avec un élan de compassion pour Mrs Jugg, parce qu'elle avait des problèmes avec les rations, et qu'elle n'avait pas les moyens de se fournir au marché noir.

Il dit au cocher d'attendre et pénétra à l'intérieur.

Il faisait sombre dans l'entrée ; la lampe à gaz n'y avait pas été allumée. Dans l'obscurité, Adam vit que le papier peint à motifs de boutons de rose taché de rouille se décollait.

Une porte s'ouvrit sur sa droite et un enfant glissa la tête au-dehors. À son pantalon trop grand et sa casquette enfoncée sur ses cheveux roux, Adam devina que c'était un garçon, bien que son petit visage sale, aux traits délicats, fût androgyne.

— Je cherche une dame, annonça-t-il.

Il tâta sa poche et en sortit une pièce de six pence.

— Jeune, brune, très jolie. Est-ce qu'elle est ici ?

Le garçon saisit les six pence, puis se remit précipitamment à l'abri derrière sa porte entrebâillée.

— Numéro 'it, quat'ième étage, bredouilla-t-il.

— Merci, dit Adam.

À quoi diable joue-t-elle ? se demanda-t-il à nouveau en grimpant jusqu'au quatrième. Il commençait à se sentir légèrement irrité. Ce voyage précipité de Mayfair vers les taudis, avec juste un sac de voyage pour bagage… Ça sentait l'apitoiement sur soi. Essayait-elle de « se perdre », comme un personnage d'un roman à quatre sous ? Et pourquoi ? Parce que Osbourne était marié ? Ça ne correspondait pas à ce qu'il pensait d'elle.

Il était sur le point d'abandonner la partie, face à la porte du numéro huit, quand elle finit par lui ouvrir, en réponse à ses coups répétés. Toute l'irritation d'Adam disparut aussitôt. La robe bleue flottait autour d'elle. Ses yeux étaient gonflés, son visage rouge et marbré. La première idée qui lui traversa l'esprit, c'est qu'elle pouvait paraître parfaitement quelconque.

— Vous ? lui lança-t-elle, le regard morne.

Puis elle jeta un coup d'œil derrière lui, comme si elle s'était attendue à voir quelqu'un d'autre.

— J'étais inquiet. Je voulais voir si vous alliez bien.

— Je vais bien. Vous pouvez repartir.

— Je ne pense pas faire ça, non. J'ai un fiacre dehors. Je vous emmène dans un hôtel.

Elle suivait les mots sur ses lèvres, comme si elle avait du mal à entendre.

— Je reste ici, dit-elle. C'est là qu'est ma place.

— Vous ne pouvez pas.

— Je vous en prie, partez…

Elle fit un pas en arrière, trébucha, et il tendit instinctivement la main pour la retenir. Son poignet était chaud et fiévreux. Il en eut un frisson d'inquiétude.

— Vous brûlez… Depuis combien de temps êtes-vous malade ?

— Je vais bien, murmura-t-elle.

Puis ses genoux se dérobèrent et elle tomba au sol.

Pendant un moment, Adam la contempla avec étonnement. Puis il la souleva dans ses bras et la porta à l'intérieur.

18

Le monde s'écroulait, et elle tombait en tournoyant dans un gouffre obscur. Une ceinture d'acier brûlant lui enserrait le crâne. Des aiguilles chauffées à blanc lui transperçaient les yeux. Quelqu'un essayait de la recouvrir d'un plaid, quelqu'un de fort.

— Partez ! gémit-elle en lui agrippant les mains.

— Essayez de rester tranquille, ordonna une voix d'un calme exaspérant.

Comment aurait-elle pu rester tranquille quand chaque respiration, chaque clignement d'yeux, envoyait une onde de feu incendier tout son corps ?

Et elle tombait toujours plus bas, dans un flot noir et bouillonnant…

Elle prit conscience de la présence du mal non loin d'elle. Avant même d'avoir tourné la tête, elle sut ce que c'était. Là, dans le coin : un énorme serpent jaune. S'apprêtant à l'attaquer.

Elle en gémit de terreur.

— Il n'existe pas, dit la voix, toujours aussi paisible.

— Si, il existe, protesta-t-elle.

Elle pouvait dénombrer les écailles de sa monstrueuse tête plate, les éclairs que lançait la langue noire et fourchue. Elle le vit avec horreur dérouler ses anneaux boursouflés et ramper dans sa direction…

— *Non !* hurla-t-elle.

— Ne sois pas stupide, fit Sibella en se penchant sur elle et en lui effleurant le visage avec la manche de sa liseuse de dentelle bleue. Les serpents jaunes sont inoffensifs. Tu le sais sûrement.

— Mais Sibella, vous êtes morte…

— Oh, non, je ne le suis pas, pouffa-t-elle. C'était juste un tour qu'ils t'ont joué. Vous, les enfants, vous pouvez être de telles petites brutes…

— Mais je ne suis pas une enfant !

— Si, tu en es une, lui dit Cornelius Traherne, qui était apparu au côté de Sibella. Tu es une enfant extraordinaire. Tu sais des choses que la plupart des femmes adultes…

— Partez ! hurla-t-elle. Ne me touchez pas !

En se soulevant sur un coude, elle le repoussa de son autre bras. Les mains fortes la retinrent aux épaules et la rassirent doucement sur son oreiller. Elle les griffa de nouveau.

— Ne me touchez pas !

— On croirait, reprit Traherne, que tu as inventé une sorte de terrible fantasme…

— Ce n'est pas un fantasme ! cria-t-elle. C'est vraiment arrivé !

— Ce n'est pas réel, expliqua la voix. Il n'y a pas de serpents ici.

Elle s'était mise à sangloter. Comment pouvait-il le nier ? Comment pouvait-il être assis là et le nier ? Il était complice de Traherne, et Sibella aussi. Ils s'étaient tous ligués contre elle.

Elle ouvrit les yeux, et la lumière du jour la blessa comme des éclats de verre. Il était assis là, Adam

Palairet, lui répétant imperturbablement qu'elle inventait. Adam Palairet, qui avait tué Sibella, qui avait chassé Osbourne ; Adam Palairet, qui avait dit aux duppies où la trouver…

— C'est votre faute ! cria-t-elle. Tout est votre faute !

Il savait qu'il ne l'aidait pas, qu'il aggravait même les choses. Elle avait besoin de médecins et d'un lit d'hôpital, pas d'un matelas infesté de punaises et d'un homme qu'elle ne pouvait pas supporter. Elle avait besoin d'aide.

Après sa crise centrée sur le serpent, elle était tombée en syncope. C'était un répit, mais ça ne durerait pas longtemps. Il le savait bien, à la lumière des sept heures écoulées. Il savait également qu'il ne pourrait pas se contenter de rester assis en espérant qu'elle aille mieux. Il devait aller chercher de l'aide.

Priant pour qu'elle ne se réveille pas pendant son absence, il descendit l'escalier aussi vite qu'il le put et frappa à la porte de la logeuse. Pas de réponse. Il essaya les autres portes, revenant en arrière dans les étages. La plupart s'ouvraient sur des pièces exiguës et vides. L'une d'entre elles portait la lettre G, comme grippe, mais son occupant était soit absent de la maison, soit trop malade pour répondre.

Poussant un juron, Adam courut jusque dans la rue. Il n'était que deux heures de l'après-midi, mais l'endroit était sinistrement paisible. Il frappa à des portes et, de nouveau, personne ne répondit. L'immeuble était vide. Comme dans les rêves qu'il faisait avant la guerre, où il savait qu'il devait atteindre un objectif essentiel, alors que des obstacles surgissaient sans cesse devant lui, chacun plus infranchissable que le précédent.

Au bout de la rue, il aperçut une cabine téléphonique. Enfin le salut. Mais quand il l'atteignit, il rugit de dépit : elle était cadenassée « pour prévenir l'infection ». Il jeta un œil alentour, cherchant quelque chose pour casser la chaîne.

Par chance, le fils de la logeuse était revenu ; blotti dans une embrasure de porte, il le fixait de ses yeux bleus écarquillés.

— Un levier ! dit Adam en lui jetant une pièce de six pence. Vite !

Le garçon s'empara de la pièce et s'éclipsa, pour revenir quelques minutes plus tard avec une barre de fer.

— Vous vous ferez arrêter pour ça, murmura-t-il tandis qu'Adam s'introduisait par effraction dans la cabine.

— Sans doute, oui. Tiens, voilà un shilling. Cours au numéro huit et garde un œil sur la dame jusqu'à ce que je revienne.

Le central téléphonique était à court de personnel et d'une lenteur exaspérante ; il lui fallut une éternité pour obtenir l'hôpital St. Thomas. Ils n'avaient pas de lit disponible, et semblaient étonnés qu'il puisse même leur poser la question. Il essaya le dispensaire de Lambeth, puis deux médecins dont le dispensaire lui avait donné les noms. Mais toujours en vain. Ils étaient débordés, et rirent quand il émit l'idée de louer les services d'une infirmière privée. Adam commençait à désespérer.

Il téléphona à Clive. Par chance, son ami était chez lui, avalant un repas rapide avant de ressortir voir d'autres patients.

— Désolé, mon vieux, mais j'ai du travail jusque-là avec mes propres malades.

— Qu'est-ce que je dois faire ? insista Adam, désorienté.

— Occupez-vous d'elle vous-même.

— Mais je ne suis pas médecin !

— Écoutez, mon vieux. Vous ne trouverez aucun hôpital où la faire admettre, ni aucune infirmière, pour tout l'or du monde. C'est à vous de jouer. Vous avez fait un peu de médecine dans les tranchées, ce n'est pas si dur. De toute façon, quelle que soit l'issue, il n'y en a que pour un jour ou deux.

Adam raccrocha l'appareil et s'appuya contre la cabine. Comment tout ceci avait-il pu arriver ? Une simple visite à une relation, et voilà qu'il était perdu quelque part dans l'East End, les yeux lourds de fatigue, avec des traces de griffures sur le dos de ses mains – et il n'aimait même pas la fille en question.

C'est à vous de jouer, avait dit Clive.

Au diable toute cette histoire, pensa Adam.

Par la porte ouverte, une tache jaune attira son attention. C'était un autel, l'un des innombrables autels qui avaient surgi au coin des rues depuis le début de la guerre. Une tablette de bois surmontée d'une simple croix où étaient écrits les noms des habitants de la rue qui avaient été tués au front. Une petite saillie en dessous supportait des fleurs : ici, des chrysanthèmes dans un pot de confiture.

Tout à coup, Adam eut honte de ce qu'il venait de penser.

De retour dans la chambre, il trouva Isabelle Lawe délirant de nouveau à propos du serpent, tandis que le garçon se tenait dans l'embrasure de la porte, tâchant de ne pas paraître effrayé.

Adam lui donna deux livres, plus six pence pour la commission, et l'envoya acheter de la quinine, de la phénacétine, un thermomètre et une bouteille de whisky. Il n'avait guère de souvenirs de son propre accès de fièvre à Arras l'année précédente, et n'était pas sûr que ce fût la même maladie ; mais il se rappelait vaguement que la quinine et l'alcool l'avaient tiré d'affaire.

Après le départ du garçon, il fouilla dans la valise d'Isabelle Lawe afin de trouver quelque chose qui pût l'aider. Parmi les chemisiers de soie fine et les ensembles de dentelle absurdement peu pratiques – cette fille ne savait-elle donc pas faire une valise ? –, il trouva de l'eau de Cologne qui pourrait lui servir pour faire une friction à l'alcool, ainsi qu'une brochure à deux sous intitulée *Guide de l'infirmière pour le traitement et les soins à donner au malade de la grippe*.

— Pas une *enfant*..., murmura Isabelle Lawe.

Étonné, Adam se retourna.

La maladie semblait la vider de l'intérieur. Sous sa peau, les os de son visage apparaissaient de manière alarmante : les arêtes bleues de ses pommettes, la ligne marquée de sa mâchoire. Ses yeux étaient ternes et creux, et le regardaient sans le reconnaître. Il se demanda ce qu'elle voyait. Et contre qui elle luttait.

— Bien, dit-il, et sa voix résonna dans la pauvre petite chambre. Il n'y a que vous, moi et le *Guide de l'infirmière*.

Puis il approcha le tabouret de son lit et commença à lire.

— Pourquoi est-ce que vous faites ça ? haleta Isabelle Lawe.

Adam, qui lui passait l'éponge sur le cou, suspendit

son geste et soupira. Bon sang, elle s'était encore réveillée. Chaque fois qu'il la pensait évanouie, elle revenait à elle. Si elle ne prenait pas de repos, son cœur finirait par flancher.

C'était peu après minuit, la seconde nuit. Elle délirait depuis maintenant presque deux jours. Peut-être était-ce un bon signe qu'elle réagisse, pensa-t-il. Mais il n'en était pas trop sûr. Le *Guide de l'infirmière* était rempli de mises en garde contre les rémissions feintes.

— Je vous fais une toilette à l'éponge, lui dit-il. De l'eau froide et de l'eau de Cologne. C'est censé…

— Non, non, murmura-t-elle, en plissant les yeux devant la pauvre bougie, sur la table en bois branlante. Pourquoi est-ce que *vous* faites ça, vous ?

— Je n'ai pu trouver personne d'autre, lui répondit-il franchement, tout en déplaçant la bougie sur le sol, où elle ne la gênerait pas.

— Eh bien, maintenant vous pouvez partir.

Elle le dit avec une certaine hauteur, comme si elle congédiait un domestique. Ça le fit presque sourire.

Il trempa son mouchoir dans le bol et commença à lui frictionner la poitrine – du moins, pour autant qu'il pouvait l'atteindre en passant la main à l'aveuglette sous la couverture, pour ne pas la mettre dans l'embarras. Même si elle était probablement trop malade pour en éprouver – il le faisait plutôt par pudeur personnelle.

— Je vous ai dit de partir, reprit-elle d'un ton sec. Partez. Je veux mourir.

— Ne soyez pas si mélodramatique, grommela-t-il, et buvez ceci.

En lui tenant la tête, il lui versa quelques gouttes de la mixture dans la bouche.

— Qu'est-ce que c'est ? s'enquit-elle en faisant la grimace et en recrachant la première gorgée.

— Quinine, eau de Seltz et scotch.

— C'est horrible.

— Je sais. D'après le livre, vous devriez prendre de l'eau Apollinaris et du champagne. Mais ce n'est pas facile d'en trouver à Walworth.

— Où avez-vous eu le whisky ?

— Par Billy, dit Adam.

Pour l'empêcher de parler, il lui expliqua que Billy était le fils de la logeuse, qu'il était d'une aide précieuse, qu'il faisait leurs courses, et qu'il avait gagné une petite fortune en pourboires.

Elle détourna la tête, refusant d'en boire davantage.

— Alors, vous n'avez qu'à payer la logeuse pour veiller sur moi. Et vous, *partez*...

— Je ne peux pas. Elle est morte. Et maintenant, plus de discours.

Pour s'en assurer, il lui fourra le thermomètre dans la bouche. Pendant que le mercure montait, il lui raconta que le pauvre Billy – qu'il avait envoyé au lit une heure plus tôt – traînait dans les parages depuis la mort de sa mère, trois jours plus tôt. Il attendait que sa tante Lucy, de Stoke Newington, vienne le chercher. « Mais elle vient pas », avait-il dit à Adam, tout en mangeant un sandwich au corned-beef qu'il avait bien mérité. « Je sais même pas si elle est au courant. »

Encore quelqu'un qui avait besoin de son aide, songea Adam tout en frottant ses yeux fatigués. Et le pire, c'était qu'il ne pouvait faire grand-chose pour aucun des deux. Le mieux pour Billy serait d'aller chez sa tante. Le mieux pour Isabelle Lawe était... quoi ? D'observer, d'attendre, et de lui donner de temps en temps une gorgée de whisky ?

La plupart des soins que préconisait le *Guide de l'infirmière* étaient irréalisables. Le premier chapitre insistait beaucoup sur la nécessité de gazéifier l'air avec une lampe Alformant, et d'injecter une solution de strychnine pour calmer le cœur qui s'emballait. Il recommandait aussi de prodiguer de fréquents *petits repas délicats de bouillie d'avoine ou de tapioca au lait préparés et cuits avec soin*. Adam n'avait aucune idée de la façon dont on s'y prenait, avec soin ou pas, pour l'un et l'autre de ces aliments, et il soupçonnait que, même s'il l'avait su, sa patiente les aurait vomis, comme elle avait vomi la phénacétine qu'il avait essayé de lui donner pour calmer ses douleurs. Mais l'idée d'un tapioca au lait commençait à lui sourire personnellement beaucoup, même s'il avait détesté ça à l'époque du collège. Il n'avait rien mangé depuis son dernier sandwich au corned-beef, qui remontait déjà à une dizaine d'heures.

— Le serpent est revenu, murmura Isabelle Lawe en recrachant le thermomètre.

— Il n'est pas réel, lui dit-il pour la vingtième fois.

— Alors, pourquoi est-il en train de me jeter du venin dans les yeux ? Pourquoi persistez-vous à me mentir ?

— Je ne mens pas, je…

— Laissez-moi ! gronda-t-elle, en rouvrant avec ses ongles les éraflures qu'elle lui avait faites aux mains la nuit précédente.

— Il n'y a pas de serpent, insista-t-il. Regardez, je lance un livre dans sa direction, et vous pouvez le voir rebondir contre le mur.

— Arrêtez de mentir ! cria-t-elle.

— Restez tranquille ou vous allez…

— *Arrêtez de mentir !*

Du sang noir jaillit de son nez et vint tacher le lit.

Quelque chose avait claqué dans sa tête, laissant s'écouler un torrent de sang noir et fumant. Il giclait comme de l'eau qui sort d'un robinet : par litres entiers, aspergeant la couverture, le mur, le sol.

Adam Palairet ne cessait de jurer tout bas, pendant qu'il l'immobilisait d'une main et que, de l'autre, il pressait un mouchoir sur son nez. Elle protesta d'une voix gargouillante. Mais le mouchoir ne contenait pas le flot, il ne faisait que lui renvoyer le sang dans la gorge ; il risquait de la noyer. Au moment où elle allait perdre connaissance, il se rendit compte de ce qui se passait et retira le mouchoir ; le sang gicla à l'extérieur, manquant de peu la poitrine d'Adam.

La ceinture de fer lui enserrait les côtes de manière insupportable, puis elle cassa net. Belle sombra dans les ténèbres.

Elle se réveilla pour sentir qu'on lui épongeait le visage avec de l'eau fraîche. Elle reconnut le parfum de l'eau de Cologne – elle le reconnut, et pourtant c'était comme si elle le sentait pour la première fois. Net, propre, frais. Elle n'avait jamais rien respiré qui sentît aussi merveilleusement bon.

Au prix d'un effort énorme, elle parvint à entrouvrir ses paupières. La lumière qui entrait par la fenêtre ouverte, celle, légère, de l'aube, ne lui fit pas mal. Les aiguilles brûlantes étaient parties. La ceinture de fer aussi. Elle se sentait vide et légère, comme si elle allait s'envoler à la moindre brise. Elle n'avait plus mal.

Adam Palairet était assis à côté du lit, sur un petit tabouret branlant, mal rasé, les yeux rougis par la fatigue. Il ne portait rien d'autre sur ses épaules qu'un châle rose tricoté, mangé aux mites. Sa chemise gisait sur le sol. Elle était noire de sang.

Belle fronça les sourcils.

— Mais pourtant… ça ne vous a pas touché, murmura-t-elle, je m'en souviens.

Il cessa d'éponger son visage et la regarda.

— La première fois, non.

— Combien de fois est-ce que… ?

— Cinq. Mais il ne vous est rien arrivé de la sorte depuis une heure. Je pense que vous avez passé le pire.

Belle le savait elle aussi, mais elle se sentait encore trop faible pour le dire. Fermant les yeux, elle s'abandonna à la merveilleuse odeur de propre de l'eau de Cologne. Elle se sentait incroyablement faible, mais aussi étrangement vidée et purifiée.

Au bout d'un moment, elle entrouvrit les yeux et articula :

— Merci.

Il lui lança un regard en coin.

— Est-ce que je dois en déduire que vous avez l'intention de vivre ?

— Quoi ?

— Vous n'avez pas cessé de me dire de vous laisser mourir. J'en avais franchement assez de l'entendre.

— C'était… mélodramatique de ma part ! remarqua-t-elle en fronçant les sourcils.

— Tout à fait, oui.

Un nouveau silence se fit, pendant qu'elle écoutait les moineaux se chamaillant sous la fenêtre. Puis des larmes lui montèrent aux yeux.

— Sibella me manque, dit-elle.

— Je sais. À moi aussi.

Avec un mouchoir humide, il essuya ses larmes, lui laissant des traces fraîches sur le visage. Puis il lui tamponna délicatement le nez. Elle finit par arrêter de pleurer.

— Et maintenant ? Qu'est-ce qui va se passer ?

— Vous devez rester très calme, ne pas parler et essayer de dormir.

— Non, je veux dire ensuite. Qu'est-ce qui se passera ensuite ?

— Je ne sais pas.

Le lendemain après-midi, Adam avait la situation en main.

Avec l'aide d'un Billy plein de ressources, il avait trouvé une Mrs Benson, habitant à trois maisons de là, qui acceptait de s'occuper du linge de Belle et de faire son « ménage ». Il avait trouvé un lit de camp pour lui et écrit une lettre à Drum, sans entrer dans les détails ; celui-ci lui avait fait parvenir son courrier ainsi que des vêtements de rechange plus un peu d'argent liquide bien nécessaire – « Prenez-le, mon vieux, vous ferons les comptes en Écosse. » Il n'avait pas posé de questions. Adam avait aussi griffonné des lettres pour Maud Mc Allister, lui donnant sa nouvelle adresse, et pour l'amie de Sibella, Mrs Pryce-Dennistoun, qui avait laissé de nombreux messages furieux à son club, sans préciser de quoi il retournait.

Le soir du troisième jour, il était assis sur le lit de camp, un whisky sur les genoux, en train de lire ses lettres. Belle dormait, ayant pris pour la première fois un peu de pudding au lait mêlé de scotch.

Le *Guide de l'infirmière* approuvait le scotch. *Un régime quotidien de lait, d'œufs crus et de whisky est des plus fortifiants*. Il approuvait aussi la préparation pour malades de Benger (*quand elle est bien exécutée, elle n'a jamais de grumeaux*) et le Sanatogène. Mais Mrs Benson rechignait à l'idée d'acheter des denrées spéciales pour malades. Adam soupçonnait qu'avec le lait à neuf pence le gallon, et comme il payait lui-même les factures, elle préférait faire un pudding substantiel qui nourrirait aussi sa propre nichée. Ça ne le gênait pas. Il était devenu lui-même très friand de pudding au lait.

La première des lettres était un mot rapide de Drum annonçant à Adam son arrivée dans le Galloway et le remerciant pour le prêt du cottage de la dîme [1], qui serait « exactement ce qu'il lui fallait », affirmait-il.

Dans la seconde, Maud McAllister lui faisant part de son étonnement quant à sa nouvelle adresse à Walworth et lui expliquait, avec son mélange habituel d'excuses et de solide bon sens, qu'elle avait fait tout ce qu'elle pouvait avec le régisseur du domaine, et qu'il était grand temps qu'Adam aborde personnellement avec lui la question de la conduite de la ferme familiale.

Se sentant soudain fatigué, Adam reposa la lettre. Maud avait raison, il était temps qu'il rentre chez lui. Et il le désirait. Il aspirait à retrouver la solitude et la paix des collines où il avait grandi.

— Quelque chose ne va pas ? lui demanda Belle.

Elle était couchée sur le côté, en train de le contempler. Sa peau portait encore la teinte grise de la maladie, ses yeux étaient creux et cernés. Elle avait l'air d'avoir douze ans.

— Il faut que j'aille en Écosse, répondit-il.

Elle ferma les yeux.

— Allez-y. Tout ira bien pour moi ici.

Il réprima un mouvement de contrariété.

— Ne recommençons pas avec ça.

— Mrs Benson peut s'occuper de moi, fit-elle en

1. Bâtiment où étaient autrefois entreposées les recettes de la dîme ; le nom lui est resté. *(N.d.T.)*

fronçant les sourcils. Et si ça ne vous suffit pas, je peux écrire à tante Mildred.

— Cette tante Mildred qui n'existe pas…

Elle ne répondit rien.

— Il y a un train de nuit pour Carlisle. Je vais vous prendre une couchette.

Elle rouvrit les yeux, le regarda.

— Sûrement pas.

— Alors, que suggérez-vous ? s'enquit-il d'un ton irrité. Mrs Benson ne peut pas vous accorder plus qu'une demi-heure de temps en temps, avec ses six enfants dont elle doit s'occuper.

Elle se mordit les lèvres et il vit, consterné, qu'elle était proche des larmes.

La guérison du malade passera par des périodes de dépression, disait le guide, *et il faudra le ménager le plus possible*.

Ô Seigneur ! pensa Adam. Et maintenant, qu'est-ce que je fais ?

— Je voudrais juste… (elle prit une inspiration un peu haletante)… je voudrais juste être toute seule.

— Je comprends. Vraiment. C'est ce que je souhaite pour moi aussi. Mais je ne peux pas vous abandonner comme ça.

— Mais…

— Vous êtes au quatrième étage et, à part Billy, le reste de la maison a été déserté. Vous avez perdu des litres de sang, et vous êtes si faible que vous ne pouvez même pas tenir debout. (Il fit une pause, ne voulant pas paraître brutal.) Si vous refusez cette proposition, continua-t-il sur un ton plus doux, je n'aurai pas d'autre solution que d'envoyer un télégramme à votre famille en Jamaïque.

Elle parut horrifiée, et il eut des remords de l'avoir brusquée.

— Eh bien, dans ce cas, déclara-t-il en se levant, ce sera l'Écosse. Je m'occupe de tout, et ensuite…

Un coup fut frappé à la porte. Ils se regardèrent. Pour une obscure raison, Adam se sentait mal à l'aise, comme si on le surprenait en train de commettre une mauvaise action.

— Ne répondez pas, murmura Belle.

À la surprise d'Adam, elle paraissait effrayée.

— Ça ne peut pas être Billy ni Mrs Benson, chuchota-t-elle, ils ne frappent jamais. Et je ne veux voir personne d'autre.

Adam alla à la fenêtre, juste à temps pour voir une Daimler noire, presque aussi large que la rue, s'éloigner en silence.

Un nouveau coup fut frappé, plus hésitant. Adam alla à la porte et l'ouvrit en grand.

Il trouva devant lui un petit garçon, une coûteuse valise de cuir posée à ses pieds. Il avait des cheveux blond-roux, des yeux bleus légèrement protubérants, bordés de cils clairs, et qui semblaient remplis de crainte.

— Il est v'nu en voiture, grommela Billy, qui avait suivi le garçon dans l'escalier et le regardait avec une hostilité manifeste.

Le gamin essaya d'avaler sa salive et émit un son étranglé. Il tremblait et il avait la tête rentrée dans les épaules.

— Cap… Capitaine Palairet, monsieur ? bredouilla-t-il.

— Oui, c'est moi, dit Adam. Qui es-tu ?

— Euh… Maximilien Clyne, monsieur.

— C'est quoi ce prénom-là ? grogna Billy.

Le petit Clyne émit de nouveau un bruit de gorge.

— Tenez, monsieur. C'est pour vous.

Toujours en tremblant, il tendit à Adam une enveloppe de couleur crème à l'aspect luxueux. Soupçonnant une catastrophe imminente, Adam en examina le contenu.

C'était une lettre de Mrs Pryce-Dennistoun. Elle s'était engagée à s'occuper de l'enfant pendant quelques jours, par simple bonté d'âme, il y avait plus d'une semaine de cela, ce qui était trop, à quelque point de vue qu'on se plaçât, et, en particulier, c'était beaucoup trop lui demander... *De plus*, concluait-elle sèchement, *l'enfant est sous votre responsabilité, capitaine Palairet, car j'ai appris de source sûre – le notaire de la famille Clyne –, que dans son testament la pauvre chère Sibella vous a désigné comme son tuteur.*

— Qui est-ce ? dit Belle.

— Il reste pas ici, grogna Billy.

— Euh, demanda Max, où est-ce que je dors ?

Adam contempla la lettre en clignant des yeux. Puis il la replia, la glissa dans sa poche et se passa la main sur le visage.

Deux orphelins et une jeune fille malade. Mon Dieu !

19

Deux convois de troupes venaient d'arriver et la gare de St. Pancras était remplie d'uniformes. Le porteur se fraya un chemin dans la foule et Adam suivit son sillage, poussant Belle dans son fauteuil roulant, tandis que Max et Mr Granger, l'accompagnateur, suivaient.

Le triste petit cortège s'attirait des regards curieux de l'assistance. Rien d'étonnant, pensa Adam. Il doit être clair comme le jour qu'aucun de nous n'a envie d'être ici.

— Est-ce que je devrai porter un kilt ? demanda Max d'une petite voix fluette.

— Non, lui dit Adam.

— Les autres garçons en porteront ?

— Il n'y a pas d'autres garçons à Cairngowrie. Maintenant, reste ici avec Mr Granger, et ne bouge pas. Je vais installer miss Lawe dans sa couchette.

— Miss Lawe n'a pas besoin d'être « installée », repartit Belle d'un ton sec, tandis qu'ils atteignaient la voiture-lit.

— Je vous en prie, ne discutez pas.

Le temps qu'il la porte dans le train et qu'il l'installe dans sa cabine, elle était pâle à faire peur ; pour la dixième fois, il se demanda s'il avait pris la bonne décision. Le *Guide de l'infirmière* déconseillait catégoriquement les levers trop matinaux pendant la convalescence.

— Est-ce que vous vous sentez moins bien ? lui demanda-t-il.

— Oui, murmura-t-elle. C'est la fumée de cigarette dans le fiacre. J'ai cru que j'allais être malade.

— Je suis désolé. Je ne…

— Ce n'est pas votre faute. C'est la grippe. Avant, j'aimais l'odeur de la cigarette. Maintenant, je trouve que ça pue comme du bambou en train de brûler.

Adam s'attardait, indécis, à la porte de la cabine.

— Voulez-vous que je sonne la femme de chambre pour vous aider ?

— Non, merci.

— Max et moi serons au wagon-restaurant. Je vous ferai porter un plateau par le serveur.

— Merci, mais je n'ai pas faim du tout.

— Il faut que vous mangiez quelque chose.

— Je vais très bien, susurra-t-elle entre ses dents.

Vous n'avez pas l'air d'aller bien, pensa-t-il. Vous avez l'air très malade, et plutôt proche des larmes.

— Qu'est-ce que vous comptez faire pour Max ? lui demanda-t-elle vivement, comme pour détourner son attention sur un autre objet qu'elle.

— Max ? Il va partager ma cabine. C'est…

— Non, je veux dire, qu'allez-vous faire de lui ensuite ?

Il poussa un long soupir.

— Je ne sais pas. Je n'ai pas eu le temps de parler au notaire. Bien sûr, je ne pourrai pas le garder indéfiniment. Il faudra que je trouve un parent de son père qui pourra le prendre chez lui.

— Pauvre petit bonhomme. Être ballotté de droite et de gauche…

Ça le piqua au vif. Elle avait l'art de mettre le doigt là où ça faisait mal.

— Je ne savais pas que vous vous intéressiez autant à lui, répliqua-t-il.

— Pas le moins du monde, non. Je suis juste soulagée qu'il soit sous votre responsabilité, plutôt que sous la mienne.

— Vous avez l'air fatiguée, lui dit-il de manière un peu cavalière. Reposez-vous.

Maudite fille, pensa-t-il tandis qu'il retournait vers les autres. Et maudite Sibella, et maudit Max. Qu'ils aillent tous au diable.

Ironiquement, le seul qu'il aurait aimé garder avec lui était celui qu'il avait dû abandonner. Adam avait déposé Billy chez sa tante à Stoke Newington, après s'être assuré qu'elle était contente de l'accueillir, et capable de s'occuper de lui. Il lui avait laissé vingt livres en repartant, et ça lui avait donné la désagréable impression qu'il se débarrassait du garçon.

« Mais que faire d'autre ? lui avait demandé Belle quand il était revenu à la voiture et qu'ils étaient repartis pour le petit hôtel où Granger leur avait trouvé des chambres pour la nuit. Vous ne pouvez pas adopter tous les orphelins que vous trouvez sur votre chemin. »

Encore le doigt sur un point douloureux. Il ne voulait adopter personne, surtout pas Max. Il avait juste été désolé de voir partir Billy. En comparaison du garçon, Max faisait pâle figure. C'était quelque chose dont Max lui-même semblait conscient car, depuis son coin de la voiture, il avait fait à Adam un timide sourire d'excuse.

Le temps qu'il rejoigne Granger et le jeune garçon sur le quai, les employés contrôlaient les portières du train.

Max n'avait pas bougé d'un pouce, conformément à la consigne d'Adam.

À quoi donc songeait Sibella ? pensa Adam avec colère. Faire de moi son tuteur... L'enfant a besoin d'une gouvernante, pas de quelqu'un comme moi.

Max serrait un grand livre sur sa poitrine, et regardait un boy-scout qui vendait des drapeaux pour le Fonds de soutien aux soldats. Bien que la journée fût chaude pour une fin septembre, il était emmitouflé dans un épais manteau de laine, avec écharpe et gants, plus une casquette garnie de fourrure enfoncée sur ses oreilles. Comme il s'était habillé lui-même ce matin à l'hôtel, ce devait être un choix personnel, ou bien le résultat d'un rigoureux conditionnement.

Quelqu'un – sans doute Mrs Pryce-Dennistoun – avait cousu un brassard noir sur sa manche ; en dehors de cela, rien en lui ne laissait deviner le deuil récent qui l'avait frappé. Peut-être n'avait-il pas encore compris que sa mère n'était plus là. Ou peut-être que, simplement, elle ne lui manquait pas.

« J'ai peur de ne pas pouvoir l'aimer, avait dit une fois Sibella à Adam, dans un de ses accès de franchise habituels. Le pauvre garçon est le portrait de son odieux père, et ça n'aide pas. Je sais que ce n'est pas sa faute, mais voilà. Donc, il vaut mieux pour lui que nous nous voyions le moins possible. Comme cela, les rares fois où nous nous retrouvons, je peux faire l'effort d'être gentille avec lui. »

— Je vais l'emmener maintenant, dit Adam à l'accompagnateur, et Granger lui souhaita bon voyage avec un sourire un peu triste.

Une fois dans leur cabine, Adam et Max défirent leurs affaires dans un silence contraint. Le train parti, ils se dirigèrent vers le wagon-restaurant. Adam commanda des côtelettes pour eux deux, avec un verre de lait pour Max, et pour lui une bouteille de bordeaux dont il avait bien besoin. Il fit aussi porter une omelette à Belle, même s'il se doutait qu'elle n'y toucherait pas.

— Alors, Max, dit-il quand le silence eut assez duré. Je t'ai vu regarder ce boy-scout à la gare. Est-ce que tu vas chez les louveteaux ?

Un pli d'anxiété apparut sur le front pâle de Max.

— Non, monsieur. J'aurais bien voulu, mais j'ai une faiblesse des bronches, et Mrs Shadwell a dit non.

— Qui est Mrs Shadwell ?

— Ma gouvernante. Mais j'aurais vraiment voulu aller aux louveteaux. (Sa respiration s'accéléra, pour finir en un hoquet étranglé.) Je ne suis pas un fainéant, vous savez. Je voulais collecter du papier d'argent ou enrouler des bandages, faire quelque chose pour la guerre. Mais Mrs Shadwell a refusé.

— Oh. Eh bien, ce n'est pas grave, ne t'en fais pas.

Tout en le disant, Adam songea que « Ne t'en fais pas » était une phrase stupide à dire à Max. N'importe quel imbécile pouvait voir qu'il s'en faisait pour tout.

Après un moment d'attente embarrassée, le repas arriva. Avec retard, Adam songea qu'il aurait dû commander quelque chose de plus facile à couper pour un garçon de sept ans ; mais, à sa surprise, Max attaqua bravement sa côtelette.

Il avait l'air plus vieux que son âge, comme c'était souvent le cas avec les enfants uniques ; mais ses cils pâles et son petit visage pincé lui donnaient un aspect plutôt disgracieux. C'était le genre de garçon que les autres tyrannisent, et dont la timidité agace les adultes.

Adam sentit un éclair de pitié le traverser, et il lui demanda ce qu'il voulait pour son anniversaire.

— Une tenue d'officier de chez Gamages, dit

rapidement Max. Mais je pense que ce sera trop cher, ça coûte sept shillings et six pence, alors je voudrais juste un insigne de régiment. Pas un vrai, bien sûr, s'empressa-t-il d'ajouter, comme s'il avait proféré une énormité, un faux en fer-blanc. Ils coûtent un shilling et six pence, avec les frais d'envoi.

Adam réprima un sourire à l'idée que l'héritier de la fortune des Clyne avait envie qu'on lui offrît un insigne à un shilling et six pence.

— Tu sembles bien renseigné, remarqua-t-il.

— Mrs Clary – c'est l'intendante –, elle m'a prêté son catalogue un après-midi.

— Et de quel régiment voudrais-tu l'insigne ?

— La Garde noire. (Il eut de nouveau son regard inquiet.) Je sais que c'est votre régiment, capitaine Palairet, mais ce n'est pas pour ça que le je dis. Ç'a toujours été mon préféré.

Pour appuyer ses dires, il tendit à Adam le livre dont il ne se séparait jamais.

— *Actes de courage et de hardiesse pendant la Grande Guerre,* lut Adam à haute voix. Hum, dit-il, faute de trouver un meilleur commentaire. Même si, bien sûr, ajouta-t-il, la guerre n'est pas encore finie.

— Oh non, monsieur. Bien sûr que non.

Sous le regard anxieux de Max, Adam feuilleta les pages, ce que le garçon semblait attendre de lui. Une gravure attira son attention : « Les tranchées en hiver ». À l'arrière-plan, au-delà d'une rangée de fils de fer aussi nette et droite qu'une barrière de ferme, le ciel était éclairé par les petites étoiles jaunes et rouges des tirs d'obus. Devant, trois soldats bien emmitouflés se tenaient debout dans la neige immaculée, regardant le « spectacle ». Ç'aurait pu être un feu d'artifice dans le

Surrey. Adam ne savait pas s'il devait en être amusé ou choqué.

— C'est la bataille de Loos, commenta Max.

— Ah oui, dit Adam.

Il tourna les pages jusqu'à une autre planche qui montrait un officier à la mâchoire carrée brandissant un revolver tandis qu'il montait à l'assaut. « Conduits par le jeune officier, disait la légende, les Highlanders vont de l'avant avec enthousiasme. »

Le récit semblait avoir trait à la récupération d'un camarade blessé. *Les Boches se battirent courageusement*, lut Adam, *mais ils furent repoussés par la ténacité anglaise. L'officier réussit à sauver son compagnon blessé, mais il reçut lui-même une mauvaise blessure à la jambe. Heureusement cette blessure, bien que sévère, ne fut pas fatale. Il se rétablit et la croix de guerre lui fut attribuée.*

Adam referma le livre, sentant le regard du garçon fixé sur lui. Quelques commentaires auraient été de circonstance, mais il avait l'esprit vide. Cette clôture de fil de fer si soignée, ces petites étoiles rouges et jaunes…

— Donc, dit-il enfin, tu… aimes cela, n'est-ce pas ?

— C'est mon livre préféré, répliqua Max avec ferveur.

— Ah. C'est bien. Et… quelle est l'histoire que tu aimes le plus ?

— Je ne sais pas. Soit « Au secours du Highlander blessé », soit « Comment ils ont sauvé les petits animaux ».

— Vraiment, dit Adam, puis il lui rendit le livre.

Pendant un moment, Max parut dépité. Puis il serra son trésor sur sa poitrine, comme pour lui assurer qu'il l'aimait toujours, même s'il n'avait pas reçu l'approbation d'une plus haute autorité.

Il n'est pas idiot, pensa Adam. Bon sang, j'aurais dû répondre quelque chose d'encourageant, quelque chose de militaire.

Le serveur apporta du café pour Adam, du pain et du pudding au beurre pour Max. Max mangea quelques-uns des raisins, mais laissa la plus grande partie du pudding. Puis il prit une autre de ses respirations étranglées.

— Vous étiez dans la Somme, n'est-ce pas, monsieur ?

Adam acquiesça brièvement.

— C'était comment ?

Il baissa les yeux vers son café. Comment diable répondre à ce genre de question ? Mais Max le regardait avec ses yeux bleu pâle et saillants.

— C'était bruyant, froid et plein de boue. Ennuyeux la plupart du temps. Et sinon… très effrayant.

La mâchoire de Max en tomba sur sa poitrine.

— Vous aviez *peur ?*

— Bien sûr. On a toujours peur quand des gens essaient de vous tuer.

Max en avala sa salive. Peut-être n'était-ce pas une bonne idée de raconter la vérité.

— Mais j'avais un chien, reprit Adam, et il me réconfortait beaucoup.

Les yeux de Max s'allumèrent.

— Comment est-ce qu'il s'appelait ?

— Euh… William.

Pourquoi diable avait-il dit ça ? Parce que « Chien » n'aurait pas paru convaincant.

— Qu'est-ce qui lui est arrivé quand vous êtes rentré chez vous ?

Ah… Chien avait été tué une nuit par un sous-officier qui l'avait pris pour un rat.

— J'ai dû le donner, mentit-il.

— Oh, quel dommage… À qui est-ce que vous l'avez donné ?

— À… À une petite fille française qui vivait dans un joli cottage, derrière la ligne de front. Elle était très contente de l'avoir parce que son propre chien était mort de vieillesse la semaine d'avant.

— Comment est-ce qu'elle s'appelait ?

— Heu… Mary. Mar-i-e, en fait. Puisqu'elle est française.

Une nouvelle inquiétude creusa un pli dans le front de Max.

— Mais comment est-ce que William fera pour la comprendre ?

— Eh bien, tu vois, il est français lui aussi. Puisqu'il est né en France.

Ça devenait compliqué. Pour changer de sujet, il commença à parler à Max de leur destination.

— C'est à quelques kilomètres au nord de Stranraer, lui expliqua-t-il. Une petite ville près de la mer. Il y a une maison sur la plage – enfin, ce n'est pas vraiment une plage, c'est au bord du loch Ryan. Qui n'est pas vraiment un loch, mais un bras de mer très long et étroit. (Il fit une pause.) La maison s'appelle Cairngowrie House, mais en général les gens l'appellent simplement la Maison. Et à environ trois kilomètres sur la colline, en traversant des bois, il y a une maison plus grande appelée Cairngowrie Hall. C'est là que nous habiterons, dans le Hall. Ma tante, miss McAllister, vit dans la Maison, mais elle viendra habiter avec nous dans le Hall, pour veiller sur toi.

Max reposa sa cuillère.

— Oh, dit-il d'une petite voix.

— Elle est très gentille, tu sais.

Ce qui n'était pas entièrement vrai. Il repensa au visage fruste et rouge de Maud, à ses yeux gris perçants. Pendant un nombre incalculable d'années, elle avait été la terreur de l'école du dimanche à St. Anselm, à la sortie de Stranraer. Mais elle avait toujours été une bonne amie pour lui.

C'était juste qu'elle n'aimait pas beaucoup les étrangers. Mais elle en avait rencontré si peu dans sa vie : une vie d'une effroyable monotonie, où elle avait tenu le foyer au presbytère pour son père, puis pour son insupportable frère, qui avait suivi les traces, ô combien dignes et méritantes, du révérend McAllister. Guère étonnant qu'avec des gens qui ne lui étaient pas familiers, elle pût se montrer brusque.

Et pourtant, pensait Adam, tandis qu'ils retournaient à leur cabine, elle était sensible, aimante et solitaire. Sûrement, elle se prendrait d'amitié pour Max.

Il n'en fut rien.

Quand ils arrivèrent, il faisait encore sombre, et elle vint les accueillir avec la voiture. Elle jeta un regard à Belle, qui s'était réveillée un instant, et son visage se raidit sous le choc. Quant à Max, qui se cachait derrière Adam, elle l'ignora résolument. Mais Adam devinait ce qu'elle pensait, car il l'avait entendue suffisamment souvent le dire :

« Il n'y a rien qui m'horripile plus qu'un empoté. »

Peu de mots furent échangés jusqu'à ce qu'ils aient laissé Stranraer derrière eux, et parcouru quelques kilomètres sur la route de la côte. Ils approchaient du tournant vers la colline de Cairngowrie ; Adam reconnut la silhouette de brique nette et régulière de la Maison, avec la ligne brillante de la plage blanche qui s'étendait par-derrière.

Tout à coup, un cri étrange parvint de la maison, et les chevaux renâclèrent. Max en poussa un gémissement de crainte.

— Est-ce que c'est un monstre ? murmura-t-il à Adam.

— Bien sûr que non, répondit Maud d'un ton sec. C'est seulement Julia. (Elle se tourna vers Adam.) Je l'ai laissée à la Maison, bien sûr, mais je devrai y aller tous les jours pour passer un moment avec elle. Je suppose que ça ne posera pas de problème ?

— Bien sûr que non, dit-il.

Il était étonné. Certes, il ne s'était pas attendu à un accueil chaleureux, mais ça ne lui ressemblait pas d'être à ce point sur la défensive avec lui. Il se demanda si quelque chose n'allait pas – quelque chose d'autre que l'arrivée de deux encombrants étrangers dont elle avait accepté à contrecœur de s'occuper.

Belle avait sombré dans un sommeil épuisé ; Adam regardait Maud la contempler avec un air de réprobation glaciale.

— Elle porte du *fard*, lui siffla-t-elle à l'oreille.

Belle s'était mis une touche de rouge à lèvres.

— Qu'est-ce qu'elle est ? Une sorte d'actrice ? Et où sont ses bagages ? Ce n'est pas très convenable, d'arriver avec juste un panier de voyage.

— Je ne te l'ai pas dit dans mon télégramme ? s'étonna Adam. Sa malle a été expédiée par un autre train.

Contrariée, Maud tomba dans un silence irrité. Mais ensuite, tandis qu'ils remontaient l'allée bordée de rhododendrons menant au Hall, elle se tourna de nouveau vers lui et posa la main sur sa manche.

— Je suis désolée, Adam. Tu mérites beaucoup mieux que ce genre d'accueil. Mais c'est le choc, tu comprends. Tu es beaucoup trop maigre. Qu'est-ce qu'ils t'ont fait, là-bas à Londres ?

Il sourit.

— Je pense que ça a plus à voir avec les tranchées.

Elle acquiesça, puis revint à la charge.

— Bien sûr que je ferai de mon mieux pour elle, murmura-t-elle d'une voix enrouée, mais si elle meurt ? Tu auras des explications à donner à ses parents, non ?

— J'y ai pensé, oui.

— Quant au garçon, eh bien…

Elle ne pouvait guère en dire plus, car Max écoutait de toutes ses oreilles.

Il avait commis une erreur en les emmenant tous les deux, pensa Adam tandis que Cairngowrie Hall apparaissait devant eux. Une colossale erreur.

20

— Je *déteste* l'Écosse ! cria Belle. C'est si horriblement gris. Des collines grises, une mer grise, un ciel gris. Il ne s'arrête presque jamais de pleuvoir. Et quand ça arrive enfin, qu'il y a une éclaircie de quelques secondes, cette femme me dit que je ne peux pas sortir à moins de m'asseoir dans la carriole.

— C'est ça le problème ? répliqua Adam d'un ton las. La carriole ?

Belle fit un suprême effort pour garder son calme. Ces jours-ci, tout lui tapait sur les nerfs. Adam, le garçon, le Hall. Espèce de grand mausolée plein de courants d'air dépourvu d'électricité, de téléphone et d'un personnel convenable. Il n'y avait qu'une cuisinière qui ne savait pas cuisiner, une bonne à tout faire à l'œil sévère dont l'uniforme sentait le hareng fumé, et dont les chaussures ferrées remontaient à la pointe comme des sabots d'âne mal entretenus.

Mais celle qui tapait le plus fort sur les nerfs de Belle était miss McAllister.

— Peut-être que Maud a raison, reprit Adam, bravant le feu sans s'en rendre compte. Peut-être que vous devriez vous reposer pendant quelques jours encore.

— Pourquoi ? Parce qu'elle le dit ?

Il ne répondit rien. Elle prit une profonde inspiration.

— Ça fait une semaine que je suis ici, recommença-t-elle du ton le plus ferme qu'elle put prendre. J'ai suivi ses recommandations aussi scrupuleusement que possible. Je suis restée au lit. Je me suis forcée à avaler la plus infecte des bouillies pour nouveau-nés. J'ai même supporté ce maudit fauteuil roulant. Maintenant, je veux juste aller faire une promenade.

— À la plage, dit Adam.

— D'accord, à la plage. Qu'est-ce que ça a de si…

— C'est à trois kilomètres. Si vous faites ça à pied, vous aurez une rechute.

— Parce que maintenant, vous êtes médecin ?

— En tout cas, je vous ai soignée, non ?

— Ce qui bien sûr fait de moi votre débitrice éternelle…

— Ce n'est pas ce que j'ai voulu dire.

Une rougeur couvrit les pommettes d'Adam, et elle sut qu'elle l'avait blessé. Elle le regarda aller à la fenêtre et contempler le loch au-dehors.

Bon sang, elle avait encore tout gâché. C'était chaque fois pareil. Il entrait pour voir comment elle allait, et pendant quelques minutes les choses se passaient bien. Ils parlaient de la guerre, de la façon dont Stranraer supportait le rationnement et la grippe. Il lui racontait les améliorations qu'il apportait à la ferme et elle aimait ça, parce que ça lui rappelait les lettres de son père à propos du domaine. Puis elle disait quelque chose de désagréable, et elle abîmait tout.

Pourquoi ? Quelle force la poussait-elle à donner ces coups de griffe ? Voulait-elle l'obliger à réagir ?

Elle lissa la couverture sur ses genoux et se demanda comment se rattraper. Le feu sifflait dans la cheminée. Dehors, le vent murmurait dans les pins. Le silence régnait sur le palier mais les murs avaient des oreilles. Belle tenta de l'ignorer.

On lui avait donné une des chambres d'amis, située sur le devant du Hall : une grande pièce sinistre, avec un lit à baldaquin mangé aux mites et de tristes lambris de chêne noircis par la fumée. Elle se trouvait en haut de l'escalier et la porte fermait mal, ainsi miss McAllister pouvait-elle entendre tout ce qui se disait à l'intérieur. Nul doute que la vieille bique était en train d'écouter, se délectant de chaque nouvel outrage qui tombait de ses lèvres écarlates.

Eh bien, qu'elle écoute, pensa Belle avec colère. Nous ne faisons rien d'inconvenant, après tout.

— Est-ce que vous aimeriez retourner à Londres ? lui demanda Adam sans se retourner.

Elle regarda la ligne rigide de son dos.

— Vous habiteriez dans la maison de Berkeley Square. Je suis sûr que je pourrais…

— Non, l'interrompit-elle. Je ne veux pas y retourner.

Elle ne pouvait pas vivre là-bas maintenant que Sibella n'y était plus. Et, tôt ou tard, Cornelius Traherne ne manquerait pas de refaire son apparition.

— Et Dodo ? dit Adam. Vous pourriez retourner à Kyme.

Elle lissa de nouveau la couverture sur ses genoux.

— Vous n'avez pas à me trouver un point de chute, vous savez. Je ne suis pas un chien errant.

Il se tourna et baissa les yeux vers elle, le visage indéchiffrable. Il avait une façon particulière de rentrer en lui-même, de se mettre hors de portée. Chez un autre, elle aurait pris ça pour de la maussaderie, mais chez Adam, elle sentait qu'il s'agissait plutôt d'instinct de conservation. C'était ce qu'il devait faire au front, pour tenir le coup. Elle ne le saurait sans doute jamais avec certitude, parce qu'il ne s'en expliquerait pas. En tout cas, pas avec elle. Mais pourquoi l'aurait-il fait, alors qu'elle était si ingrate et capricieuse…

Elle tressaillit, se ressaisit.

— Ne croyez pas que vous ayez la moindre obligation envers moi à cause d'Osbourne, reprit-elle, parce qu'il…

Ses yeux commencèrent à se remplir de larmes. Non, pas maintenant, pensa-t-elle, pas devant lui…

— Ce que je veux dire, c'est que vous n'êtes pas obligé de veiller sur moi sous prétexte qu'il est votre cousin.

— Je ne suis pas d'accord.

Mon Dieu, comme il pouvait être têtu !

— Si Maud veut que vous preniez la carriole, poursuivit-il, je crois que vous devez le faire. Vous savez que nous n'avons pas d'automobile, et que la voiture à cheval est en réparation. Et c'est trop loin pour aller jusque là-bas à pied.

— Très bien, siffla-t-elle entre ses dents. La parole de Maud fait loi. Béni soit l'Évangile selon Maud.

Celle-ci ouvrit la porte à ce moment-là. Ses petits yeux acérés glissèrent de Belle à Adam, et inversement.

— Vous n'êtes pas encore prête ? demanda-t-elle à la jeune fille.

— Je n'ai plus qu'à mettre mes bottes, répondit Belle d'un ton suave.

— Je vais vous laisser, dit Adam.

Quand il fut parti, il y eut un silence tendu, puis Belle reprit la parole :

— J'imagine que vous avez entendu.

— Entendu quoi ?

— Mon dernier blasphème.

Les lèvres minces de Maud se crispèrent.

— Ce que je ne comprends pas, c'est comment vous pouvez être aussi ingrate envers lui.

— Je suppose que vous ne comprendrez pas ça non plus, mais je ne lui ai jamais demandé de m'aider. Il ne le fait que par un sens mal placé de l'honneur familial.

Maud se redressa de toute sa taille.

— Je n'ai jamais pensé, dit-elle d'un ton sec, que le sens de l'honneur familial pouvait être mal placé.

Belle serra les dents.

— Maintenant, venez, ordonna miss McAllister. La carriole nous attend et le garçon doit faire son petit tour. Nous ne pouvons pas rester tous à attendre les caprices d'une jeune fille malade.

Maud était si furieuse qu'elle pouvait à peine parler. *La parole de Maud fait loi. L'Évangile selon Maud.* Ce n'était pas le blasphème qui la mettait en colère, mais la raillerie. L'idée qu'en avoir l'air suffisait à faire de vous une vieille fille.

Dans un silence glacial, ils arrivèrent à la plage. Maud descendit de la carriole et envoya le garçon faire une promenade jusqu'à la pointe.

— Marche, ne cours pas, et ne t'approche pas à moins de deux mètres de l'eau.

Puis elle se tourna vers la jeune fille.

— Il faut que j'aille passer une heure à la Maison, lui dit-elle. Vous devriez vous asseoir sur ces rochers et prendre l'air sans vous fatiguer.

Belle lui décocha un sourire insolent.

— Merci. Je n'ai pas besoin d'une garde-malade.

Maud sentit ses joues lui brûler.

— Vous êtes une gamine grossière et malpolie, lui

dit-elle d'un ton cassant. Votre mère était exactement pareille.

Le sourire s'effaça du joli visage.

— Oh, vous ne le saviez pas ? poursuivit Maud, feignant la surprise. Votre mère a vécu ici quand elle était enfant. Oui, à Cairngowrie House, avec sa mère. Cette… Rose Durrant.

Le sang avait reflué du visage de la jeune fille, et Maud se demanda si elle n'était pas allée trop loin. Mais la coupe s'était remplie toute la semaine et, maintenant, elle débordait.

— Elle ne valait pas mieux que ce qu'on pouvait attendre d'elle, cette Rose Durrant, et votre mère semblait prendre tout à fait la même voie. Quant à vous, eh bien, je vous l'ai dit.

Belle en vacilla sur ses jambes.

— Vous savez ce qu'a fait cette Rose Durrant ? Elle a envoyé sa fille à mon école du dimanche ! Oui… Écrivez donc à votre mère et demandez-lui si elle s'en souvient. Demandez-lui si elle se souvient de miss Mc Allister, la maîtresse de l'école du dimanche.

Elle laissa la jeune fille sans voix et grimpa à grands pas le chemin menant à la Maison. Elle se sentait tremblante et avait la désagréable impression d'avoir été cruelle. Elle repoussa cette idée.

Quand elle eut ouvert la porte, le petit jardin l'accueillit avec son hospitalité habituelle. Elle en aurait pleuré de soulagement.

Elle alla jusqu'au banc sous le porche et s'y assit. C'était une claire journée d'octobre ensoleillée. Au nord, au-delà de l'embouchure du loch, elle apercevait le promontoire rocheux d'Ailsa Craig ; à l'est, de l'autre côté de l'eau, les fougères sur Beoch Hill flamboyaient d'une riche teinte fauve. Maud prit une longue inspiration et contempla un petit groupe d'huîtriers pies qui montaient et descendaient au rythme des vagues.

Mais cela ne servit à rien. Ce jour-là, Cairngowrie n'avait pas le pouvoir de la calmer. Ses poings se serrèrent. Cette fille… À ses yeux, c'était certain, Maud McAllister n'était qu'une vieille fille aigrie, juste bonne à s'occuper des enfants des autres. Pourquoi les gens croyaient-ils toujours que les vieilles filles aimaient les enfants ?

« Bien sûr que Maud adore les enfants », disaient-ils.

Mais ce n'était pas vrai. Elle n'aimait pas leur égoïsme et craignait leur mépris. Dans sa jeunesse, elle avait été trop timide pour s'opposer aux autres. Son père lui avait confié l'école du dimanche, et elle n'avait pas osé refuser ce poste. Et, à mesure que les années passaient, elle s'était sentie de plus en plus coupable d'imposture.

Puis, un dimanche, tandis qu'ils se rendaient tous mutuellement malheureux au nom du Seigneur, cette enfant, la petite Madeleine Falkirk, s'était levée et avait tranquillement parlé d'Éden à la classe.

« Ma maman a grandi là-bas, avait-elle dit, comme si elle récitait le catéchisme. C'est une jungle magique, et au milieu de la jungle, il y a le grand arbre de vie. »

Elle l'avait si bien décrit : les rideaux de lianes pailletés de lucioles après la pluie, les belles-de-nuit et les orchidées. Maud en avait été transportée.

Mais ensuite, l'enfant l'avait fixée de son beau regard à la fois innocent et corrompu.

« C'est à Éden que j'ai commencé, avait-elle dit, parce que papa et maman, avant ma naissance, se retrouvaient en secret là-bas, sous l'arbre de vie. »

Maud avait fondu en larmes et s'était enfuie de la classe. Les gens avaient pensé qu'elle avait été choquée, mais ce n'était pas du tout le cas. Ce qui l'avait fait courir en pleurant sur la plage en dessous du presbytère, c'était la conscience soudaine qu'elle-même ne connaîtrait jamais le genre de passion que Rose Durrant avait vécue sous l'arbre de vie. Qu'aucun homme ne la regarderait jamais avec des yeux pleins de désir.

Tandis qu'elle se trouvait là, en sanglots, dans le glacial vent du nord, elle s'était vue comme les autres la voyait. Une vieille fille de vingt-huit ans avec un visage rouge et boutonneux, des lèvres étroites. Elle n'était pas vraiment cela, pas dans son cœur. Mais elle se rendit compte avec angoisse que le corps ne révélait pas la vérité de l'âme. Le corps ment. Et le monde s'en moque.

Dix ans plus tard, elle avait rencontré Adam.

Son père était mort entre-temps, et elle tenait le foyer du presbytère pour son frère Randolph. Le presbytère était sa demeure depuis toujours, mais maintenant qu'il n'y avait plus qu'eux deux, il semblait se refermer sur elle.

Ç'avait toujours été une maison sombre, parce que les fenêtres du bas avaient été murées sur trois côtés pour échapper à la taxe sur les vitres ; et il y faisait froid, car on ne faisait de feu que dans le salon. Cet après-midi-là, tout était si tranquille que Maud en fut oppressée, aussi se glissa-t-elle dehors dix minutes pour aller regarder les cormorans. Puis Duncan Ritchie passa dans sa charrette, et sur une impulsion, elle osa une chose impensable : se faire emmener, par la route de la côte, jusqu'à la plage de Cairngowrie. Celle-ci n'était qu'à un peu plus de six kilomètres du presbytère, elle pourrait facilement y revenir à pied. Mais elle avait besoin de ces grands tourbillons de sable jaune, de ce vent rude qui lui balayait le visage et les cheveux.

C'est alors qu'elle avait vu le garçon descendre en

courant du Hall. Un enfant de huit ans, au visage mouillé de larmes, qui s'était arrêté sur la plage pour jeter des cailloux dans la mer et crier son chagrin vers le ciel.

Les deux branches de la famille n'avaient jamais été très proches, et Maud ne le connaissait pas bien. Mais elle avait beaucoup aimé sa mère, qu'elle avait soignée durant sa dernière maladie, peu de temps auparavant, aussi s'était-elle sentie obligée de l'aider.

« Est-ce que tu as déjà fait un ange de sable ? » lui avait-elle dit.

La manière dont il l'avait regardée. Ses yeux bruns noyés de chagrin, et aussi méfiants que ceux d'un animal. Se demandant si elle allait améliorer ou aggraver la situation.

« Je crois qu'on commence par s'allonger sur le dos et qu'on agite ses bras dans le sable, avait-elle repris. J'ai toujours eu envie d'essayer. »

Ils essayèrent ensemble et furent bientôt recouverts de sable : magistralement, impardonnablement sales. Leurs anges étaient très réussis. Adam dessina pour le sien un visage avec des coquillages, et lui fit faire une grimace furieuse. Maud agrémenta le sien des griffes en couteaux, pour embrocher les poissons, et l'affubla d'un amas de varech en guise de cheveux.

« Les boules sont des nœuds, lui dit-elle. Les sirènes ne coupent jamais leurs cheveux, ils s'emmêlent affreusement mais elles s'en moquent, elles les coupent et recommencent. »

Quand il fut temps de repartir, ils donnèrent des coups de pied dans les anges pour les effacer, puis s'en allèrent par des chemins séparés, comme des complices après un crime.

« J'ai passé un moment génial », avait dit Adam.

Puis il lui avait fait un sourire qu'elle n'oublia jamais,

surpris et admiratif ; comme s'il avait su qui elle était vraiment, et qu'il l'aimait pour ça.

Elle était rentrée à la maison en sautillant, pour retrouver un Randolph outragé qui réclamait son thé à grands cris. Mais elle s'en moquait. Elle ne le savait pas encore, mais elle était amoureuse.

Sur son banc, Maud posa ses poings sur ses yeux. Tu es stupide de penser à ça maintenant. Stupide, stupide vieille femme.

Elle rouvrit les yeux et contempla les eaux scintillantes du loch. Le crépuscule tomberait d'ici une heure, et déjà les oiseaux arrivaient pour se poser sur le sable. Bernaches et huîtriers pies, alouettes de mer, canards siffleurs et colverts. Puis elle vit enfin ce qu'elle attendait : un trio de cormorans glissant sur les vagues avec une sorte de grâce dédaigneuse.

Maud aimait les cormorans. Ces oiseaux hardis et gracieux, aux yeux verts, qui vivaient avec nonchalance parmi la saleté des rochers couverts de guano.

« Les taudis du monde des oiseaux », disait Randolph avec mépris.

Mais c'était pour cela qu'elle les aimait, justement. Parce qu'ils étaient si différents d'elle.

À quelques centaines de mètres de là, sur la plage, le petit Clyne était presque à la hauteur du cottage de la dîme. Lui n'était pas hardi. Le vent était retombé et les vagues venaient s'échouer doucement sur le sable, mais il restait à cinq bons mètres de distance.

À l'autre bout de la grève, la jeune fille était assise sur les rochers et contemplait la mer. Cette fille avec son beau visage dédaigneux. Cette fille qui, d'un simple battement de ses longs cils noirs, était sur le point de ruiner le monde de Maud. Que voyait Adam en elle ? *Pourquoi* avait-il fallu qu'il l'amène ici ?

Après l'épisode de l'ange de sable, Maud et Adam étaient devenus amis. Ils étaient allés faire des promenades et il lui avait montré ses dessins. Elle avait fait provision de menus faits pour les lui raconter.

Puis il avait grandi.

Elle aurait été horrifiée au-delà de toute expression s'il avait deviné la vérité, mais elle était trop honnête pour se cacher ses sentiments à elle-même. Elle savait que ce qu'elle ressentait pour lui n'était pas l'affection d'une vieille fille pour un neveu bien plus jeune qu'elle, mais l'amour d'une femme pour un homme.

Elle aimait la largeur de ses épaules et la grâce élancée de son corps. Elle aimait l'intelligence que trahissait chaque ligne de son visage. Elle aimait sa nuque, et la chaleur de ses yeux bruns, avec leurs petits éclats d'or ; sa voix hésitante quand il était ému.

Elle demandait très peu en retour. Tout ce qu'elle voulait – tout ce qu'elle avait jamais désiré dans sa vie – c'était de passer ses journées à la Maison et de le voir de temps en temps.

Il y eut une époque où on aurait dit que ses vœux allaient être exaucés. La guerre avait été douce pour elle. C'était mal de le penser – alors que tant de gens y avaient tant perdu, alors que ses trois frères avaient été enlevés à Adam –, mais c'était vrai. Elle avait pleuré la mort des trois garçons, mais elle n'avait jamais connu la même intimité avec eux. C'était bien Adam qui devait à tout prix être sauvé.

Puis le pauvre vieux Randolph était mort. Quel soulagement. Ç'avait même été un soulagement d'apprendre qu'il la laissait sans le sou, car s'il lui en avait laissé les moyens, elle se serait sentie obligée de vivre comme lui-même avait vécu.

Mais Adam était intervenu dans sa vie et lui avait offert Cairngowrie House.

Quelle liberté ça lui avait apportée ! Quel luxe incroyable, de tenir une maison pour elle et elle seule, de pouvoir sortir et aller faire une promenade quand elle le voulait !

Puis Adam était revenu à la maison en permission, amenant Julia, afin de changer la vie de Maud… Oui, à un moment où tout semblait s'arranger pour le mieux.

Mais en l'espace d'un mois, tout s'était effondré. Un vieux camarade de collège d'Erskine avait écrit pour demander s'il pourrait louer la Maison. Et puisque les besoins d'une jeune famille l'emportaient toujours sur ceux d'une vieille fille, Adam avait suggéré à Maud de déménager au Hall.

Elle n'avait pas eu le courage de parler franchement, même à lui. Toute sa vie avait été dirigée par les hommes. Elle était trop âgée pour changer.

Et maintenant, l'insulte finale. Cette fille.

Maud poussa un soupir. L'avenir ressemblait à la mer qui s'étalait devant elle – froid, si froid. Elle allait devoir laisser sa maison bien-aimée pour s'installer au Hall ; et là, une fois de plus, elle tiendrait la maison pour d'autres. Car Adam finirait par épouser cette fille, alors Maud devrait déménager de nouveau. On l'expédierait au cottage de la dîme avec le jeune Clyne. L'humiliation suprême. Finir ses jours en s'occupant de l'enfant d'une autre.

Une grosse vague se jeta sur Max et il remonta précipitamment sur le sable. La mer l'avait presque eu, cette fois-ci. Il devait faire attention.

La plage était comme une jungle, à la fois terrifiante

et d'une étrange beauté. Max n'arrivait toujours pas à croire qu'il avait le droit de s'y aventurer tout seul. À Rowan Lodge, on lui interdisait de descendre seul au jardin, et par temps froid, il n'avait pas le droit de sortir du tout, à cause de sa poitrine. Il avait essayé de l'expliquer à miss McAllister mais elle lui avait dit de ne pas être idiot, l'air de la mer lui ferait du bien. Ce qu'elle appelait l'« air de la mer » était un vent froid et furieux, qui tirait sur son écharpe et lui faisait mal à la gorge. Il ne voyait pas comment ça aurait pu lui faire du bien.

« Tu peux marcher jusqu'aux rochers après le cottage de la dîme », lui avait dit miss McAllister de sa voix chantante, que le capitaine Palairet disait être « de l'écossais des basses terres ». (Elle lui avait montré une forme dans le lointain.) « Mais reste en vue de la Maison, et ne descends pas dans l'eau. »

Descendre dans l'eau ? Max regardait la mer grise que les vagues soulevaient, ses griffes d'écume blanche qu'elle lançait sur le sable comme un chat en colère. Est-ce que les garçons écossais entraient là-dedans ? Il fallait qu'ils soient incroyablement courageux.

Il marchait péniblement dans le sable. Tu *dois* continuer à avancer, se répétait-il avec insistance. Tu *dois* dépasser le cottage de la dîme et marcher jusqu'aux rochers, sans quoi tu resteras un poltron toute ta vie.

Mais, au fond de son cœur, il savait qu'il n'arriverait jamais jusqu'aux rochers, qu'il était condamné à rester un poltron.

« Les autres enfants dont je m'occupais, lui disait toujours Mrs Shadwell, étaient des garçons courageux et musclés, tous boy-scouts. Et bien sûr, avec la guerre, ils ont beaucoup à faire. Apportant leur aide pendant les raids aériens, défendant les ponts de chemin de fer contre l'ennemi intérieur. »

Je pourrais défendre un pont de chemin de fer, pensa Max pendant qu'il marchait. Peut-être qu'il y aurait une attaque, que quelqu'un serait blessé... *Les Boches luttaient vaillamment, mais le courage et la ténacité britanniques l'emportèrent, et Max, le courageux boy-scout, réussit à sauver son camarade blessé, même s'il mourut lui-même peu après de ses blessures, un sourire héroïque aux lèvres...*

Mais il savait que c'était un double mensonge, parce qu'il n'était pas courageux, et qu'il n'avait jamais eu de camarade. Et maintenant, il avait envie de rentrer sous terre quand il pensait aux boy-scouts, à cause de celui qu'il avait rencontré à St. Pancras.

Le scout était venu les trouver pendant que Max était sur le quai avec Mr Granger. Celui-ci lui avait acheté un drapeau au profit du Fonds de soutien aux soldats ; Max avait rassemblé tout son courage et lui avait dit bonjour, d'un ton qu'il espérait jovial. Mais le scout s'était raidi.

« Vous ne savez pas, lui avait-il assené froidement, qu'il ne nous est pas permis de parler aux civils pendant que nous sommes de service ? »

Max, le civil, en avait été anéanti. Et, bien sûr, il savait ce qui lui avait valu ce regard cinglant. Le scout l'avait deviné malgré son masque.

« Ton papa était un *Boche*, lui avait dit une fois Mrs Shadwell. Oh, oui. Il a changé son nom de Klein en Clyne. Comme si ça pouvait tromper quelqu'un. »

C'était pour cela que le boy-scout l'avait méprisé. Parce qu'il était à moitié allemand. Presque aussi moche que d'être un espion.

Les rochers ne semblaient toujours pas se rapprocher. Le sable avait laissé la place à des galets gris-vert, jonchés d'amas d'algues brunes et noueuses qui sentaient le poisson. Max s'arrêta pour reprendre sa respiration, regarda derrière lui le chemin qu'il avait parcouru.

Là-bas, miss McAllister était toujours assise sur le banc dans le jardin, et le regardait. Il lui adressa un petit signe de la main, mais elle n'y répondit pas. Il reprit sa marche.

Ça ne l'étonnait pas que miss McAllister ne l'aime pas, ni qu'elle garde un monstre chez elle. Les dames qui s'occupent d'enfants le faisaient toujours, pour pouvoir les punir s'ils étaient méchants. Mrs Shadwell avait chez elle un terrible chat orange, capable de griffer aussi vite que l'éclair. Et quand Max vivait à l'étage du haut de Rowan Lodge, il n'y avait personne pour l'entendre pleurer.

D'une certaine manière, Cairngowrie Hall était mieux que Rowan Lodge, parce que, maintenant, il dormait au premier étage, avec les adultes. Mais il ne pensait pas que cela durerait. Il ferait quelque chose de mal et on l'enverrait au grenier. Soit il ferait du bruit et dérangerait la belle miss Lawe, qui était malade ; soit il agacerait le capitaine Palairet, qui avait passé de mauvais moments au front.

Et il y avait toujours miss McAllister, dont la bouche se pinçait comme un sac dont on serre le cordon. Max ne pouvait déterminer si elle était plus terrifiante encore que Mrs Shadwell, ou à peu près pareille. Miss McAllister avait de grandes mains rouges, avec des veines saillantes comme celles d'un homme, et elle ne l'aimait pas. Mais la seule personne qui l'avait jamais aimé était oncle Freddie, et il avait été tué à la guerre.

Une mouette atterrit devant lui, sur un tas d'algues. Il se figea. Elle avait des ailes d'une blancheur éblouissante, des yeux sombres et brillants bordés d'orange. Max en fut ravi. Il aimait les oiseaux. Ils étaient si beaux, si habiles et courageux, volant si haut et n'ayant jamais peur.

Oncle Freddie aurait aimé la mouette. Il aimait les oiseaux lui aussi. Il leur ressemblait même un peu : une sorte d'autruche à l'air amical et aux yeux fatigués. Max avait pleuré la nuit pendant plusieurs semaines quand il avait été tué. Aujourd'hui, penser à lui faisait toujours mal, mais en même temps c'était étrangement réconfortant.

La mouette remonta dans le ciel et s'éloigna à tire-d'aile, suivie du regard avec admiration par Max. Il décida de chercher son nom exact, s'il pouvait trouver le bon livre. Et peut-être que, s'il la voyait encore, il pourrait lui donner un morceau d'algue à manger.

Il continua sa marche, arrivant au niveau du cottage de la dîme. Au-delà, les rochers étaient soudain beaucoup plus proches, gris et bizarrement arrondis. Max sentit un frisson le parcourir.

Puis l'un des rochers bougea, et son cœur chavira dans sa poitrine.

Avec horreur, il le vit tourner sa tête vers lui et le regarder. Le vent lui rugissait aux oreilles, il en avait le souffle coupé. Si le rocher se mettait à le poursuivre ?

Il n'y avait personne dans les parages pour l'aider. Miss McAllister était trop loin ; de toute façon, elle n'aiderait pas un nigaud dans son genre.

Lentement, pour ne pas alerter le rocher-monstre, Max tourna la tête et regarda le cottage de la dîme. S'il pouvait atteindre la petite allée de pierre, peut-être qu'un gentil habitant de la maison lui donnerait asile, comme dans « Comment ils ont sauvé les petits animaux »…

Le rocher-monstre glissa dans l'eau avec un *plouf*. Un autre suivit, et encore un autre. Tout un troupeau de rochers-monstres. Le cœur de Max défaillit et il se précipita dans l'allée.

Il frappa à la porte, mais personne ne vint. Alors il courut à la fenêtre, essayant de ne pas marcher sur les bruyères dont de grosses touffes poussaient au sol.

Il y avait une dame, dans le salon, qui lui tournait le dos. Elle portait une robe imprimée à fleurs et elle était très forte et robuste – comme Mrs Shadwell, mais avec des cheveux courts. Elle accepterait sûrement de le défendre contre les rochers ?

Il tapa à la fenêtre et la dame se retourna.

Max poussa un glapissement terrifié et tomba à la renverse.

21

— Venez vite ! haleta Max, en se heurtant presque à Belle. Il y a quelqu'un… quelqu'un de blessé, je crois !

— Comment ça, blessé ?

— Il y a du… du sang sur sa bouche, répondit-il dans un hoquet.

Le regard de Belle passa du visage livide du garçon au cottage, puis à la lointaine silhouette de Cairngowrie House. Après sa longue marche sur le sable, ses genoux tremblaient ; de quel secours pourrait-elle être ? Cette maudite miss McAllister avait raison. Elle avait marché trop loin.

— Reste ici, dit-elle au garçon. Je vais voir.

— Ici, tout seul ? Mais… et les rochers ?

— Quels rochers ? Il n'y a pas de rochers. Reste ici, je te dis.

Redoutant ce qu'elle pourrait trouver, Belle monta l'allée du jardin et baissa la poignée de la porte.

— Bonjour ! cria-t-elle.

Il n'y avait personne dans l'entrée, mais elle sentait que la maison n'était pas vide. La porte à sa droite était entrouverte ; elle devait donner dans une sorte de salon. De l'intérieur provenait un bruit de respiration.

— Est-ce que tout va bien ? lança-t-elle. Je suis désolée de vous déranger, mais le garçon a dit que…

— Je vais bien, fit une voix grave et masculine. S'il vous plaît, allez-vous-en…

Belle fronça les sourcils. Quelque chose dans cette voix lui était familier.

— Bonjour…, dit-elle en posant la main sur la porte. Vous êtes sûr que…

— Non, ne…

Elle poussa la porte et vit Drum Talbot blotti sur le canapé, dans une robe à fleurs orange, avec une couche de rouge à lèvres écarlate sous sa moustache.

— Ô mon Dieu ! gémit-il, et il fondit en larmes.

Il pleura pendant une éternité ; de lourds sanglots qui semblaient lui déchirer la poitrine.

Le premier moment d'étonnement passé, Belle alla jusqu'au canapé, s'assit à côté de lui, et passa maladroitement le bras autour de ses robustes épaules.

Enfin, les sanglots diminuèrent. Il tira un grand mouchoir de l'intérieur de sa manche et se moucha ; puis il essuya le rouge à lèvres sur sa bouche.

— Je suis… si affreusement gêné, fit-il d'une voix enrouée.

Belle ne savait pas quoi dire. Elle avait entendu parler d'hommes efféminés, mais n'en avait jamais rencontré – ou, du moins, n'avait rien deviné dans le cas contraire. Elle se sentait désolée pour lui. Ça devait être horriblement embarrassant de se faire surprendre dans cet accoutrement. Mais elle ne comprenait pas pourquoi il s'excusait.

— Ça doit être un tel choc pour vous, reprit-il sans croiser son regard.

Elle jeta un coup d'œil au visage ravagé par les larmes. Il avait laissé un peu de rouge à lèvres au coin de sa bouche, et elle réprima l'envie de l'essuyer.

— Pas un choc, rectifia-t-elle, juste une surprise.

Il renifla, pétrit son mouchoir dans sa main, puis il passa celle-ci dans ses épais cheveux blonds.

— Ce pauvre petit gosse… Est-ce qu'il va bien ?

— Max ? Il est dehors, dans le jardin. Oui, je pense qu'il va bien.

Il fronça les sourcils.

— Tant mieux…

— Drum… tout va bien, vous savez. Je ne le dirai à personne, je vous le promets.

Il poussa un soupir un peu haletant.

— Merci infiniment. Vous comprenez, si jamais ça s'ébruitait, ils m'enverraient en prison.

— Oh, sûrement pas. Pas pour vous être déguisé.

Il eut un petit rire nerveux.

— Belle, ma chérie, quelle manière charmante de le formuler ! Non, pas pour ça. Parce que je suis… ce que je suis.

Il y eut un silence gêné, puis Belle dit :

— Je ne m'en serais jamais doutée.

— Oh, je sais le cacher. J'ai eu suffisamment le temps de m'entraîner pour ça. (Son visage se crispa.) Tout chez moi est faux. Même mon surnom, « Drum ». Si franc et si masculin. Vous… vous ne me croirez sans doute pas, mais je ne m'étais jamais… déguisé.

— Je vous crois.

— Vous comprenez, en France, les choses ont changé. (Il avala sa salive.) Je… Je suis tombé amoureux. Vraiment amoureux. Un sous-officier de mon unité. Même si, bien sûr, je ne lui en ai jamais dit un mot. Je ne pouvais pas. C'était un grand type, rude, tout ce qu'il y a de viril. Un vrai homme. Si jamais il avait découvert ce que je suis, il en aurait été dégoûté. (Il se passa une main tremblante sur le visage.) J'aurais dû être ravi quand j'ai su que j'allais rentrer au pays, parce que ça m'évitait de faire une bêtise. Mais tout ce que je réussissais à me dire, c'était que je ne le reverrais jamais.

Elle posa une main sur la sienne.

— Et puis, comme un idiot, je me suis mis dans le pétrin. J'ai dû quitter la ville. Au moins jusqu'à ce que les choses se calment.

— Et comment vous êtes-vous retrouvé ici ?

— Ici ? Oh, grâce à Adam, bien sûr. Il a vraiment été un chic type. Il est le seul à connaître mon secret. Il m'a prêté cet endroit pour que je puisse m'y réfugier. Et maintenant, regardez-moi… (Il ferma les yeux.) Vous ne lui direz pas, vous voulez bien ?

— Bien sûr que non.

— Le pire, c'est que je n'arrive toujours pas à oublier ce sous-officier. Toute ma vie, j'ai rêvé d'être aimé par un homme comme lui. Et pourtant, je *sais* que c'est impossible, parce qu'un homme dans son genre, un vrai homme, n'aimera jamais qu'une femme. (De sa main musclée, il lissa la soie fleurie sur son genou.) C'est pour ça que j'ai essayé cette robe. Je voulais regarder, juste une fois, à quoi je ressemblerais en femme. Pour voir si, dans une autre vie, peut-être, j'aurais eu une chance de lui plaire.

Son visage se brouilla.

— Oh, Drum. Je suis tellement désolée pour vous.

— Je suis désolé moi aussi, répliqua-t-il avec un rire forcé. Désolé que vous ayez assisté à ce spectacle.

— Ne vous inquiétez pas pour ça.

— Je ne savais même pas que vous étiez en Écosse.

— J'habite au Hall.

— Avec Adam ? Il ne m'a rien dit. En fait, je ne savais même pas que vous étiez amis.

Belle rougit.

— Nous ne le sommes pas. Je veux dire, nous ne sommes pas autre chose non plus… (Elle y réfléchit un moment.) C'est compliqué à expliquer.

Drum acquiesça, sans faire mine d'avoir compris.

Pour changer de sujet, elle lui raconta qu'Osbourne était marié. Elle lui dit aussi pour Sibella, et pour sa propre maladie.

— Je ne peux pas croire qu'Osbourne ait pu faire une chose pareille, dit Drum lentement, en secouant la tête. Et sans même écrire une lettre, pour essayer au moins de se racheter…

— Vous n'êtes pas le seul qui n'est pas ce qu'il paraît être, murmura-t-elle avec un petit sourire triste.

— Est-ce que… vous l'aimez toujours ?

— Non. C'est très bizarre. Sur le moment, quand Adam me l'a dit, j'étais anéantie. Ou je croyais l'être. Mais ensuite, ç'a été comme si on avait fermé d'un seul coup un robinet. Je ne suis même pas en colère. L'autre jour, Adam m'a dit qu'Osbourne allait essayer d'arranger les choses avec sa femme et son enfant, de les ramener en Angleterre. Je n'ai rien ressenti. Sauf de la sympathie pour elle.

Drum hocha de nouveau la tête.

— En tout cas, Adam en vaut dix comme lui.

Belle ne répondit rien.

— Vous êtes une fille très étonnante, lui dit Drum.

— Non.

— Si. Je n'aurais jamais pensé que quelqu'un pouvait se montrer aussi gentil. Et je me sens vraiment mieux, maintenant que vous savez.

Elle lui serra la main.

— Venez dîner au Hall…

Il lui fit un pâle sourire.

— Je ne peux pas.

— Si, vous pouvez. Ça vous fera du bien.

— Non, non…

— Demain, alors. Je vais arranger ça avec Adam. Et la redoutable miss McAllister.

Il se força à sourire.

— Peut-être…

Mais elle savait qu'il ne viendrait pas.

Il la raccompagna à la porte.

— Vous n'avez pas idée de ce à quoi ça ressemble, lui avoua-t-il à brûle-pourpoint, d'être une certaine personne pour sa famille et ses amis, et quelqu'un de tout à fait différent pour les autres. De devoir vivre comme ça, jour après jour. C'est affreusement fatigant.

— Si, répondit Belle. Je le sais.

— J'ai entendu dire que vous vous étiez un peu surmenée, lui dit Adam.

— Et maintenant, je me retrouve dans cet affreux fauteuil roulant. Et je suis sûre que miss McAllister a passé un moment délicieux à tout vous raconter.

— Elle n'est pas comme ça, vous savez.

— Oh, vraiment ?

— Oui, vraiment.

Il se baissa pour mettre une autre bûche dans le feu.

— Honnêtement, Belle, à quoi est-ce que vous pensiez ? Faire tout ce chemin à pied jusqu'à la pointe !

— Seulement une partie du retour, répliqua-t-elle en réarrangeant la couverture sur ses jambes. Je me sentais un peu fatiguée, et j'ai dû envoyer Max chercher la carriole.

« Un peu fatiguée » était un euphémisme. Ses genoux s'étaient dérobés et elle avait dû s'asseoir sur les galets, la tête baissée, pendant que d'affreux points noirs défilaient devant ses yeux. Quand elle était revenue au Hall, elle avait à peine réussi à monter l'escalier. Heureusement qu'Adam était toujours à la ferme et ne l'avait pas vue.

— Comment vous sentez-vous maintenant ?

— Bien, mentit-elle.

En réalité, elle était terriblement faible. Et furieuse d'avoir donné raison à miss McAllister. Et affreusement triste quand elle pensait à Drum.

Ç'avait été horrible de devoir l'abandonner dans ce petit cottage solitaire. Max lui avait à peine laissé le temps de rassembler ses esprits.

« Est-ce que le monsieur ira bien ? » avait-il demandé.

Il était resté à l'attendre sous le porche, à cause des « rochers qui bougeaient ». Quoi qu'ils pussent être.

Oui, lui avait-elle dit, le monsieur allait bien. Il avait mis une blouse pour nettoyer certaines fenêtres, mais il était tombé et s'était coupé la lèvre. « Ne le dis à personne, sans quoi il sera gêné. »

C'était la meilleure explication qu'elle avait pu inventer sur le moment.

— D'après Maud, continua Adam, vous avez fait une rechute. Elle voulait appeler le Dr Ruthven, mais j'ai pensé que vous n'aimeriez mieux pas.

— Absolument, confirma Belle avec chaleur.

Miss McAllister l'avait déjà menacée d'appeler le Dr Ruthven. Ç'avait été un vieil ami du père d'Adam, et il était très respecté en tant que parrain de la Ligue antialcoolique de Stranraer. Sa fille Felicity était « une chère, charmante, et *innocente* jeune dame, qui accompagnait souvent son père dans ses visites », et qui connaissait Adam « depuis toujours ».

— Alors, à défaut de Dr Ruthven, poursuivit Adam, Maud veut que vous vous mettiez au lit, et que vous y restiez au moins trois jours. (Il hésita.) Je sais que vous détestez suivre ses conseils mais dans le cas présent, je crois vraiment…

— D'accord, d'accord. Je ferai ce qu'elle veut que je fasse.

Secrètement, elle était soulagée. Ça lui évitait toute question sur son retour à Londres.

Adam s'assit dans le fauteuil en face d'elle et croisa ses longues jambes devant lui. Pendant un moment, le silence régna entre eux, tandis qu'ils regardaient la bûche qui commençait à brûler. Puis Belle dit :

— Pauvre Drum. Il est si malheureux.

Adam leva la tête et lui lança un regard circonspect.

— Je l'ai vu au cottage de la dîme, expliqua-t-elle. Il m'a tout dit, à son sujet.

— Ah…

— Comment l'avez-vous appris ?

— C'est Celia qui me l'a dit.

Elle fronça les sourcils.

— Celia vous en a parlé ? Pourquoi ?

— Lui et moi étions amis depuis l'école. Elle pensait peut-être que je pourrais y faire quelque chose.

C'était la première fois qu'il mentionnait Celia, et Belle attendait qu'il poursuive ; mais il se pencha en arrière dans son fauteuil et contempla le feu, en passant lentement le pouce sur sa lèvre inférieure.

— Quand vous l'avez su, demanda prudemment Belle, est-ce que vous avez été surpris ?

— Au début, oui. Même si, avec le recul, ça paraissait assez cohérent.

— Vous aviez déjà été confronté à ce genre de chose, avant ?

— Oh, oui.

Elle lissa la couverture sur ses genoux.

— Je suppose que vous avez de tout dans les tranchées.

— J'ai tout vu à Winchester, murmura-t-il.

Elle se tut un moment. Il semblait accepter si facilement les gens comme ils étaient. Le faisait-il par tolérance, ou parce qu'il ne s'intéressait pas à eux ?

— Mais ça ne vous a pas dérangé ? Quand Celia vous a parlé de Drum, ça vous a sûrement gêné…

— Pourquoi est-ce que ça m'aurait gêné ?

Elle avala sa salive.

— Eh bien… Parce que quelqu'un que vous connaissiez, un ami, vous avait caché quelque chose. Quelque chose d'important qui le concernait.

Sa voix tremblait un peu, et elle tâcha de la raffermir.

— Ça a sûrement compté pour vous, que cet ami ne vous ait pas parlé, qu'il vous ait laissé dans l'ignorance. Il devait savoir que l'image que vous aviez de lui était fausse, que les sentiments que vous ressentiez pour lui s'adressaient à une autre personne. Ça modifiait certainement ce que vous pensiez de lui, ce que vous ressentiez…

Il la regardait attentivement, comme s'il avait deviné qu'elle ne parlait pas seulement de Drum.

— Drum avait ses raisons, lui dit-il.

Elle détourna les yeux. Qu'est-ce qu'il ressentirait, se demanda-t-elle, s'il savait pour moi ? Au sujet de Cornelius Traherne. Au sujet de ce que je suis vraiment.

Elle avait mal au cœur. *Percée à jour. Percée à jour…*

Adam décroisa ses jambes et se pencha en avant.

— Est-ce que vous allez bien ?

— Oui, pourquoi ?

— Vous êtes devenue très pâle. Je pense que vous feriez mieux de vous allonger.

— Non, je vais bien. Juste un peu fatiguée.

— Je suis désolé, je vous ai épuisée.

Mais il ne bougea pas de son fauteuil.

Elle contemplait ses mains. Elle avait l'impression que s'il ne s'en allait pas rapidement, elle laisserait échapper la vérité. Ou fondrait en larmes. Enfin, elle déclara :

— Rien ne vous prend au dépourvu, n'est-ce pas ?

— Que voulez-vous dire ?

Elle releva la tête et croisa son regard.

— Drum, Osbourne, moi… On croirait que rien ne vous déconcerte jamais.

Il lui adressa un long regard :

— Certaines choses, si.

22

Le temps se couvrit de nouveau. Pendant trois jours, Belle resta étendue dans le grand lit à baldaquin, écoutant le vent gémir dans les pins et la pluie battre les fenêtres. Au début, elle apprécia cette immobilité. Puis elle devint nerveuse et s'installa dans le fauteuil roulant près du feu. Le cinquième jour, elle descendit et se disputa avec miss McAllister.

— Qu'est-ce qui se passe encore ? lui demanda Adam.

Ils venaient de finir le petit déjeuner et miss McAllister était repartie, furieuse, dans sa chambre.

— Je ne l'ai jamais vue comme ça. Quant à vous…

— Vous ne m'avez jamais vue autrement, répliqua Belle.

Adam soupira.

— Je dois sortir pour la journée. Je vous en prie, essayez de vous entendre avec elle…

— Je le ferai si elle le fait, rétorqua Belle.

— Ce n'est pas assez. Je sais que vous détestez qu'on vous le rappelle, dit-il en se levant, mais je vais vous le rappeler quand même. À East Street, je vous ai sans doute sauvé la vie. Le moins que vous puissiez faire pour moi…

Belle rit.

— Mon Dieu, que vous êtes dur ! Je croyais que vous étiez censé ménager la malade…

— Au diable tout ça !

La maison parut très calme après son départ. Belle essaya de lire, mais y renonça bientôt et erra dans les pièces vides.

D'après Adam, le Hall avait été édifié à la fin du XVIIIe siècle par Finlay Palairet, qui avait considérablement accru la fortune familiale en vendant sa fabrique de tissage de lin d'Édimbourg et en déménageant à Glasgow, où il s'était lancé dans le raffinage du sucre et la distillation du rhum. Comme il avait eu un contrat d'exclusivité avec les Palairet de Jamaïque, qui entraient à l'époque dans l'âge d'or de la canne, il avait beaucoup prospéré. « Le *savoir-faire* [1] huguenot combiné avec le pragmatisme écossais », commentait ironiquement Adam.

La combinaison avait peut-être bien fonctionné dans les affaires, mais elle donnait un résultat bizarre quand elle s'appliquait à l'architecture. Cairngowrie avait de belles pièces bien proportionnées, des cheminées qui fonctionnaient ; mais les plâtres étaient un peu trop ornés et s'accordaient mal avec le reste, comme une tenue de soirée sur un vieux loup de mer. En plus, le Hall était visiblement négligé depuis des années. Après la mort de sa femme, le père d'Adam l'avait laissé, en même temps que ses quatre jeunes fils, aux mains d'une intendante, et avait voyagé à l'étranger.

Une mère morte et un père absent, pensait Belle en

1. En français dans le texte. *(N.d.T.)*

flânant dans le bâtiment. Pas étonnant qu'il ait été proche de ses frères. Et maintenant, ils étaient tous morts…

Elle trouva miss McAllister dans une des chambres. Les armoires étaient ouvertes, les commodes dégorgeaient des vêtements par tous leurs tiroirs ; le lit était couvert de pull-overs de cricket, de vestes de chasse et de livres. Maud McAllister, debout au milieu du tapis, paraissait bizarrement perdue. Mais quand elle vit Belle, sa bouche se crispa.

— Qu'est-ce que vous voulez ?

— Je suis désolée, dit Belle, je n'avais pas l'intention de vous déranger…

Le regard de miss McAllister glissa sur le désordre qui l'environnait et elle se mordit la lèvre supérieure, comme le font les gens qui essaient de réprimer une pensée.

— C'est moi qui dérange, murmura-t-elle.

Belle ne comprit pas ce qu'elle voulait dire.

— Les affaires des garçons, reprit Maud. Il est grand temps que quelqu'un y mette un peu d'ordre.

— Les garçons ? Je suppose que vous voulez dire les frères d'Adam.

— Oui, bien sûr. Angus, Gordon, Erskine. Hier, j'ai rassemblé les affaires d'Erskine pour les donner à sa fiancée. Adam est parti voir Annis à Castle Garth. Elle a demandé quelques souvenirs.

— Oh, dit Belle. Je peux vous aider ?

— Non.

Voilà pour la bonne entente recommandée par Adam.

— Adam n'avait pas envie d'y aller, reprit miss Mc Allister.

Elle avait l'air en colère, comme si c'était la faute de Belle.

— Il repoussait le moment.

— Je comprends ça, oui.

— Non, vous ne comprenez pas. Personne ne peut comprendre.

Elle alla jusqu'au lit, posa une main rouge et rêche sur une pile de pull-overs de cricket.

— Bien, conclut Belle, je vais vous laisser à tout ça.

— Si vous lui faites du mal, dit soudain miss McAllister, vous aurez affaire à moi. Souvenez-vous-en.

Belle se retourna vers elle.

— Je ne lui ferai aucun mal.

Mais, même à ses propres oreilles, ça ne semblait pas très convaincant.

Elle trouva Max dans le salon froid et sans feu, agenouillé sur la banquette devant la fenêtre et regardant au-dehors le loch Ryan. À la courbe de ses épaules, elle voyait qu'il était préoccupé.

— Qu'est-ce que tu regardes ? lui demanda-t-elle.

Il tressaillit et tomba presque de la banquette.

— Euh, les rochers…

— Mais il n'y en a pas !

Le parc entourant le Hall était semé de sapins et de rhododendrons. Une allée menait à la route de la côte, traversant les bois de Cairngowrie, et l'on apercevait au bout les eaux grises du loch. Il n'y avait pas un rocher en vue.

— Ceux-là sont différents, murmura Max. Ils *bougent*.

Belle se rappela quelque chose qu'il avait dit au cottage de la dîme.

— Qu'est-ce que tu veux dire ? Les rochers ne peuvent pas bouger…

— Ceux-là le font. Je les ai vus. Ils sont allés dans la mer.

Belle retint un sourire.

— Max, ce sont des phoques. Tu n'as jamais vu de phoques ?

Il hésita.

— Si, j'ai lu des choses sur eux dans un livre. Mais je n'avais jamais… Ils bougent vraiment vite.

— Ils avaient sans doute peur de toi.

— Oh, dit Max, puis son front se plissa. Mais je me suis enfui. Je n'aurais pas dû.

— Tu es un enfant, tu as le droit de t'enfuir.

— Les boy-scouts ne le font pas.

— Oh, si, ils s'enfuient. Quand j'étais enfant, à la Jamaïque, il y avait une troupe de scouts, ou quelque chose comme ça. Parfois je grimpais dans un arbre, je faisais semblant d'être un duppy et je leur jetais des mangues. Ils s'enfuyaient à chaque fois.

Max parut pensif, comme s'il avait envie de la croire.

— Le capitaine Palairet dit qu'il avait peur à la guerre, commenta-t-il.

— Je suppose que c'est vrai, répondit Belle.

Elle sentait un pincement de jalousie, qu'Adam ait fait cette confidence à Max et pas à elle.

— Mais il ne s'est pas enfui, précisa le garçon.

— Non, parce que c'est un adulte et un soldat.

— Et qu'il est courageux, ajouta Max tristement.

Ô mon Dieu ! Elle n'arriverait à rien ainsi. Elle réfléchit un moment puis proposa :

— Viens, allons à la cuisine.

— À la *cuisine* ?

— Oui, pourquoi ? Tu n'aimes pas les cuisines ?

— Je ne sais pas, je n'en ai jamais vu.

Belle rit.

La pièce était vaste et dallée de pierre, avec un fourneau démodé en fonte noire, une énorme table en pin décapée à blanc par des générations de servantes. Max était ravi.

— On a le droit d'y entrer ? murmura-t-il.

— Sans doute pas, non.

Comme c'était le milieu de matinée et qu'il n'y avait qu'eux trois pour le déjeuner, la cuisinière était partie faire les courses à Stranraer. Après avoir un peu insisté, Nelly, la bonne à tout faire, accepta à contrecœur de leur abandonner les lieux, après avoir montré à Belle où se trouvaient la farine, le beurre, le sucre et les œufs.

— On va faire des biscuits, dit Belle à Max quand elle fut partie.

— Les *faire ?*

Manifestement, il ne lui était jamais venu à l'esprit que les biscuits n'apparaissaient pas comme ça sur un plateau à l'heure du thé sans passer par des étapes préalables qui leur donnaient une réalité matérielle.

— Des biscuits spéciaux. Ma mère en faisait avec nous quand on s'ennuyait. Ça s'appelle des biscuits de zoo.

— Pourquoi ?

— Parce qu'on les fait en forme d'animaux, et qu'on les peint.

Elle montra à Max comment malaxer le beurre dans la farine, puis comment préparer les « peintures » en mélangeant du jaune d'œuf avec des colorants alimentaires – dont, heureusement, la cuisinière avait une bonne réserve. Il fallut un certain temps à Belle pour mettre la main sur des brosses à glaçage, un peu trop épaisses mais qui pourraient convenablement remplacer les pinceaux à pâtisserie qu'elle n'avait pas trouvés.

La pâte tournait au gris après le pétrissage appliqué de Max, aussi Belle l'envoya-t-elle graisser les plaques de cuisson.

— Quels sont tes animaux préférés ?

— Les oiseaux, répondit-il aussitôt. Et après, les poissons.

— Les oiseaux, ça risque d'être un peu difficile pour moi, mais je peux faire des poissons.

— Qu'est-ce que c'est que tout ça ? s'exclama miss Mc Allister depuis la porte, et ils sursautèrent.

— On fait des biscuits, lui expliqua Belle, se sentant bêtement coupable. Nelly m'a dit qu'on pouvait.

Miss McAllister grommela quelque chose et Belle ajouta :

— Max vient de me dire qu'il aimait beaucoup les oiseaux.

Miss McAllister se tourna vers Max et le jaugea du regard, comme si elle le soupçonnait d'essayer de l'amadouer.

— Quel genre d'oiseaux ?

Il eut un hoquet étranglé.

— Les autruches et les mouettes. Et aussi ceux qui sont noirs avec des yeux verts.

— Les cormorans, précisa miss McAllister.

— Oh, fit Max, merci. Oui, ceux-là.

Miss McAllister leur jeta un regard perçant puis dit à Belle :

— Veillez à bien tout nettoyer après. Je ne veux pas que Nelly soit surchargée de travail à cause d'un caprice.

— Je l'aurais fait de toute façon, rétorqua Belle d'un ton irrité.

— Eh bien, n'oubliez pas.

Quand miss McAllister fut partie, ils travaillèrent en silence. Belle étala la pâte et y découpa une série de gros poissons, puis peignit le premier pour donner une idée à Max.

— Rouge et vert, lui dit-elle. Une sorte de perroquet de mer.

Max comprit plus vite qu'elle ne s'y attendait. Il peignit plusieurs poissons en orange, avec de grands yeux et des bouches sérieuses. Puis il s'enhardit et y ajouta quelques écailles rouges. Il coupa un morceau du dernier, puis l'enfonça sur son dos.

— Qu'est-ce que c'est ? lui demanda Belle.

— Sa nageoire dorsale.

— Brillante idée !

Max rosit, puis qu'enquit :

— Est-ce qu'il peut avoir des rayures ?

— Bien sûr. Il peut avoir tout ce que tu veux.

Pendant que les biscuits étaient au four, ils firent la vaisselle. Encouragé par le compliment de Belle, Max lui posa des questions sur la Jamaïque. Bientôt, elle lui racontait comment mâcher de la canne à sucre en recrachant les résidus, à quoi ressemblaient les bananes quand elles poussaient sur l'arbre, et comment attirer les oiseaux-mouches. Ça lui rappela les jumeaux, et elle eut un brusque accès de nostalgie.

— Le capitaine Palairet connaît la Jamaïque lui aussi, déclara Max en essuyant un bol avec le coin d'une serviette à thé. Il allait voir sa famille pendant les vacances, une fois il est tombé d'un arbre à pain et il s'est assommé.

Belle, en train de retirer la dernière plaque de cuisson du four, lui jeta un regard curieux.

— Quand est-ce qu'il t'a raconté tout ça ?

— Parfois il me laisse lire dans son bureau, et je lui demande des choses.

Elle allait s'enquérir de ces choses, quand miss Mc Allister réapparut à la porte.

— Toujours pas fini ?

Belle ouvrait la bouche pour répliquer, mais Max la devança.

— Regardez, dit-il timidement. Je vous ai fait un biscuit.

— Quoi ? lança miss McAllister d'un ton brusque, et la tête de Max s'enfonça dans ses épaules.

— J'espère que vous l'aimerez, persista-t-il, en lui montrant le poisson rayé avec la mâchoire oblique et la nageoire dorsale. C'est un requin tigre.

Miss McAllister sembla bizarrement flattée par ce cadeau, et affirma à Max qu'elle le mangerait avec son thé du matin. Elle lui prêta aussi un livre sur les oiseaux – « Juste prêté, hein, prends-en bien soin » – et lui dit qu'il pourrait venir avec elle à la Maison pour faire la connaissance de Julia.

Belle devina qu'elle était gentille avec lui pour la contrarier, aussi lui demanda-t-elle à venir aussi.

— Non, répondit miss McAllister.

Se rappelant ce qu'avait dit Adam au petit déjeuner, Belle ignora la rebuffade.

— S'il vous plaît, insista-t-elle. J'aimerais vraiment venir.

Miss McAllister la dévisagea avec attention, pour déceler une éventuelle trace de moquerie sur son visage.

— Il faudra vous tenir tranquille, lui dit-elle, et faire exactement ce que je vous dirai. Julia n'aime pas les étrangers.

Cairngowrie House était une massive demeure victorienne à double façade, qui ne semblait pas avoir changé d'un pouce depuis la mort de la vieille reine.

L'ameublement était de lourd acajou tapissé de peluche défraîchie, les rideaux et les tentures d'épais damas aux couleurs profondes : violet, vert forêt, bleu marine. Belle eut peine à imaginer sa mère vivant ici dans son enfance ; mais quand elle commença à lui poser des questions, miss McAllister la réduisit au silence d'un regard.

— Julia est dans la cuisine, lui dit-elle, comme pour lui rappeler l'objet de leur visite.

Puis, à Max :

— Une fois que nous serons entrés, reste près de la porte ou tu lui feras peur.

Il eut un hoquet et ses épaules se contractèrent. Belle lui prit la main.

Un cri étrange traversa la maison et Max se blottit contre Belle. Puis miss McAllister ouvrit la porte, et ils entrèrent dans la cuisine.

Max haletait. Belle se mit à sourire.

— C'est l'heure du thé, annonça Julia en battant des ailes.

Elle avait quatre-vingt-dix bons centimètres de la crête au bout de la queue, et ses petits yeux noirs brillaient d'intelligence. Sa tête, sa poitrine et sa magnifique queue étaient d'un pourpre flamboyant ; ses ailes brillantes d'un bleu d'azur, passant à l'émeraude et au topaze au niveau du cou.

— Elle est *magnifique*, murmura Max. C'est la chose la plus magnifique que j'aie jamais vue.

Miss McAllister pinça les lèvres et tâcha de ne pas laisser filtrer son plaisir.

— Jamais je n'aurais deviné que c'était un perroquet, dit encore Max.

— Ce n'en est pas un. C'est un ara écarlate. Maintenant, asseyez-vous à la table et ne bougez pas pendant que je change son eau. Et quand je la laisserai sortir pour qu'elle vole un peu, n'essayez pas de la toucher. Et n'ouvrez pas la porte, sans quoi elle sortirait. Je le répète toujours à Susan, la fille qui fait le ménage, mais elle ne s'en souvient jamais.

Elle parlait beaucoup plus que d'habitude, et Belle s'aperçut avec surprise qu'elle était nerveuse.

La cuisine semblait en grande partie dévolue à Julia. La nourriture pour les humains était sans doute préparée dans l'arrière-cuisine car ici, les fenêtres et le fourneau étaient entourés et protégés pour éviter à l'ara de se blesser. Une moitié de la pièce était enclose d'un grillage descendant jusqu'au sol ; on voyait à l'intérieur ce qui ressemblait à un tronc d'arbre, ainsi qu'un bol de fruits et une baignoire de bébé en porcelaine.

Miss McAllister surprit Belle en train de regarder la baignoire.

— Elle aime se baigner, expliqua-t-elle. Tous les matins. Elle a ses habitudes.

— Elle ne sort jamais dans le jardin ? demanda Max.

— Oh si, mais seulement quand je suis là. Elle a fait une mauvaise expérience quand elle était jeune. Des corbeaux l'ont attaquée.

Ses lèvres minces esquissèrent une moue réprobatrice.

— Vous lui avez rogné les ailes ? demanda Belle.

— Grands dieux, non ! s'exclama Maud avec indignation. Vous devriez la voir voler. Les aras descendent en piqué. C'est vraiment beau.

Dès que miss McAllister eut ouvert sa porte, Julia s'envola et fit des cercles dans la cuisine ; puis elle alla se poser sur le dessus de son enclos, regardant sa maîtresse en penchant la tête sur le côté.

— Debout ! dit-elle.

— Elle est terriblement intelligente, commenta Max.

— Oui, approuva miss McAllister.

— Comment est-ce que vous l'avez eue ? demanda Belle.

Miss McAllister porta la baignoire de bébé jusqu'à l'évier et la vida.

— Par Adam, fit-elle enfin. Il y a deux ans, quand il est revenu en permission. Il m'a annoncé qu'il avait une surprise pour moi, mais que si je ne l'aimais pas, je n'avais qu'à le lui dire, il lui trouverait un bon foyer. (Elle secoua la tête à ce souvenir.) Mon cœur a chaviré. J'ai cru qu'il m'avait apporté un chat.

— Je déteste les chats, intervint Max.

— Moi aussi, renchérit miss McAllister.

Elle arrêta de rincer la baignoire d'enfant, et jeta un regard à Julia par-dessus son épaule.

— Qu'il ait pu me trouver digne de quelque chose d'aussi beau…

Son visage se ferma, comme si elle en avait trop dit.

— Je peux la caresser ? dit Max.

— Non, répliqua miss McAllister d'un ton ferme. Pas avant un long moment. Des semaines, peut-être des mois. Tu dois rester assis sans bouger, pour qu'elle puisse s'habituer à toi. La laisser venir vers toi. C'est la règle avec eux. Toujours les laisser venir vers vous.

Max acquiesça, buvant chaque mot. Belle voyait qu'il avait trouvé une nouvelle cause à laquelle se vouer.

Miss McAllister se lava les mains, puis redressa les épaules.

— Maintenant, va jouer dehors dans le jardin, dit-elle à Max. Je veux parler à miss Lawe.

Le cœur de Belle se serra. Qu'est-ce qu'elle avait fait de mal, cette fois-ci ? Max baissa la tête.

— Mais je ne peux pas…

— Non. Je te dirai quand revenir. Fais bien attention en sortant qu'elle ne te suive pas. Et n'oublie pas de te couvrir.

Max jeta un dernier regard d'adoration à Julia et partit.

Quand il fut parti, Belle s'arma de courage. Miss Mc Allister, elle aussi, redressa les épaules, comme si elle devait affronter une tâche déplaisante.

— Je crois que je devrais m'excuser, dit-elle.

Belle ouvrit de grands yeux. C'était bien la dernière chose à laquelle elle se serait attendue.

— J'ai mal parlé de votre mère, et ça m'a troublée. J'ai eu tort. Quand je l'ai connue, c'était une courageuse petite femme.

— Oh, fit Belle.

Miss McAllister s'approcha de la table et s'y assit lourdement.

— Tout ce que ces murs pourraient raconter..., murmura-t-elle.

— Qu'est-ce que vous voulez dire ?

Elle haussa les sourcils.

— Mais vous savez sûrement...

Belle secoua la tête et miss McAllister soupira. Soudain, elle paraissait vieille et triste.

— Une sale histoire. C'était l'hiver, et Rose Durrant était seule avec sa petite fille – votre mère – quand son bébé est né.

Belle retint sa respiration.

— Je ne savais pas. Maman ne parle jamais de l'Écosse.

— Eh bien, c'est peut-être pour cela. Vous devriez peut-être lui poser des questions sur le sujet.

Belle y réfléchit et miss McAllister répéta :

— Oh, c'était une sale histoire. Par malchance, le Hall était vide cet hiver-là, la famille loin de la maison…

Elle n'en dit pas plus. Belle attendit la suite, mais miss McAllister semblait perdue dans ses pensées. Puis elle posa ses mains sur la table et appuya fort, comme si elle refermait le couvercle de sa mémoire.

— Voilà, fit-elle avec une vigueur retrouvée. J'ai dit ce que j'avais sur le cœur, je vous ai dit que j'étais désolée. Oublions le passé.

Belle hocha lentement la tête.

Le silence régnait dans la cuisine, seulement troublé par le bruit que faisait Julia en grignotant une pomme. Puis Belle s'éclaircit la voix.

— Miss McAllister…

— Maud.

Belle croisa le regard gris et perçant.

— Maud. À propos d'Adam. Je ne lui ferai pas de mal, vous savez. Jamais.

Son interlocutrice eut un petit sourire triste.

— Mais vous ne contrôlez pas tout ce que vous faites, n'est-ce pas ?

Belle ne répondit rien.

— Le problème avec Adam, poursuivit miss McAllister, c'est qu'il ne sait pas montrer ses sentiments. Ou peut-être qu'il sait très bien les cacher. Je n'ai jamais pu déterminer comment ces choses-là se passent chez lui, et ça n'a pas d'importance. Le fait est que ses sentiments sont profonds. (Elle fronça les sourcils.) Il a perdu tant de gens dans sa vie. C'est facile de l'oublier, parce qu'il sait si bien donner le change. Mais ça a transformé quelque chose en lui. J'ai assisté à ça.

— Qu'est-ce que ça a transformé ?

Elle ne répondit pas directement.

— Après son divorce, expliqua-t-elle, je lui ai dit

quelque chose de stupide. Je lui ai dit : « Ne t'inquiète pas, tu te remarieras. » Il m'a regardée, avec ce regard qu'il a, très posé et rassurant, et il a répondu : « Les gens prétendent que les avantages de l'amour l'emportent sur ses pièges. Mais ce n'est pas ce que je déduis de mon expérience, pas du tout. »

Elle scruta avec inquiétude le visage de Belle.

— Ne lui faites pas revivre ça.

Adam revint juste avant l'heure du thé ; mais Belle ne s'en aperçut que lorsqu'elle passa la porte de son bureau et le vit assis à sa table, le regard perdu dans le vide.

Son visage avait cet air ouvert et sans défense des gens qui ne savent pas qu'on les regarde. Puis il prit conscience de sa présence et se força à sourire.

— Bonjour…

— Bonjour, répondit-elle.

Se sentant gênée, elle prit un des fauteuils près du feu.

— Alors, Maud et vous avez réussi à passer une journée entière sans vous massacrer ?

— Oui, nous y sommes parvenues.

Elle lui raconta le requin tigre, et les présentations à Julia.

— Après le déjeuner, elle m'a donné un vieil appareil photo instantané qui avait appartenu à son frère. Elle m'a dit que ma grand-mère était douée pour la photographie, donc elle pensait que ça pourrait m'intéresser. J'en ai été très touchée.

Il fit un vague signe de tête, et elle se demanda ce qu'il avait retenu de ce qu'elle avait dit.

— Est-ce que c'était affreux ? lui demanda-t-elle.

— Je vous demande pardon ?

— Castle Garth. La fiancée d'Erskine.

— Oh, oui. Encore pis que ce que je craignais.

Elle attendit qu'il poursuive.

— Elle n'arrêtait pas de me demander de lui raconter à quoi ressemblait le front. Qu'est-ce que je pouvais lui dire ?

Il se passa une main sur le visage, puis la contempla un moment.

— On est juste de la chair, dit-il en haussant les sourcils. Quelle révélation, n'est-ce pas ? Mais c'est ce qui me frappait le plus là-bas. Quand quelqu'un meurt... À un moment, c'est encore une personne, et la seconde d'après ce n'est plus qu'un morceau de viande. Comme sur l'étal du boucher.

Belle y réfléchit.

— C'est comme ça que vous nous voyez aussi ?

— Que voulez-vous dire ?

— Quand vous être rentré chez vous. Quand vous étiez à Londres, ou maintenant. Est-ce que ça paraît étrange de voir des gens se promener, en étant aussi conscient que ça peut leur arriver ? Je veux dire... qu'ils peuvent mourir d'un moment à l'autre ?

Il la regarda avec attention.

— Dans un sens, oui. C'est difficile à expliquer, mais parfois tout semble si *bizarre*. Au début, je ne pouvais pas m'y habituer. Ça m'arrive encore parfois. Je marche dans la rue, ou je parle à quelqu'un, et tout d'un coup ça me frappe, l'étrangeté de la chose. Combien l'espace entre la vie et la mort est étroit, comme c'est facile de le franchir. Et ça continue là-bas.

— Vous voulez dire, les combats ?

— Tout le monde prétend que la guerre ne peut plus durer très longtemps, mais ils disaient déjà ça en mars. Elle continue, et je ne peux pas m'empêcher de me dire que je devrais être là-bas.

Il s'agita sur son siège et eut un sourire embarrassé, comme quand on pense avoir trop parlé de soi.

— Vous faites des cauchemars ? lui demanda-t-elle.

— Bien sûr.

— Toujours le même ?

— Qu'est-ce que c'est ? Une séance de questions-réponses ?

— C'est bien ce que vous faites avec moi, non ? Et on dirait que ça marche…

Il esquissa un sourire.

— Alors maintenant, vous inversez les rôles.

— Exactement.

Il y eut un silence, et elle le regarda tracer des losanges sur la table avec son index. Puis il reprit :

— C'est toujours le même rêve. Bizarrement, je ne l'ai pas fait quand j'étais à East Street.

Belle fit une grimace.

— Vous étiez trop occupé avec moi.

— Oui, ça doit être ça.

Leurs regards se croisèrent et Belle se sentit rougir.

— Vous aidez toujours les autres, dit-elle. Mais qui vous aide, vous ?

Il ouvrait la bouche pour répondre lorsque dehors, dans l'entrée, la sonnette retentit. Belle sursauta.

— Qui diable est-ce donc ? se demanda Adam.

Maud entra précipitamment, l'air inquiet.

— Ô mon Dieu ! dit-elle dans un murmure. Je les ai invités pour le thé, et j'ai complètement oublié !

— Invité qui ? s'enquit Adam.

— Les Ruthven.

23

— Ces jours-ci, nous ne voyons guère Felicity, dit son père avec un sourire. C'est soit le Fonds belge d'aide aux réfugiés, soit le Foyer pour les officiers convalescents. Et bien sûr, ils sont tous amoureux d'elle. Je n'arrête pas de dire à Adam qu'il ferait mieux de se dépêcher, ou il laissera passer sa chance.

— Oh, papa ! protesta Felicity, en devenant écarlate.

Elle était petite et blonde, avec un teint frais qui n'avait jamais dû voir de fard et de beaux yeux gris clair. Depuis qu'ils étaient arrivés, elle n'avait pas cessé d'examiner Belle par-dessous ses cils.

Celle-ci remua son thé et se força à sourire.

— Vous vivez à Kildrochet toute l'année, miss Ruthven ?

— Oh, oui. Je ne crois pas que je pourrais tenir à Londres.

— Ah…

— Il doit falloir être si… fort pour supporter tout ça, poursuivit Felicity. Ne trouvez-vous pas ?

— On s'y habitue, vous savez, répondit Belle en reposant sa cuillère.

— Je ne crois pas que je pourrais. Tous ces fêtes et ces bals… Je n'aimerais pas ça du tout.

Belle hocha lentement la tête, parce qu'elle ne trouvait rien à répondre. Elle risqua un regard vers Adam, mais il était en train de prendre un biscuit de zoo offert par Max, et faisait mine de ne pas avoir entendu.

Le Dr Ruthven demanda à Belle quel genre de contribution de guerre elle apportait.

— Aucune, j'en ai peur, répondit-elle.

— Belle a été malade, commenta Maud. Cette horrible grippe…

— Quel dommage, fit Felicity. Ce travail peut être si gratifiant.

— C'est gentil à Maud de présenter les choses comme cela, dit Belle. En fait, je ne faisais rien non plus avant de tomber malade. Je suppose que toutes ces fêtes et tous ces bals m'en ont empêchée.

Felicity lui sourit.

— À Kildrochet, nous menons une vie très calme.

On le saura, pensa Belle. Elle essaya de nouveau de capter le regard d'Adam, mais il fixait résolument le plateau de thé.

Elle ne cessait de se répéter qu'elle devait se montrer aimable, mais c'était difficile. Les Ruthven n'étaient là que depuis vingt minutes, mais ça paraissait des heures. Le Dr Ruthven usait avec elle d'une courtoisie excessive, comme avec une personne aux facultés intellectuelles défaillantes, tandis que Felicity était aussi nerveuse qu'un chien de berger qui vient d'apercevoir un loup. Maud, raide et tendue sur sa chaise, servait le thé et parlait peu, tandis que Max était visiblement intimidé d'avoir été convié à un thé d'adultes. Adam paraissait simplement fatigué.

Felicity se tourna vers lui.

— J'ai rendu visite l'autre jour à votre ami, Mr Talbot, lui dit-elle de sa voix douce et basse. Je pensais qu'il serait content d'avoir quelqu'un à qui parler.

— C'est gentil de votre part.

— Felicity est trop gentille pour le mentionner, intervint le Dr Ruthven, mais ce type a été fichtrement grossier.

— Oh, papa, s'il te plaît, ne...

— Il faut le dire, Felicity. Ce monsieur l'a pratiquement fichue à la porte.

— Il a passé de mauvais moments au front, expliqua Adam. Il a les nerfs en pelote.

— Alors, conseillez-lui de venir à ma consultation, répondit le Dr Ruthven. Mais ce n'est pas une excuse pour être grossier avec une dame.

— Il a juste besoin d'être un peu seul, observa Belle.

— Le pauvre chéri, dit Felicity. Mais vous voyez, miss Lawe, c'est justement ce que vous manquez. Je ne peux pas vous dire quelle joie ça apporte, de pouvoir aider ces pauvres hommes brisés. Vous devriez venir avec moi au Foyer pour convalescents. Là-bas, vous comprendriez.

— Merci, repartit Belle, mais je crois que je vais rester malade encore un petit moment.

Maud lui lança un regard de mise en garde et Adam retint un sourire.

— Miss McAllister m'a raconté que vous aviez passé des heures difficiles, reprit le Dr Ruthven.

Belle ouvrit la bouche pour répondre, mais Maud fut la plus rapide.

— Elle a traversé le pire, expliqua-t-elle d'une voix ferme ; elle va mieux de jour en jour.

— Maud a été merveilleuse, dit Belle, et Adam aussi. (Elle se tourna vers Felicity.) C'était extraordinaire, il m'a complètement prise en charge. Il m'a arrachée aux repaires du vice de Londres et m'a emmenée ici, vers l'air pur et la vie saine.

Felicity ouvrit grands les yeux.

— Aux repaires du vice, vraiment ?

— Presque, oui. Danser jusqu'au petit matin, boire trop de champagne. Et bien sûr, nous prenions tous d'absurdes quantités de neige.

Le Dr Ruthven fixa sa tasse de thé en fronçant les sourcils et Adam se frotta les tempes.

— Est-ce que vous *mangiez* la neige ? demanda Max.

— Non, lui dit Belle. Ce qu'on fait, c'est...

— Il est temps d'aller au lit, intervint Maud.

Après que Maud eut emmené Max à l'étage, Felicity fut la première à rompre le silence.

— Eh bien, miss Lawe, tout cela me paraît absolument fascinant. Et tellement différent de la manière dont nous vivons à Kildrochet.

— Vous ne vous ennuyez jamais ?

— Vous vous êtes surpassée, dit Adam à Belle après leur départ. Ça ne vous aurait pas coûté grand-chose d'être courtoise. Le Dr Ruthven était un des plus vieux amis de mon père, et...

— ... Felicity veut être la prochaine Mrs Palairet. Allons, Adam... « Nous menons une vie très calme. Je ne crois pas que je pourrais supporter Londres. » Vous ne vous êtes pas laissé prendre à ça, quand même ?

— Elle n'est pas comme ça d'habitude. Elle a forcé la note pour soutenir votre ton.

— C'est elle qui a commencé, marmonna Belle.

Elle alla à la fenêtre, tira un coin du rideau pour regarder la pluie au-dehors.

— Désolée, lança-t-elle par-dessus son épaule, mais ce genre de fille me met hors de moi.

— Quel genre de fille ? demanda Adam en venant la rejoindre.

Du doigt, elle suivit une goutte d'eau qui coulait le long de la vitre.

— Innocente. À côté d'elle, j'ai l'impression d'être de la marchandise avariée.

— Ne dites pas ça.

— C'est vrai. Je n'ai pas mené une « vie calme » depuis… eh bien, depuis des années.

— Je sais, mais…

— Non, vous ne savez pas. Pas vraiment. (Elle leva les yeux vers son visage.) Vous avez compris qu'Osbourne et moi étions amants ?

— En effet.

Elle se mordit la lèvre.

— Il n'était pas le premier. Ça aussi, vous l'avez compris ?

— Pourquoi faites-vous cela ? demanda-t-il doucement. On dirait qu'une force destructrice s'empare de vous, et tout d'un coup vous me montrez le pire de vous-même.

Elle serra ses bras autour de ses épaules.

— Le pire de moi-même ? Oh, loin de là…

— Que voulez-vous dire ?

Elle se retourna vers la fenêtre sans répondre.

— Quand je vous ai retrouvée dans East Street, poursuivit Adam, vous avez dit quelque chose qui m'a frappé. Vous avez dit que vous y étiez à votre place.

De nouveau, elle leva les yeux vers lui. Elle avait envie de tout lui révéler. Elle en avait vraiment envie.

— Je ne m'en souviens pas, affirma-t-elle.

Le dîner se passa dans une ambiance lourde, mais heureusement il fut bref, ni Maud, ni Belle, ni Adam n'étant enclins à parler. Une fois quitté la table, Belle alla le rejoindre dans son bureau.

— Je suis désolée pour les Ruthven, lui avoua-t-elle tout de go.

— C'est bien. Voulez-vous un cognac ?

— Oui, merci.

Pendant qu'il lui tendait le verre, il croisa son regard et lui sourit. Elle lui sourit en retour, et soudain son cœur se gonfla de bonheur. Elle aimait les petites mouchetures d'or dans ses yeux chauds et bruns, sa grande taille, sa façon de se mouvoir, et les rides sur les côtés de sa bouche, mais il n'y avait pas que cela. Pour la première fois depuis Cornelius Traherne, elle était avec un homme qu'elle n'avait pas à charmer, ni à séduire, ni à craindre. Elle voulait juste le connaître. Et elle voulait qu'il la connaisse.

Du moins, elle voulait qu'il connaisse certaines choses la concernant.

Il alla vers le feu et y jeta une autre bûche, puis se redressa.

— Belle…

— Je viens juste de me rendre compte, dit-elle nerveusement, que ces jours-ci, je ne vous ai jamais vu fumer.

— J'ai arrêté.

— Pourquoi ?

Il haussa les épaules.

— Vous m'avez dit que la fumée vous rendait malade.

Elle y réfléchit, puis elle reprit :

— Je le pensais, à propos des Ruthven. Ce sont vos amis et j'ai été horrible avec eux.

— Ça n'a pas…

— Je suis désolée de vous avoir mis dans l'embarras. Et ce n'était pas la faute de Felicity, c'était la mienne. La prochaine fois, j'essaierai d'être plus… gracieuse.

— Gracieuse ? répéta Adam, et il éclata de rire.

— Ça fait des années que je ne l'ai pas entendu rire comme ça, remarqua Maud le lendemain matin, alors qu'elles marchaient sur la plage.

Le temps avait de nouveau changé et Cairngowrie connaissait un été indien. Il faisait si chaud qu'on avait permis à Max de retirer ses chaussures et ses chaussettes. Il était sur le rivage, fasciné par la sensation des vagues qui, en se retirant, aspiraient le sable d'entre ses orteils.

— Pauvre petite Felicity, dit Belle en tâchant d'avoir l'air sincère.

— Enquiquineuse de Felicity, oui, rectifia Maud. Elle est sournoise. Je ne l'ai jamais aimée.

— Alors, pourquoi les avez-vous invités ?

Maud soupira.

— Je les ai invités il y a une semaine, pour vous contrarier. Puis j'ai oublié.

Belle rit. Maud ne sourit même pas.

— J'aimerais avoir votre courage, lança-t-elle d'une voix sourde.

Belle lui jeta un regard surpris.

— Que voulez-vous dire ?

— Il faut du courage pour exprimer ce qu'on pense.

— Vous voulez dire, pour être grossière…

— Pour exprimer ce qu'on pense. Je n'ai pas ce genre de courage, pas vraiment. Je crois que c'est pour ça qu'Adam vous aime beaucoup.

Belle s'arrêta.

— Mais, il ne m'aime pas.

— Bien sûr que si.

— Vous vous trompez. Il a seulement…

— S'il ne vous aimait pas, l'interrompit Maud, pourquoi vous aurait-il amenée à Cairngowrie ?

— Parce que j'étais malade, et qu'il n'y avait personne d'autre.

— Bien sûr que si. Il y avait cette duchesse, cette amie à vous, dans le Lincolnshire. Il aurait pu vous emmener là-bas. Mais il ne l'a pas fait.

Belle donnait des coups dans le sable mouillé avec le talon de sa chaussure. Même si elle le niait, elle savait que Maud avait raison. Adam l'aimait beaucoup. Elle ne voulait pas voir autre chose là-derrière, mais elle sentait que c'était vrai.

Et après ? Comment cela pourrait-il mener à quoi que ce soit ? Elle lui avait caché trop de choses. Quand il les apprendrait, il ne l'aimerait plus du tout. Pourrait-il en être autrement ? Ce serait comme de réapprendre à aimer une personne entièrement différente.

La réponse lui vint en un éclair.

Alors, ne lui dis rien. Après tout, pourquoi aurait-il besoin de savoir ? À quoi cela servirait-il ?

Son cœur commença à cogner dans sa poitrine. Ça pourrait marcher ainsi, songea-t-elle. Oui, ça pourrait marcher.

Elle contempla l'éclat du soleil sur les eaux bleues du loch et les bruyères mauves sur Beoch Hill. L'Écosse était un pays magnifique. Puis elle tourna la tête, pour voir Maud qui l'observait en coin. Son expression était anxieuse et un peu triste.

— Si vous aviez raison à propos d'Adam, hasarda

Belle, et si je… si je ressentais les choses de la même manière… est-ce que ça vous ennuierait ?

Maud se retourna et regarda Cairngowrie House.

— Je ne sais pas, dit-elle. Ça dépend de comment ça se termine.

Elles marchèrent un moment en silence, puis Maud retourna chercher Max et Belle resta en arrière, pour s'asseoir sur la plage et réfléchir.

Le soleil lui réchauffait le dos et la mer venait lécher le sable. Une volée de sternes plongeaient dans les hauts-fonds pour attraper des équilles. Belle les regarda faire un moment, sentant l'espoir grandir en elle. Puis elle retira ses chaussures et ses bas et marcha, pieds nus, en décrivant des cercles.

Elle regarda vers la pointe et le cottage de la dîme, où le pauvre Drum luttait avec le secret qu'il ne pourrait jamais révéler à personne. Elle regarda, de l'autre côté, vers Cairngowrie House, où sa mère avait vécu avec des parents qui faisaient de leur mieux pour cacher leurs secrets au monde. Elle avait l'impression de se voir elle-même en train de marcher sur la longue plage – ou plutôt, de voir une succession d'elles-mêmes, sous tous ses différents déguisements.

« Tu es une enfant extraordinaire », lui avait dit Cornelius Traherne, juste avant de la transformer en quelqu'un d'autre. Depuis, elle avait été tant de personnages différents. Collégienne, innocente, demi-mondaine ; « petite fille », infirmière, et « jeune femme malade ».

Et maintenant ? Pourquoi ne pourrait-elle pas être simplement Belle ?

Elle marcha le long de l'eau, regarda les vagues effacer les empreintes de ses pieds. Cela lui donna une étrange sensation de renouveau. À un moment, elles étaient là, et le moment d'après, il n'y avait plus que le sable, propre et lisse.

Tu as raison de ne pas vouloir lui dire la vérité, pensa-t-elle. Tout peut s'effacer. Tout peut sembler n'avoir jamais existé. Tu *peux* tout recommencer.

Adam s'éveilla en sursaut. Son cœur battait, il ne savait pas où il était.

Tu es au Hall, se dit-il, tandis que le rythme de son cœur revenait à la normale. Ce n'était qu'un rêve.

Il se leva, alla à la fenêtre et tira les rideaux. Le parc était baigné par le clair de lune. Sur la pelouse, trois sapins montaient la garde.

Ce n'était qu'un rêve comme les autres, pensa-t-il.

Mais ça n'en était pas un. C'était le cauchemar. Il ne l'avait plus fait depuis l'époque d'East Street, mais voilà qu'il était revenu.

Il est accroupi dans le trou d'obus, avec St John Cornwallis : accroupi dans la boue et la saleté, avec des obus qui hurlent tout autour. L'un d'eux vient dans leur direction, son hurlement se rapproche ; il se tourne pour prévenir St John de se baisser – mais ce n'est plus St John : ce n'est pas le jeune frère de Dodo, mais son frère à lui. *Baisse-toi !* essaie-t-il de crier ; mais il ne peut pas émettre un son, et Erskine ne l'entend pas. Puis le monde tout entier explose. Adam se trouve projeté en avant dans la boue. Quand il se relève, Erskine n'est plus là. À la place, il n'y a plus qu'une botte, et un morceau de chair noircie.

C'était un rêve, se répéta Adam tandis qu'il contemplait le jardin éclairé par la lune. Oui, mais pourquoi ressurgissait-il maintenant ?

Il pensa à Belle telle qu'elle lui était apparue quand

elle était revenue de la plage ce matin : les joues rougies, riant de quelque chose que Max avait dit.

Elle pouvait revêtir des aspects si différents. Parfois l'élégante miss Lawe, avec une peau de porcelaine, une bouche soigneusement maquillée. Parfois la malade impulsive et capricieuse. Parfois Belle, pleine de sagesse et d'ironie. Il ne savait jamais à qui il allait avoir affaire l'instant d'après, et ces changements étaient fascinants. Déroutants. Grisants.

Mais il savait maintenant pourquoi il avait fait ce rêve.

C'était un avertissement.

Attention, Adam, lui disait-il. Tu perds les choses que tu aimes. Tu le sais. Tu les perds toujours.

24

Une semaine avait passé depuis que les Ruthven étaient venus prendre le thé, et Belle n'avait guère vu Adam.

Il passait désormais la plus grande partie de son temps à la ferme. Quand il revenait au Hall, il était poli, prévenant et taciturne. L'optimisme que Belle avait ressenti sur la plage lui semblait, rétrospectivement, complètement hors de propos.

Le *Dumfries & Galloway Standard* avait rapporté que la grippe était enfin sur le déclin, aussi Maud annonça-t-elle qu'elle emmenait Max à Stranraer voir les bateaux.

— Et ça ne vous ferait pas de mal de venir aussi, dit-elle à Belle. Vous devez prendre soin de vous, sans quoi vous retomberez malade.

Belle se surprit elle-même en acceptant. Elle ne pouvait supporter l'idée de passer une journée seule à la maison, à se demander ce qu'elle avait bien pu faire de mal.

Comme le temps était beau, ils prirent la carriole plutôt que la voiture. Tandis qu'ils trottaient sur la route de la côte, elle regardait autour d'elle la mer scintillante, les riches et verdoyants pâturages qui descendaient jusqu'à la plage ; le bétail au poil roux et luisant, les sternes blanches qui criaient dans le ciel et les douces collines couvertes de bruyère. Le charme de Cairngowrie s'était emparé d'elle sans crier gare. Maintenant, elle aurait voulu ne plus jamais en repartir.

Elle jeta un coup d'œil à Maud, assise à côté d'elle et qui montrait à Max comment tenir les rênes. Au fil des semaines, son visage semblait s'être adouci. Elle ne pinçait plus les lèvres autant qu'avant, et même si elle ne souriait que rarement, une lueur brillait de temps en temps dans ses yeux gris. Particulièrement quand elle regardait Max, ou qu'elle parlait à Adam.

Max, lui aussi, avait changé de façon visible. Il s'était un peu étoffé, était devenu plus loquace, et n'avait plus ses hoquets étranglés d'avant. Son amour pour Julia, lui, n'avait pas changé ; il passait tous ses moments libres dans la cuisine de Cairngowrie House, « assis, immobile comme une pierre », comme disait Maud à Belle, « décidé à gagner sa confiance. Et je suis sûre qu'il y arrivera. Il a la patience pour ça. Et la détermination ».

Belle ressentit un élan d'amour pour eux deux. Je voudrais ne jamais vous quitter, songea-t-elle silencieusement. Et je voudrais ne jamais quitter Adam.

Mais pourquoi avait-il changé ? Et qu'est-ce que cela signifiait ?

Maud sentit qu'elle l'observait et tourna la tête.

— Qu'est-ce qu'il y a ? demanda-t-elle.

— Rien, dit Belle. Ou plutôt, si, je voudrais vous demander quelque chose. C'est au sujet d'Adam.

Le visage de Maud se figea.

— Depuis quelques jours, il est différent. Réservé, refermé sur lui-même.

— Ça lui arrive depuis qu'il est enfant.

— Mais j'ai l'impression que c'est à cause de moi, de quelque chose que j'ai fait.

Maud se tourna vers Max.

— Ne tire pas sur les rênes. Juste assez pour sentir la bouche du poney, pas plus. Voilà, oui.

Les yeux toujours fixés sur le garçon, elle dit à Belle :

— Je suis sûre que vous vous trompez.

— Alors, pourquoi est-ce que je sens qu'il m'évite ?

Maud hésita.

— Adam a beaucoup de choses en tête, beaucoup de responsabilités.

— Je sais, mais…

— Non, l'arrêta Maud avec une fermeté soudaine, je ne crois pas que je puisse vous parler d'Adam. Je suis désolée, mais c'est comme ça.

— Maud, s'il vous plaît…

— Je suis désolée, Belle. (Elle adoucit son refus par un de ses rares sourires.) Je vous aime bien, et je voudrais que les choses se passent le mieux possible pour vous. Mais je ne peux pas… je ne peux pas m'impliquer là-dedans. Vraiment, c'est trop m'en demander.

Ils approchaient des faubourgs de Stranraer, et Max poussa une exclamation de plaisir à la vue des pêcheurs creusant les marais pour y trouver des vers de vase. Il n'était plus temps de parler.

La sortie fut un succès. Max en goûta chaque minute. Il prit plaisir à voir le grand vapeur partir pour l'Irlande depuis le nouvel embarcadère, un bateau de pêche arriver de la laisse de mer avec sa cargaison d'huîtres. Il aima la glace à la vanille que Maud lui acheta au kiosque sur Harbour Street, et il lut tout haut l'inscription sur la bouteille de limonade au gingembre en grès que Belle lui offrit pour arroser sa glace : *Limonade au gingembre de première classe Fedele Bonugli, Stranraer.* Belle s'amusa de son plaisir, et pendant un moment elle en oublia presque Adam. L'inquiétude lui revint alors qu'ils repartaient pour la maison.

Maud s'arrêta avec Max à Cairngowrie House – ils n'avaient pas encore fait leur visite quotidienne à Julia –, tandis que Belle poursuivait son chemin jusqu'au Hall. Elle arriva juste à temps pour croiser Drum, qui en sortait.

— Je suis venu dire au revoir, lui expliqua-t-il tandis qu'ils marchaient ensemble dans le parc.

— Au revoir ? s'étonna Belle. Pourquoi ? Où allez-vous ?

Il fit une grimace ironique.

— Où les inadaptés finissent-ils en général ? Aux colonies, ma chère.

— Vous quittez le pays ? Mais… est-ce que ce n'est pas un peu excessif ?

Il secoua la tête.

— C'est la meilleure solution pour moi. En fait, j'attends ça avec impatience. Nouveau départ, nouveaux visages… C'est ce dont j'ai besoin.

— Où irez-vous ?

— Ah, là, je pense que vous allez approuver. Adam m'a aidé à trouver une situation dans le domaine de sa grand-tante.

Belle s'arrêta.

— Vous partez pour la Jamaïque ?

Il sourit.

— Je serai planteur de sucre, comme votre papa. Vous pensez que je m'en sortirai ?

Elle était trop étonnée pour répondre. Étonnée et bizarrement troublée.

— Bien sûr, finit-elle par dire. C'est juste que… Eh bien, pour être honnête, je suis un peu jalouse.

Il rit.

— Alors, il faudra que vous veniez me voir très vite.

Elle avala sa salive.

— Je ne crois pas que je le ferai avant un bon moment. Voilà des années que je ne suis pas retournée là-bas.

— Ô mon Dieu ! Pas d'ennuis chez vous, j'espère ?

Elle hésita.

— D'une certaine façon, si.

Il parut sentir qu'il y avait plus de choses là-dessous qu'elle ne voulait en dire, car il lui donna une petite tape maladroite sur l'épaule.

— Pas de chance, ma chère. Mais… Ça ne me regarde pas, je sais, si vous *envisagiez* d'y retourner ? Ça pourrait vous faire du bien. Vous avez l'air un peu… un peu déprimée.

Elle ne répondit pas. Elle y pensait depuis la période d'East Street. Elle s'était imaginée présentant Adam à son père. Elle voyait la scène dans les moindres détails. Ils seraient dans la véranda qui donnait sur les champs de canne : papa et maman, Adam et elle debout près de la balustrade parmi les fougères arborescentes et les bougainvilliers, riant des jumeaux qui jouaient sur la pelouse avec les chiens.

Quelle imbécile tu es, se dit-elle brutalement. Pourquoi même y penser ? Ça n'arrivera jamais.

— J'ai entendu dire que la vieille Ma Palairet est un peu un dragon, fit Drum, la ramenant à la réalité.

— La vieille Louisa ? Elle voudrait, oui, mais elle n'en est pas vraiment un. Pas comme ma grand-tante May, qui en est vraiment un, et qu'il vaut mieux éviter. J'écrirai à ma famille, poursuivit-elle après une pause, et je leur annoncerai votre arrivée. Ils vous aimeront, et je pense que vous les aimerez aussi.

— Merci. Je suis sûr que oui.

Ils marchèrent un moment en silence, puis elle s'enquit :

— Vous avez vu Adam ces jours-ci ?

Elle avait essayé de parler d'un ton léger, et fut agacée de percevoir de la tension dans sa voix.

— De temps en temps, répondit-il.

— Drum, y a-t-il quelque chose qui le tracasse ?

Il lui jeta un regard curieux.

— Je ne sais pas. Je pensais que vous le sauriez. Je pensais… eh bien, je pensais qu'il vous aimait bien.

— Je le pensais moi aussi, dit-elle.

Ce soir-là, Belle fit un effort particulier. Elle mit une robe qu'Adam n'avait encore jamais vue, en satin d'un violet profond, dans laquelle elle se sentait à la fois élégante et prête à tout. Elle sut qu'elle avait atteint son but parce qu'il évita soigneusement de la regarder quand ils se retrouvèrent pour l'apéritif avant le dîner.

Heureusement, Maud était d'humeur loquace, et ne parut pas remarquer que Belle ne disait pas un mot ou presque.

— J'ai permis à Max de descendre nous souhaiter bonne nuit, dit-elle à Adam. C'est une récompense pour sa persévérance. Julia l'a laissé lui caresser l'aile cet après-midi.

Adam lui tendit son sherry, puis retourna à la desserte pour se servir un whisky.

— Je crois qu'il ne faut pas le laisser trop s'attacher, dit-il doucement.

Maud s'arrêta, le verre à mi-chemin de ses lèvres.

— Pourquoi pas ? Un garçon doit s'habituer à la compagnie des animaux. Il…

— C'est vrai, mais il n'en sera que plus bouleversé quand il partira.

Maud et Belle échangèrent des regards étonnés.

— De quoi parlez-vous ? interrogea la jeune femme.

Quant à Maud, elle posa son verre sur la desserte.

— Pourquoi partirait-il ?

— Il ne peut pas rester ici pour toujours, dit Adam.

Il alla jusqu'à la cheminée, baissa les yeux vers le feu.

— J'ai reçu une lettre de la sœur de son père.

Maud porta une main à sa joue.

— Elle habitait autrefois Lübeck, continua Adam, mais maintenant elle est installée dans le Somerset. Mariée à un avocat. Ils ont l'air de gens convenables et ils ont eux-mêmes deux garçons. Si nous pouvons régler ça avec le notaire de Sibella, ils sont prêts à le prendre.

— J'imagine que c'est faisable, dit Belle d'un ton sec. Combien vaut exactement Max, aujourd'hui ?

— Ça n'a rien à voir, lança Adam par-dessus son épaule. Tous ses biens sont en fidéicommis jusqu'à ce qu'il ait vingt et un ans, personne ne peut y toucher. Sibella s'en est occupée.

— Mais…, commença Maud. Il ne peut pas partir maintenant…

— Tôt ou tard, l'interrompit Adam, il le faudra bien. Ce sera soit le Somerset, soit le pensionnat.

— Le *pensionnat ?* s'écrièrent Belle et Maud ensemble.

— Adam, dit Maud, la voix tremblant d'émotion, le pensionnat est bien la dernière chose qu'il faut à cet enfant…

— Maud a raison, intervint Belle. Il commence juste

à prendre confiance en lui. S'il y va maintenant, ce sera un désastre. Les autres garçons vont le manger tout cru.

— Je ne suis pas d'accord, répliqua Adam en passant la main sur le dessus de la cheminée. Le collège l'endurcirait.

— Vous ne parlez pas sérieusement..., protesta Belle. Voyons, Adam, pourquoi est-ce que... ?

La porte s'ouvrit et Nelly entra avec Max. Sortant de son bain, il avait le visage rose et luisant, et il serrait un livre contre sa robe de chambre. Belle remarqua que les *Actes de courage et de hardiesse* avaient laissé place aux *Oiseaux d'Écosse illustrés par Langley*.

Maud vit qu'elle regardait le livre.

— C'était à Adam quand il était enfant, expliqua-t-elle.

Puis elle se tourna vers celui-ci et dit d'un ton contraint :

— Je suppose que tu ne vois pas d'objection à ce qu'il l'ait emprunté ?

Il ouvrit la bouche pour répondre, puis se ravisa. Max s'approcha de lui avec un sourire timide.

— Regardez, capitaine Palairet...

Il avait marqué la page avec son doigt, et ouvrit le livre sur une gravure d'un petit oiseau brun posé sur un rocher.

— J'en ai vu un juste comme ça cet après-midi, assis sur un rocher exactement de la même façon...

Belle contempla Adam par-dessus la tête de Max.

— Adam, vous ne pouvez pas...

— Ce n'est vraiment pas le moment, la coupa-t-il.

— Capitaine Palairet, reprit Max en regardant la gravure et en fronçant les sourcils. Quand vous aviez mon âge, c'était quoi, votre oiseau préféré ?

— Ce serait la pire chose à faire, poursuivit Belle. Vous ne pourrez sûrement pas…

— Est-ce que c'était le cormoran, comme miss Mc Allister ?

— Je suis réaliste, siffla Adam entre ses dents.

— Capitaine Palairet…

— *Quoi ?* dit Adam d'un ton sec.

Il y eut un silence étonné. Max referma le livre avec soin et le serra contre sa poitrine, puis il rentra la tête dans les épaules.

— Ne t'en fais pas, Max, dit miss McAllister. Le capitaine Palairet est fatigué, c'est tout. Viens, montons.

Mais Max ne bougea pas. Il poussa un grand soupir qui se termina en hoquet étranglé.

— Ce n'est pas bien que j'aie emprunté le livre ? murmura-t-il. Vous voulez que je vous le rende, monsieur ?

— Pas du tout. Garde-le, et maintenant, va au lit.

— C'était impardonnable de votre part, dit Belle.

Adam ne répondit pas.

Elle était descendue et l'avait trouvé debout à la fenêtre du salon, les mains dans les poches, un verre de whisky à moitié plein à côté de lui, sur le rebord de la fenêtre.

— Lui parler d'un ton sec comme ça, sans raison, poursuivit-elle. Vous savez combien il vous adore…

— Est-ce que vous ne faites pas beaucoup d'histoires pour rien ? lui demanda-t-il sans tourner la tête.

— Ce n'est pas rien pour Max. Je viens de lui souhaiter bonne nuit, et il a dit qu'il comprenait très bien qu'il ne devait pas garder le livre, parce que vous êtes un soldat et que vous êtes courageux, et que lui n'est pas…

(Elle avala sa salive.) Adam, vous ne comprenez pas ? Vous représentez tellement pour lui…

— Alors, honte à moi, répliqua-t-il d'un ton brusque.

Il se tourna pour lui faire face, et elle sentit un frisson la parcourir. Les yeux d'Adam étincelaient.

— Comme ça, vous savez à quoi vous en tenir. Je bois trop et je parle sèchement aux enfants. Pas tout à fait l'homme modèle que vous avez l'air de voir en moi.

— Je n'ai jamais pensé que vous étiez un homme modèle. Mais je pensais que vous…

— Je ne peux pas être un père pour ce garçon ! coupa-t-il, avec une telle violence qu'elle recula d'un pas. Je ne peux pas *l'aimer*. Je ne peux aimer personne !

Pendant un moment, leurs regards se croisèrent, puis il se tourna et tendit la main vers son verre. Dans le foyer, une braise craqua. Adam tressaillit, mais Belle ne bougea pas.

— Je pense… je pense que je commence à comprendre.

Il ne répondit pas.

— Comme c'est stupide de ma part, poursuivit-elle. Je m'imaginais que vous… que vous pourriez commencer à… Mais vous avez été très clair. Vous ne pouvez aimer personne. Je me suis trompée.

Il ne dit toujours rien. Il restait immobile, les yeux baissés sur son verre.

— Je vous en prie, ajouta-t-elle. Ne vous en prenez pas à Max juste parce que j'ai fait une erreur.

Puis, de la façon la plus naturelle qu'elle put, elle se tourna et s'éloigna, pour se retrouver dans la pénombre froide de l'entrée.

Il ne la suivit pas, et ne la rappela pas non plus.

Le lendemain matin, Maud emmena un Max sombre et taciturne à la Maison. Adam travaillait dans son bureau. Belle était dans sa chambre, où elle faisait ses bagages.

Plus de faux-fuyants, plus de tromperies envers elle-même. Quelle qu'en soit la raison, les sentiments d'Adam pour elle étaient maintenant bien arrêtés. Il ne l'aimait pas. Aussi serait-ce mieux pour tout le monde si elle partait.

Maud et Max ne revinrent pas pour le déjeuner, et Belle ne pouvait envisager de descendre toute seule à la salle à manger. Adam ne lui fit pas demander si elle voulait un plateau, et c'était mieux comme ça. Elle avait un nœud à l'estomac. Elle n'aurait de toute façon rien pu avaler.

Vers quatre heures, elle entendit une porte claquer, un bruit de voix précipitées dans l'entrée. Elle alla jusqu'à l'escalier et se pencha par-dessus la balustrade.

Adam et Maud se faisaient face dans l'entrée. Manifestement, Adam sortait juste de son bureau, et Maud arrivait de l'extérieur en courant. Elle était nu-tête et hors d'haleine, ses chaussures et ses bas maculés de boue. Elle avait l'air d'avoir couru tout le long du chemin depuis la Maison.

— Ô mon Dieu ! soufflait-elle. Ô mon Dieu ! mon Dieu…

— Qu'est-ce qui s'est passé ? s'inquiéta Adam, lui saisissant le coude et la conduisant vers un siège. Est-ce que…

— Cette *stupide* fille ! explosa Maud.

Puis elle s'effondra sur le siège et en agrippa les bords avec les deux mains.

— Je lui ai *dit* de ne jamais laisser la porte ouverte…

— Quelle fille ?

— Susan ! Stupide, maudite, idiote…

— Maud, de quoi parles-tu ?

Maud lui étreignit le bras.

— Je n'ai pas pu les trouver, expliqua-t-elle. J'ai suivi les traces dans le sable vers la pointe et puis… je les ai perdues. Et la marée monte, et je… je n'ai pas pu les trouver !

— Trouver qui ? demanda Belle de là-haut.

Adam leva les yeux et croisa son regard.

— Julia est partie, dit Maud. Et Max aussi.

25

Max, de la Garde noire, montait à l'assaut pour sauver son amie ; s'il devait mourir héroïquement pour y arriver, il l'acceptait. Il savait qu'elle était là, quelque part. Il l'avait vue plonger en piqué vers le sable, il l'avait entendue crier quand les horribles corbeaux boches avaient lancé leur attaque…

Mais il n'avait pas pu la trouver. La brume de mer l'avait peu à peu enveloppé sans qu'il s'en aperçoive, et il ne savait pas où il était.

Miss McAllister serait furieuse. Il s'était précipité dehors sans chapeau, ni manteau, ni gants, et maintenant il avait si froid que ses dents claquaient. Il ne sentait même plus ses orteils. Il allait se faire sévèrement réprimander.

« Ne t'éloigne jamais hors de vue de la Maison », lui répétait-elle sans cesse.

Mais il était maintenant si loin qu'il ne pouvait même plus dire où se trouvait la route de la côte. Il avançait dans un univers terrible de brume épaisse et de phoques menaçants, face à une mer sauvage et glaciale où rôdaient sans doute des requins tigres.

La peur lui enserrait la poitrine comme un étau. Il ne

pouvait plus respirer. Mais il ne pouvait pas non plus rebrousser chemin. Son amie avait besoin de lui.

— Julia ! cria-t-il. Où es-tu ?

La brume étouffait sa voix comme s'il était sous l'eau.

Un cri lointain. Mais était-ce un corbeau, une mouette ou l'ara ? Et de quelle direction venait-il ?

Le sable humide lui aspirait les pieds, l'eau pénétrait dans ses bottines. La mer se rapprochait à chaque instant. Il ne l'avait encore jamais vue ainsi : chaque vague dévorait un peu plus la plage, comme si c'était après lui qu'elles en avaient.

Une rafale de vent écarta la brume comme on écarte un rideau ; il vit une bande de rochers qui s'enfonçait dans la mer et, au-dessus, un éclair rouge au milieu d'une volée noire.

— Julia ! cria-t-il. J'arrive !

Saisissant un morceau de varech pour repousser les assaillants, il bondit sur les rochers.

Ils étaient tout gluants d'algues. Il glissa dessus et tomba, se cognant douloureusement le genou. Une vague froide lui gifla le visage, le faisant hoqueter. Il agrippa les rochers pour se remettre debout ; il avait si froid aux mains qu'il ne sentit même pas qu'elles étaient égratignées, jusqu'à ce qu'il baisse les yeux et voie le sang.

Un phoque sortit de l'eau et le regarda de ses yeux noirs et globuleux. Il était énorme. Max empoigna son morceau de varech et pria pour que miss McAllister ait raison quand elle disait que les phoques n'attaquaient jamais les humains.

— Va-t'en ! cria-t-il en agitant le varech.

Le phoque disparut dans les vagues, puis émergea à nouveau. À travers la brume, Max vit Julia qui battait des ailes et donnait des coups de son redoutable bec ; autour d'elle, les corbeaux tournoyaient furieusement.

— Va-t'en ! cria de nouveau Max au phoque en brandissant le varech.

Mais son pied glissa et il s'effondra dans l'eau.

Si quelque chose arrive à ce garçon, pensa Adam en tirant sur les rames. Si quelque chose lui arrive…

Le brume était si épaisse qu'il pouvait à peine distinguer l'avant de sa barque. De dangereux rochers surgissaient autour de lui à chaque instant. Il sentait la marée montante tirer le bateau vers le rivage. À chaque nouvelle traction qu'il exerçait sur les rames, la vieille blessure dans sa poitrine se rouvrait brutalement.

« Vous n'irez plus courir dans le no man's land, lui avait dit Clive, mais vous êtes parfaitement d'attaque pour la vie quotidienne. »

Adam se demanda si sauver des petits garçons et des perroquets faisait partie de la vie quotidienne. À en juger par cette douleur dans sa poitrine, probablement pas.

L'instant d'après, il les vit. Une petite silhouette recroquevillée au bout du promontoire, serrant contre elle ce qui ressemblait à un bébé enveloppé dans un morceau d'étoffe.

— Capitaine Palairet ! hurla Max, essayant de se tenir debout, et près de basculer dans la mer. Je suis ici !

— Je te vois ! cria Adam. Ne bouge pas, je viens te chercher !

La marée montait vite, mais la mer s'était calmée, aussi n'eut-il pas trop de mal à amener le bateau près des rochers. Pendant qu'il s'approchait, Max voulut lui tendre son précieux fardeau et faillit perdre l'équilibre.

— J'ai trouvé Julia ! crut-il nécessaire d'expliquer.

Maintenant qu'on lui portait secours, il semblait plus excité qu'effrayé.

— Je l'ai enveloppée dans ma veste, comme dans « Comment ils ont sauvé les petits animaux »...

— Max, écoute-moi, lui dit Adam. Je vais venir à côté et tu me passeras Julia, puis tu sauteras. Compris ?

Max acquiesça.

À mesure qu'Adam se rapprochait, il vit que le garçon était trempé et tremblait si fort qu'il pouvait à peine tenir debout.

— Changement de programme, annonça-t-il. Reste là et ne bouge pas.

Les rames hors de l'eau, il se leva, arc-bouta ses jambes contre le flanc de la barque, puis se pencha en avant et souleva le garçon et son paquet à bras-le-corps, pour les déposer dans son embarcation. Après quoi il se débarrassa de sa veste et en enveloppa Max.

— M-mais v-vous allez attraper froid, bredouilla Max.

— Non, je n'attraperai pas froid, je rame. Est-ce que tu es tombé dans l'eau ?

Max hocha la tête.

— Je faisais partir un phoque et j'ai glissé. Mais je suis remonté sur le rocher, et j'ai pris Julia. Je crois qu'elle était contente de me voir, mais j'ai dû la mettre dans ma veste pour qu'elle ne me griffe pas.

— C'était courageux, dit Adam.

Max essuya l'eau de son visage.

— Les corbeaux ont eu peur de moi, fit-il. Ils se sont envolés.

Il fallut qu'on ait donné au garçon un bain chaud à la moutarde, qu'il soit au lit avec deux bouillottes et un mug de lait fumant pour que Maud s'autorise à espérer qu'il survivrait.

— Vous semblez avoir besoin d'un verre, vous aussi, remarqua Belle, assise au pied du lit. Pourquoi est-ce que vous ne descendez pas ? Je resterai avec lui jusqu'à ce que le docteur soit là.

Maud hésita.

— Vous reviendrez bientôt ? demanda Max avec un froncement de sourcils anxieux.

Il paraissait tout petit dans le lit de Maud, enveloppé dans la plus chaude de ses chemises de nuit en pilou et les deux mains bandées. Il avait l'air gêné lui-même par la panique qu'il avait provoquée dans la maison, et il avait fallu du temps pour le persuader qu'on ne le gronderait pas.

— Bien sûr que je vais revenir, lui dit Maud. C'est ma chambre. Maintenant, plus de discussion, et bois ton lait.

— Revenez *vite*, murmura-t-il.

Maud parvint à gagner le palier avant que ses genoux ne se dérobent sous elle et s'assit lourdement au sommet de l'escalier.

Elle ne s'était jamais évanouie de sa vie, mais n'en avait pas été loin quand elle avait vu Adam sortir de la brume, avec ce terrible paquet reposant dans ses bras.

Et maintenant ils étaient tous ici, en sécurité à Cairngowrie House et attendant le Dr Bailey. Julia se trouvait en bas dans son enclos et, d'après le son de sa voix, passait un joyeux savon à Adam ; quant au garçon, il reposait dans son lit à elle, et il réclamait qu'elle revienne *vite*.

Il la réclamait, elle, pas Adam ni Belle. Il se cramponnait de toutes ses forces à la pauvre vieille miss Mc Allister.

Un autre cri parvint d'en bas, suivi d'un juron étouffé. On avait besoin d'elle dans la cuisine. Elle posa la main sur la rampe et se hissa sur ses pieds.

Elle savait maintenant ce qu'elle devait faire. Pourvu simplement qu'elle soit assez courageuse pour aller jusqu'au bout.

Plus de dérobade, se dit-elle fermement. Ça fait déjà assez longtemps que tu repousses ce moment. Ce garçon vient de te montrer ce qu'est le courage. S'il a pu le faire, tu le peux aussi.

Elle trouva Julia recroquevillée sur sa branche, ébouriffée et l'air furieux, mais apparemment indemne après l'épreuve qu'elle avait traversée.

— Va-t'en, criait-elle à Adam qui se trouvait devant l'évier, tendant son index sanguinolent sous le robinet.

— Elle sait mordre ! lança-t-il par-dessus son épaule.

Maud s'assit en soupirant à la table de la cuisine.

— C'était juste une morsure pour rire, dit-elle. Une vraie t'aurait arraché le doigt.

Il rit.

Elle posa ses deux mains sur la table et les y appuya très fort.

— Adam…

— Voilà, fit-il en posant un mug fumant devant elle. Thé et sherry. Je n'ai pas pu trouver de whisky.

— Merci.

Le thé avait un goût infect, mais elle le trouva curieusement réconfortant. On pouvait puiser son courage au fond d'un verre.

— Est-ce que ça ira pour ce soir, lui demanda Adam, ou veux-tu que je reste ?

— Non, il vaut mieux que tu ramènes Belle au Hall.

— Très bien.

— Mais si tu pouvais m'envoyer Nelly, ça m'aiderait. Et qu'elle m'apporte quelques affaires.

— Bien sûr.

Pendant un moment, aucun d'eux ne parla. Adam restait silencieux et pensif, tandis que Maud sirotait son thé et l'observait furtivement.

Il était appuyé contre le fourneau, les bras croisés sur sa poitrine. Sa chemise était encore humide et collait à ses épaules, ses cheveux sombres étaient ébouriffés et trempés d'eau de mer. Tandis qu'elle regardait les gouttelettes glisser dans son cou, elle ressentit un pincement au cœur. Elle savait ce que c'était. La douleur de l'adieu.

C'est une sorte de marché, songea-t-elle. Tu dois l'abandonner à Belle, si elle peut le rendre heureux. En échange, tu recevras ta récompense. Oui, c'est un marché. Cette idée la réconforta un peu.

— Adam..., répéta-t-elle.

Il releva la tête et la contempla, en haussant légèrement les sourcils.

— Quand j'aurai fini ce que je vais t'expliquer, commença-t-elle, tu penseras peut-être que je n'ai pas les idées claires, que je suis toujours bouleversée par ce qui vient d'arriver. Mais ce n'est pas ça du tout. J'avais l'intention de te dire ceci depuis quelque temps déjà, j'y ai beaucoup réfléchi. Alors, je t'en prie, écoute-moi sans m'interrompre.

Le visage d'Adam se figea, tout à l'écoute. Maud prit une grande inspiration.

— Ce garçon, commença-t-elle, ne doit pas aller en pensionnat. Et on ne doit pas non plus l'envoyer vivre avec une quelconque tante qu'il n'a jamais vue. (Elle fit une pause.) Cairngowrie est bon pour lui. Il commence juste à sortir de sa coquille. S'il va ailleurs, où que ce soit, il y rentrera tout de suite. Et quand je dis

Cairngowrie, poursuivit-elle, je veux dire cette maison. Pas le Hall. Ce garçon a besoin de rester *ici*. Et moi aussi. C'est peut-être égoïste et méchant de ma part de dire cela, mais je ne veux pas que tu donnes la maison au jeune ami d'Erskine pour qu'il y fasse venir sa famille. Je veux la garder pour moi. Je ne veux aller nulle part ailleurs, plus jamais. Je veux mourir ici.

Adam la contempla pendant un moment. Puis il vint s'asseoir à côté d'elle et lui prit les mains.

— Je ne pensais pas que tu ressentais les choses de cette façon. Bien sûr que tu auras la maison. Je vais écrire tout de suite aux Talisker pour annuler leur venue. Je ferai pareil pour la tante de Max. J'annulerai tout. Tout sera fait exactement comme tu le veux.

Maud le regarda dans un silence bouleversé. Tous ces mois d'angoisse, ces conversations qu'elle avait imaginées dans sa tête ; ces arguments, ces discussions. Et il avait suffi de quelques phrases pour tout régler.

— Merci, lui dit-elle doucement.

C'était comme si on avait ôté un grand poids des épaules. Elle se sentait épuisée.

Lentement, elle se remit debout.

— On dirait que le docteur arrive. Tu dois retourner au Hall et retirer ces habits mouillés.

Elle fit une pause puis ajouta, sans croiser son regard :

— Emmène Belle. Elle a besoin de retrouver son lit.

26

La brume s'était dissipée et les premières étoiles apparaissaient dans un ciel encore bleu, tandis que la carriole montait la colline vers le Hall.

Après avoir donné à Belle la couverture de voyage et lui avoir recommandé de s'en envelopper chaudement, Adam garda le silence. Il avait l'air préoccupé, et elle se demanda s'il s'était disputé avec Maud.

— Vous avez dû avoir froid sur la plage, lui dit-il quand ils arrivèrent au Hall. Vous devriez prendre un bain pour vous réchauffer.

— Et vous ? C'est vous qui êtes mouillé.

— Je vais bien. (Il fit une pause, la main sur l'encolure du poney, avant de poursuivre.) Je vais emmener la carriole aux écuries.

Une heure plus tard, elle descendit et le trouva dans le salon. Un feu vif brûlait dans la cheminée, et il leur versait des verres.

Elle remarqua qu'il s'était changé et portait un costume de tweed et un épais pull-over bleu de marin. Son col de chemise était remonté à l'arrière ; elle résista à l'envie de le replier, et de libérer les cheveux sombres coincés à l'intérieur.

— Qu'est-ce qui s'est passé avec Maud ? demanda-t-elle en prenant le verre qu'il lui tendait.

— Plusieurs choses qu'elle avait à me demander. Elle veut rester à la Maison. Elle veut aussi que Max reste avec elle, et qu'il ne soit plus question du Somerset ni du pensionnat.

— Ah. Et vous avez accepté ?

— Bien sûr.

— Bien. Je suis contente qu'elle ait enfin trouvé le courage de vous parler.

— Moi aussi.

Une bûche craqua dans la cheminée et ils sursautèrent tous les deux.

— J'avais oublié, dit Adam, que c'est le soir de congé de la cuisinière. Elle est allée voir sa sœur à Stranraer. Maud voulait avoir Nelly avec elle à la Maison, alors j'ai peur que nous ne soyons livrés à nous-mêmes.

Belle eut soudain une conscience aiguë de l'odeur douce-amère de la fumée de pin, et aussi de la façon dont la lueur du feu soulignait la ligne du menton d'Adam. Il devait se sentir observé, parce qu'il s'efforçait de ne pas croiser son regard.

— Elle nous a laissé du jambon froid et de la salade, dit-il par-dessus son whisky. Est-ce que ça vous ira ?

— Parfaitement. D'ailleurs je n'ai pas très faim.

— Il faut que vous mangiez quelque chose. Vous n'êtes pas descendue pour le déjeuner.

— J'étais occupée. Je faisais… eh bien, je faisais mes bagages.

Elle attendit qu'il dise quelque chose, mais il ne le fit pas. Il se contenta de hocher lentement la tête, toujours sans croiser son regard ; puis il posa son verre sur la tablette de la cheminée et passa le pouce sur sa lèvre inférieure.

Dites quelque chose, pensa-t-elle avec irritation.

Quand le silence eut assez duré, elle lui rapporta le diagnostic du Dr Bailey concernant Max.

— Un léger coup de froid, quelques mauvaises égratignures aux mains et aux genoux, mais rien qu'un petit séjour au lit ne devrait guérir.

Puis elle rougit. Pourquoi avait-il fallu qu'elle parle du lit ?

— Vous aviez raison au sujet de Max, fit-il à brûle-pourpoint.

— À quel propos ?

— Quand je parlais de pensionnat, c'était dirigé contre lui. Je n'aurais pas dû dire ça.

Elle baissa les yeux vers son verre.

— Belle…

— Ce n'est pas grave, interrompit-elle rapidement. Je comprends.

— Vraiment ?

Il traversa la pièce jusqu'à la fenêtre et se mit à contempler le parc.

— Le fait est, poursuivit-il sans se retourner, que ces dernières années, je suis devenu un bon acteur. Il le fallait. Là-bas, au front, on joue toujours un rôle. Devant les hommes. Avec les autres officiers, en face de ses supérieurs. On est toujours en représentation.

— Je sais, fit-elle. Je suis assez bonne actrice, moi-même.

Il se tourna et croisa son regard.

— Ce que j'essaie de dire, même si je m'y prends mal, c'est que je ne veux pas que vous partiez.

Elle avala sa salive.

— Je croyais que vous ne pouviez aimer personne ?

Il se passa la main dans les cheveux.

— C'est la dernière défense de celui qui est sur le point d'être vaincu. Vous pouvez me pardonner ?

— Non, dit-elle.

De nouveau, il hocha lentement la tête ; mais cette fois, il souriait.

Belle ne souriait pas. Elle était si nerveuse qu'elle tenait à peine debout. Au cours des années, elle s'était livrée aux caresses de dizaines d'hommes qui ne signifiaient rien pour elle, et elle n'avait jamais rien *ressenti*. Et maintenant qu'elle était avec un homme à qui elle tenait vraiment…

Puis il vint vers elle. Elle posa son verre sur la tablette de la cheminée et alla à sa rencontre. Il la prit dans ses bras et l'embrassa.

Ce premier contact de ses lèvres contre les siennes, cette première saveur de sa bouche et de son souffle, changea pour toujours la perception qu'elle avait de lui. Elle plongea les doigts dans la douceur de ses cheveux, sentit les muscles de sa mâchoire se contracter, tandis qu'il l'embrassait plus profondément ; elle sentit le goût de whisky et d'eau de source de ses lèvres, respira l'odeur forte et poivrée de sa peau.

Ils se séparèrent pour reprendre leur respiration. Mais elle serra ses bras autour de la taille d'Adam, ne voulant pas le laisser partir.

Très doucement, il posa les mains sur ses épaules et l'écarta de lui.

— Je pense, dit-il, en lissant les cheveux de Belle derrière ses oreilles, que vous avez eu assez d'émotions pour aujourd'hui.

— Quoi ?

Les sourcils d'Adam se rejoignirent, ses yeux descendirent vers la bouche de Belle. Elle pouvait voir la faim qui le tenaillait, sentir sa tension intérieure et aussi sa retenue.

Elle devina ce qui le troublait, imprima une petite secousse à ses épaules.

— Adam, vous êtes si vieux jeu…

— Vraiment ?

— Vous ne voulez pas « profiter de moi ». C'est bien ça, n'est-ce pas ? Parce que je suis ici, dans votre maison, seule avec vous, et que vous ne voulez pas abuser de la situation.

— Suis-je si transparent ?

— Comme l'eau d'une source.

Il esquissa un sourire.

— Peut-être. Mais je pense réellement que vous avez besoin de repos.

— Mon Dieu, que vous êtes têtu ! Est-ce que nous ne pouvons pas…

— Non, nous ne pouvons pas. (Son sourire s'élargit.) Maud ne me pardonnerait jamais si vous faisiez une rechute.

Elle avait un peu espéré qu'il la suivrait dans sa chambre, mais il ne le fit pas.

Ravalant sa frustration, elle se déshabilla, enfila sa chemise de nuit et se lava le visage à la cuvette.

En bas dans l'entrée, elle l'entendit fermer la porte à clé, puis monter et éteindre les lumières. Il ne s'arrêta même pas devant sa chambre.

Et maintenant, qu'est-ce que tu fais ? se demanda-t-elle.

Elle se regarda dans le miroir. Ses yeux étaient brillants, ses lèvres gonflées et entrouvertes. Elle sentait toujours son goût, son odeur, la rudesse de sa joue contre la sienne.

Soudain, comme sorti du néant, un souvenir désagréable lui revint, d'une autre fois où elle s'était regardée pareillement dans une glace. C'était il y avait des années, quand elle s'était précipitée à la maison depuis Bamboo Walk, après sa rencontre avec Cornelius Traherne. Elle était dans la maison de bains, ayant hâte de laver le sang de ses sous-vêtements, quand maman avait frappé à la porte. *Belle ? Tu vas bien ?* Avec horreur, elle avait relevé la tête et regardé l'étrangère au visage blême dans la glace.

Pourquoi penser à ça maintenant ? se dit-elle avec colère. C'est différent, complètement différent.

Elle souffla la bougie et sauta dans son lit.

Mais dormir était impossible. Elle était étendue sur le dos, les yeux fixés sur le baldaquin, à l'affût du moindre petit bruit indiquant qu'Adam venait la retrouver. Mais il n'y avait que le vent dans les pins, les craquements et gémissements de la vieille maison qui entrait dans une nuit de sommeil.

Vers minuit, elle ne put y tenir, et se dirigea vers la chambre d'Adam.

Elle tremblait de nervosité, mais parvint à ouvrir la porte sans faire de bruit.

Aussitôt, il tourna la tête. Les rideaux étaient ouverts. Il était allongé sur le dos dans la lueur du clair de lune. Sans un mot, il se souleva sur un coude et la regarda.

— Je pensais que vous dormiez peut-être, lui dit-elle.

Il secoua la tête.

— Impossible.

— Moi aussi, fit-elle en claquant des dents.

Il repoussa ses couvertures.

— Venez ici, vous allez attraper froid.

Elle alla jusqu'au lit et y grimpa à côté de lui. Il tira les couvertures sur elle, la serra contre lui, et pendant quelques instants elle resta immobile, respirant la chaleur de son corps. Puis elle glissa la main sous son haut de pyjama, sentit la dureté lisse de sa poitrine, la longue cicatrice rugueuse à gauche de son cœur.

Il se contracta.

— Ça vous fait mal ? murmura-t-elle.

— Non, mais votre main est froide, dit-il avec un sourire.

Elle la ressortit et souffla dessus pour la réchauffer, puis lui déboutonna son haut de pyjama. Sa main monta ensuite de sa poitrine jusqu'à la ligne de sa clavicule, puis redescendit vers la courbe de son biceps.

— Belle…

— Chut…, murmura-t-elle.

Elle enfouit les doigts dans sa nuque tandis que la bouche d'Adam descendait vers la sienne.

Ça paraissait si facile, si évident d'être là à se serrer contre lui, de sentir ses mains chaudes lui caresser les hanches, la taille, le dos ; c'était si simple qu'elle sentit une tristesse brûlante poindre dans sa poitrine, une douleur presque physique qui la fit grimacer.

— Si seulement nous nous étions rencontrés il y a des années…, murmura-t-elle.

Au mouvement de ses lèvres pressées contre sa gorge, elle devina qu'il souriait.

— Nous l'avons fait. Sur la plage à Salt River, vous vous souvenez ? Mais je venais d'épouser Celia, et vous deviez avoir douze ou treize ans. Un peu jeune pour ce genre de choses, non ?

Encore cette douleur lancinante. Pour la chasser, elle enfouit le visage contre sa poitrine, respirant la chaleur de son corps. Mais ça ne marcha pas. Elle continuait à voir

Cornelius Traherne tenant l'ombrelle au-dessus d'elle, souriant de son sourire courtois de vieux gentleman.

Elle n'était pas au lit avec Adam, mais sur la plage à Salt River, dans l'éclat du sable argenté, souhaitant ardemment que le grand jeune homme devant eux vienne à leur rencontre, pour qu'elle n'ait pas à en entendre plus…

La douleur creva dans sa poitrine, en un flot qui la submergea. Horrifiée, elle ne put contenir de lourds et profonds sanglots qui la secouèrent tout entière.

Passé le premier moment d'étonnement, Adam la serra contre lui, toute frissonnante, et lui caressa les cheveux.

— Tout va bien, murmura-t-il, tout va bien. Je ne vous ferai rien.

Elle essaya de lui dire qu'elle était désolée, mais elle pleurait si fort qu'elle ne pouvait prononcer un mot. Elle resta allongée contre lui, à sangloter éperdument, jusqu'à ce que sa gorge et ses yeux lui brûlent. Il ne cessait de lui lisser les cheveux et de lui répéter que tout allait bien, que tout irait bien.

Elle se réveilla avant l'aube, aux cris des mouettes sur la pelouse.

Elle était seule dans le lit, pelotonnée sous les chaudes couvertures qui portaient toujours l'odeur d'Adam. Son visage était crispé, ses yeux lui piquaient. Elle se sentait fragile, comme si le moindre mouvement un peu brusque risquait de la mettre en pièces.

Adam dormait dans un fauteuil qu'il avait tiré jusqu'au bord du lit. Il avait passé son pull-over marin sur son pyjama, jeté son pardessus sur ses jambes. Malgré l'ombre que sa barbe naissante faisait sur ses joues, il ressemblait à un collégien, avec ses cheveux ébouriffés et ses longs cils.

Au bout d'un moment il ouvrit les yeux, croisa son regard et sourit.

— Pourquoi est-ce que vous n'êtes pas resté dans le lit ? lui demanda-t-elle.

Il s'assit, en se frottant la nuque.

— Je crois que ç'aurait été plus que ma chair et mon sang ne peuvent en supporter. Comment vous sentez-vous ?

— Comme ci, comme ça. Je dois être affreuse.

— Vos yeux sont rouges et vous êtes très pâle. Mais vous avez mille fois meilleure mine que quand vous aviez la grippe.

Elle essaya de sourire.

— Et vous ? Est-ce que vous avez bien dormi ?

— Pas vraiment, non. La réputation de la chevalerie est très surfaite.

— Qu'est-ce que vous voulez dire ?

Il bâilla.

— J'ai lu un jour quelque chose là-dessus. Il paraît que les chevaliers médiévaux prouvaient leur dévouement à leur dame en passant une nuit à côté d'elle sans lever un seul doigt. Ni quoi que ce soit d'autre. Je pense qu'ils ne devaient pas beaucoup dormir non plus.

— Adam, je suis désolée…

Il sourit de nouveau.

— J'ai passé des nuits pires que celle-là, croyez-moi.

— Je veux être avec vous, je le veux vraiment. C'est juste que…

Sa voix défaillit.

— J'avoue que je n'ai jamais fait cet effet à une femme jusque-là. Donc, forcément, je m'interroge.

Elle se crispa nerveusement.

— Je pense..., poursuivit-il, du moins j'ai l'impression qu'à un certain moment, dans le passé, un homme vous a fait énormément de mal. Est-ce que j'ai raison ?

La peau de Belle commença à lui picoter. Il approchait trop de la vérité.

— Dans un sens, oui.

Il hésita.

— Ça va vous paraître complètement absurde, mais est-ce que c'était... est-ce que ce n'était pas... Cornelius Traherne ?

Son estomac chavira dans sa poitrine.

— *Quoi ?*

— C'est juste que je vous ai vus dans la serre, à Kyme, et vous aviez l'air... eh bien, la façon dont vous étiez ensemble, comme s'il y avait quelque chose... Je me suis posé la question, c'est tout.

Elle ne pouvait plus respirer, sa peau lui piquait et lui brûlait de partout. *Percée à jour, percée à jour...*

— Grands dieux, Adam, je le connais depuis que je suis enfant... Il est plus vieux que mon père...

— Désolé. C'était absurde même d'y penser. Mon Dieu, quel soulagement... C'est si étrange, ces choses qui vous paraissent plausibles au milieu de la nuit...

— Je sais, dit-elle doucement.

— Je suis désolé, répéta-t-il.

Il la contempla un moment, comme s'il se demandait s'il allait la rejoindre dans le lit. Puis il sembla avoir décidé et se leva.

— Je vais nous faire du thé.

— Vous pourriez revenir dans le lit, murmura-t-elle.

Il secoua la tête.

— Je crois que c'est un peu tôt, pas vous ?

Il se pencha pour lui embrasser la joue et elle leva le bras, lui caressa les cheveux.

— Tout ira bien pour nous, n'est-ce pas ? fit-elle.

Il sourit et l'embrassa de nouveau.

— Bien sûr.

Quand il fut parti, elle roula sur le côté et resta allongée à regarder le ciel gris. Drum Talbot avait dit un jour que c'était fatigant de mentir tout le temps.

Eh bien non, pensa Belle. Ça ne demande aucun effort.

Pendant qu'Adam était en bas, elle prit un bain et s'habilla. Elle était épuisée, et ne s'était jamais sentie aussi malade depuis son arrivée à Cairngowrie. Mais tout irait bien, se dit-elle. Il n'y a plus d'obstacles devant elle, plus vraiment.

Pendant qu'elle se brossait les cheveux, les roues d'une voiture crissèrent sur le gravier. Le temps qu'elle atteigne la fenêtre, le visiteur était entré dans la maison.

La voiture dans l'allée était un modèle luxueux, Daimler ou Bentley ; de là où elle se trouvait, elle ne pouvait pas en reconnaître exactement la marque. Donc, ce n'étaient pas les Ruthven, pensa-t-elle avec un vague sentiment de malaise.

Elle ouvrit la porte et sortit sur le palier. Des voix montaient du salon. Elle descendit lentement, s'arrêta, la main sur la poignée de porte.

— J'aurais préféré que vous m'avertissiez de votre venue, entendit-elle Adam dire d'une voix sèche.

— Je ne savais pas que je viendrais jusqu'à hier..., répondit une voix d'homme.

La main de Belle se crispa sur la poignée. Non, ce n'était pas possible...

— ... mais ça me paraissait naturel de m'arrêter pour voir mon petit-fils, poursuivit Cornelius Traherne.

27

— Je suis désolé, mais Max n'est pas à la maison, dit Adam.

Pourquoi est-ce que vous l'avez laissé entrer ? songea Belle en allant s'asseoir sur le canapé, mal à l'aise. Pourquoi est-ce que vous ne pouvez pas lui demander de repartir ?

Seconde après seconde, son appréhension grandissait. Adam ne le sentait-il pas ? Comment pouvait-il rester là, parlant tranquillement à cet homme ? Comment ne voyait-il pas, derrière la façade du bon grand-père, ce qu'il était réellement ?

— Quel dommage ! s'exclama Traherne, se penchant en arrière dans son siège et dévisageant Adam d'un air amusé.

Belle voyait bien qu'il observait attentivement les yeux bordés de rouge et les joues mal rasées, de même qu'il avait remarqué, ses cheveux à elle brossés à la hâte et son absence de maquillage. Nul doute qu'il en avait tiré des conclusions erronées. Nul doute qu'il s'en servirait s'il en avait l'occasion.

— Si vous étiez assez aimable, demanda-t-il à Adam, pour me dire où je peux trouver le petit bonhomme… J'aimerais beaucoup voir comment il va.

— Je suis sûre que vous aimeriez, oui, marmonna Belle, mais Traherne l'ignora.

Adam lui lança un regard, puis se retourna vers Traherne.

— Si vous êtes pour quelque temps dans le coin, ça pourrait s'arranger, mais pas dans l'immédiat. Max n'est pas bien en ce moment.

— Je suis désolé de l'apprendre, dit Traherne, avec toutes les apparences d'une inquiétude sincère. Ce n'est pas cette horrible grippe, j'espère ?

— Rien de ce genre, répondit Adam. Il a eu un problème sur la plage, et il a besoin de quelques jours de repos.

Pourquoi lui avoir raconté ça ? pensa Belle.

— Mr Traherne, reprit Adam, pardonnez-moi d'être aussi direct, mais vous êtes au courant des termes du testament de votre fille ?

Traherne soupira.

— Pauvre chère Sibella. Toute cette énergie gaspillée en une hostilité inutile. Mais dites-moi – et appelez-moi Cornelius, je vous en prie –, il n'y a rien dans le testament qui m'interdise de rendre visite à mon petit-fils, n'est-ce pas ?

— Pas explicitement, concéda Adam, mais…

— Eh bien, alors. (Traherne sourit.) Et maintenant, Palairet, pardonnez-moi à mon tour d'être direct, mais il est de mon devoir de grand-père de vous faire part de mon inquiétude. J'arrive à Londres pour apprendre, par le notaire de ma fille, qu'on a envoyé mon petit-fils dans un trou perdu d'Écosse, au climat plutôt insalubre. Je saute dans le premier train, comme n'importe quel grand-père le ferait, pour m'entendre dire que notre petit ami n'est « pas à la maison », ce qui est plutôt vague, et qu'on l'a mis au lit parce qu'il a eu un « problème » pendant qu'il était sous la garde de son nouveau tuteur…

— C'est Adam qui l'a sauvé, l'interrompit Belle.

— Parce qu'il a eu besoin d'être « sauvé » ? Mon Dieu, comme c'est douloureux à entendre ! Même s'il semble préférable qu'il ne soit pas ici, étant donné l'atmosphère si diablement… eh bien, familière qui règne à Cairngowrie Hall.

Belle sentit ses joues devenir brûlantes, et le visage d'Adam se crispa.

— Maintenant, écoutez-moi, Traherne…

— Mais je ne dirai rien de tout cela, poursuivit ce dernier, imperturbable, car j'ai bien conscience que les temps ont changé, et il n'y a plus que les vieux schnocks comme moi pour attacher encore de l'importance aux convenances…

Belle le contempla, bouche bée.

— … même si, en tant qu'ami de la famille, continua-t-il en lui adressant un regard paternel, je ne peux m'empêcher de me demander, ma chère Belle, ce que diraient votre papa et votre maman s'ils vous voyaient en ce moment. À propos, ils allaient bien tous les deux la dernière fois que je les ai vus, et les jumeaux aussi. Les efforts de votre maman pour les mettre à l'abri semblent leur avoir évité la grippe, du moins pour le moment.

— Mais… il n'y a pas de grippe en Jamaïque…

Traherne écarquilla les yeux.

— Ma chère enfant, d'où sortez-vous ? Ça fait des semaines qu'elle ravage les îles. Il y a eu des dizaines de milliers de morts.

— Miss Lawe a elle-même été malade, intervint Adam. Elle vient juste de recouvrer ses forces.

— Je suis désolé de l'apprendre. Et mes excuses, Belle, si vous avez mal interprété ce que je…

— Je ne veux pas de vos excuses, dit sèchement Belle, je veux que vous partiez.

— Belle, intervint Adam, ce n'est pas la peine de…

— Pourquoi est-ce que vous ne lui demandez pas de partir ? cria-t-elle. Nous savons tous qu'il ne serait même pas là si Max n'était pas riche !

— Oh, murmura Traherne, ça dépasse les bornes…

Il croisa le regard de Belle et le soutint ; ses pupilles insondables étaient lourdes de menaces.

— Je crois que vous feriez mieux de partir, lui conseilla Adam.

Traherne détourna les yeux de Belle et se mit sur ses pieds.

— Je n'aime pas beaucoup votre ton. Il ne vous fait pas honneur, Palairet, vraiment pas.

— Mes excuses, rétorqua hypocritement Adam. Je vais vous reconduire.

Pendant quelques secondes, ils s'affrontèrent du regard. Traherne faisait une tête de moins qu'Adam, et visiblement le regrettait à cet instant.

— Bien, dit-il, en passant sur son gilet une main marquée de tavelures. Je serai dans le Galloway pour une quinzaine. Je reviendrai à un moment plus approprié.

Sans un mot, Adam ouvrit les portes du salon. Belle courut à la fenêtre et les regarda attendre sur le perron que le chauffeur amène la voiture. Elle se sentait furieuse et malade, mais plus encore effrayée. Pendant toutes ces semaines passées à Cairngowrie, la pensée de Traherne lui avait à peine traversé l'esprit. Elle s'était sentie en sécurité ici. En sécurité avec Adam. Mais soudain, elle se rendait compte avec une impression de vertige qu'ils avaient été découverts, démasqués. Aucun endroit n'était sûr. Et comment pourrait-il en être autrement, quand

Traherne était le grand-père de Max et Adam son tuteur ? Ils ne seraient jamais délivrés de lui.

La Daimler s'éloigna dans l'allée. Adam revint dans le salon, referma les portes derrière lui et s'appuya contre elles.

— Vous n'auriez jamais dû le laisser entrer !

— Et qu'aurais-je dû faire ? lui répondit-il calmement. Lui fermer ma porte, le chasser de chez moi, comme un patriarche victorien ?

— Vous ne voyez pas qu'il se moquait de vous ? Il pense que vous êtes un faible…

— Je me fiche de ce qu'il pense. Mon seul but est de protéger Max.

Encore sous le choc, elle faisait les cent pas dans la pièce.

— Belle, ne nous disputons pas pour ça. Ce n'est pas…

— Pourquoi faut-il que vous preniez des gants ? cria-t-elle. Vous ne voyez pas quel genre d'homme c'est ? Les gens comme lui abusent des autres…

— Les gens comme lui ?

Il mit les mains dans ses poches, alla jusqu'au feu et demeura les yeux baissés vers lui.

— Vous avez l'air de plutôt bien le connaître.

— C'est un ami de mon père. Enfin, pas un ami, juste un voisin et un planteur. Je l'ai connu toute ma vie.

— Vous en dites trop, murmura-t-il.

— Que suggérez-vous ?

Les mains toujours dans les poches, il se tourna pour lui faire face. Il semblait parfaitement calme, mais avec une immobilité dans le visage qui fit peur à Belle.

— Vous en dites trop. C'est ce que font les gens qui ont quelque chose à cacher. Est-ce que vous avez été sa maîtresse ?

La brutalité de la question lui coupa le souffle.

— Sa… maîtresse ? (Elle essaya de rire.) Quel mot démodé…

— Ne vous abritez pas derrière la sémantique. Est-ce que vous couchiez ensemble ?

Elle avait l'impression de tomber d'une grande hauteur.

— Est-ce que vous couchiez ensemble ? répéta-t-il.

Elle s'humecta les lèvres, qu'elle avait sèches comme du carton.

— Oui.

Il ne tressaillit même pas. Presque comme s'il l'avait deviné depuis le début, pensa-t-elle.

— Donc, ce matin, dit-il lentement, vous me mentiez.

— Oui, mais, Adam…

— Pourquoi ? Pourquoi m'avez-vous menti ?

Elle ne répondit pas.

Elle le regarda aller jusqu'au canapé et s'y asseoir, les coudes sur les genoux, les yeux baissés vers le tapis. Son visage était trop calme ; elle le voyait se replier sur lui-même.

— Étiez-vous amoureuse de lui, demanda-t-il, toujours les yeux baissés.

— Bien sûr que non.

— Alors, pourquoi ?

Sa gorge s'était nouée, la panique lui étreignait la poitrine. Et pourtant, elle savait qu'il fallait saisir la perche qu'il lui tendait. Tout ce qu'elle avait à faire, c'était de lui raconter la vérité. Maintenant. Juste lui raconter. *Ce n'est pas ce que vous croyez. J'étais une enfant. Une enfant…*

Mais elle ne pouvait pas. Les mots n'arrivaient pas à sortir de sa bouche. S'il connaissait la vérité, il saurait qu'elle n'était pas ce qu'il pensait jusque-là, mais quelqu'un d'entièrement différent. Pas une dame, mais une « femelle » – le genre de femelle qui laisse un homme comme Traherne poser la main sur sa poitrine... Elle serait percée à jour. Et ensuite, il ne l'aimerait plus.

— Dites-moi pourquoi, répéta Adam.

— Je ne peux pas.

— Pourquoi ? Ça ne doit pas être si dur. Il ne peut pas y avoir cinquante raisons pour qu'une jolie jeune femme couche avec un vieil homme repoussant.

Pendant qu'elle le regardait, assis là-bas et luttant pour comprendre, elle prit conscience que rien n'était possible entre eux. Il était le tuteur de Max, Traherne, le grand-père de Max. Il y aurait toujours cette menace suspendue au-dessus d'eux, cette ombre planant sur la fête.

La soudaineté de cette révélation lui coupa le souffle. Elle s'était réveillée ce matin vulnérable, fatiguée, mais aussi pleine d'espoir. Adam était convaincu que tout irait bien, et elle l'avait cru. Mais tout n'allait pas bien. Rien n'irait jamais bien.

— *Pourquoi ?* répéta Adam. Dites-moi juste pourquoi...

— Je ne peux pas.

De désarroi, il ferma les yeux. Elle avait envie d'aller vers lui, mais savait que ça ne servirait à rien. Elle croisa les bras autour de sa taille, sortit du salon, monta l'escalier et regagna sa chambre.

Il ne la suivit pas.

Chère Maud,

Vous m'avez demandé un jour de ne pas faire de mal à Adam, et je vous ai dit que je ne lui en ferais pas. J'ai peur de devoir manquer à mon engagement. Je pars, et ça va lui faire du mal ; mais pas autant que si je restais. Je ne peux pas vous expliquer, mais il y a certaines raisons pour lesquelles il nous serait impossible d'être ensemble. J'ai réussi à les ignorer pendant un temps parce que j'étais à Cairngowrie et que j'avais Adam, vous et Max à qui penser, à aimer. Mais je ne peux plus ignorer ces raisons, alors je pars. Si vous me détestez pour cela, je le comprendrai. Mais, je vous en prie, croyez bien que je fais cela pour le bien d'Adam, pas pour le mien. Je vous écrirai quand je me serai fixée.

Votre amie,
Belle Lawe.

P.-S. S'il vous plaît, pourriez-vous donner la lettre ci-jointe à Max. Je suis désolée de ne pas avoir pu lui dire au revoir, mais c'est mieux pour tout le monde si je m'en vais rapidement.

Ç'avait été absurdement facile de partir.

Pendant qu'Adam était à la Maison, mettant Maud au courant pour Traherne, elle avait envoyé le palefrenier à Stranraer chercher la charrette de Ritchie. À quatre heures elle était à la gare, assise sur un banc et regardant d'un œil vide la pluie ruisselant sur les vitres, tandis que le gentleman âgé qui était le seul autre occupant de la salle d'attente de première classe jaugeait du coin de l'œil son potentiel comme divertissement de week-end.

C'était un petit notable soigné à l'estomac rebondi, aux cheveux blancs coiffés avec soin pour masquer sa calvitie, d'une manière que sa femme devait trouver distinguée. Tandis qu'il s'asseyait à l'autre bout du banc sur lequel Belle avait pris place et qu'il lui proposait son journal, elle fit mine de ne pas remarquer qu'il retirait son alliance de son doigt et qu'il la glissait dans la poche de son gilet.

Il se prend sûrement pour un homme du monde, songea-t-elle en observant ses manœuvres d'approche. Qu'est-ce qu'il y a en moi qui attire ce genre d'hommes ? Est-ce quelque chose qu'ils flairent, comme un chien sent une chienne en chaleur ?

Elle se sentait trop lasse et fatiguée pour y faire attention. Quelle importance cela avait-il ? Quelle importance tout cela avait-il ? Si seulement le train voulait bien arriver, elle en aurait fini avec ça et elle commencerait sa nouvelle vie, sans Adam.

— Ma chère jeune dame, s'exclama le petit notable, quelle charmante coïncidence ! J'ai manqué moi aussi le train de Londres, et j'attends celui de quatre heures trente pour Newton Stewart. Comme c'est empoisonnant, ces services restreints ! Newton Stewart n'en vaut presque pas la peine, à seulement, quoi, quarante kilomètres d'ici ? Si ce n'était pas pour attraper le direct du matin, on ne les ferait même pas.

Il observa une pause puis ajouta, avec ce qu'il pensait sans doute être un pétillement malicieux dans les yeux :

— Nous devrons passer la nuit à l'hôtel de la gare. C'est assommant…

— Mon Dieu, murmura-t-elle.

— Oh, il est tout à fait convenable pour une petite ville, s'empressa-t-il d'ajouter, comme s'il craignait d'être allé trop loin. Et parfaitement bien tenu.

Le silence s'installa entre eux, jusqu'à ce que le petit notable lance :

— Quel ennui, cette pluie, vous ne trouvez pas ? On dit que nous allons avoir un mois de novembre sinistre.

— Quel ennui, oui, répondit-elle en écho.

— Mais, si vous me permettez cette privauté,

ajouta-t-il avec une galanterie pesante, en une si charmante compagnie, personne ne ferait longtemps attention aux nuages.

Elle inclina la tête en signe de remerciement et songea combien les hommes étaient stupides. Ils sont toujours prêts à s'imaginer qu'une femme les trouve séduisants. Qu'est-ce qu'il peut bien voir quand il se regarde dans une glace ? Et que croit-il que *je* vois ?

Qu'est-ce que je vais faire de lui ? L'envoyer promener ou lui donner un petit souvenir galant à rapporter chez lui et à remâcher quand il sera avec sa femme ?

Enfin, le train pour Newton Stewart entra en gare. Des préposés coururent placer des escabeaux devant les portes, puis les passagers descendirent et se hâtèrent de traverser le quai, abrités sous leurs parapluies. Le petit notable venait de frapper sur ses cuisses potelées, déclarant qu'il allait courir s'assurer que le porteur leur trouvait un wagon agréable, quand une silhouette passa devant lui.

— J'ai besoin de parler à la dame seul à seule, dit Adam.

Il sursauta, et les mains de Belle se crispèrent sur ses genoux.

Adam était nu-tête, son pardessus mouillé de pluie. Il ne faisait aucun effort pour paraître poli, et le petit notable se rebiffa.

— Seul à seule, répéta Adam, d'un ton que Belle ne l'avait jamais entendu utiliser.

L'autre rougit violemment ; puis, rassemblant ses affaires, il se hâta de sortir de la salle d'attente, sans un regard derrière lui.

Adam le suivit des yeux puis s'assit à la place qu'il

venait de libérer, au bout du banc. Il tira un petit paquet carré de l'intérieur de son manteau et le posa à côté d'elle.

— C'est arrivé de Berkeley Square après votre départ. Des lettres de la Jamaïque.

Elle prit le paquet et le serra sur ses genoux.

— J'ai eu votre mot.

Elle hocha la tête.

— Il n'expliquait pas grand-chose.

— Juste que je partais.

— Oui. Juste ça.

— C'est tout ce qu'il y a à dire.

Son visage était mouillé de pluie ; il s'essuya le front du revers de la main.

— Cet homme qui était là… Il avait l'air de penser qu'il était sur une bonne affaire.

Elle rougit.

— Nous allions partager le même wagon pour Newton Stewart.

— Et ensuite ? Qu'est-ce qui se serait passé ensuite ?

Elle ne répondit pas.

— Est-ce que vous auriez couché avec lui, aussi ? Est-ce cela que vous vouliez dire à East Street, quand vous disiez que vous étiez à votre place dans les taudis ?

— Peut-être…

— Je ne vous crois pas.

— Alors, pourquoi me posez-vous la question ?

Sur le quai, les portes du train se refermaient. Le porteur jeta un regard en direction de Belle et lui indiqua sa voiture. Elle se leva.

— La vérité, Adam, c'est que vous ne me connaissez pas vraiment.

— Si. Je vous connais.

Elle se dirigeait vers la porte, mais il vint se placer devant elle.

— Ce que vous m'avez raconté sur Traherne, lui dit-il. Ça n'a pas d'importance.

— Bien sûr que ça en a.

— Non. Je peux l'oublier.

— Mais moi, je ne peux pas.

Il poussa un profond soupir, et elle vit combien tout cela lui coûtait. Le voir souffrir autant était insupportable. Elle le contourna et sortit en courant vers le quai. Le porteur tenait ouverte la porte de son wagon, et elle se dirigea vers celui-ci comme vers un refuge. À son grand soulagement, le petit notable n'était pas à l'intérieur. Apparemment, Adam l'avait fait fuir pour de bon.

Elle tenta de refermer la porte, mais Adam la maintint ouverte. Il jeta un regard au porteur et l'homme se retira.

— Vous allez être mouillé, s'inquiéta Belle. Je vous en prie, ne…

— Quand Celia a demandé le divorce, l'interrompit-il, j'ai répondu oui tout de suite. Il ne m'est jamais venu à l'esprit de lui demander de rester. Quel aurait été l'intérêt de m'humilier…

— Adam…

— Belle, je vous en prie. Je vous le demande. Je vous *demande* de rester.

— Ne faites pas ça. J'ai essayé de vous expliquer…

— Je ne veux pas que vous partiez. Je ne peux pas… (Sa voix se brisa.) Je ne peux pas vous perdre.

Elle souleva sa main et l'écarta de la porte.

— Je vous en prie, Adam…

Le train s'ébranla. La pluie coulait sur le visage d'Adam.

— Belle, ne…

— Au revoir, Adam. N'essayez pas de me retrouver. Ça ne servirait à rien.

28

L'hôtel de la gare de Newton Stewart avait dû être, autrefois, un endroit confortable, mais quatre années de guerre y avaient laissé des traces. Le charbon rationné, les restrictions de lumière, les pénuries de nourriture, ainsi qu'un personnel décimé par la grippe ne lui permettaient d'offrir à Belle qu'une petite chambre glaciale tendue de papier taché, et un dîner froid de hareng accompagné de bouillie d'avoine.

Le serveur, qui visiblement désapprouvait que les jeunes femmes voyagent seules, lui donna une table proche de la cuisine et en plein courant d'air. Elle était juste dans le champ de vision du petit notable de Stranraer, qui dînait seul lui aussi ; mais heureusement, il s'était plongé dans son journal et faisait semblant de ne pas la voir.

Pour se tenir compagnie, elle avait apporté le paquet de lettres arrivées de chez elle, mais elle ne pouvait se résoudre à les ouvrir. Elle ne se sentait pas capable de supporter le mal du pays en plus de tout le reste. Repoussant son hareng sans l'avoir terminé, elle se leva et monta dans sa chambre.

Le lendemain matin, elle descendit tôt pour payer sa note, mais fut devancée par un bruyant groupe de voyageurs de commerce. Le réceptionniste, surchargé, lui demanda d'attendre dans le salon ; elle accepta sans mot dire et alla s'y asseoir sur une chaise.

La fatigue lui piquait les yeux, après une nuit sans sommeil où elle avait ressassé sans fin les événements de Cairngowrie. Elle ne cessait de revoir le pâle regard de Traherne, ses yeux de chèvre ; le visage d'Adam tandis qu'il courait le long du train.

Maintenant, tandis qu'elle attendait dans le salon, elle espérait un peu qu'il allait venir la retrouver, dans une dernière tentative pour la persuader de rentrer avec lui. Mais, en son for intérieur, elle savait qu'il ne le ferait pas. Ça lui avait trop coûté de lui demander de rester. Il ne le demanderait pas une seconde fois.

Dans le hall de la réception, quelqu'un cria son nom. Belle fronça les sourcils. L'employé avait dit qu'il lui apporterait la note ici, alors pourquoi...

Son cœur s'arrêta de battre une seconde. Ce n'était pas le réceptionniste. Derrière le dos des voyageurs de commerce, une femme faisait des sauts en l'air, agitant le bras pour attirer son attention. Elle avait la trentaine et elle était mince, élégante dans son costume de voyage bien coupé de serge vert d'eau, avec ses cheveux châtains ramenés en arrière à la hâte. Il y avait une expression énergique et résolue sur son visage allongé, tandis qu'elle se frayait un chemin dans la foule.

Belle se leva. Ça ne pouvait pas être...

— Grâce à Dieu, je t'ai trouvée ! lui cria tante Sophie, en lui plaquant un baiser sur la joue puis en se jetant sur un siège, hors d'haleine. Le capitaine Palairet m'a dit où tu étais, alors je suis venue au galop. Littéralement. Il m'a prêté sa carriole.

Belle sentit sa tête lui tourner.

— Qu'est-ce que tu fais ici ?

— Je te cherchais, bien sûr. Mon Dieu, Belle, je ne sais pas si je dois t'embrasser ou te gifler ! Tu ne nous as même pas envoyé un télégramme ! Les gens tombent comme des mouches de la grippe, et pas un mot de toi depuis des semaines ! Ta pauvre mère était folle d'inquiétude…

Belle ouvrit de grands yeux et porta les mains à sa bouche.

— Ô mon Dieu, mon Dieu… Je ne pensais pas que…

— Visiblement pas, non, dit Sophie avec une moue mi-amusée, mi-fâchée.

— Mais… je croyais que tu étais en France, que tu faisais je ne sais plus quel travail de guerre…

— J'y étais, oui. J'y suis encore. Mais je viens ici de temps à autre. Et dès que j'arrive, je file droit à Berkeley Square.

Elle fronça les sourcils.

— Tu n'imagines pas le choc que j'ai ressenti quand je n'ai trouvé personne à la maison. Juste une couronne noire sur la porte.

Belle avala sa salive. Elle s'était trouvée si prise par ses propres soucis qu'elle n'avait pas eu une pensée pour papa et maman, ni pour Sophie et Ben.

— Bref, poursuivit Sophie, je suis revenue le lendemain et cette fois il y avait une domestique, et un notaire qui faisait un inventaire. Il m'a dit où tu étais et… eh bien, il m'a mise au courant pour le reste. (Elle cligna des yeux.) Pauvre Sibella. Pauvre fofolle malheureuse, chère Sib. Il y a eu des hauts et des bas au fil des années, mais nous sommes toujours restées en contact. Nous avions des secrets à partager. Nous… Eh bien, il va falloir que tu me racontes tout ça.

Belle se demandait par où commencer, mais Sophie ajouta :

— Pas maintenant, bien sûr. Tu as l'air épuisée. (Elle jeta un coup d'œil sur le paquet de lettres que Belle avait sur les genoux.) Ah, ils te les ont fait parvenir.

— Je ne les ai eues qu'hier après-midi. J'ai bien peur de ne pas les avoir encore lues.

— C'est sans doute mieux comme ça. Oh, tout va bien à Éden, s'empressa-t-elle d'ajouter en voyant l'expression de Belle. Dès que j'ai su que tu allais bien toi aussi, je leur ai envoyé un télégramme. Mais je te préviens, il y a là-dedans plusieurs lettres de moi, de plus en plus furieuses, te disant de les contacter *immédiatement*.

Les mains de Belle se crispèrent sur le paquet.

— Est-ce que maman était très inquiète ?

Sophie roula de grands yeux.

— À ton avis ?

— Je n'arrive pas à croire que ça ne me soit venu à l'esprit à aucun moment. Même pas quand j'allais mieux. C'était juste que…

Elle refoula les larmes qui lui montaient aux yeux.

Ça ne t'est jamais venu à l'esprit, ajouta-t-elle mentalement, parce que tu te sentais en sécurité à Cairngowrie. Parce que tu avais fui le reste de ta vie.

— Ne t'en fais pas. Après tout, tu avais une excuse. Ce beau capitaine Palairet m'a raconté combien tu avais été malade. (Elle scruta le visage de Belle d'un air inquiet.) Ma pauvre petite Belle…, ajouta-t-elle doucement. Je suis si contente de t'avoir retrouvée.

— Oh, Sophie…, dit Belle, et elle fondit en larmes.

Sophie s'occupa de tout. Elle trouva un meilleur hôtel à l'autre bout de la ville et organisa le transfert.

— Inutile de se précipiter à Londres, dit-elle. Pas avant que tu aies recouvré toutes tes forces.

Dieu sait comment, elle persuada les propriétaires du nouvel hôtel d'ignorer les règlements publics sur l'alimentation, qui interdisaient la viande certains jours de la semaine. Aussi, à deux heures, étaient-elles installées dans leur suite devant un fort respectable déjeuner de biftecks et de champagne.

— Ma réserve personnelle, expliqua Sophie en levant son verre. En ce moment, je ne voyage jamais sans elle. « Dans la victoire, on le mérite. Dans la défaite, on en a besoin. »

— Qui a dit cela ? demanda Belle, la bouche pleine.

— Napoléon. Et maintenant, finis ton verre.

Une heure plus tard, elles étaient assises devant un café. Belle, qui ne s'était pas sentie aussi bien depuis plusieurs jours, se pencha en arrière sur son siège et regarda sa tante donner des ordres à la serveuse.

Intelligente, indépendante, caustique tante Sophie. Toujours bien informée, toujours maîtresse de la situation. En y regardant de plus près, elle s'aperçut pourtant que le visage de sa tante s'était amaigri, que des rides s'étaient creusées sur les côtés de sa bouche. Elle ressentit un élan d'inquiétude.

— Comment va Ben ? lui demanda-t-elle quand la serveuse fut repartie.

— Je n'en ai aucune idée.

Elle le dit d'un ton calme, mais Belle vit bien que sa mâchoire s'était crispée.

— Il est dans les services spéciaux, même si je n'ai aucune idée de ce que ça recouvre. En tout cas, c'est tout à fait secret, et ça se passe derrière les lignes ennemies.

— Ça a l'air dangereux…

— Oh, je ne doute pas que ça l'est. Il appelle ça

« savoir prendre des risques », comme si ça pouvait me rassurer. (Elle se leva pour tisonner le feu.) Sa prochaine permission est prévue dans une quinzaine de jours, le 18 novembre. Nous devons en principe nous retrouver à Paris, mais il ne m'a pas écrit pour confirmer. Ça fait six jours que je n'ai plus eu de lettre. (Elle posa le tisonnier et se rassit, le visage tendu.) Ce que je ne peux pas lui pardonner, c'est qu'il s'est porté volontaire. S'il survit, je crois que je le tuerai de mes mains.

Belle ne répondit pas. Rien de ce qu'elle aurait pu dire n'aurait apporté de réconfort à sa tante.

— Mais je ne veux pas parler de ça, reprit Sophie, en appuyant ses deux paumes sur ses genoux, comme pour étouffer son anxiété, je veux parler de toi. De toi et du capitaine Palairet.

Belle baissa les yeux vers son café.

— Comment est-ce que tu as deviné ?

— À la façon dont il parlait de toi. Ou plutôt dont il n'en parlait pas. Il est très réservé, n'est-ce pas ? Pas le genre d'homme à laisser transparaître ses sentiments. Et pourtant, j'ai eu l'impression… qu'à l'intérieur, il était bouleversé.

Les yeux de Belle se mirent à lui piquer.

— Est-ce parce que tu ne l'aimes pas ? demanda doucement Sophie.

— Non. Ce n'est pas ça du tout.

— Alors quoi ?

— J'ai… Il fallait que je le quitte. C'est tout.

— Pourquoi ?

Elle secoua la tête.

— Il y avait des raisons. Des choses… des choses que j'ai faites, quand j'étais plus jeune.

— Mon Dieu, Belle, tu n'as que vingt ans ! Comment est-ce que…

— Je ne pouvais pas lui en parler, Sophie. Ça serait resté entre nous.

Il y eut un silence, puis Sophie dit :

— Quoi que ce soit, il faudra bien que tu te soulages de ce poids un jour.

Belle ne répondit rien et Sophie soupira.

— Très bien, ne m'en parle pas. Mais je te suggère, si tu peux t'y résoudre, d'écrire à ta mère. C'est l'experte de la famille en matière de secrets.

Belle ouvrit de grands yeux.

— Maman ?

— Seigneur, oui. Quand nous étions plus jeunes, sa vie n'était qu'un immense secret. C'est grâce à ça que nous avons survécu. (Elle esquissa un sourire.) Même maintenant, je crois qu'elle ne s'est pas complètement défaite de cette habitude. Parfois, ça rend ton père fou.

Belle ne voulait pas penser à la maison. Surtout pas maintenant, alors qu'elle venait de leur causer tant d'inquiétude en ne donnant pas de nouvelles.

— Donc tu l'as quitté, dit Sophie, revenant avec sa persévérance coutumière au sujet du débat. C'est prendre un gros risque, Belle. Je le sais, j'ai quitté Ben autrefois.

— Quoi ? Mais tu as toujours été si heureuse avec lui…

— Oh, c'était avant que nous soyons mariés. Il était palefrenier à l'époque. Terriblement inconvenant. (Elle secoua la tête.) L'abandonner a été la plus grande erreur de ma vie. Disons, une des plus grandes. J'en ai fait pas mal, à une certaine époque.

Elle jeta un coup d'œil à Belle, et ses yeux couleur de miel étaient noyés d'inquiétude.

— Ce que j'essaie de te faire comprendre, c'est que

je ne pense pas que tu doives t'enfuir à Londres, surtout dans la disposition d'esprit où tu te trouves.

— Tu ne comprends pas. Je…

— Écoute ta tante, et fais mine de croire pendant quelques secondes que c'est elle la plus sage. Voilà ce qu'on va faire. On va rester quelques jours encore à Newton Stewart, pour te donner le temps de réfléchir. Peut-être que tu reconsidéreras la question et que tu iras le voir, pour arranger les choses.

Belle y réfléchit. Elle songea à Cornelius Traherne, qui allait rester une quinzaine de jours dans le Galloway. Elle repensa au visage d'Adam, alors qu'il était sous la pluie et qu'il la regardait partir.

Elles restèrent trois jours à Newton Stewart. Le temps était couvert ; Belle demeurait dans l'appartement, lisant ses lettres, et laissant Sophie la dorloter comme une malade.

Les premières lettres dataient de la mi-septembre, à l'époque où elle était avec Dodo à Kyme. *Ton père en fait trop comme d'habitude*, écrivait maman, *même si Dieu sait qu'il pourrait enfin s'autoriser à ralentir le rythme. Mais les vieilles habitudes ne se perdent pas facilement. Il replante la totalité de Bullet Tree Walk avec de nouveaux pieds venus de Trinidad, et se contente de recéper Orange Grove…*

La première note d'inquiétude était perceptible environ une semaine plus tard. *Cette nouvelle grippe ne me dit rien qui vaille*, écrivait maman. *Je sais que c'est ridicule, mais je garde les jumeaux sur le domaine. Ils sont furieux, ils venaient de s'inscrire aux louveteaux de Falmouth, mais c'est comme ça…*

Puis une autre lettre, deux semaines après. *Belle,*

est-ce que tu vas bien ? Ça fait si longtemps que tu n'as pas écrit, et nous entendons de si horribles choses sur l'épidémie à Londres. Même si, là-bas au moins, les autorités reconnaissent que c'est bien une épidémie, alors qu'ici le gouverneur persiste à affirmer qu'« on exagère beaucoup le danger ». En attendant, il y a déjà eu sept mille morts. Ton père distribue des rations d'urgence aux travailleurs des champs, et nous fumigeons tous les soirs la chambre des jumeaux avec du phénol. Grace McFarlane est morte la semaine dernière. Grace ! La femme obeah la plus puissante du nord de l'île ! La pauvre Evie en est très affectée, peut-être même plus qu'elle ne s'y serait attendue, et tu peux imaginer combien cette mort a bouleversé les gens du pays. Si la fièvre peut emporter même une mère des ténèbres... Mais je parle pour ne rien dire. Écris vite et rassure-nous sur ton sort...

À la mi-octobre, l'angoisse ne se dissimulait plus. *Belle, que se passe-t-il là-bas ? Je t'en prie, je t'en prie, écris et dis-moi que tu vas bien. Ici la grippe fait toujours rage, les hôpitaux sont débordés, les écoles et les églises ferment pour éviter la contagion. J'ai terriblement peur que ton père ne tombe malade, car il passe ses journées à cheval dans toute la paroisse, à diriger les équipes de secours. (Il t'envoie toute son affection, mais il est trop occupé pour écrire.) Ta tante Sophie sera bientôt à Londres, et elle a juré de te retrouver. Si quelqu'un peut le faire, c'est sûrement elle. Je ne me rappelle pas si je te l'ai déjà dit ou non, mais elle a maintenant un poste élevé dans quelque chose qui s'appelle la Commission pour l'enregistrement des tombes...*

La dernière lettre était datée du 28 octobre. Elle était décousue, maculée d'encre, et visiblement écrite à la hâte. *Cette terrible, terrible épidémie. Si je croyais en un dieu, je le supplierais à genoux de nous garder en sécurité et en bonne santé. Rebecca Traherne est morte. On dit que c'est la grippe, mais je pense qu'elle est morte de chagrin, parce que ça s'est passé juste quelques jours après qu'elle eut reçu ton télégramme pour la pauvre Sibella. Le capitaine Palairet lui a écrit et lui a dit combien tu t'étais occupée de Sibella dans les derniers temps, et je sais que la pauvre Rebecca t'en était profondément reconnaissante. Je pense que ça la soulageait de savoir que sa fille était morte avec une amie à son côté. Je suis fière de toi, Belle. Même si j'aurais bien aimé que tu trouves le temps de m'envoyer un télégramme à moi aussi, en plus de la pauvre Rebecca...*

Belle reposa cette dernière lettre et resta assise, à regarder par la fenêtre. Il avait enfin cessé de pleuvoir ; au-dessus des toits de tuiles grises de la petite ville, le ciel était d'un bleu pâle et délavé.

Mais pas aussi bleu qu'en Jamaïque, pensa-t-elle. Jamais il ne serait aussi bleu que là-bas.

Sa pauvre mère. Toujours si forte, si pleine de bon sens. Et pourtant, dans cette dernière lettre, elle paraissait isolée et pleine d'appréhension.

Belle ferma les yeux. Si seulement elle avait pensé à lui envoyer un télégramme. Si seulement elle n'avait pas été aussi absorbée par ses propres soucis...

Sophie entra et Belle se ressaisit, non sans effort. Sa tante n'en fut pas dupe, mais elle fit mine de ne pas le remarquer, et sonna la serveuse pour commander le déjeuner.

Belle rangea les lettres en pile.

— Maman m'écrit que tu as un poste élevé dans la Commission pour l'enregistrement des tombes, dit-elle. J'ai peur de ne même pas savoir ce que c'est.

Sophie sourit.

— Peu de gens le savent. (Elle se baissa pour mettre une autre bûche sur le feu.) Ç'a été créé la deuxième année de la guerre, et j'ai mis un pied dedans il y a quelques mois. J'ai été contactée par un ancien collègue d'une œuvre de charité pour laquelle j'ai travaillé autrefois. Il voulait retrouver l'endroit où se trouvait la tombe de son neveu, et il n'avait pas le temps d'aller en France lui-même, aussi je lui ai dit que je ferais ce que je pourrais. Quelqu'un m'a mise en relation avec la commission.

— Et est-ce que tu as trouvé la tombe du neveu ?

— En fait, il n'y en avait pas. Le pauvre garçon avait été soufflé par une explosion, il n'en restait rien. (Son visage se fit pensif.) Un demi-million de tombes, Belle. Plus un autre demi-million de disparus, sans tombes connues. Et chez nous, tant de mères, de frères, de sœurs se demandant où déposer leurs fleurs. (Elle secoua la tête.) Les gens ont un besoin profond de savoir où ceux qu'ils aiment sont enterrés. Même s'ils ne peuvent pas aller les voir, ils ont besoin d'une marque sur une carte ou d'une photographie. Quelque chose. N'importe quoi.

Belle n'avait jamais pensé à ça.

— Et toi, quel est ton rôle là-dedans ?

Sophie grimaça un sourire.

— Eh bien, depuis un bon moment, nous parcourons la campagne pour répertorier les cimetières et y planter des arbustes.

— Des arbustes ?

— Je sais que ça peut paraître ridicule, mais ça fait une différence. Il y a des gens qui sont payés pour prendre des photographies des tombes, à l'intention des proches au pays, et crois-moi, ça cause un bien plus grand choc à la famille s'ils ne voient à l'arrière-plan que de la boue et des troncs d'arbres brisés, comparé à une parcelle de gazon bien propre et un arbuste. Mais je ne jardine pas beaucoup moi-même. Mon rôle, c'est surtout d'enregistrer les tombes. (Son sourire s'effaça.) Tous ces noms. Gravés sur de petites croix de bois faites avec des morceaux de caisses d'emballage, ou griffonnés sur des bouts de papier qu'on glisse dans de vieilles bouteilles. Parfois, j'ai l'impression de jouer à une sorte de roulette russe. Quel nom vais-je trouver cette fois-ci ? Quelqu'un que je connais ? Ben ?

Belle se pencha en avant et posa la main sur celle de sa tante.

— Il te manque beaucoup, n'est-ce pas ?

— En permanence, oui. Parfois, je suis tellement furieuse. Je me dispute abominablement avec lui dans ma tête. Et ça va te paraître encore plus étrange, mais je redoute les moments où il revient en permission. Parce que je sais combien ce sera affreux à la fin, quand nous devrons encore une fois nous dire au revoir…

Il y eut un silence entre elles, puis Sophie eut un petit sursaut, pour se ressaisir.

— Mais ne parlons pas de ça. Je voulais te dire que j'ai réservé un taxi, sans doute le seul de tout Newton Stewart, et qu'après déjeuner nous irons faire un tour. Nous irons rendre visite à un foyer pour officiers convalescents.

Belle se rappela Felicity Ruthven et se sentit défaillir.

— Sophie, c'est gentil de ta part, mais je n'ai vraiment pas envie…

— Je sais que tu n'en as pas envie, mais c'est important. Il y a quelque chose que je veux te montrer.

29

La pinède était immobile et silencieuse. Un corbeau solitaire se posa sur une branche et fixa Belle de son œil noir et perçant.

Sophie avait dit au taxi de les attendre au pavillon du gardien, qu'elles continueraient à pied. Elle voulait que Belle ait le temps de « comprendre ».

— Comprendre quoi ?

— Tu verras bien.

L'après-midi était clair et froid, avec une légère brise qui venait du sud. Le bruit du vent dans les pins rappelait Cairngowrie à Belle.

— Ta mère aimait les pinèdes quand elle était petite, dit Sophie. Elle ne t'en a jamais parlé ?

Belle secoua la tête.

— Elle ne m'a jamais parlé de son enfance.

— Elle adorait l'Écosse, tu sais. La plage, les phoques. Maman et elle n'arrêtaient pas de prendre des photos. Rose avait vraiment du talent comme photographe. Est-ce que tu… ?

— Oui, la coupa Belle. Je le sais.

Sophie lui sourit.

— J'avais oublié. Tu aidais ta mère dans la chambre noire, n'est-ce pas ? Mais quand tu étais très petite, tu avais une sorte de relation d'amour-haine avec les photographies. Je me rappelle qu'une fois, un portrait que ta mère avait fait de toi t'avait mise en colère. « Emporte-le, lui as-tu crié. Je n'aime pas me voir en train de me regarder. »

Belle gardait le silence. Elle commençait à se demander ce que Sophie avait en tête.

— C'est drôle comme certaines choses se transmettent dans les familles, dit Sophie.

— Vraiment ? Qu'est-ce que tu… ?

— Oh, regarde. Nous y sommes.

À travers les arbres, Belle vit le ciel et l'air libre se dessiner. Puis elles sortirent du sous-bois, et un grand parc s'ouvrit devant elles. Belle retint sa respiration.

De là où elles étaient, l'allée descendait vers un grand lac artificiel bordé de joncs, puis remontait le long d'une colline gardée par une rangée de graves chevaliers de marbre vers une grande demeure de pierre située à son sommet. La sévérité de sa façade était accentuée par une massive colonnade de pierre, qui lui donnait l'allure d'une cage énorme et menaçante ; ses fenêtres étaient comme des yeux, qui réfléchissaient l'éclat cuivré du soleil. Elle ressemblait, à l'identique, à la peinture du bureau de papa.

— Strathnaw, dit Belle. C'est Strathnaw.

— Le « manoir » familial de ta maman, commenta Sophie. En tout cas, c'est comme cela que la pauvre Sibella aimait l'appeler. Même si, bien sûr, les Monroe n'ont jamais fait partie de la gentry. Juste des gentlemen-farmers qui avaient réussi en Jamaïque. Ton arrière-arrière-arrière-grand-père Alasdair, le père de May – un vieil homme terrible – l'a construite pour faire étalage de son argent et damer le pion à ses amis. Il a planté ces bois pour cacher la propriété de son voisin, et pouvoir se dire qu'il possédait tout ce qui s'offrait à la vue. (Elle pouffa.) S'il savait que tout a été vendu, et que c'est maintenant une maison de convalescence pour officiers, il se retournerait dans sa tombe.

Belle gardait le silence. Elle se retrouvait par la pensée dans le bureau de son père, allongée sur le tapis turc et contemplant la gigantesque représentation à l'huile d'un Strathnaw enneigé. Harcelant papa de questions sur les rouges-gorges.

— Ton grand-père Ainsley, poursuivit Sophie, venait ici pendant les vacances scolaires. Comme le faisait ton père.

— Papa ? Papa est venu ici ?

— Tu le savais, non ? Mon grand-père – Jocelyn Monroe – a adopté ton père dans son enfance, quand il s'est retrouvé orphelin.

— Je le savais, oui. Mais je ne savais pas qu'il était venu à Strathnaw.

— Eh bien, il y a autre chose que tu ne sais peut-être pas. C'est ici que tes parents se sont rencontrés pour la première fois.

Belle ouvrit de grands yeux.

— Ta mère avait dix ans. Elle a vu ton père là-bas, près de cette statue. Il était sur un cheval blanc, et il se tenait si immobile que pendant quelques instants elle a cru qu'il était lui-même une statue… Il portait une longue cape grise ; il avait une allure magnifique.

— Tu disais que c'était une enfant…

— Oui, et lui un jeune officier sur le point de partir pour le Soudan. Après ça, ils ne se sont plus revus pendant des années. Pas avant que nous ne déménagions à la Jamaïque.

— Sophie, lui demanda Belle à voix basse, pourquoi est-ce que tu me racontes tout ça ?

— C'est un peu difficile à expliquer. Mais j'ai repensé à ce que tu m'as dit l'autre jour, à propos de quelque chose que tu as fait quand tu étais plus jeune, qui t'empêche de rester avec le capitaine Palairet.

Belle ressentit la chaleur familière et la sensation de picotement lui indiquant que Sophie s'approchait trop de la zone dangereuse.

— Je n'ai aucune idée de ce que tu me caches, continua Sophie, et si tu n'as pas envie de me le dire, je n'insisterai pas. Mais, rétrospectivement, il me semble que ça explique pourquoi tu n'es jamais retournée chez toi. Tu fuis la maison, n'est-ce pas ?

Belle commençait à se sentir oppressée.

— Je ne sais pas ce que tu veux dire.

— Si, tu le sais, fit doucement Sophie. Tu fuis la maison. Mon Dieu, je devrais comprendre ça. J'ai essayé moi-même autrefois.

— Ça a marché ?

— Bien sûr que non. Ç'a été une autre de mes erreurs. (Elle hésita.) Mais tout ça ne répond pas à ta question : pourquoi t'ai-je amenée ici ?

Elle tourna la tête, lança à Belle son regard clair et pénétrant.

— Notre famille a des racines solides, Belle. Les Monroe. Les Lawe. Ça remonte à loin – ici en Écosse, et là-bas en Jamaïque. Pardonne-moi de te faire la leçon comme ça – j'ai toujours détesté que les gens me la fassent – mais je me sens dans l'obligation de te dire que tu ne peux pas continuer à fuir. La famille, la Jamaïque, Éden. C'est une partie de toi. On ne peut pas se fuir soi-même.

— Non, admit Belle. Mais on peut devenir quelqu'un d'autre.

Sophie eut un rire ironique.

— Oh, tu es impossible ! Je crois entendre ta mère…

Sophie voulait retourner chercher le taxi et aller jusqu'à la maison, mais Belle se rebiffa.

— Je ne veux pas y aller, déclara-t-elle. J'ai vu Strathnaw, et tu m'as dit ce que tu avais à me dire. Ça devrait suffire.

— Je ne peux pas te le reprocher. Moi-même, je n'ai jamais aimé les sanatoriums et celui-ci est particulièrement intimidant. Il est réservé aux officiers, alors la règle veut que les infirmières soient des ladies. (Elle grimaça un sourire.) Elles sont toutes terriblement jolies, et elles cherchent toutes des maris.

Belle repensa à Felicity Ruthven.

— Apparemment, ajouta Sophie, pince-sans-rire, c'est un endroit rêvé pour faire des rencontres. Avant la guerre, il y avait des bals ; maintenant, il y a les sanatoriums.

— Mais certains des officiers sont très malades, n'est-ce pas ?

— Ô mon Dieu, oui. Tremblements, mutisme, perte de mémoire… Mais ces pauvres types permettent aux infirmières de paraître angéliques, du moins aux yeux des moins atteints.

Belle sourit.

— Tu es cynique…

Sophie rit, puis elles firent demi-tour et commencèrent le trajet de retour sous les arbres.

Sophie redevint un moment pensive, avant de dire :

— Il y a une autre raison pour laquelle je voulais que tu voies le sanatorium.

Belle se tourna vers elle, dans l'expectative.

— Dans quelques jours, poursuivit-elle, il faudra que je parte pour les Flandres. J'espérais que tu y repenserais, et que tu te réconcilierais avec le capitaine Palairet. Mais visiblement, ça n'en prend pas le chemin.

Belle tressaillit.

— Où vas-tu aller, Belle ? Tu ne peux guère retourner à Berkeley Square maintenant que la pauvre Sib… Qu'est-ce que tu vas faire ? Est-ce que tu rentreras à Éden ?

— Non, dit Belle rapidement.

— Alors, où iras-tu ? Je suis désolée de te presser, mais je crois que je dois le faire. Je ne peux pas t'abandonner comme ça.

— Si.

— Non, je ne le peux pas.

Belle fit quelques pas. Elle s'était posé elle-même la question, mais n'avait pas trouvé de réponse, au-delà d'un vague projet de rester quelque temps avec Dodo.

Elle n'avait pas d'autre famille que Sophie en Angleterre, ni d'emploi. Elle avait de l'argent, papa y avait toujours veillé – mais, en tant que fille de vingt ans non mariée, elle ne pouvait guère s'installer toute seule sans se rendre à jamais infréquentable. La guerre avait changé considérablement les mentalités, mais pas à ce point.

— Tu pourrais nous être utile dans les Flandres, reprit Sophie. Beaucoup d'hôpitaux, bien sûr moins prestigieux que Strathnaw, mais ils te conviendraient peut-être mieux. Ou encore, tu pourrais venir m'aider à la commission.

— Pour planter des arbustes ? Oui, je pense que je saurais faire ça.

— Nous avons besoin d'un autre genre d'aide que des travaux d'horticulture.

— Quoi, par exemple ? Je ne serais pas capable de faire autre chose.

— Sottises. J'ai déjà eu une ou deux idées.

— Qu'est-ce que tu veux dire ?

— C'est trop tôt pour en parler. La question est : est-ce que tu viendrais ?

Belle y réfléchit un moment.

— Non, trancha-t-elle enfin. Merci, mais non.

Sophie ne la pressa pas davantage, et elles gardèrent l'une et l'autre le silence jusqu'au retour à Newton Stewart. Quand elles arrivèrent à l'hôtel, Sophie avait des lettres à écrire, et Belle ressortit pour faire une promenade.

Le crépuscule était tombé et pendant qu'elle flânait dans les petites rues, faiblement éclairées par des réverbères peints en bleu, elle s'attirait des regards curieux de la part des commerçants en train de baisser leurs stores. Elle les ignora. Marcher dans l'obscurité l'aidait à réfléchir.

Elle en voulait à Sophie d'être si avisée, de lui avoir rappelé d'où elle venait.

Rose Durrant, sa grand-mère, avait tout laissé tomber pour vivre avec l'homme qu'elle aimait. Elle avait sacrifié sa réputation et traversé la moitié du monde pour le suivre. Sophie elle-même avait défié la société pour épouser Ben, et s'était fermé à jamais certaines portes. Jusqu'à maman qui avait souffert et fait des sacrifices, même si Belle n'en connaissait pas tous les détails. En comparaison, qu'étaient ses propres doutes et ses appréhensions ?

Tout cela tournait et retournait dans sa tête pendant qu'elle marchait. Mais plus elle y pensait, plus elle était persuadée qu'elle ne pourrait jamais se résoudre à dire la vérité à Adam. Elle ne supporterait pas de voir son visage se décomposer quand il se rendrait compte qu'elle n'était pas la femme qu'il croyait connaître.

Le temps qu'elle revienne à l'hôtel, il était sept heures passées. Elle s'attendait à trouver Sophie déjà habillée pour le dîner et l'attendant avec impatience dans le salon, mais elle n'était pas là. Le réceptionniste lui dit qu'il n'avait pas revu Mrs Kelly depuis qu'elles étaient rentrées de leur promenade. Quelques lettres étaient arrivées pour elle par le courrier de l'après-midi, dont une (il n'avait pu s'empêcher de le remarquer) à l'allure officielle.

Le cœur serré, Belle gravit les escaliers jusqu'à leur appartement.

Dès qu'elle ouvrit la porte du salon, elle sut qu'il s'était passé quelque chose. Le feu se mourait dans la cheminée et la flamme de la lampe sur la table vacillait. Sophie était assise dans la demi-pénombre, serrant une lettre contre elle. Ses cheveux étaient en désordre. Il y avait des larmes sur ses joues.

— Ô mon Dieu, murmura Belle. Ben.

Sophie se tourna vers elle et la regarda comme si elle avait du mal à la voir.

— Disparu au combat, dit-elle.

TROISIÈME PARTIE

30

Flandres, 11 novembre 1918

La guerre avait pris fin ce matin, et Arthur Winsloe ruminait sa rancœur.

Il avait obtenu une permission après la bataille de Lys, et était rentré chez lui pour apprendre que sa femme était partie avec un autre : une catastrophe qu'il commentait avec force détails à quiconque voulait bien l'écouter. Adam ne l'écoutait pas toujours, mais il ne cherchait pas non plus à éviter sa compagnie, aussi Winsloe s'était-il accroché à lui, et il ne pouvait plus s'en débarrasser.

— Maudit armistice, dit-il d'un ton amer tandis qu'ils sortaient d'Ypres, le camion tanguant sur les ornières. Fichtrement trop tard pour moi. Si seulement elle avait attendu. Je lui avais dit que ce serait bientôt fini.

— Je croyais qu'elle t'avait quitté en avril dernier, dit Adam, tout en faisant une embardée pour éviter un chat.

Dans le rétroviseur, il le vit qui marchait tranquillement vers le bord de la route, puis qui se roulait en boule sur un éclat d'obus.

C'était une vision paisible, par un bel et clair après-midi d'automne. Les hostilités avaient cessé quatre heures plus tôt. La tranquillité qui régnait aux alentours était à couper le souffle.

— Oui, mais si elle avait su combien ça finirait vite, insista Winsloe, elle ne serait pas partie. Si seulement ces maudits Boches avaient jeté l'éponge plus tôt…

Adam cessa de l'écouter. Chaque fois qu'il venait par ici, il se rappelait à quoi ça ressemblait au début de la guerre. À cet endroit, la route passait alors à travers des remparts médiévaux ; en 1914, ils étaient encore couverts d'arbres, gardés par deux splendides lions de pierre accroupis pareils à de grands chats somnolents. Au-delà des remparts, quand on pénétrait dans la ville, la route se rétrécissait pour passer au milieu de grandes maisons flamandes avec des pignons et des escaliers de briques, puis menait vers la vieille et fière halle au drap et la magnifique cathédrale.

Aujourd'hui, les remparts avaient disparu, la cathédrale était en ruine, et le squelette fracassé de la halle au drap se dressait, nu, contre le ciel. Les lions étaient depuis longtemps retournés au néant. Adam se demandait si on les reconstruirait, maintenant que la paix était revenue. La paix. C'était presque inconcevable. Il renonça à y songer, et se concentra sur la conduite.

Ils roulèrent en bringuebalant sur les rails de tramway et les voies ferrées qui coupaient la route. Puis ils dépassèrent le dépôt de chemin de fer et se dirigèrent vers le hameau de Dickebusch – ou plutôt, vers le tas de décombres qui portait ce nom sur la carte. Adam fut de nouveau frappé par le calme des lieux. Il y avait des gens alentour – des ouvriers agricoles en sabots qui tiraient des charrettes à bras, de petits groupes de soldats – mais ils marchaient lentement. Tout le monde semblait gagné par le silence ambiant.

Ce matin, ils s'étaient arrêtés dans un café à la périphérie d'Ypres – un *café*, avait pensé Adam, incrédule, contraint à un nouvel effort de mémoire pour se rappeler que le front était maintenant au-delà de Mons, à soixante kilomètres à l'est.

Avec Winsloe et une demi-douzaine d'autres hommes, il s'était assis au soleil, écoutant quelques tirs antiaériens peu soutenus vers le nord. Puis, à onze heures moins dix, un furieux pilonnage d'artillerie s'était déclenché dans le lointain. Un officier de fusiliers avait dit que ce devait être une batterie qui se débarrassait de ses obus, pour éviter de devoir les remporter.

— Un peu dur pour les Boches, avait commenté un autre homme, et il y avait eu un murmure général d'assentiment.

Le pilonnage avait duré jusqu'à ce que l'horloge dans le café sonne onze heures, puis avait brutalement cessé. Le silence qui l'avait suivi était presque palpable.

Tandis qu'il était assis là, sous le clair soleil d'automne, Adam lisait un grand sentiment de vide sur les visages qui l'entouraient. Il n'y avait pas d'acclamations ni de hourras.

— Donc, c'est fini, avait simplement observé quelqu'un.

Puis chacun avait replongé le nez dans sa tasse.

Pourtant, dans les heures qui avaient suivi, le bruit s'était répandu que partout en Angleterre, villes et villages étaient saisis de frénésie.

— Tant mieux pour eux, commentait Winsloe d'un ton amer. Laissons ce genre de célébration à ceux de là-bas. Ils ne connaissent pas la réalité.

Mais quelle réalité ? pensait maintenant Adam, tandis

qu'il ralentissait pour laisser passer le chariot d'un fermier qui avait surgi d'un chemin latéral. Londres, la grippe, Cairngowrie, Belle – tout cela n'avait été qu'un rêve. Il n'avait jamais vraiment quitté le front.

Encore que, bien sûr, cela aussi n'ait été qu'une illusion. Il n'était plus en uniforme, plus dans son unité. Il travaillait pour la Commission d'enregistrement des tombes.

Comme Winsloe, il avait obtenu son retour au front en arguant de sa connaissance parfaite de la région et de sa familiarité avec les subtilités des registres militaires pour décrocher un poste dans la commission.

Il était arrivé ici dix jours à peine après que Belle fut montée dans le train pour Stranraer, aidant à couvrir une zone allant d'Ypres à Bailleul, à douze kilomètres au sud-ouest ; faisant la navette entre les hébergements de fortune dans des hameaux en ruine, où ils côtoyaient des fermiers de retour chez eux et quelques rares parents endeuillés, et le quartier général de la commission installé dans un élégant château à l'extérieur de Saint-Omer, quarante kilomètres plus à l'ouest.

La tâche paraissait assez simple. Passer le terrain en revue à l'aide de registres maculés de boue (parfois de sang) ; exhumer les restes qui pouvaient l'être ; les apporter aux postes de tri ou aux cimetières – eux-mêmes souvent de mornes carrés boueux encore balisés par des cordes, où des hommes s'employaient à ériger des rangées de croix de bois dans le rude vent d'automne –, afin que les « équipes ambulantes de jardinage », comme on les surnommait, enjolivent du mieux qu'elles le pouvaient les lieux avec du gazon et des arbustes avant que la guerre ne prenne fin et que les proches des défunts ne déferlent en masse.

— Nous faisons de la mise en scène, vous

comprenez, lui avait dit un responsable le jour de son arrivée. Se dépêcher de repérer les lieux, transformer la boue en jardins, avant que les visiteurs n'arrivent.

Ils devaient trouver leur chemin dans une région qui n'en avait plus ou presque ; franchir des ponts réduits en miettes, traverser des hameaux qui depuis longtemps n'étaient plus que des points sur une carte. Le terrain semblait un paysage lunaire : sillonné de tranchées abandonnées, hérissé de réseaux de barbelés, jalonné de cratères de mines, jonché d'éclats d'obus. Parfois, ils arrivaient dans des poches de gaz encore mortel, et devaient battre précipitamment en retraite. Parfois, ils trébuchaient sur des obus non explosés émergeant de la boue, et devaient appeler un des groupes de démineurs qui parcouraient la région, pour faire exploser les munitions abandonnées.

Un travail dur, épuisant, dangereux. Et qui convenait parfaitement à Adam. C'était pour ça qu'il avait quitté Cairngowrie, lui qui avait cherché la tâche le plus absorbante possible.

Mais Winsloe commençait à poser un problème. Il buvait trop et parlait en permanence de sa femme. Il prenait aussi trop de risques, et cela se remarquait.

« C'est un suicidaire, ce gars-là, avait encore affirmé la veille un ex-sergent à Adam. Méfiez-vous, monsieur. Vous avez vu cette bosse dans la poche de son manteau, qu'il arrête pas de tripoter ? C'est un revolver, je vous le dis. S'il se fait pas piéger par un obus, il se fera sauter le caisson un de ces quatre. Croyez-moi, monsieur, faites attention. Moi, on me promettrait une jolie pension que j'irais pas avec lui. »

Mais l'ex-sergent avait tort, Adam en était sûr. Le pauvre Winsloe était du genre qui parle beaucoup, mais qui ne va pas plus loin.

Ils traversèrent la Clytte, puis Dranoutre, où ils embarquèrent un groupe de fouilleurs. À huit cents mètres au nord-est du village de Bailleul, Adam tourna à gauche dans un chemin et s'arrêta. D'après ses notes, il devait y avoir deux points d'inhumation temporaire à environ mille mètres l'un de l'autre, entre un ancien bastion défensif et des postes de mitrailleuses abandonnés.

Il coupa le moteur et le silence s'abattit sur eux. Il était si dense que les oreilles d'Adam en vibrèrent. Il demeura un moment immobile, pour s'y acclimater, pendant que les hommes assis à l'arrière sautaient du véhicule, bavardant à voix basse au soleil et allumant des cigarettes.

— Si seulement elle avait attendu un peu…, dit Winsloe d'une voix amère.

Adam ferma les yeux.

— Aucune parole, poursuivit l'autre. C'est ça, les femmes. Elles vous disent qu'elles vous aiment, et ensuite elles vous piétinent de partout.

Adam songea à Belle – qui, en fait, ne lui avait jamais dit véritablement qu'elle l'aimait ; et si elle l'avait « piétiné de partout », comme disait Winsloe, elle ne l'avait pas fait exprès.

Et pourtant, il se sentait écrasé. La douleur était bien pis qu'elle ne l'avait été avec Celia : une douleur physique, dans sa poitrine, qui ne le laissait jamais en paix. C'était à cause d'elle qu'il était venu dans les Flandres.

Mais pourquoi était-elle partie ? Quelle était cette rage d'autodestruction qui semblait s'emparer d'elle parfois et la poussait à tout saccager ?

Il savait qu'il devrait se débrouiller avec ce qu'elle lui avait dit à propos de Traherne, mais il ignorait comment l'interpréter. Et il avait menti quand il lui avait assuré que ça n'avait pas d'importance. Ce qu'il aurait dû lui dire, c'était qu'il pouvait prévoir qu'un jour, dans l'avenir, ça n'en aurait pas.

— Je l'ai suppliée de rester, reprit Winsloe d'un ton plein d'aigreur. Je l'ai suppliée.

Moi aussi, songea Adam. Il le regrettait maintenant. Peut-être qu'après tout il n'était pas si différent du pauvre Winsloe : remâchant sans fin des problèmes insolubles, toujours en colère. Même s'il était incapable de déterminer s'il était en colère contre Belle ou contre lui-même.

Mais une chose était sûre, rien de plus malsain que de ressasser en permanence ces histoires dans sa tête.

Donc mieux valait être ici, plongé dans une carte étalée sur le tableau de bord, plutôt qu'à la maison à Cairngowrie. Max et Maud étaient mieux là-bas sans lui. Et comme Traherne avait été appelé à Londres pour affaires, il était peu probable qu'il leur cause des ennuis – au cas où il le ferait, Adam avait laissé des instructions à Maud et à ses avocats pour qu'on lui envoie immédiatement un télégramme.

— Je parie qu'elle est en train de fêter ça, marmonna Winsloe, tout en tripotant sa poche de manteau. Je parie qu'elle est *heureuse*.

— Winsloe, dit Adam, sans quitter la carte des yeux, à quoi bon reparler toujours de ça ?

Mais l'autre l'ignora.

— Toutes des putains, grommela-t-il.

Adam releva la tête et lui lança un regard. Winsloe y répliqua d'un air de défi. C'était un robuste rouquin avec un visage pincé et des sourcils pâles, qui faisait vaguement penser à un Max adulte ; même si Max, songea

Adam, avait plus de caractère que le pauvre Winsloe n'en aurait jamais.

— Des putains, toutes, répéta Winsloe. C'est dans leur nature. Même les jeunes.

— Tu sais bien que ce n'est pas vrai, dit Adam d'un ton las. Et ta fille ? Comment s'appelle-t-elle déjà, Alice ? Comment pourrait-on être une putain à douze ans ?

À la mention de sa fille, Winsloe sembla s'effondrer.

Avec un hoquet, il ouvrit la porte, sauta dehors et s'éloigna dans le paysage lunaire. Adam le laissa aller, tenaillé par la sensation qu'il aurait dû le retenir, se montrer plus compatissant.

Dans le rétroviseur, il vit les hommes échanger des regards en coin et hausser les sourcils. Il était temps de leur donner quelque chose à faire. Il sortit, en claquant la portière derrière lui, et étala la carte sur le capot tout en les appelant.

— Bien, dit-il en raffermissant sa voix. On en a trois dans ce cratère d'obus, à l'emplacement le plus au nord sur la carte. Baker, Thomas et Pardue, allez-y. Je vais rattraper Winsloe et je retrouverai le groupe à l'est, à l'intersection des tranchées.

Baker et Thomas ramassèrent leurs pelles, mais Pardue hésita. C'était l'ex-sergent qui avait alerté Adam sur le cas de Winsloe, la veille.

— Vous ne voulez pas que je vienne avec vous, monsieur ? lui demanda-t-il à voix basse.

— Non, merci, ce ne sera pas nécessaire.

La mine sombre, Pardue mit sa pelle sur son épaule et s'en alla.

Quand ils se furent éloignés, Adam donna cinq minutes à Winsloe pour se ressaisir. Au moins, songea-t-il tandis qu'il franchissait un enchevêtrement de barbelés, il a pris la bonne direction. D'après la carte, les restes étaient enterrés entre les points sud et est, juste au nord de l'intersection de quatre tranchées de communication.

Ce n'était qu'à sept cents mètres à peine du camion, mais le terrain était si accidenté qu'Adam perdit bientôt Winsloe de vue. Il gravit une petite crête et il l'aperçut, accroupi au fond d'un trou d'obus.

Le cratère était large, quelque six mètres de profondeur et peut-être neuf de diamètre. Adam ne voyait pas le visage de Winsloe, mais il entendait sa respiration hachée et voyait ses épaules frissonner. Il éprouva une pitié, qui fit rapidement place à de l'impatience. Pas maintenant, Winsloe, pensa-t-il. Puis il vit ce que l'autre tenait dans sa main, et un courant glacé le traversa.

Winsloe avait déboutonné la poche de son manteau et sorti ce qu'il transportait depuis plusieurs jours. Une grenade Mills. Il la tenait dans une main comme une balle de cricket, tandis que, de l'autre, il la tapotait nerveusement. Visiblement, il attendait que lui vienne le courage d'arracher la goupille.

Pardue avait eu raison, et Adam tort. Winsloe ne manquait pas de caractère. Personne ne pouvait dire cela d'un homme qui avait l'intention de se faire sauter avec une grenade.

Avec l'impression bizarre de se trouver au mauvais endroit au mauvais moment, Adam toussota. Winsloe sursauta, et se tourna pour lui lancer un regard d'homme perdu.

— Ce serait une chose plutôt égoïste à faire, prononça Adam d'une voix calme. Tu ne crois pas ?

— Va-t'en, répliqua Winsloe.

Sa voix était morne et sans émotion, assez différente

de son gémissement habituel. Il avait visiblement l'intention d'aller jusqu'au bout.

— Je n'arrive pas à croire, reprit Adam en commençant à descendre dans le cratère, que tu as porté cette chose sur toi pendant tout ce temps. Passé des jours dans ce camion avec une grenade numéro cinq dans ta poche. Bon Dieu, Winsloe…

— Va-t'en, répéta celui-ci.

— Arrête, mon vieux, dit Adam en retirant un morceau de barbelé accroché à sa manche et en avançant d'un autre pas dans la boue. On a déjà assez à faire comme ça sans devoir s'occuper de tes restes. Maintenant, donne-moi cette chose et allons boire un verre.

— J'en ai assez, marmonna Winsloe. Je ne peux plus continuer comme ça.

— Et ta fille ? Alice ? C'est encore une enfant. Elle a besoin de toi.

Winsloe eut un geste de sa main libre, comme pour écarter une personne imaginaire.

Adam arriva au fond du cratère et se tint devant Winsloe, les mains sur les hanches. Il enfonçait dans la boue jusqu'aux genoux, la sentait s'infiltrer par-dessus ses bottes.

— Pour l'amour du ciel, mon vieux, souffla-t-il à voix basse, personne ne prétend que le bonheur est obligatoire. On doit juste s'arranger avec la vie, tenir bon. C'est comme ça que je fais.

— Va-t'en, gronda Winsloe. Je ne veux pas t'emmener.

— Tant mieux, parce que je n'ai l'intention d'aller nulle part.

Winsloe retira la goupille.

— J'ai dit, va-t'en !

— Non…

Avant que Winsloe ait le temps d'esquiver son geste, il lui arracha la grenade et la jeta aussi haut qu'il put par-dessus le bord du cratère.

Winsloe poussa un hurlement de colère. La grenade s'accrocha dans une souche d'arbre qui dépassait du bord et y resta coincée.

Sauf que ce n'est pas une souche, pensa Adam avec un sursaut d'horreur, c'est un obus…

Le temps parut ralentir, tandis qu'il saisissait Winsloe par la manche et le forçait à s'allonger. Un obus, songea-t-il alors qu'ils étaient couchés, face dans la boue. Seigneur, j'espère qu'il n'est pas…

Il n'eut pas le temps d'avoir peur. Il n'entendit même pas l'explosion. Quelque chose claqua simplement à son oreille ; suivirent un éclair, un souffle brûlant et des fumées suffocantes, un énorme tourbillon de boue…

Puis plus rien.

31

Flandres, 23 novembre 1918

L'hôpital numéro trente-huit faisait partie d'un groupe, autour de Saint-Omer, soignant les blessés qui arrivaient par train d'Ypres, ainsi que ceux qui venaient d'Armentières, sur la ligne secondaire, via Bailleul.

L'hôpital avait été créé durant la deuxième année de la guerre, dans un château à quelques kilomètres au nord de la ville. Ce n'était pas un élégant château à petites tourelles comme dans les *Contes* de Perrault, mais une bâtisse médiévale trapue avec d'étroites fenêtres et des murs épais d'un bon mètre pour repousser les envahisseurs. Il était frais en été, chaud en hiver, et avait mieux résisté à quatre années de guerre que la plupart des autres.

C'était un hôpital mixte, ce qui signifiait qu'il comportait des pavillons pour « valides » ou pour des patients plus ou moins gravement blessés, ainsi que trois pavillons de « nerveux », pour ceux qui attendaient d'être transférés dans des établissements spécialisés autour de Boulogne. Beaucoup de pensionnaires de ces pavillons-là étaient sourds-muets, bègues ou atteints de tremblements incontrôlables ; un bien plus grand nombre encore avaient été étiquetés « PEDN », pour « Pas encore diagnostiqués nerveux » – formule passe-partout imaginée par les autorités l'année précédente pour éviter celle, honteuse, de psychose traumatique.

Le Dr McGarry, qui dirigeait l'hôpital, ne croyait pas à la psychose traumatique. « Il y a une vraie ligne jaune, aimait-il à dire, séparant la respectable dépression nerveuse et la véritable peur bleue. »

Le Dr Hughes, l'un de ses adjoints, n'en était pas aussi sûr. Belle non plus. Elle avait du mal à croire qu'aucun des patients qu'elle rencontrait pût jouer la comédie, en particulier les amnésiques, ceux qu'elle voyait le plus souvent, parce qu'on lui demandait de les photographier – soit ici soit dans l'un des autres hôpitaux, près d'Hazebrouck ou de Bailleul.

Cet après-midi-là, son dernier sujet était un jeune homme sympathique avec des oreilles décollées ainsi qu'une cicatrice rouge et luisante qui lui barrait le front et descendait jusque derrière une de ses oreilles. Il était jovial, bavard et semblait parfaitement normal, sauf qu'il ne connaissait pas son propre nom, et n'avait aucun souvenir au-delà de son treizième anniversaire. Depuis qu'on l'avait retrouvé, errant nu sur un champ de bataille, plus d'un mois auparavant, personne ne savait qui il était.

— C'est vraiment très bizarre, dit-il alors qu'il pénétrait dans le petit studio de Belle, dans la tour nord, et s'installait sur la chaise qu'elle lui indiquait. Tout le monde me dit que j'ai dix-neuf ans, et c'est bien ce que je vois dans le miroir : un étranger de dix-neuf ans. Mais comment est-ce que je peux le croire alors que je suis absolument certain de n'avoir que treize ans ?

— Ça paraît très curieux, en effet, approuva Belle en

réglant le trépied de son appareil. Vous voulez bien vous tourner un peu vers la droite ?

Le jeune homme fit ce qu'elle demandait, puis se retourna de nouveau, de sorte qu'elle ne voyait que son profil.

— Vous croiriez cela ? reprit-il. Je veux dire, si vous aviez treize ans, et que quelqu'un vous disait qu'en fait vous êtes une adulte ?

Belle pensa à Cornelius Traherne.

— Je ne sais pas, répondit-elle. Vous pouvez vous tourner juste un peu plus sur la droite ?

De nouveau, il obéit, puis se retourna encore. Pour une raison quelconque, il ne semblait pas avoir envie de faire face à l'appareil. Belle remarqua qu'il agrippait ses cuisses des deux mains.

— Est-ce que l'appareil photo vous fait penser à un fusil ? lui demanda-t-elle doucement.

Il eut l'air étonné.

— Je ne crois pas, non. Même si, maintenant que vous en parlez, je trouve ça… assez effrayant, oui. Ce qui doit paraître un peu bizarre, je suppose.

— Peut-être vous sentiriez-vous plus à votre aise en retournant la chaise et en posant vos bras sur le dossier.

Le jeune homme s'exécuta. Aussitôt, ses épaules se détendirent et ses poings se desserrèrent.

— C'est beaucoup mieux, remarqua-t-il. Mais au fait, pourquoi voulez-vous que je me mette face à vous ?

Belle sourit.

— Je veux qu'on voie vos oreilles.

Sa mine se défit.

— Oh, est-ce qu'il le faut vraiment ? Les copains à l'école vont se moquer terriblement de moi.

— Désolée, le but n'est pas de prendre des photos flatteuses, mais de vous saisir tel que vous êtes. Et je pense que chez vous, les oreilles sont un signe très caractéristique.

— Oh…

— Elles pourraient aider quelqu'un à vous reconnaître. Ça en vaut la peine, non ?

Il sourit.

— C'est un peu la raison de tout ça, n'est-ce pas ? J'oubliais. On dirait que j'oublie beaucoup, en ce moment.

Sans s'en rendre compte, il faisait maintenant face à l'appareil. Belle prit une photo.

— Voilà, conclut-elle. Ça ne vous a pas fait mal, n'est-ce pas ?

Il remua sur sa chaise et baissa les yeux, comme pour s'assurer que tous ses membres étaient encore là.

— Ouf. Content que ce soit fini. Vous faites cela toute la journée ? Prendre en photo des types qui ne savent pas qui ils sont ?

— Pas tout le temps, non. Parfois c'est des tombes pour des parents qui ne peuvent pas se déplacer jusqu'ici, ou des cimetières pour les dossiers de la commission. Ce genre de choses.

— Ça alors ! s'exclama le jeune homme, visiblement impressionné. Bien, je suppose que je devrais repartir maintenant, ou l'infirmière-chef va être furieuse.

— J'espère que vous irez bientôt mieux.

Il sourit de nouveau.

— Oh, je pense que oui. Quand on m'a ramassé, je croyais que j'avais sept ans. Il paraît que ça s'appelle l'amnésie régressive. Avec un peu de chance, elle va encore régresser, et je récupérerai les dix-neuf ans qu'on me donne.

— Je l'espère.

Après son départ, elle rangeait son appareil quand on frappa un coup à la porte, et le Dr Hughes entra.

— Fini pour la journée ?

Elle hocha la tête.

— Bientôt la lumière va baisser. Autant fermer boutique tout de suite.

Les mains dans les poches de son manteau, il marcha jusqu'à la fenêtre et s'adossa au mur.

— Vous rangez votre matériel tous les soirs ?

— Tous les soirs, oui, lui répondit-elle en commençant à dévisser le trépied. Pour le cas où ils auraient besoin de la pièce en mon absence.

— Vous commencez à adopter les mœurs de l'armée, nota-t-il en souriant.

— Un peu…

Il jeta un coup d'œil à une pile de photographies qui reposaient dans une corbeille, sur l'étagère.

— Vous êtes vraiment très bonne, vous savez. Celui-ci, sur le dessus, c'est l'un de mes patients. Vous avez saisi exactement ce qu'il est. Je veux dire, pas seulement à quoi il ressemble, mais son caractère.

Elle lui lança un regard un peu étonné.

— Merci. En fait, c'était l'idée de ma tante. Quand je suis venue, je pensais qu'on allait me faire planter des arbustes.

— Mais ça vous plaît, non ?

Elle y réfléchit.

— Oui, ça me plaît. Beaucoup. Ça change, d'être utile à quelque chose. Et d'avoir trouvé un domaine dans lequel je suis bonne.

— Voyons, ça ne doit pas être si inhabituel que ça pour quelqu'un comme vous…

Quelque chose dans son ton, une certaine chaleur, la

mit sur ses gardes. Tandis qu'elle finissait de ranger ses affaires, elle sentit son regard posé sur elle.

Pourtant, elle avait suivi le conseil de Sophie à la lettre.

« Des grosses chaussures, des vêtements informes et pas de maquillage. Certains de ces pauvres garçons n'ont pas vu de femme depuis des semaines, à part des infirmières. Et attention aux médecins. Ils sont pis que les patients. »

En pensant à Sophie, Belle sentit l'inquiétude l'envahir. Il était temps qu'elle retourne à leur cantonnement. Ces jours-ci, ce n'était pas bien de la laisser trop longtemps seule.

— Je ne pense pas, commença le Dr Hughes, en rougissant et en se détournant pour regarder par la fenêtre, que vous accepteriez une invitation à dîner ce soir ?

Oh, zut, pensa Belle.

— Pas juste avec moi, bien sûr, s'empressa-t-il d'ajouter. Il y aura plusieurs collègues, et l'infirmière Martin, donc ce sera tout à fait…

Il ne termina pas sa phrase, rouge d'embarras.

C'était un homme charmant. Belle aimait ses yeux fatigués et sa douceur avec les patients. On ne pouvait guère lui reprocher de ne pas être Adam. Mais elle regrettait de ne pas avoir aperçu les signes plus tôt.

— Le problème, fit-elle prudemment, c'est qu'il y a ma tante…

— Bien sûr, murmura-t-il. Je comprends.

Il y eut un silence contraint, puis il reprit :

— Toujours pas de nouvelles de son mari ?

Belle secoua la tête.

— Ah… Eh bien, on va sans doute le retrouver.

— Ça fait plus d'une semaine qu'il a disparu. S'il était vivant, nous aurions sûrement eu des nouvelles.

— Pas forcément. Je ne veux pas vous donner de faux espoirs, mais... vous savez, les étiquettes se perdent. Les patients sont envoyés dans le mauvais hôpital, on les confond. Soit parce qu'ils sont inconscients et que les dossiers se mélangent, soit, s'ils sont conscients, parce qu'ils sont parfois... eh bien... un peu confus.

Belle y réfléchit puis lui dit :

— Merci. Vous avez peut-être raison.

Il ouvrait la bouche pour ajouter quelque chose, mais se ravisa. Avec un sourire, il s'écarta du mur et sortit de la pièce.

En repensant à ce qu'il avait dit, Belle rangea ses affaires sous un banc, puis se redressa et promena le regard autour d'elle. La lumière tombait vite, et comme elle n'avait pas allumé la lampe, une pénombre grise et froide se glissait dans la pièce.

Soudain, son moral chuta.

Elle n'avait pas menti en disant qu'elle aimait bien ce qu'elle faisait, mais elle n'avait pas non plus dévoilé toute la vérité. Elle réussissait à peu près bien quand elle était avec les patients parce que, alors, elle devait se concentrer pour les mettre à l'aise, ce qui voulait dire s'oublier elle-même.

C'était quand elle arrêtait que les choses se compliquaient. Depuis que Ben avait été porté disparu, Sophie avait tout essayé pour le retrouver, mais en vain. Parce qu'il était en mission pour les services spéciaux, elle ne pouvait même pas découvrir où il se trouvait quand l'« incident » s'était produit – ni en quoi cet incident avait consisté.

Derrière la fenêtre, le ciel s'obscurcissait jusqu'à

l'indigo. Une première étoile y apparaissait déjà. Belle approcha la chaise, s'assit et pensa aux longs crépuscules paisibles de Cairngowrie, aux reflets de la lune sur les eaux du loch.

En dépit des exhortations de Sophie, elle s'était entièrement coupée de l'Écosse, n'écrivant même pas à Maud pour lui faire savoir où elle était. Aujourd'hui, avec Ben disparu et Sophie qui perdait espoir, rien que d'y repenser lui paraissait déloyal. Mais elle ne pouvait pas s'en empêcher. Adam lui manquait tellement que ça lui faisait mal.

Sophie et elle avaient eu de la chance pour l'hébergement. Un de leurs supérieurs à la commission avait entendu dire que Sophie voulait rester proche du QG, à cause de Ben, et avait usé de son influence ; aussi leur avait-on attribué une jolie petite maison de ville du XVIIIe siècle, toute proche de la grand-place de Saint-Omer.

Belle se fit raccompagner par un médecin logé à quelques rues de chez elles et arriva peu après six heures, pour trouver la maison silencieuse et plongée dans l'obscurité. La fille qui faisait le ménage lui dit que Sophie était au salon, et qu'il n'y avait pas de nouvelles de Ben.

La porte était entrouverte et Belle y pénétra sans faire de bruit. C'était une belle pièce, restée étonnamment intacte malgré la guerre, aux murs tapissés de soie argentée, avec de jolis meubles de style rustique. Belle songeait toujours que Sophie, avec ses cheveux châtains et son délicat visage allongé, s'y intégrait à merveille, comme une sorte de fantôme tout droit sorti du XVIIIe siècle.

Ce soir-là, pourtant, elle faisait triste figure. Elle était assise près du feu, les cheveux dénoués, une pile de paperasse glissant de ses genoux, et contemplait la photographie de Ben qu'elle avait emportée dans son étui de voyage en cuir. Belle ne la voyait que de profil, mais la tension de ses traits était manifeste. Elle avait maigri, et dormait rarement plus de quelques heures par nuit.

Belle jeta un coup d'œil à la photographie posée sur une petite table. C'était sa mère qui l'avait prise, et la jeune femme était désormais en mesure d'apprécier à sa juste valeur le talent qui s'y exprimait. Elle avait été faite dans le parc de Fever Hill, sous l'ombre douce d'un guango. Ben était en manches de chemise et culotte d'équitation, avec à côté de lui l'inévitable cheval, qui posait paisiblement la tête sur son épaule. Ben lui-même faisait face à l'appareil, les mains dans les poches, esquissant un sourire. Lui n'hésite pas à regarder l'objectif, songea Belle en repensant à son jeune amnésique. S'il avait fait face à un fusil, il l'aurait sans doute fixé de la même manière.

Mon Dieu, j'espère que tu vas bien, murmura-t-elle silencieusement à la photographie.

Sophie sentit sa présence, se retourna, et afficha un sourire forcé.

— Je n'arrête pas de repenser à ce que j'ai dit à Newton Stewart, lança-t-elle sans préambule. J'ai dit que je le tuerais. Tu te souviens ?

Belle acquiesça.

— Je regrette tellement d'avoir dit ça…

Ses yeux se posèrent sur la photographie, puis s'en écartèrent, comme si la regarder trop longtemps lui faisait mal. Belle prit un tabouret et s'assit à côté d'elle.

— Je me demande sans cesse, poursuivit Sophie,

quelle différence ça ferait si nous avions pu avoir des enfants. Est-ce que ça rendrait les choses plus faciles, ou pires ?

Belle garda le silence.

— Et s'il a disparu, Belle ? Si nous n'avons plus jamais de nouvelles de lui ?

— J'ai parlé avec le Dr Hughes, répondit Belle. Il dit que les blessés sont souvent portés disparus. Les étiquettes tombent, les noms sont mélangés dans les dossiers. Les patients eux-mêmes ont l'esprit confus. Quand tu y réfléchis, ça paraît vraisemblable.

Le visage de Sophie s'éclaira un peu.

— Oui, sans doute.

On voyait qu'elle voulait désespérément s'en persuader, sans y parvenir tout à fait. Belle lui prit la main.

— Allons dîner…

— Je n'ai vraiment pas faim…, soupira Sophie.

— Je sais, mais il faut quand même que tu manges quelque chose. (Elle se leva.) Je vais vite me changer là-haut. Range tes papiers pendant ce temps.

Elle s'éloignait quand elle entendit Sophie dire dans son dos :

— Belle… merci.

Belle se retourna.

— De quoi ?

Sophie sourit de nouveau, mais cette fois de façon plus naturelle.

— Juste merci.

Pendant que Belle gagnait sa chambre, elle pensa à la vitesse avec laquelle les choses pouvaient changer. Dix jours plus tôt, à Newton Stewart, elle se sentait si faible qu'elle avait été bien heureuse que Sophie la prenne en charge et la traite comme une malade. Aujourd'hui, les rôles étaient inversés. Sophie était perdue, tandis qu'elle s'était retrouvée.

Cette nuit-là, Belle dormit par intermittence, un sommeil qui ne lui apporta pas de vrai repos. Juste avant l'aube, elle fit un cauchemar à propos de Ben.

C'était à la Jamaïque, des années avant Cornelius Traherne. Elle marchait avec son oncle sur les pelouses de Fever Hill ; Patsy, sa jument préférée, les suivait comme un grand chien docile. Belle se retournait pour caresser son encolure brillante et s'apercevait soudain, à sa grande horreur, qu'elle caressait un squelette de cheval.

— Mais Patsy est morte, disait Ben en riant, de ses dents blanches et bien aiguisées. Tu ne le savais pas ? Et moi aussi.

Elle se réveilla en sursaut. La pièce était froide et plongée dans l'obscurité. Sachant qu'elle ne se rendormirait pas, elle alluma une bougie, enfila quelques vêtements et se plongea dans un livre, jusqu'à ce qu'il soit l'heure d'aller à l'hôpital.

Elle était dans son studio, en train d'installer le trépied, quand elle entendit le premier patient frapper, puis ouvrir la porte.

— Vous êtes en avance, lui lança-t-elle par-dessus son épaule.

— Je suis désolé, fit-il, d'un ton ennuyé. On m'a dit que je vous trouverais ici.

Belle se tourna et vit, à sa surprise, que l'homme arrêté, l'air hésitant, près de la porte n'était en fait pas un patient ; du moins, il ne portait pas une blouse bleue de l'hôpital, même si sa jambe était dans une attelle et qu'il marchait à l'aide de béquilles auxquelles visiblement il n'était pas encore habitué. Il devait avoir dans les trente-cinq ans, avait des cheveux roux et courts et un visage aux traits tirés, à l'expression malheureuse. Ses sourcils pâles rappelèrent un peu Max à Belle – même s'il fallait exclure de cette ressemblance les plis amers de sa bouche.

— Je m'appelle Winsloe, déclara-t-il, et il parvint à donner une note plaintive même à une phrase aussi anodine. Arthur Winsloe. Et je ne suis pas un patient. Je veux dire, je n'ai pas de problème de nerfs. Même si j'en donne peut-être l'impression.

— Oh, répondit Belle, faute de mieux. Eh bien… Enchantée, Mr Winsloe. Je suis Isabelle Lawe. Mais j'ai peur qu'il n'y ait une erreur. Je ne fais pas de portraits.

— Je le sais, rétorqua-t-il avec irritation, je ne suis pas venu pour une photo. Je suis ici parce que quelqu'un m'a dit que vous saviez où se trouvait le capitaine Palairet.

Belle se figea, puis déclara :

— Je suis désolée, je ne…

— J'ai besoin de le voir. Je viens juste de sortir de l'hôpital, mais lui n'y était pas…

— Quoi ? Êtes-vous en train de me dire qu'Adam… que le capitaine Palairet est ici ?

— C'est ce que j'essaie de savoir. J'ai demandé autour de moi et cette dame au QG, une Mrs… Kelly ? Elle m'a dit de venir vous voir.

Pour la première fois, il parut remarquer l'expression stupéfaite de Belle, et se troubla.

— J'ai dû être mal renseigné.

Belle s'éclaircit la gorge.

— Vous avez dit il y a un instant que vous pensiez qu'il était dans le même hôpital que vous. Pourquoi ?

— Eh bien, je ne peux pas en être sûr…, fit Winsloe,

sur la défensive. Mais nous étions tous les deux dans un sale état après l'explosion de la grenade.

Belle vacilla sur ses jambes.

— La grenade…

Winsloe ne l'écoutait pas.

— Je ne voyais pas très bien ce qui se passait, j'avais du sang partout. Lui aussi. Il était inconscient, mais je ne sais pas si c'était grave ou non. En tout cas, ils nous ont emmenés dans un premier hôpital. À Bailleul, je crois. Après, les choses sont devenues confuses.

Belle se dirigea vers la chaise et s'assit.

— Quand était-ce ? Vous l'avez revu depuis ?

— Il y a deux semaines, et non, je ne l'ai pas revu. Comme je vous le disais, les choses sont devenues confuses. Quand j'ai repris conscience, j'étais à Hazebrouck, et je n'ai aucune idée de l'endroit où on l'a transféré. (Il fit une pause avant de reprendre.) Ce qui est sûr, dit-il avec colère, c'est qu'il m'a sauvé la vie, contre mon gré. Mais maintenant, je suppose que je dois vivre avec ça, non ? Je veux dire, quand quelqu'un fait ce genre de chose pour vous…

Belle en avait le souffle coupé.

— Pourquoi est-ce qu'il a fait une chose pareille ? poursuivit Winsloe. Je ne lui avais rien demandé…

Belle posa ses mains sur ses genoux.

— Racontez-moi tout, lui intima-t-elle.

32

Les lumières lui font mal aux yeux. Il est de nouveau réveillé, et il aurait tellement voulu ne pas l'être.

— Capitaine Palairet ? dit une voix de femme, douce, insistante, exaspérante.

Il ouvre les yeux, puis les referme. La lumière est aveuglante, comme des éclats de verre qui lui transpercent le crâne. Pourquoi ne peuvent-ils pas éteindre ces maudites lampes ?

Il ouvre la bouche pour le leur demander, mais ne peut émettre le moindre son. Il ne peut que rester étendu là, bouche bée, comme un poisson.

Plusieurs jours que cela dure. Chaque fois qu'il se réveille, il a le pathétique espoir que cette fois, cette fois enfin, il sera capable de parler. Et chaque fois la déception est la même. Il n'aurait jamais cru que ce serait si rageant et si humiliant de ne pas pouvoir parler. Ça le rend mauvais, il s'emporte pour des riens, toujours près de perdre patience.

— Capitaine Palairet ? Bien, vous êtes réveillé. Tenez, vous avez une lettre ! N'êtes-vous pas content ? J'ai peur qu'elle n'ait beaucoup circulé : elle a été postée il y a trois jours, elle a dû être mal dirigée. Voulez-vous que la pose ici, où vous pourrez l'attraper ?

N'importe quoi, pourvu que vous me laissiez seul. Oh, et avant de sortir, infirmière Gregory, donnez-moi un revolver, que je puisse tirer sur ce maudit lustre.

Il a une chambre pour lui, ce dont il devrait être reconnaissant, mais ce n'est pas le cas. Elle a un haut plafond avec des moulures en plâtre tarabiscotées et de somptueux rideaux de soie jaune – et bien sûr le lustre détesté, suspendu juste au-dessus de lui comme une sorte d'instrument de torture baroque. Qui a eu l'idée de transformer un casino en hôpital ?

Quelque part une porte claque, et il fait un bond si violent qu'il en tombe presque de son lit. Aussitôt son cœur s'emballe dans sa poitrine, il en a des sueurs froides.

Ce n'est qu'une porte, songe-t-il avec colère, mais son corps n'est pas convaincu. Son corps pense qu'ils sont sous le feu de l'ennemi.

Vingt fois, trente fois par jour, chaque fois qu'une porte claque, qu'un chariot grince dans le couloir ou qu'un train passe bruyamment dehors, sur la voie de Boulogne, il se terre sous ses draps. Ça échappe totalement à son contrôle, et c'est si humiliant. Il a l'impression d'être un lâche de la pire espèce.

Les médecins disent qu'il est normal que les choses soient pis que la fois précédente.

— Vous comprenez, capitaine Palairet, à l'époque vous étiez à la guerre et vous vous *attendiez* à être blessé. Cette fois-ci, vous pensiez que tout cela était derrière vous. Le choc n'en a été que plus grand.

C'est pour cela que je ne peux pas parler ? avait griffonné Adam sur son bloc-notes.

— Ah… Cela, à vrai dire, nous n'en sommes pas absolument sûrs.

Est-ce que je vais guérir ?

— Mon cher ami, pour ça non plus, nous ne pouvons pas nous prononcer.

Ils aiment se réfugier derrière le pluriel quand les nouvelles ne sont pas bonnes.

— Voulez-vous que je vous ouvre l'enveloppe ? lui demanda l'infirmière Gregory d'un air hésitant.

Elle est jolie, avec des cheveux blond pâle et de grands yeux gris qui lui rappellent un peu Felicity Ruthven. Pour se débarrasser d'elle, il saisit la lettre – ce qui est en soi une performance, car il doit s'appuyer sur son coude valide et ignorer la douleur qui se répand dans tout le reste de son corps. Dans sa cuisse, elle est si violente qu'il en crie presque – sauf que, bien sûr, il ne peut pas. De toute façon, gémir ne diminue pas la douleur, comme il en fait l'expérience chaque fois qu'il bouge.

L'infirmière Gregory émet son petit gloussement habituel qui le fait grincer des dents, puis lui prend l'enveloppe des mains comme s'il était un enfant, l'ouvre avec soin et en sort la lettre. Elle fait ostensiblement mine de ne pas regarder de qui elle est, même si elle meurt d'envie de le savoir.

Adam jette un vague coup d'œil sur l'adresse de l'expéditeur au dos de l'enveloppe, et son estomac chavire. C'est de Belle. *Belle ?* À Saint-Omer. Qu'est-ce qu'elle peut bien faire en France ?

Des rêves fous l'assaillent. D'une manière ou d'une autre, elle a appris qu'il a été victime d'une explosion – peut-être que Maud lui a envoyé un télégramme ? Oui, ça doit être ça, et elle vient le voir. Maintenant, tout ira bien. Elle va revenir avec lui à Cairngowrie, et ils feront comme si Cornelius Traherne n'avait jamais existé, et…

Cher Adam, écrit-elle. Son écriture vigoureuse s'étale sur la page tachée et raturée. *Un homme étrange nommé*

Winsloe m'a raconté ce qui s'était passé, et depuis je remue ciel et terre pour vous retrouver...

Winsloe. Bien sûr. Il est venu voir Adam hier, ayant réussi Dieu sait comment à éviter l'infirmière Gregory. Pendant une demi-heure, il est resté assis à côté de son lit dans un silence accusateur, avant de laisser échapper un « merci » plein de ressentiment et de se précipiter hors de la pièce. Il semble avoir pris comme un affront personnel que les blessures d'Adam aient été pis que les siennes.

...Je ne savais même pas que vous étiez en Flandres, et maintenant vous êtes blessé, et quand j'ai appelé l'hôpital une horrible infirmière a passé des heures à m'expliquer qu'elle ne pouvait rien me dire, et que vous ne receviez pas de visites...

Bien sûr que je n'en reçois pas. Est-ce que vous le feriez si vous étiez dans cet état ?

... donc j'écris pour vous demander si vous voulez bien me voir. Je sais que je n'y ai aucun droit après ce que j'ai fait – mais j'ai besoin de vous voir, Adam. J'ai besoin de savoir que vous allez bien...

Une nouvelle porte claque, et cette fois il fait un mouvement si violent que son bon bras heurte la carafe d'eau sur la table, l'envoyant promener. Le bruit qu'elle fait en se fracassant est comme celui d'un obus qui explose, alors bien sûr il se cache sous ses draps. Et merde !

Encore autre chose qui lui manque. Jurer dans sa tête n'est pas suffisant.

La petite infirmière Gregory arrive en courant. Bien sûr. Elle attendait sans doute de l'autre côté de la porte. Pendant qu'elle s'agenouille pour nettoyer les dégâts, elle lui adresse un sourire doux et compatissant qui lui donne envie de la décapiter.

Pour échapper à sa sympathie, il jette un coup d'œil à la lettre qu'il tient froissée dans son poing. Quelque chose se tord dans sa poitrine. Il a terriblement besoin de voir Belle. Mais il sait avec certitude qu'il ne pourra pas supporter qu'elle le voie. Pas avec un bras cassé en quatre endroits, un amas de bandages autour de la tête et un éclat d'obus de la taille d'une baïonnette sortant de sa cuisse, trop proche de l'artère pour qu'on le retire « dès maintenant », quoi que ça puisse bien signifier.

Pourtant il a besoin de voir Belle. Besoin de plonger le regard dans ses yeux sombres et insondables, de revoir cette moue qu'elle fait quand il dit quelque chose qu'elle n'approuve pas. Même si, bien sûr, il ne pourra rien lui dire du tout.

... *Adam*, je vous en prie. *J'ai besoin de savoir que vous allez bien. Gribouillez-moi une ligne, dictez un télégramme, n'importe quoi, et je sauterai dans le prochain train. Je ne peux pas supporter de ne pas savoir...*

Et ensuite, quoi ? se demande-t-il. Nous restons assis dans un silence gêné, pendant que vous faites de votre mieux pour ne pas paraître horrifiée ? Après quoi vous retournez sans doute à Saint-Omer, on m'expédie dans un hôpital pour convalescents, et nous ne nous revoyons jamais ?

Parce que rien n'a changé, n'est-ce pas, Belle ? Il y a toujours quelque chose qui nous empêche d'être ensemble, exactement comme à Cairngowrie. Et je ne peux pas lutter contre, puisque vous ne voulez pas me dire ce que c'est. Alors, même si je vous persuadais de revenir avec moi – peut-être en faisant un sordide appel à votre sympathie – « Je vous en prie, ne m'abandonnez pas, moi le pauvre ex-soldat invalide et muet » –, tôt ou tard vous partiriez, n'est-ce pas ?

Et je ne peux pas, je ne peux tout simplement pas revivre ça.

Le vent renversa le cyprès nain ; Belle se pencha pour relever le pot et le rapprocher de la pierre tombale du soldat Arbuthnot, pour qu'il apparaisse au premier plan et adoucisse la sévérité de l'image.

Tandis qu'elle prenait la photo, elle se demanda pour la vingtième fois si une lettre l'attendrait ce soir, quand elle rentrerait à Saint-Omer.

Cette fichue, fichue infirmière.

« Vous ne pouvez même pas me dire s'il est hors de danger ? l'avait suppliée Belle.

— Ô mon Dieu, non, avait répondu l'infirmière, d'un ton exaspérant, comme si elle y prenait plaisir. Je ne peux vous communiquer aucun détail au téléphone, surtout si vous n'êtes qu'une amie… »

Ça aussi, elle avait aimé le dire. Et elle avait adoré dire à Belle qu'il n'y avait « aucun intérêt » pour elle à faire le voyage jusqu'à l'hôpital de Wimereux, parce que le capitaine Palairet ne voulait aucune visite, aussi se verrait-elle interdire l'accès de sa chambre.

« Donc, il est suffisamment bien pour faire savoir ce qu'il veut, avait commenté Belle d'un ton acide.

— Ne me faites pas dire ce que je n'ai pas dit, miss Lawe ! avait répondu l'infirmière d'une voix aiguë.

— Laissez-moi juste lui parler…

— Il n'en est pas question. De toute façon, le capitaine Palairet ne *peut pas* parler.

— Comment cela ? »

Un silence à l'autre bout de la ligne, comme si l'infirmière se rendait compte qu'elle en avait trop dit.

« S'il est assez bien pour renvoyer les visiteurs, insista Belle, alors sûrement…

— Il ne peut pas parler, miss Lawe. Il est muet. Beaucoup de nos patients le sont. Maintenant, je crois que j'ai été très claire, et je pense qu'il n'y a rien à ajouter. Il faut que vous écriviez d'abord, sans quoi nous serons forcés de vous empêcher d'entrer. »

C'était trois jours plus tôt. Trois jours à attendre en vain le courrier. Avait-il seulement reçu sa lettre ? Était-il trop gravement blessé pour lui écrire ?

Un autre coup de vent renversa le cyprès nain dans la boue. Belle le contempla et releva le col de son manteau, en se demandant ce qu'elle allait faire maintenant.

Le froid était glacial dans le cimetière – ou plutôt, dans le morne carré de boue proche de la route d'Hazebrouck qui, quand tout serait terminé, recevrait un nom mais qui pour l'instant n'était que le numéro trente-deux sur la carte de Sophie.

Douze rangées de pierres tombales toutes neuves à l'avant – priorité étant donnée aux tombes qui portaient un nom – suivies par dix-sept rangées de croix de bois temporaires pour les non-identifiées, qui à terme recevraient chacune une belle dalle de pierre, avec pour seule inscription : *Un soldat de la Grande Guerre connu de Dieu.* Quelques-unes des tombes portaient de petits bouquets de rubans de couleur qui flottaient au vent. Ils ne faisaient qu'accentuer l'impression de deuil et de désolation.

Tout au bout, près de la route, une longue baraque en bois qui ressemblait à un pavillon de bord de mer offrait du thé au flot régulier de visiteurs qui avaient réussi à trouver leur chemin dans la boue. Belle vit un groupe en ressortir, serrant contre eux leurs plans qui flottaient au vent et progressant malaisément dans les *sabots*[1] tout neufs qu'on avait dû leur conseiller d'acheter pour marcher dans la boue. Derrière eux, un trio d'officiers venait de s'arrêter dans une voiture de l'armée, sûrement venus rendre hommage à un vieux camarade.

Dans le coin le plus éloigné de la baraque en bois, Sophie menait une bataille perdue d'avance pour rendre le site moins sinistre – et aussi pour conserver son calme, ce qui devenait plus difficile à chaque journée qui passait sans nouvelles de Ben.

— Mais je vous ai *dit* de les planter à un mètre l'un de l'autre, criait-elle à son malheureux assistant, un jeune ouvrier venu de Leeds.

Plusieurs visiteurs se tournèrent et les regardèrent.

Belle se demanda si elle devait intervenir. Ces derniers temps, une certaine gêne était apparue entre elles. Sophie ne le disait pas, mais il devenait manifeste qu'elle commençait à perdre espoir au sujet de Ben ; quant à Belle, depuis la visite étrange et pleine d'amertume qu'elle avait reçue de Mr Winsloe, elle était gagnée par l'idée irrationnelle que, si par miracle Ben réapparaissait sain et sauf, cela voudrait dire qu'Adam mourrait.

Elle avait beau se convaincre que c'était absurde, elle ne pouvait se défaire d'un sentiment de peur – et aussi de gêne quand elle se trouvait avec Sophie. Il lui semblait impossible qu'Adam et Ben puissent avoir tous les deux la vie sauve.

On lui donna sur l'épaule un coup léger comme une plume, et elle se tourna pour voir une visiteuse – une femme, la quarantaine, le visage noyé de chagrin – qui souriait d'un air de s'excuser tout en retenant d'une

1. En français dans le texte. *(N.d.T.)*

main son chapeau sur sa tête et en serrant dans l'autre un plan froissé.

— Désolée de vous déranger, murmura-t-elle, mais j'ai un peu de mal à…

Pourquoi sont-ils toujours si polis ? se demanda Belle tandis qu'elle aidait la femme à trouver le secteur qui abritait les restes de son fils unique. Pourquoi ces pauvres gens éprouvent-ils le besoin de s'excuser ?

La femme était nerveuse et bavarde. Elle était venue seule de Birmingham, avec un billet de tourisme de chez Thomas Cook. Il ne lui donnait que deux jours pour retrouver son fils, elle avait été mal orientée par deux fois, et le temps passait ; non qu'elle se plaignît le moins du monde, au contraire, elle voyait combien chacun travaillait dur pour embellir ces endroits…

Les deux femmes firent halte pour regarder autour d'elles. L'équipe de jardiniers de Sophie faisait de son mieux avec le gazon, le houx et les ifs, mais rien ne pouvait dissimuler la morne laideur des lieux.

— C'est juste que… je ne m'attendais pas que ce soit si triste, murmura la visiteuse, adoucissant sa remarque par un nouveau sourire d'excuse. Je veux dire, un champ de bataille, on s'attend à trouver… eh bien, un champ ? Mais c'est sans doute parce que je suis… bref. En tout cas, ça donne une impression si pénible…

Belle la mena devant la bonne rangée, puis se retira discrètement pour la laisser seule avec son fils. Elle était contente que Sophie soit trop loin pour avoir entendu cette dernière remarque. À la voir, elle semblait dans tous ses états.

— C'est vraiment trop vous demander ? criait-elle en brandissant un petit if devant son assistant. Tout ce que je veux, c'est que vous les placiez dans la bonne direction !

Près de la baraque de repos, d'autres visiteurs se tournèrent et les regardèrent. Un des officiers présents à l'entrée s'écarta de ses compagnons et commença à traverser lentement le cimetière.

Belle soupira. Sophie paraissait très proche des larmes. Peut-être était-il temps qu'elle aille se reposer un moment.

Elle était sur le point de partir la rejoindre quand elle reconnut quelque chose de familier dans l'allure de l'officier. Il était très mince et marchait avec une sorte de grâce prudente et contenue qu'elle avait déjà vue quelque part. Posant les deux mains sur la pierre tombale la plus proche, elle plissa les yeux pour mieux voir.

Il était encore trop loin pour qu'elle pût distinguer son visage, mais quand il ôta sa casquette, elle vit que ses cheveux étaient très sombres et son visage pâle ; le pansement qu'il avait sur un œil le faisait ressembler à un pirate.

Belle étreignit la pierre tombale. C'est impossible, songea-t-elle tandis qu'elle le regardait approcher lentement du petit groupe de jardiniers de Sophie, s'arrêtant de temps en temps pour reprendre son souffle.

Sophie lui tournait le dos et continuait à réprimander son assistant. Ce ne fut que quand l'officier l'eut presque atteinte qu'elle se retourna et le vit.

Elle s'immobilisa aussitôt. Ses épaules s'affaissèrent, mais ses poings se serrèrent sur ses hanches. Puis l'officier franchit les derniers pas qui les séparaient, la prit dans ses bras et la serra contre lui ; Sophie se mit à pleurer et le frappa de ses deux poings, puis elle leva le bras pour toucher son visage.

Belle fut raccompagnée jusqu'à Saint-Omer par les amis officiers de Ben. Ben et Sophie avaient insisté pour qu'elle reste avec eux.

— On va sortir dîner dehors et faire la fête, avait dit Sophie, qui parlait comme si elle venait de boire une bouteille de champagne à elle toute seule.

Mais Belle avait fermement décliné l'invitation. Ils avaient besoin d'être ensemble, elle ne ferait que les gêner, leur avait-elle fait valoir.

En réalité, la vraie raison était à la fois plus profonde et moins louable. Une fois la première vague d'allégresse passée de voir Ben sain et sauf, son moral avait sombré. Elle avait peur qu'Adam ne survive pas à ses blessures.

La maison était calme et silencieuse quand elle y arriva. Deux lettres l'attendaient sur la table de l'entrée.

Elle fut incapable de s'en saisir tout de suite, et même de les regarder. Elle se força à retirer son chapeau, son manteau et ses gants et à rajuster sa coiffure avant de ramasser son courrier et de monter lentement à sa chambre. Ce ne seraient pas de bonnes nouvelles, elle le sentait.

La première enveloppe portait le cachet de la poste de Wimereux et elle reconnut l'écriture rapide et penchée d'Adam. Elle l'ouvrit.

À l'intérieur, elle trouva sa propre lettre, repliée et remise dans son enveloppe, qui avait été ouverte avec soin. Il n'y avait pas de lettre d'accompagnement. Adam avait simplement écrit au dos : *Retour à l'envoyeur. Pas de réponse.*

Belle s'assit au bord du lit, clignant des yeux dans l'obscurité. Elle avait l'impression d'avoir reçu un coup de pied dans la poitrine.

Parmi toutes les réponses qu'elle avait imaginées au

cours de ces trois derniers jours – mépris, joie, embarras –, il ne lui était jamais venu à l'esprit qu'il pût lui renvoyer purement et simplement sa lettre.

Dehors, la cloche de l'église sonna six heures. Une charrette traversa lentement la place. Puis la pièce s'assombrit.

Ce fut le froid qui la réveilla enfin. Elle se rendit compte qu'elle était assise là depuis plus d'une heure, et elle n'avait toujours pas ouvert la seconde lettre.

Elle alluma la lampe à gaz et contempla l'enveloppe. Avec un petit frisson d'inquiétude, elle vit que ce n'était pas une lettre, mais un télégramme.

Accident à l'usine de Maputah. STOP, lut-elle. *Papa gravement blessé.* STOP. *Je t'en prie, je t'en prie, viens immédiatement.* STOP. *Maman* STOP.

33

Kingston, Jamaïque, janvier 1919

Le mauvais temps provoqua des retards dans la traversée. Résultat, le vapeur accosta au port de Kingston au milieu de la nuit.

La première vision qu'eut Belle de la Jamaïque fut sombre et menaçante. Les montagnes noires cachaient les étoiles. Une brume sinistre flottait sur la lagune. Au lieu des cris bruyants des colporteurs sur le quai, elle fut accueillie par le clapotis mélancolique de la mer contre la coque et les grincements de la chaîne de l'ancre.

Il faisait froid. De la vapeur sortait de sa bouche tandis qu'elle attendait sur le pont avec Sophie, regardant Ben donner des instructions aux porteurs. Elle était restée loin si longtemps qu'elle avait oublié combien les nuits pouvaient être fraîches en janvier.

Le pont n'était que faiblement éclairé par les lumières du navire et, dans la lueur orange, le visage de Sophie reflétait la même tension intérieure que celle que Belle éprouvait. Au cours des trois semaines écoulées, elles avaient appris à vivre avec cette inquiétude ; mais, maintenant qu'elles étaient presque à la maison, Belle sentait la frayeur l'envahir de nouveau. Malgré tous les télégrammes reçus, et la dernière lettre de maman, elle ne croirait pas que papa était hors de danger jusqu'à ce qu'elle l'ait vu.

Les premières affreuses journées à Saint-Omer avaient été trop remplies pour qu'elle ait le temps de réfléchir : prendre des dispositions pour quitter la commission, envoyer des télégrammes, essayer en vain de savoir ce qui se passait exactement en Jamaïque. Puis il y avait eu le voyage jusqu'à Londres – d'autres télégrammes, d'autres interminables attentes de nouvelles, pendant que Ben frappait à toutes les portes possibles pour leur trouver des places sur le premier vapeur en partance.

Il avait dépensé une petite fortune en télégrammes, mais il avait fallu attendre que la lettre de maman leur parvienne, la veille du départ de l'*Alveira* de Southampton, pour qu'ils apprennent ce qui s'était réellement passé.

Il est hors de danger, tels étaient les premiers mots de maman – la lettre, Belle n'avait pu s'empêcher de le remarquer, était adressée à Sophie. *Du moins, c'est ce que dit le Dr Walpole, mais je n'y croirai que quand nous aurons pu le mettre dans un bon hôpital à Kingston. Falmouth est parfait pour un bras cassé, pas pour ce dont il souffre. Mais je brûle les étapes. Je le fais beaucoup en ce moment.*

C'était il y a dix jours – qui paraissent dix années – et nous avions commencé tôt la récolte, parce que... bref, ce n'est qu'un détail. En tout cas, il se trouvait à l'usine de Maputah (bien sûr), même s'il n'avait pas de raison particulière d'y être, Neptune est un contremaître parfaitement compétent, mais tu sais comment il est. Il montait ce bai de quatre ans dont Ben disait toujours qu'il a quelque chose de sauvage dans le regard (et il avait raison, comme toujours ; après, on a dû m'empêcher de faire abattre ce maudit animal). Mais là encore, je vais trop vite.

Le vent se levait, et personne n'avait remarqué qu'une partie du toit de la chaudière – un morceau de tôle ondulé qu'on avait fixé là provisoirement en attendant que les ardoises neuves arrivent – se défaisait. Apparemment, il s'est soulevé d'un seul coup et a fait peur à ce maudit idiot de cheval. Cameron n'est pas tombé, et il le reprenait en main quand l'animal s'est de nouveau cabré, a perdu l'équilibre et versé sur le côté – avec Cameron coincé par-dessous.

À cet endroit-là, maman semblait s'être arrêtée brusquement, car dans le paragraphe suivant l'écriture était plus petite et plus nette. *Comme tu peux le voir*, poursuivait-elle, *j'ai beaucoup de mal à te décrire ces événements. Donc, je serai brève. Heureusement, Neptune a eu le bon sens de ne pas le déplacer jusqu'à ce que le Dr Walpole arrive. Cameron est resté inconscient pendant trois jours. Côtes cassées, fracture du crâne. Le Dr Walpole craignait une hémorragie cérébrale, mais ça semble avoir été une fausse alerte. Les compresses froides et ce nouveau médicament, l'aspirine, semblent avoir diminué l'inflammation – même s'il est encore trop malade pour qu'on le transporte, donc l'hôpital de Kingston reste hors de question pour le moment.*

Désolée de ne pas t'avoir écrit plus tôt, mais j'avais beaucoup à faire. Pour être plus proche de lui, je me suis installée une grande partie du temps chez Olivia Herapath, elle a été merveilleuse ; et Evie Walker a pris les jumeaux chaque fois que je le lui ai demandé, elle m'a été d'une aide immense. Ce matin, il a ouvert les yeux et m'a souri.

Je n'ai pas le temps d'en écrire davantage si je veux

attraper la levée. Viens vite. Je n'ai même pas eu le temps de te dire combien j'ai été soulagée et folle de joie d'apprendre que Ben était sain et sauf ! Oh, Sophie, je suis si impatiente que tu sois là. Avec toute mon affection, Madeleine.

C'était il y avait deux semaines. Depuis, les télégrammes avaient été moins fréquents, sans doute parce que maman passait la plus grande partie de son temps à l'hôpital avec papa ; mais, quand des nouvelles arrivaient, elles parlaient d'une amélioration régulière. Belle réussit presque à se détendre à bord de l'*Alveira*. Elle rentrait enfin chez elle. Après qu'elle l'eut repoussée des années durant, la décision s'était prise malgré elle.

Alors pourquoi, maintenant qu'elle descendait la passerelle avec Sophie, ressentait-elle à nouveau la morsure de l'angoisse ? Était-ce parce qu'elle retrouvait ce même quai où papa lui avait dit au revoir sept ans plus tôt ?

Le froid la faisait frissonner en attendant le retour de Ben parti chercher un taxi. Il leur annonça que le moyen le plus rapide d'atteindre Falmouth était de prendre le train jusqu'à Montego Bay. Il avait déjà retenu des chambres au Myrtle Bay Hotel, pour qu'ils puissent se reposer quelques heures avant d'aller à la gare.

Ils arrivèrent à l'hôtel à trois heures du matin, trop tard pour téléphoner à Éden.

— Au moins, ils ont enfin le téléphone, commenta Sophie !

Ben envoya un télégramme à Olivia Herapath à Falmouth, pour l'avertir de leur arrivée ; puis ils gagnèrent leurs chambres, où il leur fut impossible de trouver le sommeil.

Par malchance, le train quitta Kingston en retard, puis

dut attendre à Williamsfield, à mi-chemin, et il faisait presque sombre quand ils arrivèrent enfin à Montego Bay.

Maman attendait sur le quai, mais il y eut un moment difficile. Au milieu de l'inquiétude générale concernant papa, personne n'avait pensé à la prévenir que Ben avait perdu un œil ; quand elle le vit, elle fondit en larmes. Il fallut tous ses efforts et ceux de Sophie pour la convaincre qu'il allait bien et qu'il ne souffrait plus. Belle se tenait à côté d'eux, ne sachant pas quoi dire. Elle se sentait dans la peau d'une étrangère qui attend qu'on la présente.

Enfin, maman reprit le contrôle d'elle-même. Elle regarda Belle en clignant des yeux, comme si elle essayait de se rappeler qui elle était.

— Bonjour, maman…

Maladroitement, Belle s'avança et embrassa la joue de sa mère. Celle-ci posa les mains sur ses épaules et lui imprima une légère secousse.

— Belle… Mon Dieu, Belle…

Puis elle effleura de ses lèvres la joue de sa fille, l'enveloppant dans une mélange d'eau de rose et de poudre de riz qui lui rappela aussitôt les histoires lues à l'heure du coucher sur la véranda d'Éden. Elle était plus mince que Belle l'avait jamais vue ; son visage avait le même air attentif et les mêmes yeux écarquillés que les visiteurs dans les Flandres.

— Je suis venue dès que j'ai eu ton télégramme, hasarda Belle.

Il y avait tant de choses qu'elle aurait voulu lui dire, mais elle ne savait pas par où commencer. Maman parut éprouver la même chose, parce qu'elle essaya de sourire, mais ne parvint qu'à serrer ses lèvres l'une contre l'autre. Son étreinte se raffermit sur les épaules de Belle, mais ce fut à Sophie qu'elle parla.

— Son état se dégrade, dit-elle, luttant visiblement pour garder son sang-froid. Ça date de la nuit dernière. Je ne comprends pas tout, tu pourras sans doute en tirer plus du Dr Walpole. Il a quelque chose qui a enflé, un saignement dans le cerveau. Ça s'atténuait, mais il pense qu'il a contracté un début d'infection. Il a de la fièvre.

La nouvelle fut accueillie par un silence consterné. Il y avait déjà eu un cas de fièvre cérébrale dans la famille. Tous essayaient de ne pas montrer qu'ils y pensaient.

— Mais il va guérir…, fit Belle.

Maman se tourna vers elle, le front plissé, et de nouveau Belle se sentit comme une intruse qui intervenait à contretemps.

— On ne peut pas savoir, dit maman.

Maman avait prévu qu'ils passent tous la nuit à Éden, aussi Ben et Sophie renoncèrent-ils à leur projet de partir pour Fever Hill. Personne ne prêta attention à Belle, ce qui lui permit de dissimuler le brusque accès de terreur qui transparaissait sur son visage tandis qu'ils s'engageaient sur la vieille route d'Éden.

La nouvelle automobile ne fit qu'accentuer l'impression d'irréalité qu'elle ressentait. Quand ils passèrent sur le pont de Romilly, qui marquait la limite du domaine, la brume flottait autour des bambous géants et le clair de lune projetait de bizarres ombres pointues sur la route. Belle tourna la tête, regarda les eaux noires de la Martha Brae et repensa aux serpents jaunes, ainsi qu'à Cornelius Traherne. Éden la nuit. Ce n'était pas le genre de retour qu'elle avait imaginé. Cairngowrie et Adam lui paraissaient à des millions de kilomètres de là, comme si tout cela concernait quelqu'un d'autre.

Ils atteignirent l'embranchement et le vieux guango surgit de l'obscurité, ses grands bras dressés vers les étoiles comme un farouche esprit gardien du domaine. Au clair de lune, la maison paraissait mystérieuse et fantomatique : les bougainvilliers brillant d'une inquiétante blancheur le long de l'escalier, les fougères arborescentes montant à l'assaut des murs comme une mer sombre et primitive. Belle repensa aux vieilles photographies moisies d'autrefois, quand c'était encore une ruine, avant que papa ne la rachète. Là, sous le clair de lune, on aurait dit que la forêt était sur le point d'en reprendre possession.

Heureusement, quand ils y pénétrèrent, la normalité reprit ses droits. Les jumeaux avaient été autorisés à veiller pour les accueillir, et le vieux Braverly, le cuisinier – qui ne paraissait guère avoir vieilli depuis sept ans, peut-être parce qu'il avait toujours été vieux, du plus loin que Belle pouvait se le rappeler –, avait préparé un dîner spécial en leur honneur : porc séché rôti sur bois de piment, plantain frit, riz, petits pois et calebasse au vinaigre ; ensuite, mangue de Bombay, et sa fameuse glace à la noix de coco. Ils y firent tous honneur de leur mieux mais personne n'avait beaucoup d'appétit, sauf les jumeaux, qui étaient assis en face de Belle et la dévoraient des yeux.

La dernière fois qu'elle les avait vus, ils étaient encore des chérubins de trois ans. Maintenant, c'étaient de minces et beaux garçons de dix ans, portraits de papa, avec leurs épais cheveux blonds et leurs yeux gris clair qui ne cillaient pas.

Plus que tout le reste, la vision de ses frères la faisait se sentir comme une étrangère. Lachlan et Douglas avaient grandi sans elle. Éden, maman, papa – tout leur appartenait, elle ne pouvait rien revendiquer pour elle.

Pendant tout le dîner, maman maintint le fil fragile de la conversation, surtout avec Sophie et Ben, en tâchant, quand elle y pensait, d'y inclure Belle du regard, comme on le fait avec un invité. Elle n'arrêtait pas de faire tourner ses bagues sur ses doigts et de demander si quelqu'un voulait qu'on le resserve. Visiblement, ses nerfs étaient à bout.

Enfin, les jumeaux furent emmenés au lit par la nurse, Hannah. Et non plus Poppy, pensa Belle avec un pincement au cœur. Cela aussi avait changé. Ben et Sophie se retirèrent discrètement pour défaire leurs bagages, laissant Belle et sa mère boire leur café sur la véranda.

Le silence s'installa entre elles.

La nuit était froide et Braverly avait sorti le vieux brasero. Il projetait une lueur rouge sur le beau visage fatigué de maman, qui évitait de regarder sa fille.

Belle attendait des reproches pour ne pas avoir donné de ses nouvelles quand elle avait la grippe, mais ils ne vinrent pas.

— Ton ami Drum Talbot, dit enfin maman, est un jeune homme absolument remarquable.

— J'en suis ravie, répondit Belle, pour dire quelque chose.

— Il est merveilleux avec les enfants. Les jumeaux l'adorent, et Cam aussi – je veux dire ton papa aussi.

— J'avais compris, commenta Belle, debout à la balustrade.

Il y eut un nouveau silence. Belle baissait les yeux vers le jardin éclairé par la lune – le flot des bougainvilliers et la silhouette, plus lointaine, des bambous géants. Le poinsettia en bas des marches paraissait noir comme du sang.

— J'ai peur qu'à un moment ou un autre, poursuivit maman en faisant tourner ses bagues, tu ne doives rendre visite à grand-tante May. Elle a demandé de tes nouvelles.

Belle fronça les sourcils. Elle n'avait pas revu ni entendu parler de grand-tante May depuis l'après-midi où elle avait essayé de lui parler de ce que lui avait fait Traherne.

— Pourquoi ? demanda-t-elle. Pourquoi voudrait-elle me voir ?

— Je n'en ai aucune idée. Elle a presque cent ans, tu sais. Peut-être qu'elle commence à entrevoir sa fin. (Elle joua de nouveau avec ses bagues.) C'est vraiment extraordinaire que tu aies séjourné à Cairngowrie. Et tu dis que cette redoutable miss McAllister vit toujours là-bas ?

Belle acquiesça.

— En fait, elle n'est pas vraiment redoutable quand on la connaît un peu.

— Ah, vraiment…

Un nouveau silence.

— Au fait, dit maman, ton amie est ici, la fille Cornwallis.

— Dodo ? demanda Belle, étonnée.

— Euh… non, l'autre. Margaret, c'est ça ?

L'enthousiasme de Belle retomba.

— Oui, c'est sa plus jeune sœur. Je la connais à peine.

— Ah, excuse-moi… J'avais oublié.

Il y eut un nouveau silence.

Bien sûr qu'elle avait oublié, pensa Belle. Comment pouvait-on la blâmer, alors qu'elle n'avait pas vu sa propre fille depuis sept ans ?

— En tout cas, reprit maman, elle est venue passer

quelques semaines ici pour rendre visite à sa tante, et apparemment elle espère trouver une place d'assistante infirmière à Burntwood, faire la lecture aux officiers, ce genre de chose. Tu te rappelles le vieux sanatorium, de l'autre côté de Falmouth ? Aujourd'hui, c'est une maison de convalescence pour officiers. Je me suis dit qu'ils pourraient peut-être te trouver quelque chose à faire, à toi aussi ? Il paraît que tu as beaucoup aidé Sophie, là-bas dans les Flandres.

On aurait dit qu'elle s'adressait à une vague connaissance. Ou qu'elle se demandait ce qu'elle allait faire de sa fille prodigue.

— Je ne suis pas sûre que j'aurai du temps pour ce genre de choses, répondit doucement Belle. Je suis venue pour voir papa.

Maman baissa les yeux vers les tasses de café.

— C'est un peu dommage qu'il faille ce genre d'événement pour te faire revenir à la maison.

Elle ne l'avait pas dit d'un ton reproche, c'était juste une observation, mais Belle sentit une vague de regret et de culpabilité s'emparer d'elle. Elle regarda sa mère lisser ses cheveux dans ce geste qu'elle se rappelait si bien.

— Tu n'avais pas envie de revenir, n'est-ce pas ?

— Bien sûr que si, s'empressa de répondre Belle. Quand j'ai eu ton télégramme, j'étais folle de…

— Oui, bien sûr, tu voulais voir papa. Mais tu n'avais pas envie de revenir ici. Pas à la maison, à Éden.

Belle se retourna vers le jardin.

— Non, fit-elle enfin. Pas vraiment.

— Pourquoi ? Tu ne peux pas me le dire ?

Belle prit une grande inspiration, mais une sensation chaude et piquante montait dans sa poitrine. D'où elle était, elle voyait les bambous géants près de la rivière, elle les entendait craquer dans la brise, exactement comme ils l'avaient fait ce jour-là avec Traherne…

C'est notre secret. Nous ne voudrions pas qu'on le découvre, n'est-ce pas ?

Belle passa les mains sur la pierre lisse de la balustrade.

— C'est compliqué, lança-t-elle par-dessus son épaule.

— Oh, Belle…, dit doucement sa mère.

Elle resta quelques instants sans bouger, à contempler le jardin. Derrière elle, le bruissement des jupes de Madeleine éveilla une douloureuse impression d'échec et de regret.

Quand elle se retourna, sa mère était partie.

L'hôpital de Falmouth, comme maman l'avait dit, n'était véritablement équipé que pour les blessures légères ; mais on avait fait le maximum pour le maître d'Éden, et on lui avait donné une chambre individuelle dans l'aile du bâtiment le plus éloignée de la rue.

D'après Sophie, qui avait parlé assez longuement avec lui, le Dr Walpole avait eu raison de ne pas faire transférer papa à Kingston.

— Les blessures à la tête sont si imprévisibles, dit-elle, s'efforçant de conserver un ton neutre et objectif. C'est l'infection qui cause sa fièvre et ses pertes de conscience. Mais le Dr Walpole pense qu'il peut en venir à bout.

Et sinon ? Personne ne voulait envisager cette éventualité.

Ben emmena les jumeaux chez Gardner manger une glace, et Sophie demanda à maman si elle voulait y aller aussi. Elle secoua la tête.

— Je vais rester là-dehors avec Belle jusqu'à ce qu'on nous autorise à le voir.

— Bien, dit Sophie en jetant un regard à sa nièce. Je vous laisse un moment toutes les deux.

Belle s'assit à côté de sa mère dans le couloir. Elle se sentait fatiguée, et étrangement nerveuse. Elle avait mal dormi, souvent réveillée par le bruit des fougères arborescentes qui cognaient contre les jalousies et celui du vent du nord sifflant à travers la maison. Elle avait refait le vieux cauchemar. Elle était dans le bureau de papa, et il ne savait pas qui elle était.

— Belle ?

Elle sursauta. Maman s'était levée et la contemplait.

— Le Dr Walpole dit que nous pouvons voir ton père.

Papa était couché dans un lit près de la fenêtre. Des rais de lumière, passant à travers les persiennes, striaient de doré sa tête blonde. Ses tempes étaient un peu plus grises que dans son souvenir, et il n'avait pas du tout l'air malade. Il portait un étroit bandage en travers du front, et le pansement qui lui entourait les côtes dépassait du col de sa chemise de nuit. La main qui reposait sur le couvre-lit était aussi brunie par le soleil et forte qu'elle l'avait toujours été.

Maman s'assit sur le tabouret près la fenêtre, laissant à sa fille la chaise de l'autre côté. La nervosité de Belle augmenta tandis qu'elle s'approchait du lit et s'asseyait, prenant la main de son père dans la sienne.

Sept ans, et maintenant elle était là, lui tenant la main. Elle était chaude et robuste. Quand elle toucha l'épaisse veine qui y saillait, elle sentit les pulsations du sang sous sa peau.

La tristesse lui noua la gorge. Cette main l'avait ramassée quand elle était tombée de la balançoire ; elle avait séché ses larmes quand Pilate, le cheval, lui avait écrasé le pied. Cette main l'avait aidée à attacher le collier au cou de son chiot mastiff, l'avait redressée quand elle s'était assise pour la première fois sur le dos de son poney, Biscotte.

Alors que les larmes coulaient sur ses joues, elle se sentit enfin de retour chez elle. Comment avait-elle pu rester loin si longtemps ?

Au bout d'un moment, il tourna la tête et ses sourcils se froncèrent. Puis il ouvrit grands les yeux et la contempla.

Belle vit avec joie que ses yeux gris clair étaient aussi limpides et brillants qu'avant. Elle pressa sa main dans la sienne.

— Papa…, murmura-t-elle. C'est moi, Belle.

— Belle ?

À travers ses larmes, elle essaya de sourire.

— Oui, papa. Belle. Ta fille.

Le pli se creusa sur son front.

— Vous n'êtes pas ma fille, dit-il. Qui êtes-vous ? Vous n'êtes pas ma petite fille.

34

— Laisse-lui un peu de temps, lui dit Ben tandis qu'ils marchaient sur les pelouses à Fever Hill. Il récupère d'une blessure à la tête, ce n'est pas rien. Moi-même, quand j'ai repris connaissance, je ne savais plus qui j'étais.

Belle resta muette. Après plusieurs jours passés à naviguer entre conscience et inconscience, papa allait enfin mieux, et les médecins le disaient hors de danger. Mais elle n'était pas retournée le voir. Elle ne supportait pas l'idée qu'à nouveau il ne la reconnût pas.

— En plus, ajouta Ben, d'une certaine façon il a raison, non ? Tu n'es plus sa petite fille…

Elle lui lança un regard étonné.

— Tu es une adulte, ma chérie. Ce qui est drôle, c'est que ça s'est seulement produit pendant ces quelques derniers mois.

— Qu'est-ce que tu veux dire ?

Il la dévisagea ; avec son bandeau sur l'œil, il avait plus que jamais l'air d'un pirate.

— Quelque chose en toi, une nouvelle assurance, peut-être. Ce séjour en France t'a fait du bien. Comme si tu semblais enfin savoir qui tu es.

Sa perspicacité la laissa songeuse. Mais, même s'il avait raison…

— J'aurais quand même voulu que papa me reconnaisse…

— Il le fera. Donne-lui juste un peu de temps.

Deux jours plus tard, elle se laissa convaincre par Ben d'essayer de nouveau.

— En fait, expliqua-t-il en lui tendant la main pour l'aider à sortir de la voiture, tu me rends service. Sophie insistait pour que je lui rende visite et je repoussais le moment. Je n'ai jamais beaucoup aimé les hôpitaux.

Elle savait qu'il disait ça que pour la mettre à l'aise. Mais elle aurait aimé ne pas trembler aussi fort. Ben faisait semblant de ne rien remarquer.

Papa dormait. Comme la dernière fois, il n'avait pas du tout l'air malade. L'estomac de Belle se serra.

Il ouvrit les yeux, la dévisagea pendant un moment puis dit :

— Mon Dieu, comme tu as changé…

Elle avala sa salive. La bouche de papa s'arrondit en une esquisse de sourire, habituelle chez lui.

— J'ai toujours été content que tu sois aussi brune que ta mère.

Les yeux de Belle commençaient à lui piquer. Derrière elle, elle entendit Ben se lever et quitter la pièce.

Elle prit la main de son père.

— Comment est-ce que tu te sens, papa ?

Il fronça légèrement les sourcils.

— Oh, pas de larmes, Belle, je t'en prie. Je n'ai jamais pu supporter de voir une femme pleurer.

Elle hocha la tête et chercha son mouchoir.

— On m'a dit, reprit-il, qu'à ta première visite, je ne t'avais pas reconnue.

— Ça n'a plus d'importance maintenant, murmura-t-elle.

— Bien sûr que ça en a. C'est juste que… tu as l'air si différente. Si adulte, si raffinée…

Belle essaya de sourire. Depuis qu'elle était arrivée en Jamaïque, elle avait fait un effort pour atténuer son maquillage et son allure de Londonienne, afin de ne pas dérouter sa mère. Le fait que son père la trouvât encore « raffinée » était touchant. Mais cela élargissait aussi le gouffre entre eux.

Elle repensa à sa vie à Londres. À Osbourne et à la grippe, à Cairngowrie et à Adam. Il y avait tant de choses que papa ne savait pas.

Avec un pincement au cœur, elle se rendit compte que même s'il la reconnaissait maintenant, il ne savait toujours pas véritablement qui elle était. Elle était restée éloignée trop longtemps.

Le mois suivant, papa rentra à la maison. Le Dr Walpole y avait consenti, à la stricte condition qu'il ne sorte pas du lit plus de trois heures chaque après-midi, et seulement pour s'asseoir sur la véranda, histoire de changer de décor.

— Changer de décor ? grogna papa dès que le Dr Walpole eut tourné les talons. De quoi est-ce qu'il veut parler ? Notre chambre donne sur la véranda, la vue est la même. S'il veut vraiment que je change de décor, il faut qu'il me laisse aller à l'usine.

Ce qu'il aurait fait, d'ailleurs, si maman ne le lui avait pas formellement interdit.

Une fois qu'il fut rentré, Éden devint un lieu plein

d'animation. Ben et Sophie lui rendaient visite tous les jours, en plus d'amis et de relations de tout le nord de l'île pour lui présenter leurs respects. Belle se sentait comme une étrangère de passage dans une famille qui n'était pas la sienne.

Pour finir, la situation lui devint insupportable et elle alla s'installer avec Sophie et Ben à Fever Hill, invoquant la proximité du sanatorium de Burntwood où elle souhaitait travailler.

Les semaines passèrent.

Elle s'entendait à merveille avec Sophie et Ben et se rendait régulièrement à Éden, deux fois par semaine. Elle se porta volontaire pour travailler à Burntwood du lundi au jeudi, et on l'y accepta avec empressement.

Elle se lia aussi d'amitié avec Margaret, la petite sœur de Dodo, turbulente fillette de quatorze ans aux cheveux brun-roux, au charme gauche de jeune chiot, qui se mit à la suivre partout et à la harceler de questions sur la photographie.

Enfin, elle rassembla son courage et écrivit à Maud. Longtemps après, elle reçut une brève réponse l'informant qu'Adam « se remettait » mais ne pouvait toujours pas parler, et qu'il séjournait dans un hôpital pour convalescents à Farnborough.

Mars laissa la place à avril, puis avril à mai. Belle essayait de se sortir Adam de l'esprit, continuant à travailler à Burntwood et à rendre visite à Éden.

Son père et elle étaient toujours courtois et même affectueux l'un envers l'autre. Il l'interrogeait sur les Flandres et sur la photographie ; de son côté, elle lui parlait du domaine, prenant soin de montrer qu'elle avait lu ses lettres avec attention au fil des années, et qu'elle était au courant des modifications intervenues. Mais, une fois ces sujets épuisés, le silence s'installait entre eux, et ils étaient tous deux soulagés quand elle se levait pour partir.

Avec maman, les choses étaient plus difficiles. Bizarrement, ça s'était moins senti quand papa était en danger, parce que cela les réunissait. Maintenant qu'il allait mieux, la vieille contrainte avait réapparu entre elles.

— Elle doit être un peu désorientée, dit Sophie un matin où elles se rendaient à Burntwood.

Belle la regarda.

— Elle n'en donne pas l'impression. On croirait presque qu'elle m'en veut d'être là. Ou alors, elle est toujours en colère contre moi parce que je n'ai pas donné de nouvelles pendant ma grippe. En tout cas, chaque fois qu'on se voit, aucune de nous deux ne sait quoi dire.

Le chauffeur fit une embardée pour éviter une chèvre, et Sophie se retourna pour s'assurer qu'elle n'avait rien.

— Mais, Belle, reprit-elle, c'est juste une impression qu'elle donne… Tu n'es pas la seule dans la famille qui soit capable de jouer un rôle.

— Qu'est-ce que tu veux dire ?

— Réfléchis un peu. Elle ne t'a pas vue pendant sept ans, et pendant tout ce temps, c'est la pauvre Sibella qui a été ta mère, plus qu'elle. Puis tu es revenue à la maison à cause de ton père ; et maintenant tu habites avec nous à Fever Hill.

— Fever Hill est plus près de Burntwood, rétorqua rapidement Belle.

— De quelques kilomètres seulement.

— C'est maman qui m'a conseillé de trouver quelque chose à faire. C'est elle qui a suggéré que je donne un coup de main à Burntwood.

— Oui, mais…

— Tu penses que je l'évite ?

— Je pense que tu évites tout le monde. Depuis que tu es arrivée ici, tu t'es isolée. Je ne peux m'empêcher de me demander pourquoi.

Belle commençait à se sentir mal à l'aise. Ce fut un soulagement pour elle quand le grand portail de fer de Burntwood fut en vue.

— Oh, parfait, dit-elle, nous y sommes presque.

Sophie lui jeta un regard en coin.

Tandis qu'elles s'engageaient dans l'allée, Belle ne décollait pas les yeux de la fenêtre. Elle ne s'était jamais sentie aussi soulagée d'arriver au sanatorium.

C'était une grande et vieille demeure qui, au départ, avait appartenu à la famille de papa. À l'époque, elle s'appelait Seven Hills : monument datant de l'âge d'or des Lawe érigé pour célébrer leur pouvoir et leur prestige. Mais le vieux Duncan Lawe avait été cruel envers ses esclaves et, lors de la révolte de Noël 1832, ils l'avaient réduite en cendres. Obstiné, il avait rebâti une maison plus vaste encore sur le site original – plus grande que Fever Hill, plus magnifique même que Parnassus – et dans sa rancœur, l'avait appelée Burntwood [1]. Il était mort l'année suivante, sans avoir dormi une seule nuit dans sa nouvelle maison ; et, comme la reconstruction avait ruiné le domaine, son héritier avait été obligé de vendre peu de temps après.

Depuis, elle était passée par plusieurs mains, et on disait dans la région qu'elle portait malheur. On racontait aussi que lorsqu'un désastre était imminent, une odeur de cendres se répandait dans la galerie extérieure – même si elle n'était perceptible que par les gens doués de prescience, ou « à quatre yeux » comme on les appelait dans le nord de l'île.

1. Bois-brûlé en anglais. *(N.d.T.)*

Belle n'avait pas quatre yeux, et elle n'avait jamais senti les cendres dans la galerie. Mais parfois, quand le temps était sombre, elle avait l'impression de percevoir l'atmosphère de malheur qui planait sur l'endroit. Margaret Cornwallis semblait l'avoir remarqué elle aussi, car depuis peu, elle était devenue silencieuse et passait désormais le plus clair de son temps à enrouler des bandages dans son coin. Belle en était soulagée. Le harcèlement auquel Margaret la soumettait avait fini par l'épuiser.

Le chauffeur s'arrêta au pied des escaliers, et la vieille demeure se dressa devant eux comme un château de sorcière dans un conte. Elle avait de hauts pignons pointus et une façade aveugle, car les vérandas étaient fermées par des jalousies, pour créer une galerie à l'ancienne. Mais le plus extraordinaire était la structure massive en angle, sans fenêtres, en pierre de taille et ciment, édifiée dans l'aile ouest. Ses murs s'élevaient sur l'équivalent d'au moins deux étages et son arête aiguë faisait farouchement saillie vers le nord, comme la proue d'un énorme bateau.

La première fois que Belle l'avait vue, dans son enfance, elle en avait été terrifiée. Elle avait refusé de sortir de la voiture jusqu'à ce que papa lui eût expliqué que c'était un coupe-vent, un endroit sûr où les gens venaient autrefois s'abriter contre les ouragans.

« Il y a de la place pour au moins dix personnes à l'intérieur », lui avait-il dit.

Cela avait amené Belle, qui avait alors sept ans, à se demander comment on choisirait les dix personnes qu'on mettrait à l'abri et celles qui devraient affronter l'ouragan.

— Je crois, dit Sophie, levant les yeux vers la façade

de pierre sans fenêtres, que je comprends finalement pourquoi tu aimes cet horrible endroit.

— Je ne l'aime pas vraiment. Je travaille ici, c'est tout.

— Hum, fit Sophie, dubitative. Tu donnes de temps en temps des cours de photographie, et tu lis les journaux aux convalescents. Oh, et parfois tu prends le thé avec la petite sœur de Dodo, qui n'ouvre pas la bouche. On peut appeler ça travailler, oui.

Belle sentit ses joues s'empourprer.

— C'est maman qui m'a suggéré de venir ici, dit-elle, sur la défensive.

Mais Sophie repoussa l'argument.

— La vérité, c'est que tu as beaucoup de choses en commun avec cet endroit, tu ne crois pas ?

Elle tendit le menton vers les murs du coupe-vent, aveugles et menaçants.

— Fermé aux étrangers. Repoussant les gens de passage. Ce n'est pas une manière de vivre, Belle chérie.

Belle sortit de la voiture et referma la portière.

— À ce soir, dit-elle.

Elle en voulait à Sophie d'être si perspicace.

Bien sûr que Burntwood était un refuge. Elle aimait sa laideur et sa façade aveugle ; elle aimait la monotonie du travail qu'elle y faisait, qui la laissait trop fatiguée pour réfléchir à la fin de la journée.

Avec effort, Belle se sortit Sophie de l'esprit. Elle passa la matinée à lire des articles du *Gleaner* à une salle remplie d'anciens combattants aveugles, l'après-midi à enseigner l'importance de la distance focale à trois officiers en fauteuil roulant qui lui faisaient du charme. Le temps qu'elle revienne dans le débarras où elle rangeait son appareil photo, que l'infirmière en chef appelait pompeusement « le bureau de miss Lawe », c'était l'heure du thé, et une lettre l'attendait sur sa table. Elle reconnut les armoiries gravées du duc de Kyme.

J'ai pensé à t'envoyer ça au sana, écrivait Dodo, *puisque tu n'as pas l'air d'être restée avec ta maman. (J'espère qu'il n'y a pas de problèmes !) Comme ça, je suis sûre qu'elle te parviendra.*

Belle soupira. Encore une qui pensait qu'elle aurait dû rester à Éden…

J'écris pour te demander de l'aide, continuait Dodo avec son habituelle franchise, *mais pas pour moi, pour Mags.*

Mags ? Oh, bien sûr, Margaret.

C'est juste qu'elle a tellement changé pendant ces dernières semaines. Je le vois à ses lettres. Avant, elle faisait des dessins à se tordre de rire dans les marges et gribouillait toutes sortes de plaisanteries absurdes, et tout à coup, ce ne sont plus que des petites lettres bien consciencieuses. Je ne sais pas ce qui lui est arrivé, et je me disais que tu pourrais essayer de le découvrir. Elle a toujours été un vrai moulin à paroles, une enfant absolument intrépide et prête à tout…

Belle se sentit prise de culpabilité. Elle avait elle aussi remarqué le changement chez Margaret, mais avait été trop absorbée par ses propres soucis pour s'en préoccuper vraiment.

… et maintenant elle est – eh bien, elle a changé. Esmond explique ça par le fait qu'elle découvre les tropiques, mais je ne le pense pas. Bien sûr, quoi que j'avance comme hypothèse, Esmond me contredit systématiquement. Je me range toujours à son avis, bien entendu, parce que ça ne sert à rien de s'obstiner à lui opposer une opinion quand il a arrêté la sienne…

Oh, Dodo, pensa tristement Belle. Est-ce que c'est ça ta vie ? Faire constamment des courbettes à Esmond ?

… mais, tout à fait entre nous [1], *je ne peux m'empêcher de sentir qu'il y a autre chose. Désolée de t'ennuyer avec ça alors que je sais que ton père n'est pas encore complètement rétabli, mais je commence vraiment à être un peu inquiète* – ce qui, venant de Dodo, signifiait sans doute qu'elle passait des nuits sans sommeil depuis plusieurs semaines –, *même si bien sûr je ne te demande pas de tout porter sur tes seules épaules. Le vieux Cornelius Traherne, en particulier, est absolument merveilleux et l'a vraiment prise sous son aile, en lui faisant faire de charmantes longues promenades, en lui montrant son domaine, ce genre de choses…*

Le monde bascula jusqu'à la nausée.

Puis quelqu'un frappa à la porte, et Belle sursauta. Une des domestiques passa la tête dans la pièce.

— Missy Belle ? Miss Evie est là, elle est en route pour Fever Hill pour rendre visite à Missy Sophie, et elle demande si vous voulez l'accompagner…

Belle avala sa salive.

— Euh… oui, merci… Voulez-vous lui dire que je descends bientôt ?

La domestique jeta un coup d'œil à la lettre que Belle tenait à la main et se retira discrètement.

Cornelius Traherne a été absolument merveilleux et l'a vraiment prise sous son aile…

Les mots tournaient devant ses yeux. Jusqu'à maintenant, il ne lui était jamais venu à l'esprit qu'il y en ait d'autres.

1. En français dans le texte. *(N.d.T.)*

Ça ne peut pas être vrai, pensa-t-elle, parcourue d'un frisson glacé. Ça ne peut pas arriver de nouveau.

Et pourtant... Margaret Cornwallis n'avait que quatorze ans...

Rapidement, elle parcourut le reste de la lettre, mais il n'y avait rien d'autre sur Margaret ; juste des nouvelles de Kyme – auquel Dodo semblait s'être résignée. *Désolée d'insister autant*, disait-elle en conclusion, *mais tout ce que tu pourrais faire pour Mags serait tellement bienvenu...*

Tout ce que je pourrais faire ? songea Belle.

Mais que pouvait-elle faire ? Lui en parler ne l'empêcherait pas de continuer ; il ferait juste semblant de ne pas comprendre ce qu'elle lui dirait. Et personne ne la croirait jamais. Quand bien même on ajouterait foi à ses dires, ça signifierait qu'elle serait percée à jour.

Percée à jour, percée à jour. Cette seule idée la rendait physiquement malade.

Elle parvint à se lever et à rassembler ses affaires. Fourra la lettre froissée dans son sac, sortit de la pièce.

Il recommence, songea-t-elle. Cette idée résonnait en elle, lancinante, au rythme du sang dans ses veines. Il recommence avec quelqu'un d'autre...

L'heure du thé était bien entamée, les couloirs pleins d'infirmières et de chariots tandis que Belle quittait le sanatorium, traversant la galerie et descendant l'escalier de devant. Deux automobiles attendaient dans l'allée. Comme il n'y avait que huit voitures au total dans tout Trelawny, le spectacle avait attiré un petit groupe de jardiniers et de gardiens admiratifs.

L'une des voitures était la Mercedes-Benz grise d'Isaac Walker, propriétaire d'Arethusa, le domaine voisin. À l'arrière et souriant à Belle était assise sa femme, Evie, élégante comme toujours dans une robe d'après-midi vert menthe qui mettait en valeur sa peau lisse couleur café.

L'autre était la Daimler moutarde du domaine de Parnassus. Cornelius Traherne se tenait debout à côté, costume de lin blanc immaculé et panama, discutant amicalement avec l'infirmière en chef, descendue elle-même pour accueillir un visiteur aussi important. Il ne faisait pas mine de vouloir entrer. Visiblement, il attendait quelqu'un.

Margaret ? se demanda Belle. Il n'est quand même pas venu la chercher pour l'emmener faire une de ses « promenades » ?

Ça paraissait irréel rien que d'y penser. Aujourd'hui, il devait bien avoir au moins soixante-quinze ans. Il ne pouvait sûrement pas encore vouloir…

À ce moment-là, il se retourna, la surprit qui le regardait, et son visage se figea.

L'ombre du coupe-vent partageait sa figure en deux, la moitié dans la pénombre, l'autre dans la lumière crue du soleil. Il faisait assurément son âge, sa peau constellée de taches de vieillesse pendant sous son menton ; mais ses lèvres charnues étaient toujours aussi rouges et brillantes, ses yeux bleu pâle toujours imperturbables.

Il croisa le regard de Belle, inclina la tête vers elle avec une courtoisie désuète. Il savait qu'elle savait. Il savait aussi qu'elle ne dirait rien, qu'elle ne pouvait rien dire.

C'est toujours notre secret, semblaient dire les yeux pâles. *Et nous ne voudrions pas qu'il soit découvert, n'est-ce pas ?*

35

— Marche un peu avec moi, lui dit Evie quand elles arrivèrent à Fever Hill.

Belle n'avait guère le choix. La bonne leur avait dit que Sophie était à Falmouth – elle devait rentrer bientôt –, et que Ben était aux écuries. Elle ne pouvait pas laisser Evie toute seule sur la véranda.

Elles traversaient la pelouse derrière la maison. L'après-midi était si chaude que l'on pouvait presque voir l'herbe se dessécher sous ses yeux. Mais elle le remarquait à peine. Elle pensait à Margaret Cornwallis, qui auparavant la suivait et la harcelait de questions, et qui était devenue si silencieuse et renfermée. Elle pensait à l'ombre du coupe-vent sculptant le visage de Cornelius Traherne en ombre et lumière.

Il le faisait à quelqu'un d'autre...

— Si on montait la colline ? proposa Evie, la faisant sursauter.

— Quoi ?

— Jusqu'au cimetière. Pour se rafraîchir un peu.

Belle hocha distraitement la tête. Mais, tandis qu'elle jetait un regard en coin vers sa compagne, elle sentit un frisson d'appréhension la parcourir. Elle aimait bien Evie, mais elle avait aussi un peu peur d'elle, car Evie

Walker, née McFarlane, était différente des gens qu'elle connaissait. Evie savait comment évoluer dans deux mondes très différents, et elle glissait à volonté et sans effort de l'un à l'autre.

D'un côté, elle était l'épouse, belle et instruite, du maître d'Arethusa : vieille amie de Sophie et de Ben et professeur fort respecté (la Dame professeur, comme l'appelaient toujours les enfants du coin), qui avait donné des cours à Belle quand celle-ci était petite.

D'un autre côté, elle était la fille à quatre yeux de la sorcière locale. Elle en connaissait plus sur l'obeah que quiconque à Trelawny, et on la disait capable de voir les morts. Quand l'envie lui en prenait, elle rendait visite à ses cousins de la campagne, dans les Cockpits, où elle parlait le patois et jetait des sorts aussi facilement qu'on enlève ses chaussures.

Et il y avait autre chose encore. Sept ans plus tôt, quand Belle avait tant voulu éviter Cornelius Traherne, Evie avait catégoriquement refusé de lui jeter un sort. Sur le plan rationnel, Belle savait qu'elle avait eu raison, mais une part d'elle-même en avait toujours éprouvé de la rancune. Comme tous ceux qui avaient grandi dans le nord de l'île, Belle connaissait le pouvoir de la magie. Et parfois, elle se demandait si les choses se seraient passées différemment si Evie avait accepté.

Maintenant, tandis qu'elles passaient sous l'ombre d'un arbre à pain, elle jeta un coup d'œil à la femme élancée qui marchait à côté d'elle et se demanda quelle Evie elle regardait : l'ancien professeur, ou la sorcière aux vastes pouvoirs.

Elle n'eut pas longtemps à attendre pour le découvrir. Elles prirent le sentier qui serpentait jusqu'au sommet de Fever Hill et redescendait de quelques dizaines de mètres sur l'autre versant, jusqu'au cimetière de la famille Monroe. C'était une paisible cuvette verdoyante entourée de cocotiers et de tilleuls sauvages où, dans une poignée de tombes voûtées, sept générations de Monroe voyaient passer les décennies sous les longues herbes argentées.

Tandis qu'Evie passait entre les tombes, elle en effleura une ou deux du bout des doigts. Quand elle atteignit le vieux poinciana au bout du cimetière, elle promena le regard autour d'elle et fit un petit signe de tête, comme si elle était satisfaite que les morts reposent paisiblement, et qu'elle pouvait commencer.

Prenant place sur le banc sous le poinciana, elle fit signe à Belle de s'asseoir à côté d'elle.

L'appréhension de celle-ci grandit. Elle aurait voulu avoir le courage de s'enfuir.

Tandis qu'elle s'asseyait à côté d'Evie, quelque chose la fit se tourner et regarder vers le sud, derrière les champs de canne émeraude, jusqu'à la ligne bleu-gris des Cockpits. Là-bas, pensa-t-elle, parmi ces arbres bordant les Cockpits, s'étendait Éden. Une vague de nostalgie la parcourut.

— Alors..., dit Evie en suivant son regard. Tu n'as pas passé beaucoup de temps à la maison ces derniers mois.

Belle se retourna vers elle.

— Sophie t'a parlé...

Evie sourit.

— Oui, ça lui arrive de le faire, étant donné qu'elle est mon amie.

— Je veux dire, elle t'a parlé de moi.

— Il y a des choses que je peux voir par moi-même, tu sais. (Elle se pencha, cueillit une petite fleur pourpre et la fit tourner entre ses doigts.) À Burntwood, dit-elle tranquillement, quand tu étais dans l'escalier… J'ai vu ton visage.

La peau de Belle commença à lui picoter.

— Cornelius Traherne, continua Evie, les yeux baissés vers la fleur. La façon dont tu le regardais. Il y a un problème entre vous, je le sens.

Belle ne répondit pas.

Au-dessus de sa tête, un vol de sucriers s'abattit sur le poinciana, se disputant bruyamment. Le bruit râpeux des cigales résonnait à ses oreilles. Elle sentait l'odeur épicée de la poussière rouge et celle, forte et verte, des asparagus au milieu des tombes. Elle avait l'impression d'être prise au piège.

— C'est un mauvais homme, ce Mr Traherne, reprit Evie. Un destructeur, comme disait ma mère, que Dieu protège son âme.

Belle posa les mains de chaque côté de ses cuisses. Le banc était chaud sous ses paumes.

— Je me demande, dit-elle, aussi légèrement qu'elle put, à qui je parle en ce moment ? À Mrs Isaac Walker, ou à Evie McFarlane qui a quatre yeux ?

— À qui veux-tu parler ?

De nouveau, elle ne répondit pas.

— Tu sais, reprit Evie calmement, j'ai mes propres raisons de lui vouloir du mal. Et avant moi, ma mère avait les siennes.

Belle la contempla. Il avait fait ça avant… Il continuerait à le faire…

— Raconte-moi, demanda-t-elle.

Mais Evie secoua la tête.

— Tu n'as pas besoin de savoir. Ce que tu dois savoir, c'est quelque chose que ma mère m'a dite il y a longtemps. Elle m'a dit : « Evie, parfois tu peux te venger toi-même. D'autres fois pas. Cet homme, il a fait beaucoup, beaucoup de mauvaises choses. Et la vengeance viendra pour lui à la fin, mais pas par moi, et pas par toi non plus. » (Elle fit de nouveau tourner la fleur entre ses doigts.) Elle m'a fait jurer sur la tombe de mon arrière-grand-mère de ne jamais essayer de l'affronter ni de lui tenir tête.

— Pourquoi ?

— Il n'est pas nécessaire que tu le saches. Mais le fait est que la vengeance viendra. C'est ce que ma mère disait.

Belle sentit la colère monter en elle.

— Mais de qui ? Et quand ? Il est riche. Il est puissant. Il est bien considéré. Qui me croira jamais ? Je veux dire, s'empressa-t-elle de corriger, qui le croira jamais capable de faire du mal à quiconque ?

Evie haussa les épaules.

— Ça, je ne sais pas, Belle. Mais quelque chose va arriver, et ce n'est pas pour dans très longtemps. Cela fait un moment que je le sens en moi.

Elle ouvrit la main, laissa la fleur tomber, et Belle vit avec un frisson d'inquiétude que c'était un brin de madame-destin.

Evie mit une main en visière devant ses yeux, et de l'autre désigna l'extrémité du cimetière.

— Tu vois cette tombe là-bas ? Celle avec les armoiries gravées sur le côté ?

— Les armoiries Monroe ? Bien sûr. Et alors ?

— Ta mère est une Monroe, prononça Evie pensivement. Et Sophie aussi. Et toi aussi, en partie.

Elle garda le silence pendant un moment, puis reprit :

— J'ai toujours pensé que c'était une étrange chose de mettre un corbeau portant un serpent entre ses griffes dans des armoiries.

— Je ne comprends pas. Qu'est-ce que tu essaies de me dire ?

Evie se leva et épousseta sa jupe.

— Juste ça. Peut-être qu'il est temps pour ce corbeau de décider quoi faire du serpent.

Belle détourna la tête.

— Evie, ce n'est pas si simple…

— Bien, alors, dans ce cas…, dit doucement Evie. Mais réfléchis-y. Réfléchis à un moyen de te donner du pouvoir sur lui.

Belle fronça les sourcils.

— Tu n'as pas à utiliser ce pouvoir, continua Evie. Mais tu te sentirais bien mieux si tu l'avais. De savoir que si tu le voulais, tu pourrais percer le furoncle. (Elle esquissa un sourire.) Si tu me pardonnes une expression aussi indélicate.

Le pli se creusa dans le front de Belle.

— Evie, je ne comprends pas ce que tu veux dire.

Evie baissa les yeux vers elle. Dans l'éclat du soleil, son visage était indéchiffrable.

— Prends ton temps, Belle. Penses-y. Si ça doit arriver, tu trouveras un moyen.

Après son départ, la jeune femme s'assit auprès des tombes, écoutant monter et décroître le chant des cigales dans les hautes herbes, les sucriers qui se querellaient au-dessus de sa tête. Le soleil était fort, son éclat sur les tombes aveuglant. Dans les griffes du corbeau, le serpent se contorsionnait.

Enfant, Belle avait été fascinée par ces armoiries. Que fera le corbeau ensuite ? se demandait-elle. Est-ce qu'il mettra le serpent en pièces ? Est-ce qu'il le laissera tomber, pour que le serpent chute au sol et meure ? Ou est-ce qu'il se posera sur un carré d'herbe et le libérera, pour qu'il puisse s'en aller et faire davantage de mal ?

Elle ne voulait pas y penser maintenant. Et elle ne voulait pas non plus penser à la petite Margaret Cornwallis, qui avait été autrefois l'enfant terrible de la famille et qui passait maintenant ses journées à enrouler des bandages dans son coin.

Comment pouvait-elle, elle, Belle Lawe, mettre fin à quelque chose qui durait depuis si longtemps ?

Et pourtant, comment pourrait-elle continuer à vivre, à se regarder dans une glace, si elle ne faisait rien ?

Elle détacha une feuille d'asparagus et la broya entre ses doigts, pour respirer son odeur forte et verte.

Adam saurait quoi faire, pensa-t-elle tout à coup.

Avec colère, elle jeta la feuille. Pourquoi penser à Adam maintenant ? Quel intérêt cela avait-il ? Tout cela était terminé depuis des mois.

Retour à l'envoyeur. Pas de réponse.

36

« Il a juste besoin de temps », lui avait dit le Dr Ruthven, mais Maud commençait à avoir des doutes.

Ces jours-ci, Adam avait du temps en abondance, mais il n'allait pas mieux.

Je veux simplement la paix, avait-il écrit à la fin du mois de mars, avant de sortir de l'hôpital contre l'avis des médecin. *Alors je vous en prie, Maud, ne changez pas vos arrangements pour moi. Restez à la Maison avec Max ; il est bien installé avec vous maintenant, ce serait mauvais pour lui de déménager encore. Je serai parfaitement bien tout seul au Hall. En fait, je préférerais même cela. Je vais bien maintenant, vraiment. Mon bras est tout à fait guéri, je boite à peine, et tout ce qui me reste de ma blessure à la tête est une cicatrice qui ne ferait même pas peur à Max. Bien sûr, c'est ennuyeux de ne pas pouvoir parler, mais je m'habitue à ça aussi.*

Je sais, vous pensez que j'aurais dû écouter les médecins, mais la vérité est que j'en ai assez des hôpitaux. D'abord Wimereux, maintenant Farnborough. Je veux juste rentrer à la maison.

C'était quatre semaines plus tôt. Depuis, les choses se passaient parfaitement bien – en apparence. Adam leur rendait visite presque tous les jours, et emmenait Max faire de longues promenades sur la plage. Souvent, Felicity Ruthven venait les retrouver pour la journée. Deux fois, ils laissèrent sortir Julia, et la virent avec une admiration mêlée de crainte parcourir la plage en rase-mottes, mettant en fuite les sternes et les huîtriers pies avec ses cris perçants.

Mais Maud était trop honnête pour se berner. Adam n'était plus le même. Ses yeux n'avaient plus la même lueur. Son sourire paraissait forcé. Il jouait un rôle.

Elle comprenait parfaitement bien ce qui se passait, et s'étonnait que cela lui échappe. Ou peut-être qu'il ne voulait pas le voir.

Elle avait reçu deux lettres de Belle, envoyées de Jamaïque. Au début, elle avait pensé les ignorer, furieuse contre la jeune femme.

Mais Belle était Belle, et ses lettres étaient si franches, si remplies d'inquiétude pour Adam, qu'après beaucoup de colère et d'hésitations, Maud s'était laissé fléchir.

Elle n'avait quand même pas été jusqu'à parler à Adam de leur correspondance. Et ne lui avait pas non plus dit que Belle était partie pour la Jamaïque. Elle ne lui parlait jamais d'elle.

Malheureusement, Max l'ignorait. C'est la raison pour laquelle, un après-midi, alors qu'ils étaient assis pour le thé à Cairngowrie House, il montra fièrement à Adam une gravure d'une perruche émeraude dans son nouveau livre sur les oiseaux et lui dit :

— Celle-ci vient des Caraïbes. Miss Lawe en voit tout le temps en Jamaïque.

Il y eut un silence. Maud reposa sa tasse de thé. Adam fit semblant d'examiner la gravure avec intérêt. Max, toujours prompt à remarquer un changement d'atmosphère, se rendit compte qu'il en était responsable et regarda Maud avec inquiétude.

J'espère qu'il y a beaucoup de perruches dans le jardin de miss Lawe, écrivit Adam sur son bloc-notes, afin de rassurer le garçon.

Mais Max ne s'y laissa pas prendre, et Maud non plus. Peu de temps après, Adam trouva une excuse et prit congé. Un peu plus tard, Max enfila discrètement son manteau et sortit sur la plage pour broyer du noir. Maud le trouva à mi-chemin de la pointe, grimpant lentement sur son rocher préféré, puis sautant dans le sable mouillé pour voir à quelle profondeur enfonçaient ses pieds.

C'était une rude journée d'avril. La nuit tomberait une heure plus tard et le vent rugissait sur la plage, soulevant le chapeau de Maud et rosissant les joues de Max.

— J'ai fait de la peine au capitaine Palairet, dit celui-ci quand elle fut à portée de voix.

— Non, ce n'est pas toi, répondit-elle. C'est miss Lawe qui lui en a fait.

— Pourquoi est-elle partie d'ici ? demanda Max pour la centième fois.

Il avait beaucoup admiré Belle, et parlait encore avec nostalgie de l'après-midi des biscuits de zoo.

— Je ne sais pas, dit Maud.

Elle lui prit la main et y imprima une petite secousse.

— Mais nous savons pourquoi elle a dû partir pour la Jamaïque, n'est-ce pas ? Parce que son papa a été blessé dans un accident et qu'elle devait être avec lui. C'est normal.

— Hum, fit Max, dubitatif.

Il était trop intelligent pour ne pas deviner qu'elle ne lui disait pas tout ce qu'elle savait.

— Mais je croyais que le capitaine Palairet l'aimait bien…

— C'est vrai.

— Alors pourquoi…

— Max, ça suffit. Viens, maintenant. Il va bientôt faire nuit. Il est temps que nous rentrions.

Pendant qu'ils revenaient à la Maison, Maud pensa à Adam s'habillant pour son dîner solitaire, buvant son whisky solitaire, s'installant pour une soirée solitaire avec un livre, tout en tâchant de ne pas penser à ce que Max avait laissé échapper pendant le thé.

Elle se demanda si elle devait lui parler, essayer de le persuader d'écrire à Belle, et abandonner cette position de neutralité qu'elle avait adoptée. Mais elle se rappela alors le post-scriptum qu'il avait ajouté à sa lettre, un mois plus tôt.

En réponse à votre question, Maud : oui, j'étais au courant que Belle était dans les Flandres, et non, je ne l'ai pas vue. Quel aurait été l'intérêt ? C'est fini. Je ne vois pas de raison de remuer tout ça.

Belle était recroquevillée sur son lit, dans sa chambre de Fever Hill, contemplant l'enveloppe bleu ciel posée sur le couvre-lit.

Ça lui avait pris une semaine, mais elle était finalement parvenue à faire ce qu'Evie avait suggéré. Elle avait trouvé un moyen de pression sur Cornelius Traherne.

Grâce à la petite Margaret Cornwallis.

Le lendemain de sa conversation avec Evie au cimetière, Belle était allée voir Margaret au sanatorium.

Comme d'habitude, elle était seule, en train d'enrouler des bandages.

Belle se jucha sur une table et s'y assit en balançant les jambes. Se rappelant ses propres sentiments de confusion et de culpabilité, elle savait qu'elle devait aborder la jeune fille avec prudence – mais pas trop indirectement non plus. Ça pourrait aider Margaret si elle insinuait qu'elle soupçonnait ce qui se passait. Ça lui donnerait peut-être une chance de s'exprimer plus facilement.

— J'ai reçu une lettre de Dodo.

Margaret continua son travail. Elle était une réplique de sa sœur en plus petit et plus joli, avec des yeux noisette limpides et le teint clair, mais aussi le nez imposant des Cornwallis.

— Elle dit, poursuivit Belle, que toi et Mr Traherne vous êtes devenus amis.

Margaret en lâcha presque ses bandages.

— Ne t'en fais pas, dit doucement Belle. Je comprends. Je comprends vraiment. Je… *sais*.

Margaret ne répondit pas. Des taches rouges disgracieuses s'étalèrent sur son cou et enflammèrent ses joues.

— Je sais aussi, continua Belle, lentement et posément, que ce n'est pas ta faute.

Margaret mordit violemment sa lèvre inférieure. Elle avait des mains d'enfant, osseuses, aux ongles sérieusement rongés. Belle, la voyant lutter contre des émotions qu'elle était bien trop jeune pour comprendre, fut submergée de haine à l'égard de Traherne.

— Ces promenades…, reprit-elle en luttant pour garder une voix ferme. Où est-ce qu'il t'emmène ?

Un nouveau silence. Belle sentait ses joues s'empourprer. Elle détestait la situation autant que Margaret. Éprouver la même culpabilité, la même sensation d'être salie pour toujours…

Oui, ç'avait été douloureux pour toutes les deux, mais ça en avait valu la peine. Car aujourd'hui, l'enveloppe bleu ciel était posée devant elle sur le couvre-lit. Sa preuve. Si elle décidait de s'en servir, elle pourrait l'abattre. *Si...*

Mais Evie avait tort sur un point. Avoir prise sur Traherne ne l'apaisait pas. Au contraire, elle se sentait plus mal. Parce que si elle décidait d'utiliser ce qui était posé devant elle, elle aussi serait démasquée. Papa et maman sauraient qu'elle n'était pas ce qu'ils croyaient. Ils sauraient qu'elle était quelqu'un d'entièrement différent.

Sur le couvre-lit, l'enveloppe semblait palpiter comme une chose vivante. Du bout de son index, elle en toucha le coin, puis retira sa main. Maudite Evie. Maudite soit-elle, de l'avoir placée devant ce dilemme.

Et, après tout, pourquoi ferait-elle quelque chose maintenant ? Il n'y avait plus à s'inquiéter pour Margaret Cornwallis. Belle avait rapidement réagi et prévenu Dodo en lui envoyant un télégramme énigmatique : *Mags retourne à la maison. Sois patiente. Elle te racontera un jour. J'écrirai bientôt avec plus de détails. Belle*. La jeune fille avait été renvoyée à Southampton escortée par un cousin maternel de Mrs Herapath.

Margaret était en sécurité maintenant.

Et pourtant, Belle savait parfaitement que tout cela n'avait pas eu pour seul but de protéger Margaret Cornwallis, elle voulait aussi en parler à papa et maman.

— Mais je ne peux pas, dit-elle à voix haute. Je ne peux tout simplement pas.

Elle se traita intérieurement de lâche. Margaret ne serait pas la dernière, inutile de s'illusionner à ce sujet. Comment supporterait-elle le remords quand ça recommencerait, si elle ne parlait pas maintenant ?

— Lâche, murmura-t-elle.

Cependant, la seule pensée de révéler la vérité sur Cornelius Traherne la rendait malade.

Elle ramassa l'enveloppe, courut à sa commode et ouvrit violemment le tiroir de ses sous-vêtements. C'était singulièrement bien choisi de la cacher là-dedans.

Soulevant une pile de culottes en crêpe de Chine, elle glissa l'enveloppe en dessous, puis repoussa des deux mains le tiroir pour le refermer.

Voilà, pensa-t-elle quand ce fut fait. Maintenant, tu contrôles la situation.

37

Cairngowrie, au mois de mai, était au plus fort de son éclat. Les collines étaient embrasées d'ajoncs jaunes, les haies entrelacées de cerfeuil sauvage et de touffes d'aubépine couleur crème, les bois chamarrés d'ail sauvage et de jacinthes.

Cette année, la saison était particulièrement belle : le temps s'était soudain réchauffé, les journées étaient claires et ensoleillées. Le loch, songeait Adam tandis qu'il marchait sur le rivage avec Maud, Max et Felicity, était si bleu qu'on aurait pu se croire aux Caraïbes.

Il voyait tout cela, mais il ne pouvait pas véritablement le *percevoir*. Il n'était qu'un observateur. Les seuls sentiments qu'il pouvait éprouver – c'était vrai depuis l'explosion – étaient la frustration, l'irritabilité et une violente méfiance. Un besoin désespéré d'être seul.

Il regardait Max courir sur les dunes, les poches remplies de coquillages, ses jambes minces déjà presque bronzées, essayant en vain de surprendre les lapins avant qu'ils ne rentrent dans leurs terriers. Max adorait les lapins. Il n'arrivait toujours pas à se convaincre tout à fait que d'aussi belles créatures vivaient dans *ses* dunes, près de *sa* maison, et qu'il pouvait les voir chaque fois qu'il le voulait, librement.

Adam le regardait courir, et essayait de se sentir heureux.

Mois après mois, Maud avait réussi à transformer la personnalité du garçon. Disparu, l'enfant craintif au teint cireux, qui rentrait la tête dans les épaules chaque fois qu'on lui adressait la parole. Il passait maintenant beaucoup de temps dehors et s'était lié d'amitié, encore timidement, avec le jeune fils du révérend, Clovis. Il avait perdu toute peur d'aller dans les bois (malgré une rencontre cuisante avec une touffe d'orties), et avait récemment annoncé son projet de devenir l'ami des phoques.

Maud, elle aussi, semblait plus heureuse et détendue qu'Adam ne l'avait vue depuis des années. De cela également, il essayait de se féliciter.

Il se baissa pour ramasser un caillou et l'envoya ricocher sur l'eau. Les choses se passent aussi bien que tu pouvais le souhaiter, se convainquit-il. C'est exactement ce dont tu rêvais, la paix. Quelle importance, si tu ne peux pas parler ? Et qu'est-ce que ça peut faire si Belle…

— Cairngowrie est magnifique en mai, dit Felicity à côté de lui. Vous ne trouvez pas ? Les aubépines, les jacinthes, les ajoncs. Tout est si ravissant.

Adam lui répondit par le sourire qu'elle attendait, tout en réprimant un frisson d'irritation. Ces jours-ci, Felicity ne semblait jamais laisser passer une occasion de mettre les choses en mots. Tout ce qu'elle voyait, même le plus évident, le plus aveuglant, elle devait le décrire et le commenter. Peut-être s'imaginait-elle prêter sa voix pour permettre aux sentiments d'Adam de s'exprimer. En tout cas, cela devenait assez fastidieux.

— Et le loch est si bleu, remarqua-t-elle encore. Presque tropical, vous ne trouvez pas ?

Adam acquiesça de nouveau. Après tout, ce n'était pas sa faute si elle n'avait pas d'imagination.

À son soulagement, le père de Felicity l'attendait à la Maison pour la remmener à Kildrochet. Une fois assise dans la voiture, elle ouvrit la fenêtre et sortit la tête dehors.

— Nous vous verrons jeudi prochain, n'est-ce pas ? Oh, dites oui…

Ses mots s'adressaient à tous, mais c'était Adam qu'elle regardait.

— Bien sûr, dit Maud. J'ai déjà répondu à votre invitation. L'avez-vous oublié ?

Adam sortit son bloc-notes et écrivit : *Nous attendons ça avec impatience*. Il n'aimait pas faire l'hypocrite. D'une certaine manière, écrire un mensonge semblait pis que de le dire.

Viendrait un moment, pensa-t-il tandis qu'il les regardait s'éloigner, où il faudrait clarifier la situation au sujet de Felicity. Il veillait à ne pas lui donner de faux espoirs, mais ses visites devenaient de plus en plus fréquentes, et son père commençait à les associer dans une même affection.

Après leur départ, Max aida Maud à servir le thé dans le jardin. Adam oublia Felicity et se livra aux rayons du soleil sur le loch, aux sternes qui criaient et tournoyaient au-dessus de la Pointe.

— J'ai reçu une lettre ce matin, dit Maud en lui tendant sa tasse.

Elle déplaça l'assiette de biscuits sur la droite et ajouta :

— Elle est de Belle.

Adam lui lança un regard aigu, mais elle gardait les yeux baissés vers le plateau de thé.

— Est-ce que miss Lawe revient bientôt à la maison ? demanda Max.

Il y eut un silence et l'enfant jeta un regard en coin à Adam, pour voir s'il avait parlé mal à propos.

— Je crains que non, répondit Maud, en prenant soin de s'adresser à lui et non à Adam.

— Oh…, fit Max, déçu. Mais je croyais que son papa allait mieux ?

— Il va mieux. Beaucoup mieux, grâce à Dieu.

— Alors, pourquoi est-ce qu'elle doit rester en Jamaïque ? Ce n'est pas juste…

— Mais la Jamaïque, c'est chez elle. Et elle passe de bons moments chez son oncle et sa tante, et elle est bénévole dans un sanatorium pour officiers blessés.

Deux taches de couleur étaient apparues sur ses joues. Elle avait l'air d'un général qui vient d'entamer une campagne avec succès.

Elle avait programmé tout ça, pensa Adam. Il ne savait pas s'il devait en être amusé ou exaspéré.

— En fait, poursuivit Maud, continuant à s'adresser à Max, elle semble même passer de si bons moments que ça ne m'étonnerait pas qu'elle décide de rester en Jamaïque pour de bon.

— Oh, *non !* cria Max. Alors, nous ne la reverrions jamais !

— Je sais. Est-ce que ce ne serait pas terriblement dommage ?

Enfin, Maud releva les yeux et croisa ceux d'Adam.

— Je pensais juste, dit-elle calmement, que tu devais le savoir.

Adam se tenait à la fenêtre de la bibliothèque, regardant les derniers rayons du couchant caresser les ajoncs sur Beoch Hill. Il était dix heures et demie du soir et le jour s'assombrissait dans un de ces interminables crépuscules du Nord qui viraient imperceptiblement du gris perle au bleu-vert puis au cobalt le plus profond.

Une parfaite soirée de mai à Cairngowrie. Il aurait voulu que Belle soit là pour en profiter.

Au cours de la première semaine de son séjour, elle avait pesté contre le temps. *Je déteste l'Écosse. C'est si effroyablement gris.*

Ce n'est pas vrai, pensa Adam.

Tout à coup, sous ses yeux, les ultimes rayons du soleil flamboyèrent sur Beoch Hill, embrasant les ajoncs d'une ardente lueur dorée.

Adam retint sa respiration. Dans sa poitrine, quelque chose remua, quelque chose se ralluma. Un moment il éprouva une joie pure et grisante, presque de l'extase…

Ses yeux commencèrent à lui picoter.

Ah, mon Dieu, Belle, comme je voudrais que tu sois ici pour voir ça ! Je voudrais que tu voies les boutons-d'or dans les prés, et les silènes rouges près des ruisseaux, et les rhododendrons dans le parc, les jeunes fougères qui s'étalent dans les bois, et le loch, comme il paraît bleu au soleil…

Une image de Belle lui vint à l'esprit, étonnamment vivante. Pas Belle comme il l'avait vue la dernière fois, mais telle qu'elle était au plus fort de sa maladie, dans la mansarde à East Street : les yeux immenses, le visage blafard, vomissant sur lui du sang noir, tout en agrippant ses mains et en délirant à propos de serpents jaunes.

Belle, forte et faible à la fois, imprévisible, exaspérante.

Il aurait tant voulu qu'elle soit de retour.

Mais, alors que l'espoir revenait en rugissant dans ses veines, la peur lui avait emboîté le pas. Il se rappela la petite bombe qu'avait lâchée Maud à l'heure du thé. *Ça ne m'étonnerait pas qu'elle décide de rester en Jamaïque pour de bon.*

Mon Dieu, pensa-t-il, pris d'un frisson glacé. Il faut que tu la fasses revenir.

Le confort du cabinet médical était rudimentaire, en comparaison du cossu repaire tapissé de livres de Clive, mais il inspirait confiance. On disait du Dr Ayers qu'il était le meilleur de Glasgow. Visiblement, il n'avait pas de temps à consacrer à la décoration de son cabinet. Ni d'ailleurs à ménager ses patients.

— Je serai franc avec vous, capitaine Palairet, dit-il en posant ses coudes sur son bureau et en fixant Adam avec des petits yeux étonnamment bleus. Vous n'auriez jamais dû quitter Farnborough. Que vous l'ayez fait m'amène à m'interroger sur votre réel désir de guérir.

Il faut que je puisse reparler, écrivit Adam sur son bloc-notes.

— Vous ne paraissiez pas vous en soucier avant. Alors, pourquoi maintenant ?

Adam hésita.

Avant, ce n'était pas important. Maintenant ça l'est. Dites-moi juste ce que vous pouvez faire.

Le médecin l'examina, puis il hocha la tête comme s'il était satisfait.

— Dans des cas comme le vôtre, j'ai le choix entre plusieurs traitements. Mais je dois vous prévenir, capitaine Palairet, ils sont tous douloureux. Certains très douloureux.

Ça m'est égal, écrivit Adam.

De nouveau, le Dr Ayers le regarda fixement de ses

yeux bleus. Il semblait s'être convaincu de la résolution d'Adam, parce qu'il fit un autre signe de tête.

— Je commencerai par des séances de faradisation sur le cou et la gorge, déclara-t-il. De l'électricité, en langage courant. Si ça ne marche pas, des plaques chaudes à l'arrière de la bouche. Puis des impulsions plus fortes d'électricité. Et si cela ne fonctionne pas (il eut un sourire sinistre), ma méthode préférée : une cigarette allumée sur le bout de la langue.

Adam y réfléchit un moment, puis il reprit son stylo.

Essayez-les toutes, écrivit-il.

38

Le jour où l'ouragan se leva, il faisait chaud et il n'y avait pas de vent.

Les rainettes avaient fait du bruit toute la nuit, et Evie avait mal dormi. Sa mère était venue la visiter dans ses rêves, et ce n'était pas arrivé depuis qu'elle avait été portée en terre.

Evie roula sur le côté, regarda la poitrine de son mari monter et descendre au rythme de sa respiration. Puis elle se glissa hors du lit, replaça la moustiquaire et sortit de la chambre en enfilant son peignoir. Elle ne mit pas ses chaussons. Quand un mort lui rendait visite, elle préférait sentir le sol sous ses pieds. Ça l'aidait à réfléchir.

Descendant à pas feutrés l'escalier de la véranda, elle sortit dans le jardin. Le jour commençait tout juste à poindre, et de la brume flottait au milieu des bambous géants. Les pique-orange jacassaient dans les bananiers. Un lézard s'enfuit à son approche.

Les pluies étaient venues tard cette année, fin mai, mais elles avaient accompli leur œuvre régénératrice, et les arbres autour de la maison étaient couverts de fleurs : poincianas écarlates, rosiers de juin mauves, et les pâles fleurs vertes de l'amandier sauvage. L'air était lourd du parfum des réglisses et des lis araignées. Evie prit une grande inspiration, mais elle continuait à se sentir oppressée.

Comme la plupart des grandes maisons de Trelawny, Arethusa faisait face au nord. De là où se trouvait Evie, les champs de canne s'étendaient loin vers l'est, tandis que la pénombre brumeuse de Greendale Wood se massait à l'ouest. Plein nord, suivant le cours de la Martha Brae, c'était l'entaille rouge de la route d'Arethusa, et au loin se profilait l'éclat remuant de la mer. Evie pressentait que des ennuis viendraient du nord. Mais elle ne savait pas si c'était la rivière, Falmouth, ou la mer elle-même qui les apporterait.

Laquelle des trois ?

Dans son rêve, sa mère marchait silencieusement le long de la route de Fever Hill, ses pieds nus soulevant des volutes de poussière rouge. Elle arborait ses atours d'obeah : sa jupe verte imprimée, retroussée jusqu'aux genoux pour montrer ses mollets bruns et luisants, autour de la tête le foulard blanc qu'elle portait pour faire de la magie. Le collier de becs de perroquet tintait doucement sur sa poitrine.

Tandis qu'Evie la regardait, immobile et silencieuse, sa mère s'était arrêtée et retournée pour lui faire face. Elle se tenait au carrefour de deux routes : l'une serpentant au nord vers Parnassus et la mer, l'autre passant, au sud, entre les pavillons de gardiens qui marquaient l'entrée du domaine de Fever Hill.

Grace McFarlane avait étendu les bras en travers de la route, projetant, d'une de ses mains aux longs doigts, une ombre sur le chemin de Parnassus, traçant de l'autre les boucles du serpent sur le pavillon de Fever Hill. Puis un grand vent avait soufflé de la mer. Il avait fait tomber Evie sur les genoux, mais Grace était restée imperturbable au cœur de la tempête, mère des ténèbres, son visage aussi dur et lisse qu'une sculpture en acajou.

Qu'est-ce que ça signifie ? se demanda Evie, alors qu'elle allait s'asseoir sur les marches de la véranda.

Une colombe rousse se posa près de son pied et la contempla de ses yeux rouges et brillants. Elle fit un geste de la main pour la chasser. La colombe s'envola à quelques mètres de là, pour bientôt revenir en se dandinant.

Un oiseau duppy n'était pas un bon signe. Malgré la chaleur, Evie serra son peignoir autour d'elle.

Sa mère avait envoyé un avertissement. Mais pour qui ?

Dans son cœur, Evie sentait que ce devait être pour Belle. Cette main brune caressant les armoiries des Monroe…

Et pourtant, les esprits aiment mystifier les gens. Il est facile de se tromper sur le sens de leurs messages, et les conséquences sont parfois terribles. Evie le savait mieux que personne.

Le soleil chauffait de plus en plus, semblant aspirer l'air dans ses poumons. Mais s'il s'agit de Belle, pensa-t-elle, pourquoi aujourd'hui ? Qu'y a-t-il de spécial aujourd'hui ?

Puis ça lui revint. Sophie l'avait mentionné pendant le thé, l'autre après-midi.

« Jeudi est un grand jour, avait-elle dit. Maddy va à Burntwood examiner les plans de la nouvelle extension. Je t'ai dit qu'elle faisait partie du conseil d'administration du sanatorium ? C'était mon idée, pour qu'elle soit plus proche de Belle. Jusqu'ici ça n'a pas très bien marché, elles continuent à s'éviter – ou elles ne communiquent pas vraiment, ce qui revient au même. Mais ce jeudi, ça leur sera impossible, car il y a un déjeuner de prévu. Alors, croisons les doigts et espérons que ça se passera bien. »

Burntwood, pensa Evie.

Sautant sur ses pieds, elle monta l'escalier en courant. Puis s'arrêta brutalement.

Une colonne de fourmis rouges traversait la véranda et serpentait jusque dans la maison. L'estomac d'Evie se serra. Son vieil oncle Eliphalet lui avait appris les signes annonciateurs du temps avant qu'elle sache lire, et maintenant sa voix résonnait dans sa tête.

Des fourmis rouges qui entrent dans la maison, ça veut dire que le grand vent va souffler.

À Éden, au milieu de la matinée, une légère brise s'était brusquement levée : juste assez pour soulever la crinière du poney, tandis que Moses sortait le dog-cart des écuries.

— Tu sais, tu pourrais prendre la voiture, dit Cameron à sa femme qui se tenait dans l'entrée, boutonnant son cache-poussière.

— J'ai besoin d'air, lui répondit-elle par-dessus son épaule, et les jumeaux aussi. Ça nous fera du bien.

Portant les mains à ses tempes, elle lissa ses cheveux en arrière. Puis elle croisa le regard de Cameron dans le miroir et sourit. Elle était nerveuse. Il aurait aimé la rassurer.

Il la suivit dehors, dans l'escalier, et jeta un coup d'œil vers le ciel. Un vol de corneilles filait en direction des collines.

— Le temps pourrait bien se couvrir, murmura-t-il. Tu ferais mieux de laisser Moses conduire.

— Tout ira bien. De toute façon, si tu es inquiet, tu peux toujours venir avec nous et conduire toi-même.

Il soupira.

— Je te l'ai dit, j'ai des choses à voir ici.

— Sottises, fit-elle, tandis qu'il l'aidait à monter dans le dog-cart. Tu restes en retrait pour me donner une occasion d'être seule avec Belle.

Il rit.

— Je suis transparent à ce point ?

Elle lui jeta un regard en coin.

— Alors, ma chérie, toi aussi. Tu n'emmènes les jumeaux que pour t'octroyer un réconfort moral.

— Qu'est-ce que c'est, un réconfort moral ? demanda Lachlan.

— C'est ce que tu emportes quand tu es nerveux, dit Cameron en le soulevant pour le hisser dans le dog-cart.

— Comme un ours en peluche ? s'enquit Douglas, qui attendait son tour.

— Ou une griffe de perroquet porte-bonheur, commenta Lachlan, tandis que son frère atterrissait à côté de lui.

Pendant que Madeleine rassemblait les rênes, Cameron posa sa main sur la sienne.

— Tout ira bien, lui dit-il. Tu l'aimes et elle t'aime. Vous avez juste besoin de commencer à vous parler. C'est aussi simple que ça.

— Messieurs, annonça-t-elle en hochant la tête, on y va. Je t'attends là-bas pour le déjeuner. À une heure précise. *Promets* que tu ne trouveras pas une excuse pour ne pas venir.

Il rit de nouveau.

— Quoi qu'il arrive, j'y serai. Je le promets.

Belle arpentait la galerie, à Burntwood, quand elle entendit le dog-cart rouler dans l'allée.

— Ils sont là, déclara Drum, qui était venu passer la journée par esprit de solidarité. Oh, ajouta-t-il avec un sourire, elle a amené les garçons. Tu veux que je vous en débarrasse un moment ?

Belle acquiesça.

— Mais pas tout de suite.

C'était ridicule de se sentir nerveuse comme ça, mais elle avait à peine vu sa mère depuis des semaines. Chaque fois qu'elle venait à Éden rendre visite à papa, maman était soit sortie, soit occupée avec les jumeaux. La gêne entre elles n'avait pas diminué. Elle avait plutôt grandi.

Serrant ses paumes l'une contre l'autre, elle fut surprise de les trouver moites de transpiration. Et le temps n'aidait pas. Il avait fait une chaleur oppressante toute la matinée, mais maintenant un vent du nord avait commencé à souffler, et des nuages venaient assombrir le ciel de midi.

— Du mauvais temps se prépare, avait dit une des infirmières à Belle alors qu'elle descendait l'escalier. Les abeilles se terrent chez elles, c'est signe de pluie. Sûr et certain.

Déjà les jumeaux sautaient du dog-cart. Drum se tourna vers Belle.

— Prête ?

Elle acquiesça. Sa main chercha le cartable qui pendait à son côté. Bien que cela lui parût un peu stupide, elle avait suivi la suggestion de Sophie, et apporté certains de ses portraits photographiques.

« Si ça se passe mal entre vous, lui avait dit Sophie, montre-lui tes photos. Ça lui fera plaisir de les voir. Tu ne me croiras peut-être pas, mais elle est terriblement fière de toi. »

Le cartable contenait aussi autre chose. Quelque chose que tout le monde ignorait, sauf Belle.

Pendant plusieurs jours, l'enveloppe bleu ciel était restée cachée dans sa commode. La veille seulement, après ses adieux à Margaret Cornwallis, elle s'était sentie assez courageuse pour la sortir.

« Raconte tout à ta sœur, avait-elle exhorté Margaret, tandis qu'elles se promenaient dans les ruines du vieux village d'esclaves à Fever Hill. Dodo est la personne la plus gentille que je connaisse. Elle comprendra. Surtout maintenant que mon télégramme a… préparé le terrain.

— Je le ferai », avait dit Margaret en regardant le sol.

Puis, tout à coup, elle avait relevé la tête et fixé Belle d'un regard intense.

« Ça m'aide tellement que tu saches. Et que ça… (elle prit une grande inspiration et termina sa phrase la gorge serrée)… que ça ne te choque pas. »

Belle en avait été profondément remuée.

« Bien sûr que ça ne me choque pas, avait-elle assuré, passant son bras autour des épaule de la jeune fille et la serrant contre elle. Pourquoi est-ce que ça me choquerait ? Rien de tout ça n'est ta faute. Rappelle-toi bien ça, Margaret. Ça n'est pas, ça n'a jamais été ta faute. »

Pas ta faute, se répétait-elle maintenant, alors qu'elle regardait Drum aider sa mère à descendre du dog-cart. Comme c'était étrange qu'il ait fallu que ça soit arrivé à Margaret Cornwallis pour qu'elle l'admette enfin pour elle-même.

Ses doigts se serrèrent sur l'enveloppe bleu ciel. Sa preuve. Le moyen d'abattre Cornelius Traherne.

Qui sait, pensa-t-elle. Je l'utiliserai peut-être aujourd'hui.

Sophie fut irritée de découvrir que ses mains tremblaient tandis qu'elle épinglait son chapeau. Si elle ne se dépêchait pas, elle serait en retard à son rendez-vous. Et elle n'avait toujours pas décidé si elle annoncerait cette nouvelle à Ben ou si elle attendrait un moment plus opportun, quand elle serait sûre.

Elle jeta un coup d'œil à son reflet dans le miroir et décida qu'elle attendrait. Mais tandis qu'elle descendait l'escalier en courant vers Jericho qui tenait la porte de la voiture, elle changea d'avis.

Pour trouver Ben, ils devaient aller jusqu'aux portes du domaine et ensuite tourner à gauche, prendre à l'ouest la route de Fever Hill jusqu'à l'orée de Pinchgut Wood, où Ben avait installé une arène de dressage au bord de la propriété. Il était dans l'enclos avec sa nouvelle jument grise qui semblait lui causer des problèmes.

Quand il vit Sophie sortir de la voiture, il galopa vers elle. Mais il ne descendit pas de cheval, et il était visiblement préoccupé.

— Je ne comprends pas ce qu'elle a, lui fit-il en posant la main sur l'encolure luisante de la jument. Hier, elle était parfaitement docile, et aujourd'hui elle m'a presque jeté par terre…

— Ben, l'interrompit Sophie d'un ton impatient, je peux te dire un mot ?

— Bien sûr, répondit-il, mais il continuait à regarder sa monture.

— Tu m'écoutes ?

— D'accord…

— Oh, peu importe, marmonna Sophie. Je te le dirai plus tard.

Tournant les talons, elle retourna à la voiture. À sa surprise, elle se rendit compte qu'elle refoulait ses larmes. Et le vent qui se levait et la poussière lui fouettait les yeux ne l'aidaient pas à se maîtriser.

C'est ce maudit temps, songea-t-elle, en demandant à Jericho de la conduire en ville. Je ne serais pas surprise si nous avions de la tempête.

— Qu'est-ce qu'elle a ? murmura Ben en regardant sa femme s'éloigner. Et toi aussi, ma beauté, qu'est-ce que tu as ? demanda-t-il à sa jument.

Celle-ci fit un écart et lança la tête en l'air.

Avec un soupir, Ben sauta à terre et commença à la faire marcher en cercle, en lui parlant à voix basse. En général, les chevaux l'écoutaient, mais aujourd'hui la jument ne voulait pas se calmer. Elle continuait à mâchonner son mors et à montrer le blanc des yeux.

Quand un cheval était inquiet, Ben y prêtait toujours attention. Il se demandait ce que la jument avait senti. Quoi que ce fût, ça n'annonçait rien de bon.

Un vieil homme en salopette bleue descendait de Pinchgut Hill. Lorsqu'il vit Ben, il s'approcha et se pencha par-dessus la barrière.

— Du mauvais temps qui s'annonce, maître Ben, dit-il.

Ben se dirigea vers lui avec la jument. Il connaissait le vieil Eliphalet Tait depuis des années, depuis l'époque où il s'était caché chez lui dans les Cockpits pendant quelque temps.

— Mauvais comment, père ? lui demanda-t-il, employant le terme en usage parmi les gens de la campagne.

Le vieil Eliphalet fit une grimace et suivit des yeux un vautour qui volait en direction des collines.

— Je m'en vais vous dire une chose, maître Ben,

commença-t-il. Là-bas à Salt Wash, les gens vont dans les terres, comme ce vautour.

Ben y réfléchit. Il regretta de ne pas avoir écouté ce que Sophie avait à lui confier. L'espace d'un moment, il songea à galoper derrière elle. Mais il ne rattraperait pas l'auto. De plus, si Eliphalet avait raison, et qu'une tempête se préparait – ou pis encore, Dieu nous en préserve –, elle saurait se mettre à l'abri en ville, où ça lui serait plus facile que pour lui ici.

Il passa mentalement en revue ses ouvriers et ses domestiques à la maison. C'étaient tous des gens compétents, qui savaient prendre les précautions nécessaires. Mais les chevaux – mon Dieu, les chevaux. Ce matin, on les avait ramenés des pâturages pour la visite mensuelle du maréchal-ferrant, et maintenant ils étaient tous dans l'enclos sur les rives de la Tom Spring. Si une tempête se levait, ils risquaient de paniquer et de se piétiner les uns les autres. Il fallait qu'il les ramène rapidement dans les écuries.

Il se retourna vers Eliphalet.

— Et vous, père ? Vous voulez aller jusqu'à la maison ? Vous abriter avec nous autres dans les caves ?

Le vieil homme fit un sourire qui dénuda ses gencives édentées.

— Vous inquiétez pas pour moi, maître Ben, je saurai bien me protéger. Mais faites attention à vous. N'allez pas perdre votre deuxième œil.

Ben lui retourna son sourire.

— Merci, j'y penserai.

Sautant en selle, il plissa les paupières en direction de la grande maison au loin. L'une des choses agaçantes quand on a perdu un œil, c'est le mal qu'on a à estimer les distances. Il devait bien y avoir cinq kilomètres jusque là-bas ; et, quand il y serait, il aurait tant à faire pour veiller à ce que tout le monde soit en sûreté…

Il ferait mieux d'y aller tout de suite.

Deux heures plus tôt

— Vous avez choisi un curieux moment pour une visite, capitaine Palairet, dit miss May Monroe en serrant ses griffes gantées de gris sur le pommeau de sa canne. Un ouragan se prépare. Vous ne le saviez pas ?

— Un ouragan ? s'étonna Adam. On m'avait dit que c'était seulement une tempête…

— On vous a mal renseigné.

Adam accueillit la nouvelle en silence. Il n'avait pas l'intention de se laisser impressionner. Il était venu pour avoir des informations et, ouragan ou pas, il avait l'intention de les obtenir. Même si ça devait lui prendre toute la matinée.

La vieille dame assise devant lui sur sa chaise en acajou avait passé le cap des cent ans le mois précédent. Elle était si maigre qu'il semblait inconcevable qu'il y eût de la chair et du sang sous les plis raides de sa robe de soie gris étain. Elle appartenait à une autre époque : une époque où une dame ne s'aventurait jamais dehors au grand jour, par crainte du soleil tropical ; une époque où on ne se laissait jamais aller en arrière contre le dossier de sa chaise.

— Un ouragan, répéta miss Monroe, et il y avait une lueur de satisfaction dans ses yeux bleus cernés de rouge. On peut en être sûr, capitaine Palairet. Tous les signes sont là. (Elle s'interrompit pour respirer.) Depuis hier soir, reprit-elle, la houle a battu les quais Monroe, les quais que mon père a bâtis. Et une longue houle, capitaine Palairet, une houle hors de proportion avec la force du vent, est un signe précurseur d'ouragan. Vous verrez bientôt que j'ai raison.

— Je n'en doute pas, miss Monroe, répondit Adam.

Et pourtant, assis tel qu'il l'était dans la sombre galerie lambrissée de bois, seulement éclairée par de faibles rais de lumière qui filtraient à travers les persiennes, ça paraissait impossible. Il entendait à peine les bruits de la rue au-dehors. Alors, un ouragan…

Il pensa à Max, qu'il avait laissé bavarder tranquillement avec Mrs Herapath dans sa petite maison, plus bas dans la rue ; Max qu'il avait amené en Jamaïque à la dernière minute, quand Maud s'était fait une entorse à la cheville.

— Il n'y a pas lieu d'être inquiet, dit miss Monroe avec une expression de froid mépris. Les gens de la ville se réfugieront dans l'église, comme ils le font toujours. St. Peter les aidera à traverser ça.

— Et vous, miss Monroe ? s'enquit Adam. Voulez-vous que je vous aide à aller jusqu'à l'église ?

De sa canne, la vieille dame frappa sur le parquet.

— Je resterai ici, dans ma maison, comme je l'ai toujours fait.

— Mais…

— Capitaine Palairet, j'ai vu plus d'ouragans que vous n'avez vu d'années. Et j'ai l'intention d'en voir un de plus. (Elle s'interrompit, et son étroite poitrine corsetée se souleva tandis qu'elle prenait une nouvelle inspiration.) De plus, ça n'arrivera pas avant quelques heures encore.

Adam se retint de sourire.

— Vous êtes très bien informée, miss Monroe.

— Je m'efforce de l'être, capitaine Palairet. Mais ne parlons plus du temps, dit-elle, écartant le sujet des ouragans comme s'il ne s'était agi que des pluies d'avril. Vous êtes arrivé dans le nord de l'île hier soir, sans doute impatient de voir votre... bien-aimée (elle prononça le mot avec dédain, et Adam se sentit rougir), et pourtant, je suis la première personne à qui vous rendez visite. Je trouve cela étonnant.

Adam ouvrait la bouche pour répondre, mais elle lui imposa le silence d'un regard.

— Permettez-moi de hasarder une supposition, capitaine Palairet. Vous cherchez des informations. Vous cherchez à en savoir plus sur Cornelius Traherne.

Adam était trop surpris pour répondre. La vieille dame avait raison. Sur le vapeur qui l'avait amené de Southampton, il avait eu beaucoup de temps pour réfléchir, et il s'était rendu compte que demander à Belle de l'épouser ne résoudrait rien en soi. Il y avait quelque chose avec Traherne, quelque chose qui dressait une barrière entre eux deux, du moins dans l'esprit de Belle. Il devait découvrir quoi. Alors, auprès de qui d'autre se renseigner que la vieille dame qui savait tout ce qui se passait à Trelawny ?

— Vous vous demandez comment je le sais ? (Les minces lèvres se serrèrent dans une moue de mépris.) Monsieur, vous avez claironné vos intentions au moment où vous êtes arrivé, en demandant où se trouvaient à la fois le gentleman en question et mon arrière-arrière-petite-nièce, miss Isabelle Lawe. Une singulière requête, et qui m'a remis en tête une visite que j'ai reçue il y a des années. (De nouveau, les griffes gantées de gris se raffermirent sur le pommeau de la canne.) Miss Lawe était encore une enfant à l'époque. (Elle fit une pause, comme si elle se plongeait dans ses souvenirs, puis revint au présent.) Un si mauvais homme, déclara-t-elle à la cantonade.

Adam sentit un malaise le gagner. Qu'est-ce qu'elle voulait dire ?

— Je connais depuis longtemps ce qu'il y a de pire en lui, poursuivit-elle. Mais j'ai attendu mon heure. (Le regard bleu et glacial revint vers lui.) Capitaine Palairet nous pouvons trouver un accord, car moi aussi, j'attends quelque chose de vous.

— Que puis-je pour votre service ?

— Je vis depuis exactement un siècle, commença miss Monroe, et cette année sera ma dernière.

Des protestations auraient été hypocrites, aussi Adam garda-t-il le silence. Ce qui lui valut une lueur glaciale d'approbation.

— Avant de mourir, je souhaite m'occuper d'une dernière affaire. (Elle fit une pause.) J'avais espéré obtenir l'assistance de mon arrière-arrière-petite-nièce, miss Isabelle Lawe. Mais elle n'a pas jugé utile de me faire l'honneur d'une visite. (Elle s'arrêta de nouveau et Adam se rendit compte, avec une pointe de compassion, combien cet entretien lui coûtait.) J'ai été… négligente, continua-t-elle. J'ai laissé les choses courir et maintenant il est presque trop tard. Aussi votre arrivée, capitaine Palairet, est-elle une chance à saisir. Sauf que je ne crois pas au hasard.

— Miss Monroe…

— Ne m'interrompez pas. (Une autre respiration malaisée.) Vous souhaitez épouser mon arrière-arrière-petite-nièce. Je veux régler mon affaire. Nos intérêts coïncident. Il faut abattre Cornelius Traherne.

Deux heures plus tard, Cornelius était assis devant un déjeuner solitaire, dans la salle à manger d'apparat de

Parnassus, quand un valet de pied l'informa qu'un colis était arrivé de Falmouth.

— Un colis ? s'étonna Traherne, levant les yeux de sa selle de mouton avec un air menaçant. Pourquoi diable m'embêtez-vous maintenant ?

Il n'était pas de la meilleure humeur. Son repas avait déjà été interrompu une fois, quand le vent du nord qui se renforçait l'avait obligé à quitter la véranda. Les interruptions nuisaient beaucoup à sa digestion, et ce vent n'y aidait pas non plus.

— Ça vient de la ville, maître Cornelius, dit le valet de pied, qui commençait à trembler. De miss May Monroe.

Traherne cligna des yeux. En soixante-quinze ans, il n'avait jamais reçu même une carte de visite de miss May Monroe. Qu'est-ce que ça pouvait bien être ?

S'essuyant la bouche avec sa serviette, il regarda le valet de pied apporter un paquet plat et allongé, légèrement plus grand qu'un livre, soigneusement enveloppé dans du papier brun et de la ficelle. Il paraissait assez ordinaire, mais le valet de pied semblait content d'en être débarrassé. Quelque chose dans son aspect fit frissonner Traherne.

— Dehors, dit-il aux domestiques.

Ils s'exécutèrent.

Son cœur battait désagréablement tandis qu'il coupait la ficelle. Le papier brun parut s'ouvrir tout seul. À l'intérieur, il y avait une simple boîte d'acajou jamaïcain poli, dépourvue d'ornementation, avec une épaisse enveloppe couleur ivoire posée sur le couvercle. Pour des raisons qu'il préféra ne pas approfondir, Traherne s'abstint de soulever ce dernier et décida de lire d'abord la lettre.

Il eut un petit choc en constatant que le nom au dos de

l'enveloppe, écrit en pattes de mouches, était celui de miss Monroe elle-même.

— Je me demande ce que me veut cette vieille sorcière, dit-il à voix haute.

Sa voix résonna dans la vaste salle à manger. Elle ne paraissait pas aussi posée qu'il l'aurait souhaité.

L'enveloppe contenait une simple feuille de papier à lettres ivoire, sur laquelle cinq lignes avaient été tracées avec soin. Il n'y avait pas de formule de politesse initiale. Peut-être pour la première fois de sa vie, miss Monroe avait négligé les convenances.

Depuis six générations, écrivait-elle, *votre famille, Monsieur, est une tache sur la paroisse de Trelawny. De tous, vous avez été le pire, et de loin.*

Traherne sentit la sueur perler sur son front. De tous les maudits…

J'écris pour vous prévenir que vous êtes sur le point d'être démasqué tel que vous êtes vraiment. Ce sera inévitable. Il est temps par conséquent pour vous de commettre le premier acte décent de votre longue et déplorable vie, en y mettant fin. La lettre était signée *May Alice Falkirk Monroe.*

Traherne essaya de rire. En marmonnant : « Espèce de vieille folle sénile… », il déchira la lettre en morceaux. Puis il déchira les morceaux en d'autres morceaux et les éparpilla sur le sol. Son cœur battait la chamade, il sentait son visage s'empourprer.

C'est cette fille Lawe, se dit-il, tandis qu'il se levait et commençait à arpenter la salle à manger. Elle a toujours été mauvaise. Dépravée, comme tous les Durrant. Ça se voit dans leurs yeux… Oh, oui, c'est elle. Elle a attendu son heure, mais maintenant elle a fait appel à cette vieille sorcière pour l'aider à m'avoir. Mais qu'est-ce qu'elle s'imagine pouvoir faire ? Qui la croira jamais ? Si ce n'était pas aussi bizarre, ce serait risible.

Vous êtes sur le point d'être démasqué... ce sera inévitable...

— Rien n'est inévitable, grommela Traherne entre ses dents, puis il sonna le valet de pied. Faites venir la voiture immédiatement, ordonna-t-il quand il apparut. Je dois aller à Burntwood, immédiatement.

Le valet avala sa salive, secoua la tête et essaya de parler, le tout en même temps.

— La voiture ne marche pas, maître Cornelius. Les pneus…

— Alors, sellez mon cheval ! aboya Traherne.

— Mais le vent, maître Cornelius, risqua le domestique. Il y a un grand coup de vent qui se lève, et…

— *J'ai dit,* sellez mon cheval !

Quand le valet de pied fut parti, Traherne se retourna vers la boîte posée sur la table. Son cœur battait toujours désagréablement, bien qu'il ne pût dire si c'était de rage contre Isabelle Lawe, ou pour une autre raison.

Mais il n'avait pas peur. Oh, non, pas le moins du monde.

Essuyant ses mains moites sur sa serviette, il souleva le couvercle.

À l'intérieur, sur un lit de velours bleu délavé, reposait un pistolet de duel à crosse d'argent.

— Mais il devrait être ici depuis une heure ! cria maman, en poussant les jumeaux devant elle dans le couloir.

— Maman, il ne serait pas parti avec ce temps-là, dit Belle, en haussant la voix pour couvrir le bruit du vent.

— Si. Il ne faisait pas aussi mauvais il y a une heure…

— Et papa avait promis, dirent Douglas et Lachlan à l'unisson.

Ils se tenaient l'un près de l'autre, jetant des coups d'œil à leur mère en ouvrant de grands yeux ronds.

Burntwood était dans un grand état de tumulte, mais sous contrôle. Les deux étages du haut avaient été évacués, les grands volets intérieurs solidement cloués. Les hommes se préparaient à aller s'abriter dans les caves, tandis que les infirmières amassaient fiévreusement des provisions d'eau et de nourriture dans le coupe-vent, s'apprêtant à un long séjour à l'étroit.

Dès l'arrivée de maman ou presque, le vent avait forci de manière alarmante. L'électricité avait été la première à flancher, et il faisait maintenant si sombre qu'ils pouvaient à peine trouver leur chemin dans les couloirs.

— Il a pu partir, puis avoir un accident, dit maman à Belle tandis qu'elle poussait ses enfants à travers le réfectoire vers l'aile ouest, où les portes du coupe-vent étaient ouvertes. Installe-toi là-dedans avec les jumeaux, je prendrai le dog-cart et…

— *Non !* crièrent Belle et Drum ensemble.

— Mrs Lawe, intervint Drum, écartant tout le monde pour laisser passer une robuste infirmière qui arrivait en hâte, une pile de couvertures dans les bras, vous ne pouvez pas conduire seule une voiture découverte sur de petites routes, pendant douze kilomètres et sous un ouragan.

— Je serai là-bas avant qu'il frappe, dit maman. Mais il faut que je trouve mon mari. Il n'a pas encore recouvré toutes ses forces, quoi qu'il en pense.

À l'autre bout du réfectoire, quelqu'un cria pour appeler Drum, et il tourna la tête.

— Je reviens, dit-il à Belle. Ne la laissez aller nulle part.

— Suis-moi, lui ordonna maman. Dans le coupe-vent avec vous tous. Vite. Les autres y sont déjà.

La grande porte en bois de balata ouvrait sur une salle plongée dans la pénombre, à peine éclairée par une lampe-tempête qui pendait du plafond. Un air frais mais sentant le renfermé provenait de l'intérieur. Les jumeaux contemplaient l'entrée d'un air hésitant.

— On doit vraiment ? demanda Lachlan.

— Oui, dit maman d'un ton brusque. Tout de suite. Soyez bien calmes et faites tout ce que votre sœur vous dit.

Ils avancèrent à contrecœur dans l'obscurité, où les infirmières les accueillirent avec de grands sourires.

— Maman, commença Belle, je ne te laisserai pas…

— Oh, si.

Son visage était résolu et, dans la lumière de l'orage, Belle voyait l'effort qu'elle faisait pour garder son sang-froid.

— Il devrait être là maintenant, murmura-t-elle. S'il est dehors sur la route, inconscient, ou pire…

Sa voix défaillit.

Par-dessus l'épaule de sa mère, Belle vit Drum réapparaître et descendre le couloir dans leur direction. Il avait l'air tracassé, mais ferme et déterminé. Elle réfléchit rapidement.

— Tu ne vas pas partir dans ce dog-cart, déclara-t-elle à sa mère.

— Belle, je t'ai dit…

— Non.

Posant les mains sur les épaules de Madeleine, elle la poussa à l'intérieur du coupe-vent.

— J'irai, moi. Toi, tu restes ici avec les jumeaux.

Sa mère ouvrit la bouche pour protester, mais Belle lui intima le silence.

— Pas de discussion.

Par-dessus son épaule, elle s'adressa à Drum :

— Tout le monde est à l'intérieur. Aidez-moi à fermer la porte. Et ne laissez pas ma mère sortir jusqu'à ce que ce soit fini. Quoi qu'elle dise.

Maman lui serra fort la main.

— Belle…

— Je le trouverai. Je te le promets.

Au dernier moment, juste avant de claquer la porte, elle plongea la main dans son cartable et en sortit l'enveloppe bleu ciel.

— Tiens, dit-elle en la lui mettant dans les mains. Si quelque chose arrive, ouvre-la. Tu comprendras.

— *Belle…*

Elle claqua la porte et Drum s'appuya contre.

— Je ne les laisserai pas sortir jusqu'à ce que ce soit fini, dit-il. Je le promets.

Belle se mordit la lèvre inférieure.

— Merci…

Elle partit vers les portes du bâtiment, mais il la retint.

— Belle, vous ne pouvez pas…

— Si, je le peux, répliqua-t-elle farouchement. Je ne suis pas folle, Drum. Je sais ce que je fais. Si je prends votre cheval et que je passe par les petites routes, je peux arriver à Éden avant l'ouragan.

— Mais vous n'en savez rien ! Je ne peux pas vous laisser…

— Vous n'avez pas le choix ! cria-t-elle. Maintenant, restez ici comme vous l'avez promis et veillez sur eux. Je dois retrouver mon père.

39

Des éclairs zébraient le ciel au-dessus de la mer, tandis que Belle pressait sa monture, en vue de l'usine de Maputah. Le vent lui hurlait aux oreilles. Des feuilles de palmier fouettaient l'air devant elle. Le ciel était aussi sombre qu'au crépuscule, et elle savait que l'ouragan ne tarderait pas à se déchaîner.

Mais, tandis qu'elle se penchait contre l'encolure de son cheval, une étrange et farouche exaltation s'empara d'elle. Quoi qu'il arrive maintenant, elle était libre. Elle avait donné l'enveloppe à maman. Elle avait percé le furoncle.

« Ça m'aide tellement que tu saches, lui avait dit Margaret. Et que ça ne te choque pas.

— Bien sûr que ça ne me choque pas, avait répondu Belle. Ce n'était pas ta faute. »

Ce n'était pas ta faute. Comme c'était simple. Comme c'était vrai.

Elle avait l'impression qu'un grand poids avait été retiré de ses épaules. Elle se sentait puissante et prête à tout…

Pour l'instant, elle devait retrouver papa.

Elle pénétra en trottinant dans la cour de l'usine, puis fit halte.

— Papa ! cria-t-elle.

Pas de réponse. Pressant le grand hongre, elle fit le tour de la chaudière et de la distillerie, du local du moteur à vapeur, de la remise à déchets, des ateliers des charpentiers et des tonneliers. Personne nulle part. Tant mieux. Ça devait signifier qu'ils s'étaient déjà mis à l'abri.

Mais tandis qu'elle tournait bride pour repartir, un cavalier apparut aux portes de la cour, lui bloquant le passage. À son grand étonnement, elle reconnut Cornelius Traherne.

Son visage était blanc et crayeux, de la sueur perlait à son front. Une feuille de palmier l'effleura, mais il ne tressaillit même pas. Ses yeux bleu pâle étaient fixés sur Belle.

Elle pressa son cheval pour le dépasser, mais il déplaça sa propre monture sur le côté pour la bloquer.

— Je ne vous laisserai pas faire ça, dit-il.

Sa voix était bizarrement plate, à peine audible pardessus le tumulte du vent.

— De quoi parlez-vous ? cria-t-elle. Ôtez-vous de mon chemin. Je dois…

— Vous ne pourrez jamais m'abattre. Je suis trop fort pour vous. Je serai toujours trop fort.

— Vous êtes devenu fou ? cria Belle. Nous sommes au milieu d'un ouragan ! Mon père est peut-être allongé quelque part, blessé sur la route, et vous vous inquiétez de votre réputation ?

— Je ne vous laisserai pas m'abattre, répéta-t-il, toujours de cette même voix morne et sans timbre.

— Je me moque de vous abattre ! hurla Belle, luttant pour garder le contrôle de sa monture. Tout ce que j'ai jamais voulu, c'était être libérée de vous !

Une furieuse rafale de vent souleva un panneau de zinc

sur le toit de la chaudière, et le cheval de Traherne poussa un hennissement strident.

— Je vous écraserai, siffla-t-il. Je vous écraserai comme un cafard.

Belle tira sur ses rênes.

— Cornelius, dit-elle, et le simple fait de prononcer son prénom accrut sa sensation de puissance. Vous ne voyez pas que c'est fini ? Vous ne pouvez pas comprendre ça ? Ce n'est plus notre « petit secret ». Les gens savent. Je suis libre. Vous ne comptez plus.

Pour la première fois, quelque chose vacilla dans les pâles yeux de chèvre.

Tandis que Belle lui faisait face, elle le vit tel qu'il était avec une clarté aveuglante : non plus le monstre de ses cauchemars, mais un vieil homme solitaire et méchant, à l'âme aigrie et pleine de noirceur.

— Maintenant, retirez-vous de mon chemin, lui ordonna-t-elle, puis elle enfonça ses talons dans le ventre de sa monture.

Traherne tenta de nouveau de lui barrer le passage, mais son hongre était plus rapide et elle parvint à franchir les portes. Tandis qu'elle prenait au galop la route d'Éden, elle entendit un énorme grincement derrière elle et se retourna pour voir une partie du toit de la chaudière se détacher et aller s'écraser au sol. La cour de l'usine, les portes, Traherne, tout disparut dans un nuage de poussière.

Elle piqua des deux et fila de plus belle.

Mais derrière elle, tandis que la poussière se dissipait, Traherne, tombé de sa selle, émergea des portes titubant, boitant, couvert de poussière, mais n'ayant pas lâché les rênes de son cheval. Tout en les tirant brutalement pour entraîner l'animal dehors, il plongea sa main libre dans sa sacoche de selle et en sortit un revolver.

Autour d'Adam, qui pressait son cheval de louage sur la route d'Éden, les bambous géants étaient balayés par le vent comme de simples brins d'herbe.

Pourquoi Belle avait-elle quitté Burntwood et était-elle partie pour Éden ? La ligne de téléphone avait été coupée juste au moment où Drum allait le lui dire, le laissant avec une crainte terrible et la conviction qu'il devait la retrouver, ouragan ou pas, avant (comme l'avait dit miss Monroe, d'une façon qui lui donnait des frissons) qu'elle ne commette quelque action insensée, comme se faire justice elle-même.

La raison pour laquelle Belle pourrait faire « quelque chose d'insensé » à Cornelius Traherne était une révélation que la vieille sorcière avait pris beaucoup de plaisir à faire à Adam, juste comme il allait repartir.

« Bien sûr, avait-elle dit, la voix pleine de répugnance, en ce qui concerne mon arrière-arrière-petite-nièce, ce n'est qu'une conjecture. Mais une conjecture fondée sur ce que je connais de l'homme en question, et sur cette visite qu'elle m'a faite il y a des années… »

Quand elle eut fini de le lui raconter, elle était assise très droite sur sa chaise et regardait Adam, qui s'efforçait d'assimiler la nouvelle.

Ça n'était peut-être qu'une conjecture, mais il savait qu'elle avait raison.

Belle était alors une enfant, une enfant de treize ans. Et Traherne avait fait ça…

En quelques instants, tout s'ordonna dans son esprit. Les accès d'autodestruction de Belle. Sa conviction qu'elle était à sa place dans les taudis. Sa peur de Traherne…

Miss Monroe lui avait fait promettre d'abattre celui-ci si elle ne vivait pas assez longtemps pour le faire elle-même : une promesse, lui avait-il répondu, dont il s'acquitterait avec plaisir.

— Alors, tâchez d'agir rapidement, lui avait-elle commandé, une lueur brillant dans ses yeux bleus. Je n'ai pas eu l'honneur d'une visite de la petite elle-même, comme vous le savez, mais d'après les informations que j'ai recueillies, je crois qu'elle est capable de quelque chose d'insensé. Peut-être de se faire justice elle-même.

Qu'est-ce qu'elle voulait dire ? Cherchait-elle à le mystifier, savait-elle ou pensait-elle savoir quelque chose ? Adam avait l'intention de ne prendre aucun risque à ce sujet.

Un poteau de téléphone emporté par la tempête arriva sur lui, et il l'esquiva juste à temps. Fais un peu attention, idiot, songea-t-il. Le but est de trouver Belle, pas de te faire tuer.

Mais, tandis qu'il talonnait sa monture qui donnait des signes de fatigue, il ne pouvait s'empêcher de repenser à ce jour sur la plage de Salt River, sept ans plus tôt. La fillette brune au visage grave qui marchait vers lui sur le sable blanc. Le vieux gentleman aux cheveux argentés qui la suivait nonchalamment, tenant une ombrelle au-dessus de sa tête. Comme s'il en revendiquait la propriété. Alors qu'ils s'approchaient, la fillette avait levé la tête, regardé Adam, et il avait saisi quelque chose dans ses yeux. Un appel ? Ou son souvenir était-il influencé par ce qu'il venait d'apprendre ? Peu importe. Ce qu'il se rappelait parfaitement bien, c'était qu'il venait de se disputer avec Celia et qu'il n'avait pas envie de compagnie – qu'il avait tourné les talons et était parti.

Eh bien, pas cette fois, se dit-il résolument.

Tandis qu'il se hâtait sur la route, un cavalier sortit au galop d'un chemin dans les cannes, tenant en main une jument grise qui lui donnait du fil à retordre. Il allait vite, sans regarder devant lui, et Adam évita de peu la collision.

— Regardez un peu où vous allez ! cria l'homme avec colère.

— Vous aussi ! riposta Adam.

— Bon Dieu ! s'exclama le cavalier, avant d'arborer un sourire de loup. Est-ce vous, Palairet ?

Adam le regarda de plus près et reconnut Ben Kelly, sur qui il était tombé deux ans plus tôt au QG du bataillon. Kelly était en manches de chemise, couvert de poussière, mais bizarrement, il semblait s'amuser. Avec son bandeau noir sur l'œil, on aurait dit un pirate.

— Il faut que j'aille à Éden, dit Adam. S'il vous plaît, Kelly, écartez-vous de mon chemin.

— Vous n'y arriverez pas sur cette rosse, commenta Kelly. Elle est crevée, vous n'avez pas remarqué ?

Avant qu'Adam ait rien pu répondre, Kelly avait amené son cheval à sa hauteur.

— Vous savez monter à cru ?

— Quoi ?

— Prenez la grise. Elle est pleine de feu. C'est pour ça que je viens de la poursuivre à travers la moitié de Trelawny pour la ramener à la maison.

Ce n'était pas le moment de discuter. En plus, il avait raison. Adam descendit rapidement de sa rosse de location, défit sa bride, et l'envoya au grand trot en direction de la ville. Pendant ce temps, Ben Kelly s'efforçait de se maintenir en selle, en évitant les branches emportées par la tempête, tout en gardant le contrôle de la jument grise jusqu'à ce qu'Adam ait sauté sur son dos.

— Alors, pourquoi Éden ? dit-il en lui lançant les rênes.

— Il faut que je trouve Belle.

À sa surprise, Kelly éclata de rire.

— Dans un ouragan ? Bon sang, Palairet, vous choisissez encore plus mal votre moment que moi !

Adam ne répondit rien.

— Maintenant que j'y pense, reprit Kelly en redevenant sérieux, vous n'êtes pas le premier idiot que j'ai rencontré se promenant dehors à cheval. Je suis tombé il y a un moment sur Cornelius Traherne. Il allait lui aussi vers Éden.

— *Traherne ?* cria Adam en retenant son cheval. Quand ? Quand l'avez-vous vu ?

— Il y a une demi-heure… Pourquoi ?

Les pièces du puzzle se mettaient en place, et Adam n'aimait pas le motif qu'elles dessinaient. Miss Monroe avait dû faire quelque chose qui avait alerté Traherne, il avait appris d'une manière ou d'une autre que Belle avait quitté Burntwood et se dirigeait vers Éden…

— Je pense qu'il cherche Belle.

Kelly ne perdit pas de temps à poser des questions.

— Alors, venez ! dit-il en tirant brusquement sur ses rênes. Qu'est-ce que vous attendez ?

Ben se sera réfugié dans les caves, songea Sophie tandis qu'elle suivait Mrs Herapath à travers l'église bondée. Elle tenta, en vain, d'imaginer son mari s'abritant calmement quelque part. Ça ne lui ressemblait pas. Il était plutôt du genre à prendre des risques idiots, et à se mettre…

Une rafale de vent fit vibrer les fenêtres et plus loin, dans la nef, une femme poussa un cri alarmé. On la fit taire aussitôt. Un vieil homme lui intima de ne pas avoir peur, ils étaient dans la maison du Seigneur. Même si un ouragan sévissait au-dehors, il n'y avait pas de raison de paniquer.

Il faisait si sombre qu'on alluma les lampes, et bientôt l'odeur du pétrole se mélangea à celle d'oignon, douce-amère, de la transpiration. Mais il y avait aussi des arômes réconfortants de café et de crêpes aux épices. Après tout, les gens devaient prendre des forces.

Sophie avait été l'une des dernières à arriver à St. Peter. Elle se sentait nerveuse, plus qu'elle ne l'aurait cru, et fut rassurée en voyant l'imposante silhouette de Mrs Herapath fondre sur elle.

— Quelle chance d'être tombée sur vous ! lui dit Mrs Herapath de sa voix musicale tandis qu'elle se frayait un chemin dans la foule, Sophie dans son sillage, tel un galion arborant de brillantes couleurs. Je me suis dressé un petit campement près de la tombe du vieux Mordenner, et j'ai rassemblé toute une troupe d'animaux errants. Tenez, si vous pouvez vous occuper de Max, lança-t-elle à Sophie par-dessus son épaule, en désignant un petit garçon aux cheveux roux assis au pied d'une grande tombe en forme de cylindre, et plongé dans un livre sur les perroquets.

Il avait un air vaguement familier. Avec un sursaut d'étonnement, Sophie reconnut le petit garçon de Sibella.

— Bonjour, Max, dit-elle, la surprise lui faisant momentanément oublier son inquiétude pour Ben. Qu'est-ce que tu fais en Jamaïque ?

— Nous venons juste d'arriver, répondit Max timidement.

— Son tuteur me l'a confié, précisa Mrs Herapath, comme s'il s'agissait d'un livre précieux.

— Adam Palairet ? Il est ici ?

— Je ne savais pas que vous le connaissiez, s'étonna Mrs Herapath.

Après avoir jeté un regard hésitant à Max, elle ajouta en français :

— Un homme extraordinaire. Il a dit qu'il devait « trouver quelqu'un » et il est parti à cheval ! Là-dedans ! commenta-t-elle en agitant sa main potelée vers le ciel noir à travers les fenêtres. Ce sont toujours les plus paisibles qui nous surprennent le plus, vous ne trouvez pas ? Ils ne sont jamais…

Elle fut interrompue par un fracas, des bruits de verre brisé, et le hurlement du vent devint soudain plus fort.

En levant la tête elles virent, près du transept, les branches d'un arbre passer à travers l'un des vitraux supérieurs de l'église. Les gens qui se trouvaient dessous avaient été généreusement aspergés de feuilles et de verre brisé, et ils brossaient leurs vêtements, secouant la tête d'un air de regret en contemplant leurs provisions gâchées. Certains d'entre eux levaient les yeux vers les branches et faisaient un signe de croix.

Serrant son livre contre lui comme un bouclier, Max tourna les yeux de Mrs Herapath à Sophie, et vice-versa.

Consciente d'être sous son regard, Mrs Herapath garda son calme et commença tranquillement à retirer son chapeau.

— Qu'est-ce que c'était ? demanda Max poliment.

— Seulement un arbre, mon chéri, répondit Mrs Herapath, la bouche pleine d'épingles à chapeau. Un de ces arbres duppies qui entourent l'église est tombé, le pauvre. Ça arrive tout le temps. Pas de quoi s'inquiéter. Ça laissera juste entrer un peu d'air frais qui ne nous fera pas de mal.

Max l'examina quelques instants puis, rasséréné, il reprit sa lecture.

Mrs Herapath croisa le regard de Sophie et haussa les sourcils.

— Incroyable la foi qu'ils ont dans les adultes à cet âge, dit-elle en français.

— Incroyable, répéta Sophie.

Elle venait juste de songer combien elle aussi trouvait rassurante l'imposante silhouette enrubannée de Mrs Herapath.

Un éclair terrifiant, un coup de tonnerre, et la pluie commença à marteler le toit. Sophie pensa à Ben et se convainquit qu'il s'était mis à l'abri, à l'heure qu'il était.

Les gens commençaient à prier avec ferveur. Mrs Herapath les contemplait avec curiosité ; elle-même avait renoncé au christianisme à la mort de son mari, en faveur du spiritisme. Elle leva son monocle pour regarder l'arbre duppy à travers la fenêtre, puis se pencha vers Sophie et lui dit à l'oreille :

— Je ne peux m'empêcher de penser qu'un peu de magie obeah serait plus approprié !

À Arethusa, ils finissaient de fermer les volets. Tout le monde était déjà dans les caves ou presque. Tout le monde sauf Evie.

À la porte de la cave, Isaac cria à sa femme de venir rapidement, mais elle lui rétorqua qu'elle avait quelque chose à faire d'abord. Voyant l'expression de son visage, il jugea plus sage de ne pas discuter.

Elle était maintenant dans la maison plongée dans la pénombre, telle la dernière survivante d'un bateau qui faisait naufrage. Le vent hurlait au-dehors et la pluie martelait le toit.

Courant jusqu'à sa chambre, elle prit son bankra et son bâton obeah sous le lit, puis sortit sur le porche à l'arrière de la maison. C'était de la folie : en quelques secondes, elle fut trempée jusqu'aux os, et elle avait toutes les peines du monde à rester debout sous l'assaut des éléments. Mais elle devait être dehors pour l'obeah.

Curieusement, elle n'avait pas du tout peur. Elle était prête à jeter un sort à la ronde. Pas pour se venger de Cornelius Traherne, non, elle n'allait pas enfreindre la promesse faite à sa mère ; mais pour l'empêcher de faire du mal à Belle.

Un éclair illumina les arbres, penchés presque jusqu'au sol ; dans sa lumière, le serpent sculpté sur le bâton obeah parut se contorsionner.

S'accroupissant sous le porche, Evie fouilla dans son bankra et en sortit le mouchoir de Cornelius Traherne, qu'elle avait confisqué à Belle sept ans plus tôt. Rapidement, elle l'entortilla sur lui-même et le noua autour du cou du serpent ; puis elle le barbouilla avec la pâte qu'elle avait préparée, de la terre de tombe et d'assa fœtida mélangées avec du jus de citron vert, plus quelques autres ingrédients.

Ensuite, s'arc-boutant sur ses jambes pour résister au vent, elle brandit en l'air le bâton obeah et se mit à chanter. Le pouvoir monta en elle à la vitesse d'un éclair.

Un éclair illumina le vieux guango qui gardait l'embranchement vers la grande maison d'Éden. Belle eut le temps de voir que le vent l'avait entièrement dépouillé de ses feuilles.

La maison était plongée dans l'obscurité. Des bardeaux s'envolaient du toit, rapides comme des flèches.

— Papa ! hurla-t-elle. *Papa !*

Elle ne pouvait pas atteindre la porte d'entrée. L'allée menant à l'escalier de la véranda était bloquée par les décombres du toit de la maison de bains. Enfonçant ses talons dans le ventre de son cheval, elle le poussa à travers et ils passèrent. Puis elle galopa jusque dans le jardin.

Un reflet blanc près de la véranda – il était là, en manches de chemise et trempé jusqu'aux os, comme elle-même, mais indemne, grâce à Dieu.

Quand il la vit, il se figea.

— *Belle ?* Qu'est-ce que tu fais ici ?

— Il fallait que je te trouve ! hurla-t-elle pour couvrir le bruit du vent.

Saisissant la bride de son cheval, son père l'arracha de sa selle et la prit dans ses bras. Tout à coup, elle tremblait si fort qu'elle pouvait à peine tenir debout.

— Il fallait que je te trouve, murmura-t-elle contre sa poitrine.

— Je croyais que tu étais à Burntwood, s'étonna-t-il, en la serrant dans ses bras. Je croyais que tu étais avec maman et les jumeaux.

— J'y étais… Ils sont… Ils sont dans le coupe-vent… mais moi, je…

Une terrible rafale les fit presque s'envoler. Au-dessus de leurs têtes, une partie du toit de la véranda se souleva puis fut projetée au sol, bloquant le passage vers les caves de l'autre côté de la maison.

Le cheval se cabra. Cameron saisit la bride d'une main, et passa son autre bras autour de Belle.

— Viens, lui cria-t-il à l'oreille. Pas le temps d'aller aux caves, mais je sais où nous pouvons nous réfugier.

Un coup de vent projeta ce qui, au bruit, paraissait être un arbre entier contre le mur extérieur du coupe-vent. Celui-ci ne frémit même pas.

Dans le local exigu et moite régnait une ambiance de camaraderie. Personne n'était exagérément inquiet.

Certaines des infirmières fredonnaient des cantiques joyeux ; plusieurs caressaient aussi, pour faire bonne mesure, de petits sacs de charmes pendant à leur cou. Les jumeaux se donnaient des coups de coude dans les côtes et riaient nerveusement. Tous savaient qu'ils étaient en sécurité dans le coupe-vent. Depuis cent soixante-dix ans qu'il était debout, il avait résisté à plus d'ouragans qu'on ne pouvait s'en souvenir, et protégé aussi le reste de la grande maison. Burntwood pouvait bien avoir la réputation de porter malheur, aucun ouragan ne l'abattrait jamais.

Une blanchisseuse souleva le couvercle d'un panier qu'elle avait sur les genoux et commença à distribuer des carrés de gâteau de maïs et des pralines de noix wangla. Elle tendit un morceau de gâteau à Madeleine, qui esquissa un mince sourire mais secoua la tête.

Cela faisait un peu plus d'une heure que Belle l'avait poussée à l'intérieur du coupe-vent. Avait-elle atteint Éden sans incident ? Trouvé Cameron ? Il lui semblait à peine imaginable qu'ils puissent survivre tous les deux. Elle ferma les yeux et tenta de se les représenter à Éden, sains et saufs. Si elle avait été croyante, elle aurait prié.

Sur ses genoux, la transpiration de ses paumes avait rendu l'enveloppe bleue humide. Elle rouvrit les yeux et la contempla.

« S'il arrive quelque chose, lui avait dit Belle, ouvre-la. Tu comprendras. »

Un autre fracas à l'extérieur. Les mains de Madeleine se crispèrent sur l'enveloppe.

Un ouragan, songea-t-elle, est bien « quelque chose qui arrive ». Il était temps de découvrir de quoi il s'agissait.

L'ouragan était en route.

À Romilly, un arbre tombé en travers de la route força Adam et Ben à s'arrêter précipitamment.

— Ça va devenir vraiment dangereux ! cria Ben à travers le vent et la pluie.

— On ferait mieux de s'abriter sous le pont ! lui répondit Adam.

— Et espérer qu'il n'y aura pas de crue subite ! lança Kelly, sautant à bas de son cheval et lui faisant descendre la berge ruisselante d'eau.

Dans sa maison de Falmouth, miss May Monroe serrait ses griffes gantées sur le pommeau de sa canne, écoutait les vagues battre les quais que son père avait bâtis plus d'un siècle auparavant, et attendait que l'ouragan frappe.

À St. Peter, les habitants de la ville écoutaient eux aussi la mer battre les quais et redoublaient de prières. Max se blottissait sur les genoux de Mrs Herapath, cachant son visage dans sa poitrine, et songeait qu'il raconterait cette aventure en détail dans sa prochaine lettre à Julia et à miss McAllister. Sophie étreignait ses genoux et priait pour que Ben en ressorte vivant.

À Arethusa, Evie sentait les bras de son mari l'enlacer, alors qu'ils étaient accroupis dans la cave.

— Tu es trempée, lui dit-il, le visage contre sa tempe.

Elle hocha la tête mais ne répondit pas. Elle pensait au bâton obeah qu'elle avait planté dans le sol, avec le mouchoir de Traherne enroulé autour des anneaux du serpent.

Assise dans le coupe-vent de Burntwood, Madeleine contemplait la photographie posée sur ses genoux, et la vérité concernant sa fille lui sauta aux yeux. La photo était surexposée et avait visiblement été prise à la dérobée. Elle montrait une jeune fille – son visage était dans l'ombre, mais on reconnaissait Margaret Cornwallis – assise sur un banc, à côté d'un vieil homme. La tension intérieure se lisait dans les traits de la jeune fille. La main de Cornelius Traherne, marquée de tavelures, était fermement posée sur sa poitrine.

La photographie était récente : Madeleine sentait encore les produits chimiques de la chambre noire. Mais au dos, Belle avait écrit : *Bal costumé pour enfants, mai 1912. Bamboo Walk, juin 1912. Je n'ai jamais pu te le dire. Désolée. Belle.*

Le bal costumé, pensa Madeleine. Les souvenirs lui revinrent en masse. Belle costumée en diable. Traherne…

Dans le caveau voûté sous la maison d'Éden, Belle se blottissait contre son père. Derrière eux, dans l'obscurité, le cheval de Drum Talbot, épuisé, mâchonnait de l'avoine.

— Où sont les autres ? demanda Belle en claquant des dents.

— Dans la cave. Où je serais moi aussi si tu n'avais pas surgi de nulle part. J'étais sorti jeter un dernier coup d'œil aux alentours. Quelle chance de t'avoir trouvée…

Belle acquiesça et se pressa contre lui. Le bras de son père se serra autour d'elle, fort comme le roc. Quand elle ferma les yeux, elle sentit le battement de son cœur contre sa joue.

— Est-ce que nous tiendrons le coup ? demanda-t-elle.

— Je pense que oui, répondit-il.

Il paraissait étonnamment calme.

— Nous perdrons peut-être une partie du toit, mais la maison et le caveau voûté devraient tenir.

— Comment est-ce que tu peux en être sûr ?

— La charpente est en bois de balata, dit-il en lui caressant les cheveux. Elle est solide, Belle chérie. Qui plus est, ajouta-t-il, et elle perçut le sourire dans sa voix, nous sommes dans la chambre noire de ta mère. Aucun ouragan un peu sensé n'oserait pénétrer ici. Même si, quand ce sera fini, nous aurons des explications à fournir à propos du cheval.

À l'embranchement vers la grande maison d'Éden, la monture de Cornelius Traherne s'immobilisa. Elle était quelque part là-dedans, le vieil homme le savait. Il fallait juste qu'il la retrouve. Ensuite, tout irait bien.

Au-dessus de lui, le guango agitait en tous sens ses branches sans feuilles. Dans le flamboiement des éclairs, il semblait bizarrement menaçant, comme un squelette gardant le domaine.

Chassant cette pensée loin de lui, Traherne sortit son revolver et poussa son cheval de l'avant.

— Je ne te laisserai pas m'abattre, dit-il à voix basse à Isabelle Lawe.

Un nouvel éclair flamboya. Sous l'arbre dénudé, une femme le regardait.

Traherne poussa un cri d'angoisse.

C'était une femme noire, dans une robe imprimée bon marché lui arrivant aux genoux. Un foulard blanc était noué autour de sa tête et elle était complètement immobile, comme étrangère au chaos qui l'entourait. Pas un pli de sa jupe ne remuait dans le vent furieux.

La gorge de Traherne se serra. Ça ne pouvait pas être… ça ne pouvait pas être *elle*. Grace McFarlane était morte…

Son cheval se cabra.

Le guango craqua et gémit de toute part.

Puis l'ouragan frappa.

40

Ils étaient pris au piège dans la chambre noire de maman depuis bientôt douze heures, et la soif commençait à les tenailler. Un trou au bas de la porte laissait entrer un rai de lumière et un souffle d'air, mais ce n'était pas suffisant pour dissiper les relents de transpiration, de boue et de cheval. Et la porte ne voulait pas bouger. Quelque chose était tombé et la bloquait de l'autre côté, quelque chose de trop lourd pour que Belle et papa le déplacent.

Après les assauts interminables de l'ouragan, retrouver le silence et la paix était extraordinaire. Au début, ils n'avaient entendu que le bruit de l'eau qui gouttait du toit et celui du vent dans les cocotiers. Puis les grenouilles siffleuses s'étaient mises de la partie, suivies par les lézards croasseurs. Maintenant, la matinée retentissait de gazouillements, de pépiements et de roucoulements. Sucriers et pique-orange, canaris sauvages et corbeaux jacasseurs, et dans les collines, le martèlement répété d'un pivert.

— Quelqu'un viendra bientôt, dit papa. Ils sont sans doute en train de s'extraire de la cave.

À moins, songea Belle, qu'ils ne soient eux aussi

piégés, comme nous. Elle savait que son père y pensait également, mais qu'il ne voulait pas lui faire peur.

— Tiens…

Il lui mit la bouteille Thermos dans les mains. Il restait un fond de café froid et amer. Plusieurs fois, tandis qu'ils étaient assis côte à côte dans l'obscurité, ils avaient béni l'habitude de maman de garder des rafraîchissements à portée de main quand elle travaillait.

Belle en prit une gorgée, puis lui rendit la bouteille.

— Prends-en aussi…

— Non, finis-le, dit papa.

Elle vissa le bouchon afin de le garder pour plus tard et s'adossa au mur. À l'autre bout de la chambre noire, le cheval soufflait et raclait le sol de ses sabots.

— Qu'est-ce qu'on fera si personne ne vient ? demanda-t-elle.

— On mangera le cheval.

Elle fronça les sourcils, puis comprit qu'il plaisantait.

— Belle chérie, lui dit-il, tu as toujours eu un tel sens du drame… Aie confiance. Quelqu'un viendra. Et s'ils ne viennent pas, nous trouverons un moyen de sortir.

Elle l'entendit qui fouillait dans ses poches, puis la lueur d'une allumette s'éleva dans le noir.

— Je pense, dit-il en se remettant avec difficulté sur ses jambes, qu'il est temps d'avoir un peu de lumière.

Avec gratitude, Belle le regarda allumer la lampe à pétrole sur la table de travail de sa mère. Il savait arranger les choses, exactement comme il le faisait quand elle avait cinq ans et qu'elle se glissait dans son bureau après l'un de ses cauchemars.

Une fois la lampe allumée, il se rassit, et ils contemplèrent ensemble les photographies accrochées aux murs. Les jumeaux marchant dans l'herbe de Guinée, brandissant des lances en canne à sucre. Sophie assise sur les racines noueuses d'un fromager et plongée dans un livre. Ben penché par-dessus une barrière et parlant à une jument. Papa sur un genou, qui libérait un chiot mastiff emmêlé dans sa laisse. Et Belle elle-même, riant avec Mrs Herapath dans la véranda.

Elle ouvrit de grands yeux. Elle ne savait même pas que maman avait pris cette photo.

— Elle fait de très bonnes photos, n'est-ce pas ?

— Toi aussi, dit papa.

Elle se tourna vers lui, surprise.

— L'autre jour, Sophie m'a montré quelques-unes de tes œuvres. Tu as hérité du talent de ta mère. Vous avez toutes les deux un truc pour révéler la vérité des gens. Du moins, quand elle vous convient, ajouta-t-il avec un sourire.

Belle serra les mains sur ses genoux. Elle éprouvait une grande sensation de paix, et en même temps un épuisement total.

S'ils en ressortaient vivants, maman lui raconterait ce que Cornelius Traherne lui avait fait subir. Belle essaya d'imaginer ce qu'il ressentirait, comment il réagirait. Mais c'était trop énorme, elle n'y parvint pas. Et quelle importance cela avait-il maintenant, alors qu'ils n'avaient jamais connu de moment si harmonieux ensemble…

En se tournant vers lui, elle remarqua soudain combien il avait l'air fatigué. Les rides aux coins de sa bouche étaient profondément creusées, et quand il bougeait, ses mouvements étaient raides, comme si son dos lui faisait mal.

Elle posa la main sur son bras.

— Est-ce que tu vas bien ?

Il ouvrit la bouche pour répondre, mais un coup fut alors frappé à la porte.

— Ohé ! appela une voix. Il y a quelqu'un là-dedans ?

Belle bondit sur ses pieds.

— Ben ? *Ben !*

— Belle ? Est-ce que tu vas bien ? Ton père est avec toi ?

— Nous sommes là tous les deux, avec un cheval qui pue ! cria papa.

Un éclat de rire retentit derrière la porte.

— Tenez bon. On va vous sortir de là.

Sa voix baissa, tandis qu'il devait se détourner pour parler à quelqu'un. Puis ils entendirent du bois qui grinçait, un raclement sur de la pierre. Un cheval poussa un hennissement, aussitôt suivi de celui, strident, du hongre. Puis le rai de soleil s'agrandit et la porte s'ouvrit, laissant entrer une lumière aveuglante, ainsi que Ben.

Il était couvert de boue rouge et son bandeau était de travers.

— Mince alors ! s'exclama-t-il. Regardez-vous un peu tous les deux…

Belle se jeta dans ses bras.

— Vous vous étiez fourrés dans de beaux draps, commenta-t-il quand elle eut relâché son étreinte. Cameron, vous allez devoir vous expliquer avec votre femme.

Papa marcha jusqu'à la porte et serra la main de Ben.

— Et les autres ? demanda-t-il. Vous êtes allé jusqu'aux caves ?

— On est en train de les délivrer, dit Ben avec un sourire. Tous sains et saufs, même les chiens. Vous n'avez pas à vous inquiéter.

Puis son sourire s'effaça, et il posa la main sur le bras de papa.

— La maison n'a pas eu autant de chance, j'en ai peur.

— C'est grave ?

Ben hésita.

— Elle a pris l'ouragan de plein fouet. Mais les écuries et les remises sont intactes. C'est comme ça, les ouragans, on ne peut jamais prévoir. Le vieux guango est tombé lui aussi. Il a tué un cheval, et…

Il s'interrompit et Belle sentit qu'il y avait autre chose qu'il ne leur disait pas.

— Eh bien, oui, conclut-il, il a tué un cheval.

Papa le contourna pour sortir et Belle le suivit, clignant des yeux à la lumière retrouvée du jour. Puis ils reculèrent, sous le choc.

Tout l'étage supérieur de la maison avait disparu. Les belles pièces hautes de plafond avec leurs lambris dorés, les corniches chantournées comme de la dentelle, la large véranda avec sa balustrade enchevêtrée de fleurs ; tout avait été emporté dans la forêt. Il ne restait que le caveau voûté où ils s'étaient réfugiés, la charpente de bois de balata de l'étage, et la double volée de marches de marbre blanc, au milieu d'un fouillis de fougères arborescentes et de réglisses couchées au sol.

Papa s'assit lourdement sur un tronc d'arbre et ses épaules s'affaissèrent. Il se passa la main sur le visage, et Belle fut alarmée de voir combien elle tremblait.

Elle croisa le regard de Ben, puis détourna rapidement les yeux. Celui-ci murmura quelque chose à propos des caves et repartit.

Belle s'approcha de son père et, timidement, lui toucha l'épaule.

— Nous la reconstruirons, dit-elle d'une voix tremblante. C'est… C'était déjà une ruine avant, quand tu l'as trouvée. Tu en as fait une maison magnifique. Nous le referons.

Il hocha la tête et se força à sourire, mais elle voyait bien que c'était uniquement pour elle. Elle aurait voulu que maman soit là. Maman aurait su quoi dire.

À ce moment-là, quelqu'un contourna l'angle de la maison, se frayant un chemin à travers les débris. Quand il émergea de l'ombre d'un cocotier tombé au sol, il la vit et s'arrêta.

— Bonjour, Belle, dit Adam.

Elle se laissa tomber sur le tronc au côté de son père.

Comme ceux de Ben, les vêtements d'Adam étaient couverts de boue rouge. Une profonde coupure saignait sur sa main, même s'il ne semblait pas l'avoir remarquée, et une longue cicatrice commençait au niveau de sa tempe gauche pour aller se perdre dans la barbe naissante qui ornait sa mâchoire. Ses yeux était rouges de fatigue et il avait le visage grave – mais elle sentait qu'il se retenait de sourire.

— Vous…, balbutia-t-elle, stupéfaite.

Adam hésita ; il regarda papa, puis fit un pas en avant et lui tendit maladroitement la main.

— Adam Palairet, monsieur, lui dit-il, et sa voix sonnait bizarrement, comme s'il se présentait lors d'un match de cricket. Nous nous sommes rencontrés il y a quelques années. Mais je ne pense pas que vous…

— Je sais qui vous êtes, l'interrompit papa avec raideur.

À la surprise de Belle, il ignora la main tendue d'Adam.

— Ma belle-sœur m'a tout raconté sur vous. Vous êtes le jeune homme qui a retourné une lettre à ma fille sans y répondre.

Adam se tut, le visage fermé, et Belle grimaça. Papa ne faisait rien pour rompre le silence.

Enfin, Adam parla.

— Il y avait… euh… une raison à cela.

— Vraiment, dit papa, guère impressionné.

Belle savait qu'elle aurait dû intervenir, mais son esprit était vide. Elle était épuisée, ses vêtements étaient sales, et elle venait de perdre sa maison. Et voilà qu'Adam était ici – *Adam* –, et papa se dressait contre lui comme un mastiff qui vient de renifler un cambrioleur. La seule envie qu'elle avait, c'était de fondre en larmes.

— Je crois, dit-elle, que nous devrions aller retrouver maman.

41

Quatre personnes seulement assistèrent à l'enterrement de Cornelius Traherne : le régisseur de son domaine, son notaire, Adam Palairet (en sa qualité de tuteur du petit-fils de Cornelius) et Olivia Herapath, qui décrivit l'événement à tout le monde.

Son récit n'avait pas grand-chose à voir avec Traherne, qu'elle avait toujours cordialement détesté, et beaucoup avec Parnassus. Le domaine avait essuyé toute la furie de l'ouragan. Traherne avait diversifié sa production, pour faire du café au lieu de garder les cannes, plus résistantes à la tempête, la plupart des arbustes avaient été arrachés et la grande maison n'était plus qu'une ruine.

— La question est, déclara Mrs Herapath, qui tenait salon chez elle le lendemain matin, qui va prendre la suite ? Il y a le fils aîné en Australie, mais Cornelius l'a déshérité il y a des années ; la pauvre Davina a succombé à la grippe, et en plus, elle n'a eu que des filles ; ce qui laisse bien sûr le petit Max Clyne. Comme si le pauvre enfant n'avait déjà pas suffisamment d'argent comme cela ! Savez-vous que je suis tombée sur son extraordinaire tuteur ce matin ? Il m'a dit qu'il comptait nommer un régisseur, et ramener le garçon en Écosse jusqu'à ce qu'il soit majeur. Je dois dire que ça me paraît assez sensé…

Si l'enterrement de Traherne n'attira que quatre proches, ce fut une tout autre affaire le lundi suivant. Tout Trelawny se présenta respectueusement à la deuxième cérémonie. Les boutiques fermèrent de bonne heure et les propriétaires accordèrent à leurs ouvriers leur demi-journée. Sur les routes arrivant des Cockpits, de longues files de gens se pressaient, descendant des hameaux de Déception et de Retournement.

À trois heures et demie, la route de Fever Hill, depuis Falmouth jusqu'aux pavillons du gardien, était bordée de gens attendant en silence de voir passer le corbillard. Certains étaient là par respect, d'autres, bien plus nombreux, par une sorte de crainte superstitieuse ; tous regardèrent les chevaux noirs tirer la voiture dans la poussière rouge, et aussi plus tard, la foule afflua sur les pentes de Fever Hill pour voir la tombe toute neuve refermée dans le cimetière des Monroe. Une partie du vieux Trelawny avait disparu pour toujours, avec le départ de grand-tante May.

Enfant, elle avait survécu à la révolte de Noël, quand cinquante-deux grandes maisons étaient parties en flammes. Ensuite, elle s'était assise à côté de son terrible vieux père et avait assisté aux affreuses représailles qu'il avait fait subir à ses esclaves. Elle avait été témoin de leur émancipation et du démembrement de nombre des grands domaines. Elle avait connu les ouragans, les tremblements de terre, les feux de canne, le choléra et la grippe.

Maintenant elle était partie, mourant comme elle avait vécu : seule et sans crainte, dans son salon rempli d'ombre. On disait que, quand on l'avait trouvée, elle était assise droite comme un I, soutenue par son corset. Dans la mort, comme dans la vie, grand-tante May ne s'était pas laissée aller sur son siège.

Une fois sa mort connue, la rumeur courut qu'elle ferait

un fantôme tourmenté ; et ce ne fut bientôt un secret pour personne que maître Kelly avait demandé à Evie Walker de faire ce qu'il fallait pour l'empêcher de se promener.

— Mais grand-tante May ne peut plus se promener, n'est-ce pas ? demanda Lachlan à sa mère, après qu'on eut pris les rafraîchissement des funérailles et que les foules se furent enfin dispersées.

— Elle est morte, non ? renchérit Douglas d'un air hésitant.

— C'est juste une expression, répondit leur mère, fronçant les sourcils en direction de Belle. Maintenant, allez demander à Hannah de vous faire couler un bain.

La famille séjournait pour le moment à Fever Hill, la grande maison de Ben ayant échappé aux pires assauts de l'ouragan. Maman regarda les jumeaux faire la course jusqu'à la véranda de derrière, puis se tourna vers Belle.

— Allons marcher sur la pelouse, suggéra-t-elle.

Belle hésita.

— J'allais y aller avec papa. J'ai un service à lui demander.

— Ça ne sera pas long.

Elle avait l'air nerveuse, et Belle devina la raison de cette proposition. Cinq jours s'étaient écoulés depuis l'ouragan, cinq jours depuis que maman avait ouvert l'enveloppe bleu ciel, et elle n'avait émis aucun commentaire, seulement un long regard et une pression de la main.

Il y avait tant à faire. Des zones entières de Trelawny avaient été dévastées – les jardins potagers ravagés, le village de Salt Wash détruit – même si, étonnamment, il n'y avait eu que très peu de pertes en vies humaines. Toute la paroisse avait travaillé de l'aube au crépuscule pour distribuer des rations d'urgence, rétablir l'eau et l'électricité.

Une parfaite excuse, songea Belle en jetant un coup

d'œil à sa mère, pour repousser une conversation redoutée. Elle-même était bien placée pour le savoir, car elle avait évité Adam. Après sa première apparition à Éden, il était resté à Falmouth avec Max pour aider aux opérations de secours. Mais à la façon dont il l'avait regardée, elle avait compris qu'il savait. Elle ne pouvait pas l'affronter. Pas encore. Le sujet était trop douloureux.

En plus, elle ignorait ce qu'elle éprouvait vraiment concernant Traherne.

Elle savait qu'elle aurait dû ressentir *quelque chose*, maintenant qu'il était mort. Du soulagement, peut-être. Ou le sentiment d'être enfin disculpée. Peut-être, songeait-elle tandis qu'elle traversait la pelouse, était-ce parce que son impression de libération était venue *avant* sa mort, quand elle avait donné la photographie à maman. Maintenant, c'était devenu hors de propos.

— Moses fait des merveilles à Éden, dit sa mère, l'interrompant dans ses pensées. Je voudrais que ton père aille y jeter un coup d'œil. Mais il a toujours une excuse à m'opposer.

— Je sais.

— Je m'inquiète pour lui. Ça l'a frappé plus fort que je ne l'aurais cru. Je ne l'ai jamais vu aussi abattu.

— Peut-être qu'il a juste besoin de temps.

Sa mère acquiesça.

— Ben a été très inspiré de l'enrôler dans son équipe, de lui montrer les plans du futur village. Tu sais, jusque-là, ils n'avaient jamais été particulièrement à l'aise l'un avec l'autre, mais maintenant… Et bien sûr, ajouta-t-elle en esquissant un sourire, Ben n'arrête pas de lui demander conseil pour ce que tu sais. L'autre jour, ton père lui a dit d'y penser comme s'il attendait un nouveau poulain. Apparemment, ça n'a pas suffi à le rassurer.

Belle fit le sourire qu'on attendait d'elle, mais à l'intérieur elle se sentait oppressée et tremblante.

Sa mère ramassa une feuille morte dans l'herbe et la fit tourner entre ses doigts.

— Comment as-tu réussi à prendre cette photographie ? lui demanda-t-elle sans croiser son regard.

Pendant un moment, Belle resta sans voix. Puis elle se ressaisit et raconta tout à sa mère : comment elle n'avait cessé de veiller sur Margaret Cornwallis et l'avait suivie lors de sa rencontre suivante avec Traherne ; comment elle avait attendu un coup de vent pour couvrir le déclic de l'appareil photo ; comment elle avait fait un bruit aussitôt après, pour alerter Traherne et le pousser à partir. Et aussi sa dernière conversation avec Margaret, avant que celle-ci ne parte pour Londres – même si elle n'entra pas dans les détails de ce qu'elles s'étaient dit.

— Elle a eu de la chance de t'avoir, nota pensivement maman. Quand ça t'est arrivé à toi, tu étais seule.

— Ce n'était pas tellement que je ne pouvais pas te parler, dit prudemment Belle, mais que j'avais l'impression… de le mériter. Je sais que ça paraît bizarre, mais je me sentais… salie. Non, ce n'est pas exactement ça. Plutôt comme si j'avais toujours été sale, corrompue, et qu'il avait simplement découvert ce que j'étais véritablement.

Maman marcha un moment en silence.

— Tu sais, dit-elle enfin, quand j'étais enfant, et pendant longtemps après… eh bien, jusqu'à ce que je rencontre ton père, je ressentais la même chose.

Belle la regarda.

— Toi ?

Sa mère, qui lui avait toujours paru si sûre d'elle-même, si belle, acceptée et aimée par les autres…

— Il m'est arrivé des choses… Je te les raconterai un jour, mais pas maintenant. En tout cas, je sais ce que ça fait de se sentir sale et sans valeur. Ça peut prendre des années pour surmonter une telle douleur. Mais on y arrive, Belle. On y arrive vraiment. On ne l'oublie jamais, mais d'une manière bizarre, ça devient une partie de toi-même, et ça te rend plus forte.

— Je ne m'en rendais pas compte.

Sa mère lui fit un petit sourire.

— Comment aurais-tu pu t'en apercevoir ?

Pendant quelque temps, elles marchèrent côte à côte, puis Maman dit :

— Ce beau capitaine Palairet… tu vas l'épouser ?

Belle avala sa salive.

— Je ne sais pas. Il ne me l'a pas demandé.

— Tu ne lui en as pas vraiment donné l'occasion…

— Non, mais…

— Je veux juste te dire que s'il le fait, et que tu acceptes, je serai ravie. Et je crois que tu devrais sérieusement envisager de vivre en Écosse.

Les yeux de Belle s'embuèrent. Elle y avait beaucoup pensé. L'attrait de Cairngowrie était puissant. Mais laisser tout cela…

— Tu ne partirais pas vraiment, lui dit doucement sa mère. Pas maintenant que nous nous connaissons tellement mieux. En plus, je me sentirais plus rassurée si tu vivais en Écosse.

— Pourquoi ?

— Pas de malaria, pas de tremblements de terre, pas d'ouragans. En tant que mère, on pense à ces choses-là.

Avant que Belle puisse rien répondre, elle ajouta :

— Oh, regarde. Voilà ton père avec le dog-cart.

— Maman…

— Nous en reparlerons plus tard, Belle. Je te le promets. Maintenant, vas-y. Tu ne voudrais pas le faire attendre…

Belle lui posa la main sur l'épaule et l'embrassa sur la joue. Maman rougit.

— Pour te remercier d'être ma mère.

— Alors, où voudrais-tu aller ? demanda papa tout en tirant légèrement sur les rênes et en disant au poney d'avancer.

— Jusqu'à la route et ensuite à gauche, répondit Belle.

— Tu as l'air très sûre de toi.

— Je sais ce que je veux, oui.

— Et tu ne vas pas me le dire.

— Pas encore.

Pendant un moment, ils roulèrent en silence sous les palmiers royaux. Après que l'ouragan eut frappé Parnassus puis Falmouth, il avait viré au sud pour s'abattre sur Éden, mais avait largement épargné Fever Hill, en dehors d'une bande de terrain dans les champs de canne à l'est. Le sort avait traité différemment les deux domaines, mais papa n'en paraissait pas affecté. Il avait assez d'argent pour reconstruire. Le problème était de savoir s'il avait la volonté de recommencer.

— Tu devrais voir ce que Moses a déjà fait avec la maison, dit Belle quand le silence lui parut avoir duré assez longtemps.

Son père soupira.

— Est-ce que c'est une idée de ta mère ?

Elle sourit.

— Non. C'est *mon* idée.

— Hum... Elle ou toi, je ne suis pas très rassuré.

Il croisa son regard, lui rendit son sourire, et soudain elle sut que maman avait tout raconté à papa au sujet de Traherne.

Elle se retourna pour regarder la route.

— Quand est-ce qu'elle t'en a parlé ?

— Juste avant l'enterrement.

Percée à jour, percée à jour. Sa peau lui picota. Elle avait du mal à respirer.

— Je suis désolée, dit-elle. Je veux dire, désolée de ne pas avoir pu t'en parler. Je...

— Belle, la gronda-t-il doucement. Il n'y a pas de quoi être désolée.

Prenant les rênes dans une main, il l'entoura de son autre bras et l'attira près de lui.

— Tout va bien. Tout va aller très bien.

Ils roulèrent quelque temps en silence tandis que le poney traversait le pont sur la Tom Spring, dépassait le vieil aqueduc et le village d'esclaves en ruine. Belle s'appuyait contre son père et luttait pour retenir ses larmes.

— Ce que tu as dû traverser... (Il secoua la tête.) J'ai toujours su que tu avais hérité du meilleur de ta mère. Et, crois-moi, ça veut dire quelque chose.

Elle renifla et il lui tendit son mouchoir.

— Mais je dois avouer, ajouta-t-il, et sa voix se durcit, que je ne suis pas aussi civilisé que vous. Mieux vaut que le guango l'ait eu. Sinon, je lui aurais arraché la colonne vertébrale.

Elle comprit en regardant son visage qu'il avait exprimé le fond de sa pensée.

Tout se passera bien, pensa Belle. Si je peux juste l'amener à Éden...

Ils passèrent devant la maison du gardien et tournèrent à l'ouest sur la route de Fever Hill. Au bout de quelques centaines de mètres, Belle lui demanda de s'arrêter.

— Ici ? fit-il avec surprise.

Il n'y avait rien autour d'eux, sauf des pépinières de canne et quelques arbres épars au bord de la route.

— Ici, dit Belle d'une voix ferme.

— Pourquoi ?

— Tu verras.

Le lendemain de l'enterrement, Adam et Max prirent tous les deux la route d'Éden dans un dog-cart de location.

Adam s'était incliné devant la dépouille de la vieille miss Monroe à l'église, mais n'était pas allé à la réception dans la grande maison de Fever Hill, parce qu'il voulait voir Belle seule, après que les choses se seraient calmées.

Ce soir-là, pourtant, une lettre était arrivée de la mère de la jeune femme.

Cher capitaine Palairet, j'ai été désolée de ne pas vous voir cet après-midi à Fever Hill. Avec tout ce travail de déblaiement et de nettoyage, je n'ai pas eu l'occasion de vous remercier convenablement d'avoir sauvé mon mari et ma fille – ce n'était pas tout à fait exact, car le lendemain du « sauvetage », elle lui avait envoyé une lettre de remerciement charmante et pleine de cœur, accompagnée d'une invitation à dîner, qu'il avait poliment déclinée – *mais nous serons tous à Éden demain après-midi, pour pique-niquer et jeter un coup d'œil sur les travaux de rénovation – si du moins c'est le terme exact, quand on repart pratiquement de zéro. Belle sera là, bien sûr. Vous devriez vraiment venir. Disons vers les cinq heures ? Bien amicalement, Madeleine Lawe*.

Pas de faux-semblants, elle allait droit au but. Ça lui donnait envie de mieux la connaître.

Max et lui arrivèrent comme convenu vers cinq heures, pour trouver Mrs Lawe assise avec sa sœur sur les marches de la véranda, les restes d'un pique-nique étalés auprès d'elles. Les vestiges du jardin, grâce à la vigueur tropicale, étaient déjà recouverts d'une nappe de thunbergies qui masquaient le pire des cicatrices. Derrière, la charpente de la nouvelle maison commençait à s'élever au-dessus de la cave voûtée.

— J'ai peur que vous ne veniez de rater mon mari, dit Mrs Lawe à Adam, une lueur amusée dans le regard. Il est parti pour l'usine de Maputah, inspecter les réparations. Mais Belle se trouve du côté des écuries. Pourquoi n'iriez-vous pas la retrouver ?

Elle lui offrit de garder Max, mais Adam préféra l'emmener pour qu'il lui apporte son soutien moral. La dernière fois qu'il avait parlé à Belle, c'était à Stranraer. Depuis, leurs seuls contacts avaient été le bref échange après l'ouragan et la lettre qu'il avait renvoyée sans y répondre.

Il la trouva en bas de la pente menant aux écuries, agenouillée dans une parcelle de terre rouge qui avait été débarrassée de ses débris. Elle plantait un arbre : un jeune arbuste mince, avec de grandes feuilles vertes, à peine plus haut que Max. Les jumeaux étaient là aussi avec des bêches et un arrosoir, le visage solennel.

Tous trois levèrent les yeux à leur arrivée, mais personne ne parla. Puis Belle retourna à son travail.

Ah, songea Adam. Elle ne me facilite pas les choses.

— Tiens-le bien, dit-elle à l'un des jumeaux. Et toi, Douglas, recule-toi et dis-moi s'il est droit.

Douglas fit un pas en arrière et plissa les yeux.

— C'est… oui, il est droit.

Belle se tourna vers Max.

— Tu es d'accord ?

Max serra les lèvres.

— Euh… oui.

Elle lui sourit.

— Merci, Max, lui dit-elle, ignorant ostensiblement Adam.

— Quelle sorte d'arbre c'est ? demanda le garçon, encouragé par l'attention qu'elle lui portait.

— Un fromager, dit Lachlan.

— On l'appelle aussi un arbre duppy, ajouta Douglas.

Ils dépassaient tous les deux Max d'une bonne tête, et le jaugeaient du regard. Intimidé, il se rapprocha d'Adam.

Belle vint à son secours :

— Mais celui-ci, précisa-t-elle, c'est en fait un arbre de vie. C'est comme ça que ma grand-mère les nommait. Elle s'appelait Rose, elle venait à Éden à l'époque où c'était une ruine, et elle retrouvait mon grand-père en secret sous l'arbre de vie qui s'élevait sur la colline là-bas.

— Il y est toujours ? demanda Max.

— Plus maintenant.

— C'est pour ça que tu en plantes un autre ?

— En partie, oui. Mais aussi parce que l'ouragan a abattu le vieux guango qui protégeait la maison du mal.

Elle fit une pause, et Adam sut qu'elle pensait à Traherne.

— Et une maison, reprit-elle, doit toujours avoir un arbre gardien. C'est pour ça qu'on vient d'en planter un nouveau, et on lui a donné une offrande de rhum et de jus de citron vert pour qu'il parte bien.

Elle s'assit sur ses talons.

— Lachlan, Douglas, vous devez promettre de l'arroser et de lui parler tous les jours.

— Nous le promettons, dirent-ils.

— Est-ce que nous pouvons lui offrir un sacrifice de sang ? demanda Lachlan.

— Pas encore.

Adam décida qu'il avait patienté assez longtemps.

— Douglas, Lachlan, intervint-il, je voudrais que vous montriez la rivière à Max, pour que je puisse être seul avec votre sœur.

Max semblait intimidé, et les garçons attendaient les instructions de Belle. Elle était occupée à brosser la poussière de ses mains, aussi ne bougèrent-ils pas.

Adam plongea la main dans sa poche et en sortit une poignée de monnaie.

— Cinq shillings chacun. Lachlan, Douglas, Max. Maintenant, allez-y, et au pas de course.

Ils s'en allèrent.

Tandis qu'il les regardait partir, Adam se sentit coupable à l'idée d'abandonner Max aux jumeaux. Mais à peine eurent-ils disparu au coin de la maison qu'il l'entendit demander s'il y avait des phoques dans la rivière ; et quand les jumeaux lui répondirent que non, et d'ailleurs qu'est-ce que c'était, un phoque, Max commença à le leur expliquer. Il semblait commencer à savoir se débrouiller seul.

Une fois qu'ils furent loin, un silence s'installa, que Belle ne fit rien pour combler. Elle se leva, repoussa ses cheveux derrière ses oreilles et essuya une trace de terre sur son nez. Elle portait une ample robe de coton rouge à encolure carrée, mais aucun bijou et pas de maquillage. Elle n'avait jamais été aussi jolie.

— Il m'a fallu patienter un moment pour réussir à vous voir seule, dit-il.

— J'étais occupée, répondit-elle en croisant les bras.

Il mit les mains dans ses poches, puis les en ressortit.

— Comment va votre père ?

— Mieux, je pense. (Elle désigna l'arbre du menton.) Il m'a aidée à le trouver, et a défriché lui-même un espace pour le planter. C'était un moyen de l'amener ici pour qu'il voie la maison. Oui, je pense qu'il va aller bien maintenant.

— Il ne m'aime toujours pas.

— Ô, mon Dieu ! dit Belle ironiquement.

— Le hasard veut qu'un de mes oncles ait présidé le tribunal militaire devant lequel il est passé.

Belle rit.

— Ce n'est pas drôle, murmura Adam.

Belle rit de nouveau, et il comprit qu'elle était simplement aussi nerveuse que lui.

— Je sais que je vous ai fait du mal, poursuivit-il. Je veux dire, quand j'ai renvoyé cette lettre.

— Oui, c'est vrai.

— Vous pourrez me pardonner ?

— Non.

Il lui jeta un regard en coin pour voir si elle plaisantait, mais son visage ne laissait rien paraître. Elle avait résolument décidé de ne pas lui faciliter les choses.

— Vous savez, reprit-il, vous m'en avez fait aussi. (Il hésita.) Et quand j'ai été blessé, je ne pouvais voir personne à l'hôpital. Je ne pouvais même pas parler. Je… je ne voulais pas que vous me voyiez comme ça.

— Mais vous pouvez parler maintenant, dit-elle. Que s'est-il passé ?

Il hésita de nouveau.

— Les choses se sont améliorées.

Elle lui lança un long regard ; elle savait qu'il y avait davantage à en dire, et elle avait l'intention de découvrir quoi.

— J'ai appris ce que Traherne vous a fait subir, dit-il.

Elle se mordit la lèvre inférieure et le rouge lui monta aux joues. Elle avait les yeux baissés vers l'arbre duppy, luttant pour garder son attitude distante et réservée. Il avait une terrible envie de la prendre dans ses bras.

— Comment l'avez-vous appris ? lui demanda-t-elle, toujours sans le regarder.

— Votre grand-tante May m'a raconté.

Elle ouvrit de grands yeux.

— Grand-tante May ?

— C'est une longue histoire. Mais en fait, ça n'a pas d'importance. Rien de tout ça n'a d'importance. Vous devez me croire.

Elle avala sa salive. Il franchit la distance qui les séparait et la prit dans ses bras.

— Attention à l'arbre duppy, dit-elle.

Il l'embrassa.

Au bout d'un moment d'hésitation, elle posa les mains sur sa nuque et lui rendit son baiser.

Elle sentait le jasmin étoilé, l'herbe verdoyante, et aussi la terre rouge d'Éden.

— Mon Dieu, comme tu m'as manqué, murmura-t-il dans son cou. Nous allons nous marier tout de suite. Cette semaine. Pas de discussion.

Les lèvres de Belle s'arrondirent, dans le sourire ironique qu'il aimait.

— Pourquoi est-ce que je voudrais discuter ?

— Parce que c'est le genre de chose que tu fais.

— Cette fois je n'en ai pas envie.

Derrière eux, un colibri voleta au-dessus de l'arbre duppy, ses ailes émeraude étincelant au soleil. Puis il s'éloigna, gracile, en direction d'Éden.

Remerciements et note de l'auteur

Comme pour *Jamaïca* et *L'Orchidée sauvage*, je dois remercier ma tante Martha Henderson pour son aide, particulièrement concernant les ouragans et le coupe-vent de Cinnamon Hill. Je voudrais aussi remercier Ellie Edmans de m'avoir éclairée sur certains aspects de l'Écosse. (Je suis la seule responsable, cela va sans dire, de toute erreur que j'aurais pu commettre.)

Concernant le récit lui-même, j'ai pris certaines libertés avec la région située au nord de Stranraer, afin d'y intégrer le domaine de Cairngowrie. De même, j'ai quelque peu modifié la géographie autour de Falmouth, pour y disposer les domaines imaginaires d'Éden, Fever Hill, Burntwood, Arethusa et Parnassus.

Michelle Paver

Impression réalisée sur Presse Offset par

CPI
Brodard & Taupin

48611 – La Flèche (Sarthe), le 04-09-2008
Dépôt légal : septembre 2008

POCKET – 12, avenue d'Italie - 75627 Paris cedex 13

Imprimé en France